Über die Autorin:

Sara Larsson, geboren 1973, lebt in Stockholm. Sie hat zunächst Ingenieurswissenschaften, dann Journalistik und Jura studiert. Sie arbeitet momentan als Beraterin, vor allem in Schulen und sozialen Einrichtungen. DIE ERSTE LÜGE ist ihr Debüt, für das sie in Schweden viele begeisterte Rezensionen bekommen hat. Sie stand mit diesem aufrüttelnden Spannungsroman auf der Top-10-Bestsellerliste in Schweden.

Sara Larsson

DIE ERSTE LÜGE

Kriminalroman

Aus dem Schwedischen von
Hanna Granz

BASTEI LÜBBE TASCHENBUCH
Band 17 430

Vollständige Taschenbuchausgabe

Deutsche Erstausgabe

Für die Originalausgabe:
Copyright © 2015 by Sara Larsson
Titel der schwedischen Originalausgabe: »Den första lögnen«
Originalverlag: Norstedts

Für die deutschsprachige Ausgabe:
Copyright © 2016 by Bastei Lübbe AG, Köln
Textredaktion: Anja Lademacher, Bonn
Titelillustration: © Arcangel/Rekha Garton
Umschlaggestaltung: www.buerosued.de
Satz: Urban SatzKonzept, Düsseldorf
Gesetzt aus der Garamond
Druck und Verarbeitung: CPI books GmbH, Leck – Germany
Printed in Germany
ISBN 978-3-404-17430-0

5 4 3 2 1

Sie finden uns im Internet unter
www.luebbe.de
Bitte beachten Sie auch: www.lesejury.de

Ein verlagsneues Buch kostet in Deutschland und Österreich jeweils überall dasselbe.
Damit die kulturelle Vielfalt erhalten und für die Leser bezahlbar bleibt,
gibt es die gesetzliche Buchpreisbindung. Ob im Internet, in der Großbuchhandlung,
beim lokalen Buchhändler, im Dorf oder in der Großstadt – überall bekommen Sie Ihre
verlagsneuen Bücher zum selben Preis.

VISBY

Juli 1997

Josefin richtet den Oberkörper auf und stützt sich mit dem Ellbogen auf der Matratze ab. Sie versucht aufzustehen, dreht sich halb zur Seite. Weiter geht es nicht, es tut zu weh. Sie kann sich keinen Millimeter mehr bewegen. Wimmernd fällt sie auf das Bett zurück. Möchte weinen, aber ihre Augen bleiben trocken.

»Camilla«, flüstert sie.

Keine Antwort.

»Camilla.«

Der Name prallt von den kahlen Wänden zurück. In der Wohnung ist es still. Angst erfüllt ihre Brust. Wenn sie ganz allein hier ist ... Sie rollt sich zusammen und presst die Hand auf den Unterleib, es brennt so sehr, heiße, pulsierende Wellen von Schmerz, warum tut es so weh? Die Selbstsicherheit vom gestrigen Abend, die der Alkohol in ihr ausgelöst hat, ist weg. Jetzt ist da nur noch ein widerlicher Nachgeschmack und der brennende Schmerz zwischen ihren Beinen. Sie muss hier weg, und sie muss Camilla finden.

Sie beißt die Zähne zusammen und versucht noch einmal aufzustehen. Legt erst das eine, dann das andere Bein über die Bettkante. Schwankt, als sie endlich zum Stehen kommt, und stützt sich an der Wand ab, um nicht zu fallen. Sie schaut sich um, ihre Kleider sind nirgends zu entdecken, nur ein zerknülltes Laken mit Blutflecken, die bruchstückhafte Erinnerungen wecken. Rasch schiebt Josefin sie beiseite, sie will einfach nur weg.

Sie nimmt die Bettdecke und wickelt sich ein. Stutzt, als sie sich im Spiegel sieht. Auf ihrem Bauch entdeckt sie vier rote Buchstaben, es sieht aus, als wären sie mit Blut geschrieben, und sie bilden ein Wort, das sie nur allzu gut kennt. HURE. Klar zu erkennen, auch wenn die Buchstaben etwas undeutlich sind und die Farbe nicht ganz ausgereicht zu haben scheint. Am ganzen Körper zitternd wickelt sie die Decke fester um sich und verbirgt das hässliche Wort.

Im Wohnzimmer ist es stickig und es riecht nach Restalkohol. Auf dem Boden liegen Rikard und Jonas und schnarchen um die Wette. Josefin schaut schnell weg, lässt den Blick zum Sofa hinüberwandern und ist erleichtert, als sie Camilla dort entdeckt. Sie schläft tief und fest, ein Bein über der Sofakante.

»Camilla.«

Josefin fasst sie an der Schulter und rüttelt sie vorsichtig. Camilla knurrt nur und dreht sich auf die Seite. Josefin wird immer verzweifelter. Sie rüttelt sie noch einmal, heftiger diesmal.

»Camilla, wach auf.«

»Mmmh, was ist denn los?«

»Bitte, wach doch einfach auf«, flüstert Josefin. »Wir müssen hier weg.«

Sie hat einen Klumpen im Magen. Es tut so furchtbar weh und sie hat Angst vor den Erinnerungen, die allmählich zurückkommen, obwohl sie alles tut, um sie zu verdrängen. Endlich dreht Camilla sich zu ihr um.

»Warum hast du dir eine Bettdecke umgehängt?«, fragt sie erstaunt.

Jetzt kommen die Tränen, langsam rinnen sie ihr über die Wangen, schwarz von zerlaufener Mascara. Camilla nimmt Josefins Hand und hält sie fest, bis sie aufhört zu weinen.

»Erzähl es mir später«, sagt sie. »Lass uns jetzt erst mal hier weg.«

Sie steht auf und sucht Josefins Sachen. Das Kleid liegt im Flur auf dem Boden. Im Bad findet sie die schwarze Unterhose. Sie ist zerrissen. Camilla nimmt sie trotzdem mit. Sie hilft Josefin, sich das Kleid über den Kopf zu ziehen, und führt sie dann zur Wohnungstür.

In der Küche nimmt Josefin eine Bewegung wahr. Oskar sitzt auf einem Barhocker und raucht eine Zigarette. Sein Blick lässt sich nicht deuten. Selbstzufrieden, vielleicht auch ein bisschen höhnisch. Dann lächelt er und hebt die Hand. Ihr zieht sich der Magen zusammen. Sie reißt den Blick von ihm los und folgt Camilla, an der offenen Toilettentür vorbei. Erinnerungsfetzen von ihr und Oskar auf dem Boden in der Toilette. Sie verdrängt sie und wirft die Badezimmertür zu. Bevor sie sich endgültig schließt, sieht Josefin die Klobürste. Sie steht nicht im Ständer, sondern liegt auf dem Boden, der Schaft ist schmutzig, dunkelrote, eingetrocknete Farbe ... Sie kann den Gedanken nicht zu Ende denken, geht einfach nur hinaus, ihre Bewegungen sind mechanisch. Camilla zieht die Tür hinter ihnen ins Schloss und zerrt die Freundin hinter sich her zum Aufzug. Josefin sieht und hört nichts. Vor ihrem inneren Auge das Bild von Oskar, Oskar, wie er da in der Küche saß. Irgendetwas ist dort drinnen in der Toilette passiert. Etwas, das sie nur vage ahnen kann.

KOH LANTA

Freitag, 26. Februar 2010

Veronica seufzt, schaut zum wer-weiß-wievielten Mal auf die Uhr und dann zu Viggo und Emma hinüber, die herumlaufen und spielen. Wo Oskar nur bleibt? Sie nippt an dem heißen Kaffee und setzt die große Gucci-Sonnenbrille wieder auf, die sie eben auf den Tisch gelegt hat. Dann holt sie ihr Handy aus der Tasche. Keine entgangenen Anrufe. Zerstreut zupft sie ihre blonden Locken zurecht, die ohnehin schon perfekt liegen, und weicht den Blicken der anderen Gäste aus, die sich vielleicht fragen, warum nicht die ganze Familie am Frühstückstisch versammelt ist, wo der Vater wohl geblieben sein mag. Den ganzen bisherigen Urlaub hat sie sich bemüht, den Schein aufrechtzuerhalten, sie wären eine glückliche Familie, und sie hat nicht vor, dieses Bild jetzt zunichtezumachen. Innerlich aber verflucht sie Oskar, der sie dieser Situation ausgesetzt hat, und schaut heimlich zum Strand hinunter. Kein Oskar in Sicht. Der Mann am Nachbartisch scheint ihr Seufzen gehört zu haben. Neugierig starrt er sie an. Sie erwidert den Blick und reckt dabei den Hals. Es gelingt ihr sogar zu lächeln. Ein natürliches, kein aufgesetztes Lächeln. Sie meint, eine frische Röte in dem ohnehin schon sonnenverbrannten Gesicht des Mannes zu erkennen, bevor er sich verlegen abwendet. Vielleicht hätte sie doch lieber die Theater- statt die Handelsschule besuchen sollen, sie ist eine Meisterin darin geworden, die Fassade aufrechtzuerhalten. Erst gestern hat sie die Familie aus dem Nachbarbungalow angelogen. Hat Oskars

Abwesenheit am Frühstückstisch mit einem Migräneanfall entschuldigt, der ihn zwingen würde, der ersten gemeinsamen Mahlzeit des Tages fernzubleiben und sich noch ein paar Stunden auszuruhen. Daraufhin wurde verständnisvoll genickt und sie und die Kinder eingeladen, ihnen Gesellschaft zu leisten. Veronica hat freundlich abgelehnt und zugleich gebetet, Oskar möge sich noch ein paar Stunden nicht blicken lassen, denn sonst wäre ihre Lüge aufgeflogen. Tatsache ist, dass Oskar kein einziges Mal mit ihnen gemeinsam gefrühstückt hat, seit sie vor genau vierzehn Tagen in Koh Lanta angekommen sind. Und kein einziges Mal hat es an seiner Migräne gelegen.

»Entschuldigung, ist der Stuhl noch frei? Können wir den nehmen?«

Veronica zuckt zusammen, schaut auf und nickt der Frau zu.

»Ja, sicher, kein Problem.«

Sie hat sie wiedererkannt, die Frau ist um die fünfunddreißig und wohnt ein paar Bungalows weiter. Sie ist allein mit ihrem Sohn unterwegs. Die Frau lächelt dankbar, und dann plaudern sie ein bisschen über Wind und Wetter, bis sie sich schließlich mit dem Stuhl in der einen und ihrem Sohn an der anderen Hand einen Weg durch die Tischreihen bahnt. Veronica schaut ihnen hinterher und merkt, wie ihr Zorn auf Oskar wieder aufflammt. Wie kommt er darauf, die ganze Nacht durchzumachen, wenn sie doch auf Familienurlaub sind? Was fällt ihm ein, einfach nicht da zu sein, wenn sie am nächsten Morgen erwachen? Noch einmal wählt sie Oskars Nummer, obwohl sie weiß, dass es sinnlos ist. Sein Handy ist ebenso stumm wie zuvor. Wahrscheinlich sollte sie sich Sorgen machen, doch das Einzige, was sie empfindet, ist eine so große Wut, dass sie sich nur physisch entladen kann. Schließlich haben sie sich beide dafür entschieden, Kinder zu haben, wie kann es also sein, dass sie sich ganz allein um die beiden kümmern muss?

»Viggo, komm sofort her! Wie oft soll ich dir das denn noch sagen?«

Sie packt ihn hart am Arm. Viggo schießen die Tränen in die Augen. Sie sieht es, aber sie kann nicht aufhören. Schnell schmiert sie ihn mit Sonnencreme ein und hält ihn dabei unnötig fest. Er jammert, und sie kann einen Anflug von Zufriedenheit nicht unterdrücken. Hinterher hat sie ein schlechtes Gewissen. Nimmt sich vor, dass es nie wieder vorkommen soll. Die Kinder können schließlich nichts dafür, dass Oskar nicht hier ist.

»So, mein Schatz, jetzt lauf.«

Sie streicht ihm über das Haar, um ihren harten Ton wiederwettzumachen, aber Viggo reißt sich ungeduldig los, in Gedanken ist er schon im Pool. Als er außer Sichtweite ist, schaut sie erneut Richtung Strand. Zwar ist Oskar die meisten Abende hier aus gewesen, aber bisher ist er spätestens in den frühen Morgenstunden neben ihr ins Bett gefallen.

Sie nimmt die Frauenzeitschrift, die zusammengerollt in der Strandtasche liegt, und blättert zerstreut darin. Bei einer Reportage über Scheidungsstatistiken in Zusammenhang mit Urlaubszeiten bleibt sie hängen. Der Verfasser des Artikels schreibt, im Anschluss an die Ferien würden die Trennungen rapide ansteigen, viele Ehen hielten den Herausforderungen nicht stand, die es für Paare bedeuten würde, den ganzen Tag gemeinsam verbringen zu müssen. Sie legt die Zeitung wieder weg und gibt dem Kellner ein Zeichen, dass sie bezahlen will. Während sie auf die Rechnung wartet, betrachtet sie ein Passfoto des jungen Oskar, das sie im Portemonnaie herumträgt, seit sie sich kennengelernt haben. Er lächelt in die Kamera, ein selbstsicheres Lächeln. Und er sieht gut aus. So gut, dass es lange das Einzige war, was sie an ihm gesehen hat. Das ist inzwischen anders. Wütend reißt sie das Foto mitten entzwei.

Und dann noch einmal. Zerknüllt alle vier Teile und wirft sie in den Aschenbecher. Doch dann bereut sie es und nimmt sie wieder heraus. Will nicht, dass jemand dieses zerrissene Foto von Oskar zu sehen bekommt.

Sie schaut sich um und sieht, dass ihre Nachbarn gerade ins Restaurant kommen. Sie nicken ihr freundlich zu und suchen sich dann etwas weiter hinten einen Tisch. Veronica beobachtet, wie sie Platz nehmen. Mutter, Vater und zwei fröhliche Kinder. Wieder lodert Zorn in ihr auf. So eine Scheiße, dieser Familienurlaub ist ganz allein Oskars Idee gewesen, also hat er auch die gottverdammte Pflicht, dafür zu sorgen, dass er wenigstens aussieht wie einer.

»Bitte sehr, Liebling«, hat er damals gesagt und einen prallen Umschlag vor sie auf den Küchentisch geworfen. »Wir fahren nach Thailand, die Kinder, du und ich. Wir müssen mal ein bisschen raus und diesem elenden Winter entfliehen.«

Er hat die Tickets aus dem Umschlag gezogen und ihr ein Foto des Fünf-Sterne-Hotels in Long Beach gezeigt, hat wahrscheinlich irgendeine Form von Dankbarkeit erwartet. Doch ihr ist es nicht gelungen, Freude vorzutäuschen, sie ist einfach nur wütend gewesen, weil er sie gar nicht in die Entscheidung miteinbezogen hat. Das hat sie ihm so allerdings nicht gesagt. Weder zu diesem noch zu einem späteren Zeitpunkt. Stattdessen hat sie versucht, sich für die Reise zu begeistern. Ist nachts aufgeblieben, wenn die Kinder im Bett waren, und hat im Internet nach einem leichteren Kinderwagen für Viggo gesucht, in den sie ihn abends hineinsetzen können, wenn er müde wird. Beinahe hat sie die Sonnencreme vergessen und ist schnell noch in die Apotheke gerannt, bevor das Taxi nach Arlanda abfuhr. Gefühlt ein Kilo Sonnenschutzmittel ist zu verstauen gewesen, bevor sie sich und den Rest der Familie ins Taxi quetschen und durch das Schneechaos zum Flughafen kriechen konnten.

Und jetzt sind sie hier. Die gemeinsame Zeit ist mehr oder minder ausgeblieben. Oskar hat meist vor den Fernsehapparaten in der Bar gesessen, um sich die Olympischen Winterspiele anzuschauen, während Veronica sich um die Kinder gekümmert hat. Sie will nach Hause. Dort ist Oskar zumindest zeitweise Familienvater und sie kann ihr Leben anders organisieren, als es hier in Thailand möglich ist. Hier tritt offensichtlich zutage, was für eine dysfunktionale Familie sie eigentlich sind. Zwei getrennte Leben hinter einer hübschen Fassade.

Aus dem Augenwinkel sieht sie Tomas, der von seinem Bungalow herübergeschlendert kommt. Er geht am Pool vorbei und winkt Emma und Viggo halbherzig zu. Dann geht er weiter Richtung Restaurant. Sein Blick ist auf das Frühstücksbuffet gerichtet, seine Bewegungen sind verlangsamt, es ist also wahrscheinlich ein feucht-fröhlicher Abend geworden. Veronica nimmt die Sonnenbrille ab, sieht, wie er sich zwischen den Tischen hindurch einen Weg bahnt. Noch hat Tomas sie nicht entdeckt, sie sitzt an einem Tisch relativ weit vom Buffet entfernt, um dem Chaos rund um das Essen zu entgehen, aber auch um einen guten Blick auf das Meer und den Pool zu haben.

»Tomas.«

Sie hebt ein wenig die Stimme, laut genug, dass er sie hören kann, und doch so leise, dass sie nicht die Aufmerksamkeit der übrigen Gäste erregt. Doch Tomas scheint ganz darauf konzentriert zu sein, sich etwas zu essen zu organisieren. Sie lehnt sich zurück und beobachtet, wie er Rührei und Speck auf seinen Teller häuft. Am Kaffeetresen bleibt er kurz stehen und wechselt ein paar Worte mit einer dunkelhaarigen Frau, die Veronica bisher noch nicht aufgefallen ist, dann geht er weiter zum Obst.

Tomas wohnt hier direkt neben ihnen. Ein netter, etwas schüchterner Vorstadttyp, der zwischen zwei Jobs als IT-Consultant allein nach Thailand gereist ist. Kurzgeschnittenes Haar, vielleicht einen Rettungsring zu viel um die Hüften, ein paar nicht besonders originelle Tattoos, ganz lieb, aber nichts Besonderes. Obwohl sie eigentlich wirklich nichts gemeinsam haben, hat Oskar sich an den Abenden, an denen er Lust hatte auszugehen, mangels Alternativen mit ihm zusammengetan. Vermutlich hat Tomas sich, wie die meisten anderen, geschmeichelt gefühlt, von Oskar angesprochen zu werden – das hat sie häufig genug an anderen Menschen beobachtet.

Veronica öffnet ihre Wasserflasche, nimmt einen kräftigen Schluck und sieht, wie Tomas den Kellner um etwas bittet. Sie lächelt, als sie bemerkt, wie er sich anschließend schwer auf einen Stuhl sinken lässt. Mit der Hand wischt er sich den Schweiß von der Stirn. In den vergangenen zwei Wochen hat sie ihn ziemlich gut kennengelernt, nicht zuletzt, weil er sich angewöhnt hat, ihnen beim Frühstück Gesellschaft zu leisten. Außerdem hat er einen beinah erschreckend entspannenden Einfluss auf sie. Obwohl sie sonst so zurückhaltend ist, hat sie sich bereits am zweiten Morgen dabei ertappt, wie sie ihm Dinge erzählt hat, über die sie schon seit Jahren mit niemandem mehr geredet hat. Und gestern Abend ist er mit ihnen zum Essen gegangen. Es war ein sehr netter Abend. Als die Kinder gegen neun zu gähnen anfingen, ist sie mit ihnen ins Hotel zurückgekehrt, während Oskar und Tomas noch sitzen geblieben sind.

* * *

Oskar beißt die Zähne zusammen und streckt sich nach seinen Shorts, die auf dem Boden liegen. Es tut weh im Schritt, wenn er sich bewegt, er kann sich gar nicht erklären, was da so verdammt wehtut. Das Zimmer dreht sich und sein Kopf hämmert, vermutlich ist er immer noch betrunken. Außerdem hat er beträchtliche Erinnerungslücken. Nur dunkel ist ihm bewusst, dass er gestern Abend eine Kellnerin aus der Bar mit hierher genommen hat, aber nicht, was sie anschließend getan haben. Angesichts seiner Schmerzen müssen es ziemlich avancierte Sexspiele gewesen sein.

Er greift sich an die Stirn, verflucht die Kopfschmerzen, die wie ein eisernes Band um seinen Schädel liegen und einfach nicht nachlassen wollen. Scheiße, er muss hier eindeutig weg. Er seufzt und setzt sich wieder auf die Bettkante, um die Shorts anzuziehen, zuckt jedoch zusammen. Es fühlt sich an, als würde ihm jemand ein Messer in den Arsch stecken. Rasch steht er wieder auf. Ohne darüber nachzudenken, fasst er sich an den Hintern, fühlt vorsichtig nach, es tut wirklich höllisch weh. Als er seine Finger betrachtet, sind sie rot. Wie kann das sein? Verwirrt schüttelt er den Kopf, kann nicht klar denken. Wie kann es sein, dass er aus dem Hintern blutet? Er schaut sich im Zimmer um, die wenigen Möbel stehen noch an ihrem Platz. Im Tageslicht, das durch die kaputten Fensterscheiben fällt, sehen sie schmutziger aus als in der Nacht. Keine Kampfspuren. Und die Frau ist weg. Er kann noch den Abdruck ihres Körpers auf der Matratze erkennen, das Laken liegt zusammengeknüllt in der Mitte des Bettes und gibt den Blick auf die Matratze frei. Diese hat ihr Mindesthaltbarkeitsdatum längst überschritten, sie ist fleckig und verdreckt und durch den zerrissenen Bezug schaut überall gelbbrauner Schaumstoff hervor. Außerdem sind da Blutflecken. Angeekelt wendet er sich ab. Sein Kopf tut so weh, wie er es noch nie zuvor erlebt hat. Er muss sich gestern wirklich maßlos betrunken oder noch etwas Stärkeres genommen haben.

Ein klebriges Gefühl an den Oberschenkeln zwingt ihn zum Handeln. Er reißt sich zusammen und wankt in das schmutzige Badezimmer, wobei er eine rote Spur auf dem Fußboden hinterlässt, vielleicht ist er ernsthafter verletzt, als er zunächst geglaubt hat. Er nimmt das rosafarbene Toilettenpapier, stopft es sich zwischen die Beine und zieht die Shorts hoch. Hat die Frau ihn überfallen und ihm einen Messerstich verpasst, nachdem er ins Koma gefallen ist? Hatte sie mehr Geld verlangt, als er ihr bezahlen wollte? Mit zittrigen Beinen geht er zur Tür, greift nach der Klinke und will sie eben öffnen, als er in der Ecke eine leere Bierflasche bemerkt. Einer Eingebung folgend tritt er näher. Die Flasche ist kaputt. Nicht sehr, doch an der Öffnung ist ein kleines Stück herausgebrochen, und an genau dieser Stelle ist die Kante unglaublich scharf. Ein Bild flackert vor seinem inneren Auge vorbei. Er sieht sich selbst neben der Frau auf dem Bett knien, in der Hand die Flasche, die er zwischen ihren gespreizten Beinen einführt. Er schaut auf die blutige Matratze. Schluckt. Dann öffnet er die Tür einen Spaltbreit und taumelt in die grelle Morgensonne hinaus.

Der Bungalow liegt hinter ein paar Büschen versteckt, auf der anderen Seite ist ein Kiesweg, der vermutlich zur Straße führt. Er humpelt in diese Richtung, es dauert, bis ein Tuk Tuk, eines der vielen dreirädrigen Taxis, auftaucht. Er ruft und winkt. Wer weiß, wie lange er sich noch aufrecht halten kann. Je mehr der Alkoholpegel sinkt, desto stärker werden die Schmerzen. Der Fahrer des Tuk Tuk zeigt mit dem Finger auf ihn und lacht. Als Oskar das Lachen nicht erwidert und deutlich macht, dass er starke Schmerzen hat, hört der Mann auf zu lachen und fragt, wo er hinwill.

»To hospital. How much?«

Der Fahrer erkennt sofort, dass sein Spielraum bei diesem Mann groß ist, und nennt einen relativ hohen Preis.
»Thousand baht.«
Oskar nickt matt und zwängt sich mit Hilfe des Fahrers in das Fahrzeug, versucht, einen Schmerzenslaut zu unterdrücken. Bald wird er wieder bei seiner Familie sein. Und dann, gelobt er sich selbst, wird er nie mehr eine Prostituierte aufsuchen.

* * *

Veronicas Bemühungen, Tomas' Aufmerksamkeit auf sich zu ziehen, werden endlich belohnt. Er hebt die Hand zu einem zaghaften Winken, und seine Mundwinkel verziehen sich leicht nach oben, die Andeutung eines Lächelns. Er schenkt sich ein Glas Saft ein und kommt dann zu ihr herüber, ein wenig schwankend, denn er muss immer wieder anderen Gästen ausweichen. Einmal sieht es aus, als würde ihm das Tablett aus der Hand gleiten. Doch dann fängt er sich wieder und gelangt unfallfrei bis zu ihrem Tisch. Erleichtert lässt er sich auf einen Stuhl sinken.
»War's nett gestern Abend?«
Veronica bemüht sich um einen beiläufigen Ton, Tomas braucht nicht zu wissen, wie schlecht es um ihre und Oskars Ehe steht. Diese Dinge möchte sie ihm gern ersparen.
»Ja, war ganz nett«, sagt er und wird dabei ein wenig rot. »Wir haben allerdings wohl ein bisschen zu viel getrunken.«
Schnell schaut sie zum Pool hinüber, um sich zu vergewissern, dass beide Kinder im flachen Becken sind, wie sie es versprochen haben.
»Dann seid ihr also noch weitergezogen?«
Tomas nimmt einen Bissen Rührei und schaut sie verwundert an.

»Ja, hat Oskar das nicht erzählt? Oder ist er noch gar nicht wach?«

Er streckt die Hand nach dem Salz auf dem Nachbartisch aus und würzt das Ei und den ohnehin schon sehr salzigen Speck nach.

»Wo seid ihr hin? Ist es spät geworden?«

Tomas zögert mit der Antwort, sein Gedächtnis scheint noch nicht wieder richtig zu funktionieren.

»Wir sind gegen elf zum Indianer gegangen, du weißt schon, dieser Pub neben der *Easy Bar*. Da haben wir uns eine Weile mit ein paar Jugendlichen unterhalten, die gerade erst in Koh Lanta angekommen waren.«

Er hält kurz inne, um seinen Durst zu löschen.

»Dann hat Oskar vorgeschlagen, noch ins *Marlin* zu gehen, diese Rock-Kneipe oben an der Straße.«

Sie nickt, der Name sagt ihr etwas, sie hat ihn gelesen, als sie an Klong Dao vorbei zum Markt in Saladan gefahren sind.

»Es ist ein richtiger Nachtclub. Nicht besonders voll, vielleicht hundert Leute, aber das Lokal ist ziemlich groß und sah also ziemlich leer aus. Ich habe mich an die Bar gesetzt und mit ein paar Thailändern unterhalten, während Oskar bei ein paar Schweden hängen blieb, die ihn noch aus seiner Zeit bei der Nationalmannschaft kannten.«

»Und dann?« Veronica klingt ungeduldig.

»Tja, dann ist nicht mehr viel passiert. Ich bin irgendwann aufgestanden und gegangen, da war Oskar schon weg.«

Tomas spielt mit einer leeren Marmeladenpackung auf seinem Teller.

»Weg?«

»Ja, ich habe ihn nirgendwo mehr gesehen. Mir war ein bisschen schlecht, deshalb bin ich trotzdem gegangen, dachte, er kommt schon alleine klar.«

Er starrt auf die Tischplatte und versucht erfolglos, einen Klecks Marmelade von seinem Finger zu reiben.

Du lügst doch, denkt Veronica, sagt aber nichts.

»Wann ist er denn nach Hause gekommen? Vielleicht ist er ja vor mir gegangen.«

Veronica sieht ihn skeptisch an. Er verheimlicht ihr irgendwas. Die Frage ist, was. Sie trinkt noch einen Schluck Wasser, dann schraubt sie den Deckel zu und legt die Flasche in die Tasche. Wenn sie Tomas sagt, dass Oskar noch nicht nach Hause gekommen ist, wird er ihr vielleicht eine ehrlichere Antwort geben. Andererseits würde dann ein erster Riss in der schönen Fassade sichtbar. Sie entscheidet sich für einen Kompromiss.

»Genau das wollte ich dich fragen. Oskar ist heute Nacht nicht nach Hause gekommen. Das ist hin und wieder schon mal vorgekommen, wenn er zu viel getrunken und bei einem Kumpel übernachtet hat, und so wie du es schilderst, könnte das gestern der Fall gewesen sein.«

Sie lächelt ihn an, als wollte sie sagen: »Du weißt ja, wie die Kerle sind.« Aber Tomas lächelt nicht zurück. Er sieht sie nur forschend an. Und schon bereut sie, was sie gesagt hat. Sie will nicht den Anschein erwecken, dass die Familie für Oskar nicht an erster Stelle steht.

»Also, es ist nicht oft passiert, ist jetzt auch schon wieder ein paar Jahre her, aber ich dachte, ihr habt den Abend vielleicht mit ein paar Bier bei dir ausklingen lassen, und er ist dann eingeschlafen.«

Oder bei einer Frau, die er im Nachtclub kennengelernt hat, hört sie eine Stimme in ihrem Kopf sagen. Irritiert schiebt sie sie beiseite, steht auf und geht zur Kaffeetheke. Sie schenkt sich eine halbe Tasse schwarzen Kaffee ein und füllt ihn mit heißer Milch auf. Als sie an den Tisch zurückkommt, hat

Tomas den Mund voll. Er kaut zu Ende, dann bricht er das Schweigen.

»Ich weiß, dass es mich nichts angeht«, sagt er, »aber ich wollte dich das die ganze Zeit schon fragen.«

Verlegen wendet er den Blick ab.

»Wie läuft es eigentlich zwischen dir und Oskar?«

Veronicas Hand zittert, als sie die Tasse zum Mund führt, sie kleckert ein wenig und flucht ärgerlich, versucht, die Flecken zu verreiben. Tomas scheint sie misszuverstehen.

»Entschuldige, ich will mich ja nicht einmischen, aber ich kenne euch jetzt zwei Wochen und es scheint mir, als wärst du ganz alleine für die Familie zuständig. Aber vielleicht habt ihr euch ja dafür entschieden.«

Veronica straft Tomas mit einem Blick ab. Es steht ihm nicht zu, ihre Probleme anzusprechen. Aber sie ist ihm nicht böse. Im Gegenteil. Es ist lange her, dass jemand sie gefragt hat, wie es ihr wirklich geht. Die Fassade ist für sie beide so wichtig geworden, dass selten einer wagt, zu erzählen, wie es wirklich um ihn steht. Es fällt ihr schwer, ihre Tränen zurückzuhalten.

»Ach, es läuft ganz gut zwischen uns«, sagt sie beherrscht. »Oskar ist vielleicht nicht besonders präsent als Vater, aber wenn er mit den Kindern spielt, macht er das gut.«

Sie schaut aufs Meer hinaus. Es ist ganz still. Ein einsames Fischerboot liegt ein Stück vom Strand entfernt vor Anker, aber an Bord ist keiner zu sehen.

»Er war auf dem Höhepunkt seiner Fußballkarriere, als die Kinder kamen, deshalb habe ich damals die Verantwortung übernommen, und dann hat sich das irgendwie so eingespielt. Aber so ist es ja in den meisten Familien, vielleicht hat das sogar biologische Gründe.«

Sie erwartet Zustimmung, aber Tomas scheint das mit der

Biologie nicht zu begreifen, er sieht sie verständnislos an. Sie beschließt, schnell das Thema zu wechseln.

»Ich habe mir nur ein bisschen Sorgen gemacht, weil er nicht nach Hause gekommen ist, hätte ja sein können, dass ihm was passiert ist. Aber wahrscheinlich hat es ihn im *Marlin* einfach ausgeknockt, und sie haben es nicht übers Herz gebracht, ihn rauszuwerfen.«

Tomas weicht ihrem Blick erneut aus und sie überlegt, wen er wohl schützen will, sie oder Oskar. Oder ist er einfach nur konfliktscheu?

Viggo kommt angerannt.

»Wo ist Papa? Ich will ihm was zeigen.«

Veronica legt ihm ein Handtuch um den mageren, blau gefrorenen Körper und massiert ihm den Rücken, um die Blutzirkulation wieder in Gang zu bringen.

»Papa ist noch nicht aufgestanden, aber er kommt bestimmt bald.«

»Okay.«

Viggo gibt sich mit der Antwort zufrieden, wirft das Handtuch weg und rennt wieder los, obwohl er mit den Zähnen klappert.

»Sag ihm, er soll zum Pool kommen, wenn er wach ist«, ruft er noch über die Schulter, dann stürzt er sich kreischend ins Wasser. Veronica wendet sich wieder Tomas zu. Er hat das Handy am Ohr, legt es aber weg, als er merkt, dass sie ihn ansieht.

»Ich habe versucht ihn anzurufen, aber das Handy ist ausgeschaltet«, erklärt er.

Sie seufzt verärgert.

»Ich weiß, ich habe es auch schon mehrmals probiert.«

Tomas schaut zu ihrem Bungalow hinüber.

»Es gibt bestimmt eine gute Erklärung, Veronica. Koh

Lanta wirkt nicht so, als würde hier so schnell etwas passieren, auch nicht nachts. Willst du trotzdem zur Polizei gehen?«

Sie hebt eine Augenbraue. Auf die Idee ist sie noch gar nicht gekommen.

»Nein, nein, nicht nötig. Wie du schon sagst, es gibt bestimmt eine Erklärung. Wenn er bis zum Mittag nicht auftaucht, werde ich einfach ins *Marlin* hinübergehen. Wahrscheinlich liegt er unter einem ihrer Tische und schnarcht.«

Tomas wirft einen Blick zur Straße hinüber. Sie ist leer.

»Entschuldige meine Frage vorhin, ich wollte wirklich nicht aufdringlich sein oder irgendetwas heraufbeschwören. Aber mir ist aufgefallen, dass Oskar ziemlich viel in der Bar rumhängt. Einen besonnenen Familienvater hatte ich mir immer anders vorgestellt. Na ja, ich werde ja sehen, wie das ist, wenn ich selbst mal eigene Kinder habe.«

Er errötet.

»Falls es jemals dazu kommt.«

Veronica würde ihm gern zustimmen, auch sie hatte gedacht, ein Familienvater würde sich von einem Single ohne Kinder unterscheiden, doch diese Diskussion ist ihr jetzt einfach zu viel. Sie hat genug damit zu tun, den wachsenden Zorn darüber zu verbergen, dass Oskar immer noch nicht aufgetaucht ist. Wütend tritt sie nach einer streunenden Katze, die sich unter ihrem Tisch verkrochen hat. Sie will nun erst mal mit den Kindern baden gehen.

Das warme Wasser macht sie schläfrig und das Lärmen der tobenden Kinder verdrängt für einen Moment ihre Wut. Sie bleibt lange im Pool, worüber Viggo und Emma sich freuen, obwohl sie hier jede Menge Spielkameraden gefunden haben. Als die Haut an ihren Fingerkuppen schrumpelig wird, geht sie aus dem Wasser und legt sich in einen der Sonnenstühle direkt neben dem Pool. Heimlich bewundert sie einen Vater, dem es gelingt, nicht nur mit seinen eigenen drei Kindern zu spielen, sondern auch noch mit ihren beiden. Ihr selbst nimmt die Organisation des Alltags immer alle Energie für so etwas. Aber das liegt vielleicht ebenfalls an diesem biologischen Unterschied, den sie Tomas zu erklären versucht hat. Auch wenn er nicht ganz verstanden zu haben scheint, was sie meinte.

* * *

»Ist er immer noch nicht aufgetaucht?«

Veronica zuckt zusammen, sie muss eingeschlafen sein. Neben ihr steht Tomas in Badehose, ein Handtuch in der Hand. Auf seiner Haut glitzern Wassertropfen, die in der heißen Luft rasch verdampfen.

»Darf ich mich zu dir setzen?« Er zeigt auf den freien Liegestuhl neben ihr.

»Klar«, sagt sie müde. »Setz dich ruhig.«

Sie richtet sich halb auf und blinzelt mit vor die Augen gehaltener Hand.

»Nein, er ist noch nicht wieder da.«

Ihr Versuch, entspannt zu klingen, misslingt. Sie hört sich vor allem müde an.

»Tomas, bitte sag mir, was ihr gestern gemacht habt. Was ist passiert, bevor Oskar verschwunden ist?«

Bevor er protestieren kann, fügt sie hinzu: »Ich weiß, dass du dich nicht mehr an alles erinnerst, aber vielleicht fällt dir doch noch etwas ein, wenn du gründlich nachdenkst. Diese Warterei macht mich ganz verrückt. Ich kann mir genauso gut deine verschwommenen Erinnerungen anhören, statt hier herumzuliegen und zu grübeln.«

Sie legt sich wieder hin, diesmal auf die Seite, damit sie ihn besser sehen kann. Tomas breitet das Handtuch auf dem sonnenheißen Liegestuhl aus und setzt sich auf die Kante.

»Es tut mir leid, ich habe dir vorhin nicht die ganze Wahrheit gesagt. Ich wollte dich nicht unnötig beunruhigen.«

Er fährt sich mit der Hand über die Stirn und wischt den Schweiß an seinem Oberschenkel ab.

»Als wir im *Marlin* waren, fing Oskar ein Gespräch mit einer Kellnerin an. Dann kam er wieder zu mir und meinte, er wolle noch in eine Karaoke-Bar weiterziehen.«

Tomas mustert Veronica, versucht herauszufinden, ob ihr der Zusammenhang zwischen Karaoke-Bar und thailändischer Prostitution bekannt ist. Das scheint nicht der Fall zu sein, und Tomas beschließt, dass es nicht seine Aufgabe ist, sie darüber aufzuklären. Das muss sie schon mit ihrem Mann ausmachen.

»Zu dem Zeitpunkt war ich schon so angetrunken, dass ich nur noch nach Hause und schlafen wollte, also habe ich ihn allein gehen lassen. Keine Ahnung, wo er hin ist, wahrscheinlich in eine der Bars in der Gegend.«

Veronica beißt sich auf die Lippen. Das glaubt er doch wohl selbst nicht, er will sie nur nicht noch mehr beunruhigen, als sie es ohnehin schon ist.

»Wahrscheinlich hast du recht«, sagt sie. »Bestimmt liegt er in einer der Bars von Koh Lanta und schläft seinen Rausch aus.«

Sie sehen einander an und wissen, dass sie dasselbe denken, dass Oskar aller Wahrscheinlichkeit nach die Nacht mit einer anderen Frau verbracht hat.

* * *

Das Tuk Tuk knattert, die Vibrationen verstärken den Schmerz, und Oskar beißt die Zähne fest zusammen. Ganz allmählich nehmen die Erinnerungen an die Nacht deutlichere Konturen an.

Im letzten Pub, den Tomas und er besucht haben, ist er an der Bar mit einer Kellnerin ins Gespräch gekommen. Sie war klein, dunkel und hübsch und trug einen kurzen, eng anliegenden Rock, dazu ein viel zu enges T-Shirt und hochhackige Schuhe, die sie mindestens zehn Zentimeter größer erscheinen ließen. Wenn sie nicht gerade andere Gäste bediente, saß sie praktisch die ganze Zeit auf seinem Schoß. Es war offensichtlich, was sie wollte. Oskar wollte es auch, fand jedoch, das Spiel müsste seinen geregelten Gang gehen. Er ignorierte sie zum Spaß, gab ihr jedoch auch den einen oder anderen Klaps auf den Hintern. Er erinnert sich, dass sie ihm sogar erlaubt hat, ihre Brüste zu berühren. Heimlich, als kein anderer zusah. Schließlich schlug sie vor, woanders hinzugehen. Oskar hatte eine Weile geschwiegen und dann nach dem Preis gefragt. Er wollte ihr zu verstehen geben, dass es für ihn keine Rolle spielte, ob sie mit ihm ging oder irgendeine andere Frau, er hatte die Wahl, wenn er Sex haben wollte.

»How much?«, fragte er schließlich.

Ihre Antwort war eine Gegenfrage.

»Sind zweitausend zu viel?«

Oskar überlegte kurz, vierhundert Kronen. Nicht viel für einen Fick. Doch er wusste, dass es für sie viel Geld war, außerdem hatte er die Verhandlungsmacht. Deshalb antwortete er: »Ich gebe dir fünfhundert.«

Daran, wie sie sich unmittelbar von ihm abwandte, erkannte er, dass das nicht nur ein schlechtes Angebot war, es lag unter ihrer Mindestvorstellung. Gut so, dann würde er jedenfalls nicht zu viel bezahlen. Schließlich einigten sie sich auf tausend Baht. Oskar sah, wie sich ihr Blick verdunkelte, das war kein guter Preis, doch offensichtlich brauchte sie das Geld, denn sie protestierte nicht mehr, als er sagte, dies sei sein letztes Angebot. Zweihundert Mäuse, drei Bier im Lokal. Er sollte eigentlich nicht, aber er wollte, hatte Lust auf Sex ohne große Ansprüche. Seit Viggos Geburt war zu Hause im Bett nicht mehr viel zu holen. Und das ewige Genörgel, das sich im Laufe der Zeit in den Wänden festgesetzt hatte, machte ihn ganz kribbelig. Veronica sprach es nie aus, aber er hatte das Gefühl, als wäre sie konstant unzufrieden. Und als richte sich diese Unzufriedenheit gegen ihn.

»Come Mister. We go now.«

Die Frau zog ihn ungeduldig am Arm. Er nahm ihre Hand und verließ mit ihr die Bar. Es war nur ein kurzer Fußweg, vielleicht zehn Minuten, doch die frische Luft machte ihn etwas nüchterner. Veronicas Bild tauchte vor seinem inneren Auge auf, und für einen kurzen Moment hatte er ein schlechtes Gewissen. Er betrachtete die Frau neben sich, die den Blick zu Boden gesenkt hatte, sah, wie sie die Scheine umklammerte, die er ihr eben gegeben hatte. Es war lange her, seit er zuletzt zu einer Nutte gegangen war. Während seiner Fußballkarriere hatte er es häufig getan, aber seit die Kinder da waren, hatte er sich ein bisschen beruhigt. Veronica hatte nie etwas mitbekommen. Zumindest glaubte er das. Vielleicht hatte sie es aber auch einfach nicht sehen wollen. Damals, zu Beginn ihrer Beziehung, war sie noch williger gewesen, hatte sie sich bemüht, ihm zu gefallen. Damit er sie behielt, so viel war ihm klar. Er hatte schon immer Macht über die Frauen gehabt. Es war nicht sonderlich schwierig, es war alles eine Frage der Taktik.

Er folgte der Frau zu einem einfachen Bungalow, der in der Nähe und doch vollkommen abgeschieden lag. Es war nicht ihr Zuhause, das war offensichtlich. Eher ihr »Arbeitsplatz«. Der Großteil des Zimmers wurde von einem durchgelegenen Doppelbett eingenommen. Daneben stand ein kaputter Nachttisch und an der Wand ein Kühlschrank, der noch aus dem vorigen Jahrhundert zu stammen schien. Außerdem gab es eine Kommode, auf der ein kleiner kompakter Fernseher stand, sowie einen holzfarbenen Schrank. Ein Fensterladen hing lose herab. Eine nackte Glühbirne in der winzigen Toilette spendete etwas Licht, im Zimmer selbst war es schummrig. Als sie an seinem Gürtel zu nesteln begann, kam ihm eine Idee. Er fasste sie am Oberarm. Sie sah ihn ängstlich an, stöhnte aber dennoch: »Me horny.«

»Good«, sagte er, »cause I'll fuck you tonight.«

Er warf sie auf das Bett, sodass sie auf dem Bauch landete, zog seinen Gürtel heraus und fesselte ihr damit die Hände hinter dem Rücken. Er wickelte ihn mehrere Male um die Handgelenke und zog die Schnalle so fest, dass sie sich nicht befreien konnte. Aber selbst wenn es möglich gewesen wäre, er glaubte nicht, dass sie es getan hätte. Sie würde ihm in dieser Nacht zu Willen sein.

Er hat ihr den Rock heruntergerissen und mit ihm den String. Dann führte er zwei Finger in sie ein, während er mit der anderen Hand ihr T-Shirt hochschob und eine ihrer Brüste packte. Dann öffnete er seinen Reißverschluss und holte seinen Penis heraus. Er war nicht besonders steif. Trotzdem versuchte er, in sie einzudringen. Es gelang ihm nicht, und das machte ihn wütend. Keine Ahnung, wie er auf die Idee kam, aber plötzlich sah er diese Flasche neben dem Bett, eine halbvolle Chang-Flasche. Die würde er benutzen, bis sein Schwanz bereit war. Er beugte sich herab und leerte die Flasche auf dem Boden aus. Als er sie an ihren Unterleib führte, protestierte sie. Sie sagte nein, sie wolle nicht mehr, es tue ihr weh, die Hände auf dem Rücken gefesselt zu haben. Er könne sein Geld wiederhaben, sie wolle einfach nur gehen. Dann brabbelte sie noch irgendetwas, sie sei eigentlich keine Prostituierte, brauche aber das Geld, um ihre Familie zu ernähren. Das machte ihn noch wütender. Er hatte sie bezahlt, um genau dieses Gejammer nicht hören zu müssen, außerdem hatte sie sich den ganzen Abend an ihn herangeschmissen, also hatte sie es sich selbst zuzuschreiben.

Er drückte sie auf das Bett und führte die Flasche ein paar Zentimeter in sie ein. Sie schrie auf. Er fauchte sie an, sie solle die Klappe halten, und schob die Flasche noch tiefer hinein. Jetzt weinte sie. Er bereute schon, hierhergekommen zu sein. Konnte sie nicht einfach die Klappe halten und ihn befriedigen? Ein drittes Mal schob er die Flasche in sie hinein, diesmal ging es leichter. Er beugte sich vor und sah ihr ins Gesicht. Das Schluchzen war verebbt, aber ihre Augen waren groß und voller Angst. Das gefiel ihm irgendwie. Schnell bewegte er die Flasche hin und her, rein und raus, jedes Mal ein bisschen weiter hinein. Dann spürte er, wie sein Körper endlich reagierte, zog die Flasche schnell heraus und drang von hinten in sie ein. Ihr Weinen nahm er kaum wahr. Kurz dachte er, dass es nicht besonders günstig wäre, wenn jetzt draußen jemand vorbeiginge und sich fragte, was dort drinnen los wäre.

Er kam sehr schnell. Als er fertig war, zog er sich aus ihr zurück. Er kniete immer noch auf dem Bett. Und da passierte es. Er bekam einen kräftigen Schlag, vielleicht auch einen Tritt zwischen die Beine. Nicht dahin, wo er vermutlich hatte landen sollen, sondern an die Innenseite des Oberschenkels, gleich neben seinen Hoden. Doch er war nicht darauf vorbereitet und es tat furchtbar weh. Er erinnert sich, dass er laut gebrüllt hatte. Der nächste Tritt war ein Volltreffer. Ihm ging die Luft aus, es brannte und tat höllisch weh. Mit den Händen zwischen den Beinen brach er auf dem Bett zusammen. Aus dem Augenwinkel konnte er gerade noch eine Gestalt erkennen, bevor ihn der dritte Schlag traf, diesmal mit voller Wucht in den Nacken. Er wimmerte leise und merkte noch, wie er das Bewusstsein verlor. Der vierte Hieb, diesmal wieder in den Schritt, musste ihm den letzten Rest gegeben haben. Danach war alles schwarz.

* * *

Veronica läuft rastlos zwischen Restaurant und Pool hin und her, ab und zu macht sie auch einen Abstecher zum Strand hinunter. Die Kinder sind immer noch mit dem Eis beschäftigt, das sie ihnen nach dem Mittagessen gekauft hat, und sie hofft, dass das noch eine Weile so bleibt.

Sie geht am Wasser entlang, schirmt die Augen mit der Hand ab und blinzelt in die Sonne. Kein Oskar, so weit das Auge reicht, nur Jogger und ein paar wenige Schwimmer. Einer der streunenden Hunde am Strand, dessen Revier sie wohl betreten hat, kommt laut bellend auf sie zugerannt. Sie hebt einen Stein auf und wirft ihn nach ihm, gleichzeitig brüllt sie laut: »Hau ab!« Der Hund jault vom Stein getroffen auf und hinkt kläglich davon. Veronica zittert am ganzen Körper, nicht vor Furcht, sondern wegen des Adrenalins. Sie lässt sich auf den Sand sinken. Zum ersten Mal nimmt sie das beinahe unnatürliche Blau des Wassers richtig wahr und die kräftigen Gerüche in der Luft. Es ist, als wäre ein Teil ihres Zorns, der sie den ganzen Tag begleitet hat, mit dem Stein davongeflogen.

Sie bleibt im warmen Sand sitzen, bis ihr Herz wieder normal schlägt. Dann steht sie auf und geht zum Restaurant zurück. Sie setzt sich wieder an den Tisch, will keine unnötige

Aufmerksamkeit erregen. Emma schleckt den letzten Rest von ihrem Eis auf und stibitzt sich ein Stück Ananas vom Obstteller – mehr hat sich Veronica zum Mittagessen nicht bestellt –, dann leckt sie sich genüsslich die Lippen.

»Ich will baden, Mama, kommst du mit? Bitte ...«

Veronica seufzt innerlich. Sie hat keine Lust, aber schon allein die Tatsache, dass sie keine Lust hat, macht ihr ein schlechtes Gewissen.

»Nein, mein Schatz, ich muss mich ein bisschen ausruhen. Geht ruhig allein, ihr zwei. Es sind massenhaft andere Kinder im Pool.«

Mit der üblichen Ermahnung, nur ins flache Becken zu gehen, schickt sie sie los, bestellt Kaffee und zieht ihr Buch aus der Tasche. Sie versteckt sich hinter dem Roman und versucht so zu tun, als würde sie lesen, zum Glück sind die Gläser ihrer Sonnenbrille sehr dunkel. So kann sie umherspähen, ohne dass es auffällt.

»Darf ich mich zu dir setzen?«

Diesmal wartet Tomas ihre Antwort nicht ab, sondern setzt sich sofort neben sie, versucht, eine Kellnerin heranzuwinken und seufzt resigniert, als diese ihn nicht beachtet.

»Puh, irgendwie bin ich heute auch noch ganz schön fertig.«

Veronica hält ihm den Obstteller hin. Sie ist froh, dass er gekommen ist und sie ein bisschen ablenkt. Tomas bedankt sich, nimmt ein Stück Wassermelone und steckt es sich in den Mund.

»Jetzt ist es gar nicht mehr lang hin«, sagt er, nachdem er es hinuntergeschluckt hat. »Ich habe ziemlich gemischte Gefühle, wenn ich an die Heimkehr denke.«

Sie nickt.

»Ja, so ist das. Und der Höhepunkt ist dann, wenn man nach

Hause kommt und feststellt, dass der Alltag genauso weitergeht wie vorher.«

Sie knickt die Seite um, bevor sie das Buch zuschlägt und wieder in ihre Tasche steckt.

»Wann fängst du bei deinem neuen Job an?«

»In drei Wochen. Ich habe mir gleich etwas länger frei genommen, wo ich einmal die Gelegenheit dazu hatte.«

Sie spürt, dass Tomas sie etwas fragen will, und kommt ihm schnell zuvor.

»Erzähl mir von dem Job, was wirst du dort machen?«

Tomas stutzt, bisher hat sie nicht so gewirkt, als würde sie sich sonderlich dafür interessieren, doch dann beschreibt er folgsam die Aufgaben eines Entwicklers bei einem großen Softwarekonzern. Es interessiert sie tatsächlich kein bisschen, und doch stellt sie immer weitere Fragen, sie will, dass er weiterredet, damit sie nicht an Oskar denken muss.

»Nein, jetzt haben wir genug über mich geredet«, sagt Tomas, als das Thema erschöpft ist. Er beugt sich vor und nimmt ihr die Sonnenbrille ab.

»Jetzt reden wir über dich.«

Sie seufzt.

»Okay, was willst du wissen?«

Tomas greift nach einem weiteren Stück Wassermelone.

»Keine Ahnung, alles, glaube ich, denn ich werde einfach nicht klug aus dir ... Als ich dich das erste Mal zusammen mit Oskar gesehen habe, hatte ich ein sehr klares Bild von dir, aber jetzt, nachdem wir uns beinahe jeden Tag unterhalten haben, kommst du mir völlig anders vor. Hast du deine ganze Kindheit in Bromma verbracht?«

»Nein, überhaupt nicht. Als ich geboren wurde, wohnten meine Eltern in Kungsängen, und dort habe ich auch den größten Teil meiner Kindheit verbracht.«

Sie erzählt ihm von den Jahren im Norden der Stadt, von den Granit Girls, wie sie sich nannten, vier Mädchen, die von der ersten bis zur siebten in dieselbe Klasse gingen und alle im Granitstigen wohnten.

»Es war das erste und einzige Mal, dass ich überlegt habe, Punk zu werden. Als ich mit der achten anfing, sind wir nach Bromma gezogen. Dort habe ich mich einer Mädchengang in meiner neuen Klasse angeschlossen. Sie waren nicht unbedingt die Hellsten, aber sie hatten einen gewissen Status. Außerdem wurde ich bald zu einem der beliebtesten Mädchen der Klasse, was ich wohl vor allem meinem Aussehen zu verdanken hatte. Man hat mir immer schon gesagt, ich wäre hübsch.«

Es klang wie eine einfache Feststellung, ganz ohne Eitelkeit.

»Aber ich glaube immer mehr, dass es ein Fluch ist. Das Einzige, was es mir gebracht hat, ist die wahnsinnige Angst, eines Morgens aufzuwachen und potthässlich geworden zu sein.«

Tomas sieht sie an. Das lange blonde Haar fällt ihr über den Rücken, vom Salzwasser ist es hier und da gelockt. Ihre Augen sind grünbraun meliert und von dichten schwarzen Wimpern umgeben. Er findet sie umwerfend schön, außerdem ist sie nicht nur attraktiv, sondern auch intelligent, und es fällt ihm schwer, dieses Bild mit dem eines eitlen, gefallsüchtigen und scheinbar ziemlich langweiligen Teenagers aus Bromma in Übereinstimmung zu bringen. Er lächelt, als sie ihn fragend anschaut.

»Ja, dann haben wir wohl sehr unterschiedliche Kindheitserfahrungen.«

Er lehnt sich zurück und verschränkt die Hände hinter dem Kopf.

»Ich bin nie Teil irgendeiner Gang gewesen, obwohl ich das weiß Gott gern gewollt hätte, ich war der Kumpel von allen.«

Ein Mädchen kommt an ihren Tisch und fragt nach Emma und Viggo, Veronica zeigt auf den Pool. Tomas wartet, bis das Mädchen wieder verschwunden ist.

»Außerdem war ich viel zu schüchtern, um mich den coolen Typen anzuschließen. Ich hatte wohl auch nicht die richtige Ausstrahlung und vermutlich auch nicht das Selbstbewusstsein dazu. Und was Mädchen anging, so fühlte ich mich immer ein bisschen wie Bambi auf dem Eis, unsicher und nervös.«

Der Stuhl knarrt, als er sich bewegt.

»Bei dir hätte ich niemals eine Chance gehabt. Du und Oskar, ihr spielt in derselben Liga. So erscheint es einem zumindest, wenn man siebzehn ist, und so sieht es auch mit fünfunddreißig noch aus. Aber es ist in Ordnung, in eurer Liga würde ich mich vermutlich auch gar nicht wohlfühlen, ich käme mir unecht vor.«

Überrascht hebt sie die Augenbraue, und Tomas sieht peinlich berührt aus.

»Entschuldige, ich wollte damit nicht sagen, du seist nicht echt, aber so kam es mir bei den toughen Leuten in meiner Klasse immer vor, dass es bei ihnen vor allem um Äußerlichkeiten ging. Und auf der anderen Seite bin ich selbst wahrscheinlich auch nicht viel echter, passe mich auch immer meiner Umgebung an.«

Tomas winkt der Kellnerin erneut, und jetzt sieht sie ihn, sie winkt zurück und gibt ihm zu verstehen, dass sie gleich herüberkommt.

»Das ist vielleicht nicht gerade die beste Einstellung der Welt, aber es kann ganz praktisch sein. Man gehört überall dazu und braucht sich niemals richtig einsam zu fühlen. Aber manchmal finde ich es auch zum Kotzen.«

Veronica nickt nachdenklich.

»Ich verstehe, was du meinst.«

Sie betrachtet die dunkle Locke, die ihm in der Stirn klebt, das Grübchen in seiner Wange. Findet ihn eigentlich ganz süß. Und ist fasziniert, dass er sich traut, über seine Unsicherheit zu sprechen, ohne Angst, etwas Falsches zu sagen. Wenn sie selbst in persönlichen Gesprächen über Liebesbeziehungen spricht, gibt sie niemals ihre Angst zu, dass Oskar sie verlassen könnte. Eine Angst, die sie über große Teile ihres Erwachsenenlebens immer wieder gelähmt hat. Sie bemerkt, dass Tomas sie schon wieder beobachtet. Ein kleines Lächeln umspielt seine Mundwinkel.

»Wo bist du denn gerade?«

Sie errötet, schüttelt unmerklich den Kopf.

»Ach, Erinnerungen. Wie ist das jetzt eigentlich, kommt heute noch mal eine Kellnerin vorbei? Du hast doch schon vor einer ganzen Weile nach ihr gewinkt.«

Tomas verdreht die Augen.

»Tja, irgendwie scheine ich heute unsichtbar zu sein. Ich gehe zur Pool-Bar und hole mir so einen Frucht-Drink. Willst du auch einen?«

Sie nickt.

»Ja, gerne.«

Er drängelt sich zwischen den Tischen hindurch, diesmal etwas selbstsicherer, sagt etwas zu Emma und Viggo, als er am Pool vorbeikommt, und die beiden lachen. Wahrscheinlich hat er ihnen noch ein Eis versprochen, so wie sie jubeln. Sie dreht den Kopf und schaut ein letztes Mal zur Rezeption hinüber, obwohl sie eigentlich nicht mehr daran glaubt, Oskar dort zu entdecken. Sie flucht innerlich, zählt bis zehn und nimmt dann ihr Buch wieder heraus. Sie versucht noch einmal zu lesen, aber es gelingt ihr nicht.

※ ※ ※

Der Tuk-Tuk-Fahrer sagt nichts, aber er schaut Oskar, der ganz blass im Gesicht ist, bald neugierig, bald besorgt an. Er fährt, so schnell es das kleine Fahrzeug erlaubt, reicht dem kranken Mann eine Flasche lauwarmes Wasser. Oskar bedankt sich und trinkt gierig, er ist vollkommen ausgetrocknet, vom Alkohol, aber auch von der Hitze.

Das Krankenhaus liegt weiter südlich auf der Insel. Es ist ein ordentliches Stück, im Tuk Tuk eine halbe Stunde bei Höchstgeschwindigkeit. Oskar schwitzt, zwischen seinen Beinen pocht es. Als der Fahrer kräftig bremst, fliegt ihm die Flasche aus der Hand. Ein kleiner Junge ist direkt vor ihnen über die Straße gerannt. Er sieht erschrocken aus, ist in Viggos Alter, vielleicht etwas jünger. Oskar muss an seine Kinder denken. Sie wundern sich bestimmt, wo er ist. Kurz macht sich sein schlechtes Gewissen bemerkbar, dann bringt ihn der Schmerz wieder zurück in die Gegenwart.

Dem Jungen ist nichts passiert. Er läuft in ein Haus auf der anderen Straßenseite. Oskar bückt sich mühsam und hebt die Flasche auf. Der Fahrer beschleunigt wieder das Tempo. Es sind einige Kilometer schlecht asphaltierter Straße. Dann endlich entdeckt Oskar das große Gebäude des Krankenhauses von Koh Lanta. Der Mann fährt ihn direkt vor den Haupteingang. Oskar stolpert hinein und versucht an der Rezeption sein Anliegen zu erläutern. Doch das ist nicht nötig. Die Schwester dort sieht gleich, wie schlecht es ihm geht, sofort spritzt sie ihm ein Schmerzmittel. Gleichzeitig wird ein Bett herangerollt, starke Arme heben ihn hoch und er dämmert weg. So merkt er nicht, wie das Laken weggezogen wird und ein Arzt ihn mit gerunzelter Stirn untersucht. Auch von der Narkose bekommt er nichts mit.

Als er einige Stunden später aufwacht, liegt er in einem kahlen Zimmer in einem Krankenhausbett. Seine Sachen hängen über der Stuhllehne. Ein paar Meter vom Bett entfernt stehen ein Regal und ein Tisch, und es gibt ein Waschbecken, ansonsten ist das Zimmer leer. Er ist allein. Es tut jetzt nicht mehr ganz so weh, es ist eher ein diffuser, anhaltender Schmerz. Die Tür öffnet sich und eine Ärztin kommt herein.

»Wie geht es Ihnen?«

»Tja, es könnte besser sein.«

Er versucht zu lächeln, sie erwidert es nicht.

»Wir haben Sie genäht. Sie haben eine ziemlich üble Wunde im Analbereich, die nicht recht aufhören will, zu bluten.«

Die Ärztin schaut in den Bericht.

»Und wir haben Ihnen Morphium zur Schmerzlinderung gegeben.«

Sie sieht ihn forschend an.

»Was ist passiert?«

Oskar schließt kurz die Augen, auf diese Frage ist er nicht vorbereitet. Wenn er die Wahrheit sagt, werden sie die Polizei einschalten, und dann erfährt Veronica alles.

»Ich kann mich nicht erinnern.«

Die Ärztin scheint ihm nicht zu glauben.

»Ach, es war nur ein Sexspiel, das ein bisschen ausgeartet ist. Ich und mein Freund haben gestern ordentlich einen drauf gemacht, dann sind wir nach Hause und hatten Sex.«

Er schweigt kurz, schließt erneut die Augen. Die kaputte Flasche fällt ihm ein.

»Und ... dann hat er eine Flasche benutzt. Sie war wohl kaputt, denn als ich heute Morgen aufgewacht bin, habe ich gemerkt, dass ich blutete und furchtbare Schmerzen hatte. Dann bin ich hergekommen.«

Er ist nicht sicher, ob sie ihm glaubt, dass weiße homosexuelle Männer so bescheuert sind, sich in einer heißen Liebesnacht freiwillig grob misshandeln zu lassen, oder ob sie ein-

35

fach nur will, dass er sich noch etwas ausruht. Jedenfalls stellt sie ihm keine unangenehmen Fragen mehr.

»Sie haben Glück gehabt«, sagt sie stattdessen. »Die Wunde ist nicht groß, aber eben an der falschen Stelle, ein großes Blutgefäß ist gerissen. Wären Sie nicht so schnell hier gewesen, hätte es richtig schlimm ausgehen können.«

»Werde ich bleibende Schäden davontragen?«

»Nein, das glaube ich nicht, aber es wird noch eine ganze Weile wehtun, vor allem der Toilettengang könnte sehr schmerzhaft werden.«

Zum ersten Mal glaubt er, so etwas wie Sympathie in ihrer Stimme zu hören.

»Doch wenn man sich vorstellt, was hätte passieren können, finde ich, dass Sie Glück gehabt haben. Ich gebe Ihnen ein Abführmittel mit, benutzen Sie das in den nächsten Tagen, dann wird es nicht ganz so wehtun. Wann fliegen Sie zurück nach Schweden?«

»Am Montag.«

Sie reicht ihm einen Blister mit Tabletten und eine Kopie des Untersuchungsberichts.

»Okay. Sobald Sie zu Hause sind, lassen Sie sich noch einmal untersuchen und dann gehen Sie regelmäßig hin, um die Wunde kontrollieren zu lassen. Hier haben Sie auch Schmerzmittel, die reichen müssten, bis Sie wieder in Schweden sind. Nehmen Sie alle sechs Stunden eine, wenn es sehr weh tut. Und keinen Alkohol!«

Er steckt den Zettel und die Medikamente in die Taschen seiner Shorts auf dem Stuhl neben seinem Bett.

»Versprochen. Und vielen Dank.«

»Wollen Sie Anzeige gegen Ihren Freund erstatten?«

Er zuckt zusammen. »Nein, nein, nicht nötig. Er war betrunken, er wollte mir nicht wehtun.«

Sie schaut ihn noch einmal an, als würde sie ihm kein Wort glauben, doch dann scheint sie einzusehen, dass es keinen Sinn hat, zu insistieren. Was auch immer passiert ist, ganz salonfähig ist es nicht, aber ihr Patient hat offensichtlich entschieden, keine Polizei einzuschalten. Sie geht zum Waschbecken und füllt einen Plastikbecher.

»Okay. Hier haben Sie Wasser. Nehmen Sie jetzt eine Tablette, dann können wir Sie gegen Mittag entlassen.«

Oskar nimmt den Becher entgegen und schluckt die Tablette. Die Ärztin nickt ihm noch einmal zu und geht dann hinaus. Er legt sich hin, schließt die Augen und schläft ein.

Als er aufwacht, ist es halb zwölf. Scheiße, er muss zurück ins Hotel. Veronica ist sicher außer sich vor Sorge. Und wahrscheinlich ziemlich sauer. Er zieht sich an, die Tabletten dämpfen den Schmerz und er kann sich fast normal bewegen. Er fragt sich zur Rezeption durch und hinterlässt die Angaben, die das Krankenhaus von ihm benötigt. Dann tritt er in den grellen Sonnenschein hinaus und ruft ein Tuk Tuk. Er erspart es sich, einen Preis auszuhandeln, und steigt ein. Jetzt, wo die schlimmsten Schmerzen vorbei sind, kann er wieder klarer denken. Er zieht die Kopie des Arztberichts heraus, liest, dass die Wunde ein ganzes Stück in den Analbereich hineinreicht. Ist seine erfundene Erklärung wahrer, als er gedacht hat? Hat derjenige, der ihn niedergeschlagen hat, die Gelegenheit genutzt, ihm eine kaputte Bierflasche in den Arsch zu schieben, nachdem er das Bewusstsein verloren hatte? Denn wie hätte man ihm so eine Wunde mit dem Messer zufügen sollen?

Oskar gibt einen verärgerten Laut von sich, und der Fahrer dreht sich um. Kurz darauf stellt Oskar erleichtert fest, dass sie am Hotel angelangt sind. Unbeholfen klettert er aus dem Taxi, steckt die Hand in die Hosentasche und zieht ein paar zerknitterte Scheine heraus, die er dem Mann gibt. Dabei wird ihm plötzlich klar, was das bedeutet. Das Geld ist noch da. Er ist nicht ausgeraubt worden. Oder ist sein Handy... Rasch fährt er noch einmal mit der Hand in die Hosentasche. Nein, da ist es. Selbst sein Ehering aus echtem Gold ist noch da. Plötzlich wird ihm eiskalt. Derjenige, der ihn niedergeschlagen hat, wollte nicht an sein Geld. Aber worum ging es ihm dann?

ALVIKS STRAND

Freitag, 26. Februar 2010

Die vorletzte Mail macht ihn stutzig. Reisendertyp@hotmail.com. Was für eine alberne Adresse! Zerstreut fragt Jonas sich, was diese Nachricht in seinem dienstlichen E-Mail-Account zu suchen hat. Bestimmt ein Urlaubsgruß von irgendeinem Kumpel, mit einem Foto von einem schneeweißen Sandstrand, bunten Cocktails und hübschen Frauen im Bikini.

Er ist zwei Tage auf Dienstreise gewesen und hat dem Provinziallandtag von Gävle Län ein neues System verkauft. Ein großer Auftrag, der größte in seiner bisherigen Laufbahn. Jetzt freut er sich darauf, Kalle abzuholen. Während er fort war, ist Kalle bei seiner Mutter gewesen, denn auch Mia hat ein paar Tage außerhalb zu tun gehabt. Bevor er zur Kita fährt, hatte er aber noch eben die vielen ungelesenen Mails überfliegen wollen, um zu sehen, ob irgendetwas Dringendes dabei ist. Ein Urlaubsgruß fällt natürlich nicht in diese Kategorie, aber andererseits wird es auch nicht viel Zeit in Anspruch nehmen, ihn zu lesen. Er klickt die Nachricht an und schreckt zurück, als er das Foto sieht. Es ist ein wenig verschwommen, aber man kann gut erkennen, dass darauf eine Frau oder ein junges Mädchen zu sehen ist, die allem Anschein nach schlafend oder sogar leblos bäuchlings auf einem Bett liegt. Sie ist nackt bis auf ein Paar rote Pumps. Unter dem Bild leuchtet eine rote Textzeile:

Weiß deine Frau, dass du auf Hardcore stehst, Jonas?

Er kann sich nicht bewegen, kaum atmen, schaut zur Tür, um sich zu vergewissern, dass sie geschlossen ist und die Gardinen zugezogen sind. Er will nicht, dass ein Kollege hereinkommt und sieht, was er gerade sieht. Dann schaut er erneut auf das Foto, seine Hand zittert, als er es vergrößert. Gegen seinen Willen wird er dreizehn Jahre in der Zeit zurückversetzt. In ein Zimmer in Visby. Zu einem Geschehnis, das er mehr als zehn Jahre bewusst verdrängt hat. Auch hat er keinerlei Kontakt mehr zu den beiden anderen gehabt, seit das Urteil gesprochen wurde. Damals, bevor er die Erinnerung dauerhaft in sein Unterbewusstsein verschoben hat, dachte er manchmal, es wäre besser gewesen, wenn er bestraft worden wäre oder was auch immer, um diesem lähmenden Schuldgefühl zu entkommen. Auch hat er niemals gewagt, Mia davon zu erzählen. Er ist sich nicht sicher, ob sie ihm das je verzeihen würde. Und so ist es zu einem Geheimnis geworden, von dem er gehofft hat, es einmal mit ins Grab nehmen zu können.

Noch einmal betrachtet er das Foto. Kein Zweifel, das Bild ist von damals. Es ist Josefin Nilsson, die da auf dem Bett liegt, und er, Jonas, hat sie so fotografiert. Sie sieht jung aus. Verletzlich und ausgeliefert. Wie hat er das nur tun können?

Er steht auf, geht zum Fenster, öffnet es und atmet die eiskalte Luft ein. Überlegt, wie es Josefin wohl nach dem Freispruch ergangen ist, wie es ihr heute geht. Er selbst befindet sich dreizehn Jahre später in einem schicken Büro in Alviks Strand. Er ist mit einer Frau zusammen, die ihm vermutlich eine schallende Ohrfeige verpassen und ihn anschließend aus ihrem Leben werfen würde, wenn sie erfahren würde, was damals passiert ist. Er hat einen zweijährigen Sohn, und er glaubt, dass er heute etwas mehr Selbstbewusstsein hat als damals, aber was nützt ihm das? Jemand hat ihm gerade ein Foto geschickt, von dem er immer gedacht hat, dass es nur einmal existiert und sich bei Oskar befindet. Es war Oskars Kamera, mit der er damals fotografiert hat. Aber er war immer davon ausgegangen, dass Oskar den Film anschließend vernichtet hätte, weil er im Gerichtsverfahren als Beweis gegen sie hätte verwendet werden können. Aber die Mail, die er gerade bekommen hat, spricht eine andere Sprache. Hat Oskar den Film also doch entwickeln lassen? Und wer hat jetzt Zugang zu den Bildern, sodass er eines davon an Jonas schicken konnte?

Er liest den Satz noch einmal und stellt fest, dass die Person zumindest nicht zu seinem näheren Bekanntenkreis gehören kann, denn dann hätte sie gewusst, dass er nicht mit Mia verheiratet ist, sondern nur mit ihr zusammenlebt. Dass Oskar selbst es geschickt hat, ist eher unwahrscheinlich, er wäre derjenige, der am meisten zu verlieren hätte, wenn die ganze Geschichte herauskäme. Zwar hat Jonas lange keinen Kontakt mehr zu ihm gehabt, doch aus der Ferne hat er seine Karriere verfolgt, vor allem in den Medien. Ehemals hochgelobter Fußballstar und mittlerweile Vortragsreisender und Verfasser einer Väter-Kolumne. Bei Letzterem handelt es sich wahrscheinlich eher um ein PR-Ding als um echtes Interesse an Kindern, aber Jonas muss zugeben, dass die Kolumne stark zu dem durchweg positiven Image von Oskar in der Öffentlichkeit beigetragen hat.

Das Klingeln seines Handys weckt ihn aus seinen Gedanken. Er schließt das Fenster und nimmt den Anruf an.

»Ja, Jonas hier.«

»Hallo Jonas, hier ist Petra von der Kita. Ich wollte nur mal hören, ob Sie schon auf dem Weg sind.«

Er schaut auf die Uhr. Viertel nach fünf. Wie lange hat er am Fenster gestanden? Er greift nach der Jacke, die über seiner Stuhllehne hängt und packt den Laptop ein. Petra sagt er, er sei unterwegs. Dann setzt er sich ins Auto und fährt Richtung Södermalm. Dabei geht ihm immer wieder dieser Satz durch den Kopf: *Weiß deine Frau, dass du auf Hardcore stehst, Jonas?*

KOH LANTA

Freitag, 26. Februar 2010

»Oskar!« Veronica springt von ihrem Stuhl auf. Tomas dreht den Kopf und sieht Oskar die Restauranttreppe heraufkommen. Er trägt nur Shorts, dieselben wie am Vorabend, das T-Shirt hält er locker in der Hand. Mit seinem braungebrannten, muskulösen Oberkörper zieht er die Blicke der anderen auf sich. Dazu das sonnengebleichte Haar und die dunkle Pilotenbrille – ein cooler Typ. Tomas seufzt resigniert und ein bisschen eifersüchtig. Das Einzige, was darauf hindeutet, dass Oskar nicht so in Form ist, wie es auf den ersten Blick scheint, ist sein etwas steifer Gang, bei jedem Schritt hält er kurz inne. Seinen Blick kann Tomas nicht erkennen, die dunklen Gläser verbergen jede Spur von Reue, Scham, Schuldgefühl, Kater oder etwas anderem, was einem Mann, der die ganze Nacht und einen Großteil des darauffolgenden Vormittags fern seiner Familie verbracht hat, ins Gesicht geschrieben stehen könnte.

Veronica läuft Oskar entgegen, sie stolpert fast vor Eifer. Und inzwischen sieht sie eher erleichtert als wütend aus. Endlich ist er wieder da. In drei Tagen ist ihr Urlaub zu Ende.

»Oskar, wie geht es dir, wo bist du gewesen?«

Sie spricht leise, damit keiner sie hört.

»Entschuldige. Ich habe zu viel getrunken und bin dann einfach aus den Latschen gekippt.«

Er will sich auf einen freien Stuhl setzen, verzieht aber das Gesicht und steht gleich wieder auf, dabei legt er eine Hand auf ihre Schulter. Es ist nicht zu erkennen, ob er sich festhalten will oder ob es eine Geste der Versöhnung ist.

»Ich war plötzlich einfach weg, im *Marlin*. Der Besitzer hat mich wohl meinen Rausch ausschlafen lassen, ich bin erst gegen zwölf wieder aufgewacht. Tut mir wirklich leid.«

Sie sieht ihn forschend an, weiß, dass sein Geständnis zumindest teilweise gelogen ist. Er hat nicht im *Marlin* geschlafen. Er ist ohne Tomas von dort weggegangen und nicht zurückgekommen. Außerdem klingen seine Sätze einstudiert und viel zu kleinlaut. Normalerweise würde sich Oskar nicht so offensichtlich für ein Besäufnis schämen oder sich gar zu einer Entschuldigung herablassen. Nicht einmal, wenn er die ganze Nacht weggewesen wäre.

»Du hast nicht im *Marlin* geschlafen«, sagt sie, wobei sie in Tomas' Richtung blickt, der immer noch am Tisch sitzt. Inzwischen schaut er zu ihnen herüber, vermutlich verfolgt er ihr Gespräch.

»Tomas hat gesagt, du bist noch in eine Karaoke-Bar gegangen, ohne ihn.«

Jetzt spricht sie etwas lauter, die anderen Gäste sind ihr plötzlich egal.

»Also, wo warst du?«

Auf Oskars Stirn bildet sich eine steile Falte und er atmet heftiger.

»Ich sag doch, ich war plötzlich weg.«

Er lässt ihre Schulter los.

»Hab gedacht, das wäre im *Marlin* gewesen, aber jetzt, wo du es sagst, fällt mir wieder ein, dass ich noch woandershin gegangen bin. Tomas wollte nicht mit, er meinte, er wäre schon zu betrunken.«

Veronica verflucht Oskars Sonnenbrille, die es unmöglich macht, ihm in die Augen zu schauen.

»Komisch, dass du dachtest, du wärst im *Marlin* umgekippt, wenn du doch gerade eben in einer anderen Bar aufgewacht bist. Scheinbar funktioniert dein Gedächtnis immer noch nicht wirklich.«

Ihre Stimme ist eiskalt. Nicht genug damit, dass er sich wie ein richtiges Schwein verhalten hat, er wagt es auch noch, ihr ins Gesicht zu lügen.

»Wo genau ist es denn nun passiert? In einer Bar oder doch irgendwo anders? Und mit wem bist du dort gewesen?«

»Ist das jetzt ein Verhör, oder was?«, faucht er.

Mittlerweile hat er zwei Falten auf der Stirn und seine Gesichtsfarbe ist deutlich dunkler. Wütend tritt er einen Schritt zurück, hält aber mitten in der Bewegung inne, greift sich ans Gesäß und gibt einen Schmerzenslaut von sich. Fragend sieht sie ihn an.

»Bist du verletzt?«

»Nein.«

Er stützt sich schwer auf den Tisch, Schweißperlen treten ihm auf die Stirn.

»Aber mir geht es nicht so gut. Ich bin müde und verkatert, ich bin gerade erst nach Hause gekommen, und ich habe gesagt, dass es mir leidtut. Kannst du nicht wenigstens ein bisschen Mitgefühl mit mir haben?«

Jetzt explodiert Veronica. Die ganze angestaute Wut des Vormittags bricht aus ihr hervor.

»Mitgefühl willst du also?«, zischt sie leise und tritt einen Schritt auf ihn zu, wodurch sie den Abstand zwischen ihnen wieder verkleinert.

»Dann sieh zu, dass du mir endlich sagst, was passiert ist. Es ist ein Uhr Mittag, geht das in deinen Kopf? Ein Uhr! Die Kinder haben nach dir gefragt, Tomas auch, und ich habe mir wahnsinnige Sorgen gemacht. Und jetzt will ich wissen, wo du gewesen bist, und zwar diesmal die Wahrheit. Dann werde ich entscheiden, ob du Mitgefühl verdienst oder nicht.«

Oskar sieht sie überrascht an, er wirkt plötzlich unsicher und als er antwortet, klingt er geradezu zerknirscht.

»Entschuldige, Veronica. Ich kann dir alles ganz genau erklären, wenn du willst.«

Er unterbricht sich und bestellt eine Flasche Wasser bei dem Kellner, der gerade vorbeikommt.

»Tomas hat dir ja erzählt, dass wir nach dem Essen ins *Marlin* weitergezogen sind, da waren wir beide schon ziemlich betrunken. Dort habe ich mich mit einer vom Personal unterhalten und die hat mich gefragt, ob wir noch woandershin wollten, wo es stärkere Sachen gäbe. Tomas hatte keine Lust und ist zurück ins Hotel, aber ich bin noch mit ihr in eine kleine Bar in der Nähe, wo sie Kokain verkaufen.«

Veronica hebt eine Augenbraue.

»Und dann?«

»Dann muss ich vom Stuhl gekippt sein, denn danach kann ich mich an nichts mehr erinnern, bis ich vor einer Stunde aufgewacht bin und gemerkt habe, dass ich nicht in meinem Bett lag.«

Treuherzig sieht er sie an.

»Es tut mir wirklich furchtbar leid. Ich wollte dir nichts von den Drogen sagen, und ich schäme mich zutiefst, dass ich um diese Tageszeit zu dir und den Kindern zurückkomme. Du hast dir bestimmt furchtbare Sorgen gemacht, aber es ist das erste Mal, dass das passiert ist.«

Der Kellner kommt mit dem Wasser und Oskar lässt es aufs Zimmer aufschreiben.

»Verzeih mir.«

Er beugt sich vor und streicht ihr mit der Hand über die Wange. Diesmal ist klar, dass es ein Friedensangebot ist. Doch die Geste stimmt sie keineswegs milder, sie fröstelt, obwohl es hier am Pool ziemlich heiß ist. Möglich, dass Oskar die Wahrheit sagt, wahrscheinlicher ist, dass er lügt. Aber solange sie keine Beweise hat, kann sie nichts tun. Schaudernd zieht sie sich zurück.

»Ich muss den Kindern sagen, dass du wieder da bist«, murmelt sie. »Sie haben den ganzen Morgen nach dir gefragt.«

Sie dreht sich um und geht Richtung Pool.

»Emma, Viggo, Papa ist wieder da!«

Sie schauen in die Richtung, in die sie zeigt.

»Papa!«

Emma springt aus dem Pool und läuft zu Oskar, wohl in der Hoffnung, dass er gleich mit ins Wasser kommt. Viggo ist ihr dicht auf den Fersen. Veronica setzt sich an den Beckenrand, sie ist dankbar, dass die beiden die Aufmerksamkeit auf sich ziehen, die sie jetzt nicht haben will. Aus dem Augenwinkel sieht sie Tomas, der zu ihr herüberkommt.

»Was hat er gesagt?«, fragt er und setzt sich neben sie. Veronica taucht ihre Zehen ins Wasser. Es ist lauwarm.

»Er sagt, er hätte in einer Bar Kokain genommen und wäre dann vom Stuhl gekippt und nicht vor zwölf wieder aufgewacht.«

Sie versucht an Tomas' Blick abzulesen, was er von Oskars Erklärung hält, doch der lässt keine Reaktion erkennen.

»Er geht irgendwie komisch«, sagt er nur. »Ich frage mich, ob er gestürzt ist und sich am Bein verletzt hat.«

»Alles klar, Oskar? Hast du dich verletzt?«, fragt er, als Oskar und die Kinder zu ihnen herüberkommen.

»Ach, ich bin ausgerutscht und habe mich gezerrt. Sie hatten gerade die Bar gewischt, als ich dort weg bin, und es war spiegelglatt. Das geht vorbei.«

Er dreht sich zu Veronica um.

»Ich geh rein und leg mich ein bisschen hin, mir geht's nicht so gut. Ist das okay? Die Kinder kommen doch allein klar?«

»Na klar, geh nur. Die Kinder kommen zurecht, sie sind ja schon groß. Und ich bin ja auch noch da, wie immer. Also geh rein und ruh dich aus. Du hast eine heftige Nacht hinter dir und hast dir ein bisschen Ruhe verdient.«

Oskar schaut sie verwundert an, ihr ironischer Unterton ist ihm ganz offensichtlich nicht entgangen. Auch Tomas scheint ihn bemerkt zu haben. Forschend betrachtet er ihr Gesicht, jetzt da ihm klar werden muss, dass der Spalt, der sich zwischen Oskar und ihr auftut, tiefer ist, als er gedacht hat. Er wendet sich ab, Umgang mit Konflikten ist wohl nicht gerade seine Stärke.

»Geh nur«, sagt er jetzt ebenfalls leichthin. »Ich werde deine Familie solange unterhalten.«

Er zwinkert Oskar zu.

»Ich bin schon ein bisschen nüchterner, dank Rührei und viel, viel Wasser.«

Offenbar irritiert es Oskar, wie oft Tomas in den letzten Tagen mit seiner Familie zusammen ist, oder besser gesagt, mit seiner Frau. Es ist schließlich kein Morgen vergangen, an dem er aus dem Bungalow getreten ist und Tomas nicht bei ihr und den Kindern gesessen hat. Mal im Restaurant, um mit ihnen zu frühstücken, oder nur mit den Kindern am Pool. Am häufigsten aber neben ihr im Liegestuhl, versunken in ein Gespräch, das immer verebbte, wenn er dazukam. Doch Oskar scheint heute zu müde zu sein, sonst würde er Tomas sofort zur Rede stellen. Stattdessen humpelt er zum Bungalow hinüber.

Eine halbe Minute später sieht Veronica, wie er die Gardinen zuzieht. Vermutlich ist er eingeschlafen, sobald sein Kopf das Kissen berührt hat.

* * *

Doch Oskar kann nicht schlafen. Er hätte nicht einmal schlafen können, wenn man ihn mit Medikamenten vollgepumpt hätte. Er denkt nach. Die Schmerzen sind stärker geworden. Er hat gleich zwei Tabletten genommen und hofft, dass sie rasch wirken. Die restlichen hat er in einem Fach im Koffer versteckt. Wenn er Glück hat, bemerkt Veronica sie dort nicht, wenn sie am Montag ihre Sachen packt.

Er zieht sich aus und legt sich aufs Bett, steht aber sofort wieder auf, im Liegen tut es immer noch zu weh. Wer ist nur auf diese bekloppte Idee gekommen, ihn nicht nur niederzuschlagen, sondern ihm auch noch den Arsch aufzuschlitzen? Er humpelt im Zimmer auf und ab und wartet darauf, dass die Tabletten wirken, damit er sich endlich hinlegen kann.

Die Frau hat mit auf dem Rücken gefesselten Händen neben ihm gelegen, als ihn der erste Schlag getroffen hat, sie kann es also nicht gewesen sein. Aber sie ist gegangen, bevor er aufgewacht ist. Heißt das, dass sie seine Bewusstlosigkeit ausgenutzt hat, um zu fliehen? Verständlich wäre es. Immerhin war die Flasche kaputt, er muss in ihren Augen ein Monster gewesen sein. Und er erinnert sich, wie sie geschrien hat. Verärgert schüttelt er die Erinnerungen ab und geht zum Kühlschrank, um sich eine Flasche Wasser zu holen. Er trinkt sie in einem Zug halb leer. Natürlich kann es auch sein, dass sie mit dem Täter unter einer Decke gesteckt hat, dass sie den Überfall auf Oskar geplant haben und der andere hereinkommen sollte, wenn sie und Oskar Sex hatten. Doch dann hätten sie ihn doch ausgeraubt.

Er geht zum Fenster, um durch den Spalt in der Gardine Veronica und die Kinder zu beobachten. Seine Frau ist ganz schön sauer gewesen, wütender, als er sie je erlebt hat. Normalerweise reißt sie sich zusammen, aber diesmal ist es anders gewesen. Das macht ihm ein bisschen Sorgen, aber nicht so sehr wie die nächtlichen Ereignisse. Kann es sein, dass einfach jemand vorbeigekommen ist, gehört hat, wie die Frau schrie, ihr helfen wollte und dann das Ganze eskaliert ist? Das würde zumindest erklären, warum ihm nichts gestohlen worden ist. Dann wäre das Motiv nicht Raub, sondern der Wunsch, zu verhindern, dass Oskar der Frau noch mehr wehtat. Ihm anschließend die kaputte Flasche in den Hintern zu schieben, nimmt sich allerdings wie ein schlechter Scherz aus, schließlich war er zu dem Zeitpunkt schon bewusstlos.

Er beobachtet die Kinder, sie sehen glücklich aus. Tomas ist in den Pool gesprungen und wirft erst Emma, dann Viggo hoch in die Luft. Sie kreischen vor Schreck und vor Vergnügen. Mit einem Ruck zieht Oskar die Gardine zu und kriecht ins Bett. Der physische Schmerz hat etwas nachgelassen.

VISBY

Juli 1997

»Was ist passiert, Josefin? Warum hattest du nichts an?« Camillas Stimme überschlägt sich.

»Oh, mir ist so schlecht.« Sie übergibt sich in einen Papierkorb. Dann kaut sie an einem Fingernagel, offensichtlich nicht das erste Mal, es blutet.

»Ich weiß es nicht«, flüstert sie, den Blick starr auf die Straße gerichtet. »Ich kann mich an fast gar nichts mehr erinnern, aber es tut so weh. Und die Klobürste ... sie war ganz blutig.«

Letzteres sagt sie so leise, dass Camilla es kaum versteht.

»Was hab ich getan?«

»Du hast überhaupt nichts getan. Die haben uns unter Drogen gesetzt. Bitte, versuch dich zu erinnern.«

Josefin will nicht, sie will sich nicht erinnern. Am liebsten würde sie diesen Tag einfach vergessen und nie wieder daran denken müssen. Aber ihr Gedächtnis ruft die Erinnerungen einfach ab.

Angefangen hat es gestern beim After Beach im *Kallis*, wo sie stundenlang an dem kleinen Strand, den man ganz zentral in Visby angelegt hat, in der Sonne gelegen und gebadet haben. Dass sie überhaupt allein nach Visby fahren durften – immerhin dauert es noch ein Jahr, bis sie achtzehn sind –, haben sie Josefins Mutter zu verdanken.

Seit der Scheidung kümmert sie sich immer weniger um ihre Tochter und immer stärker darum, den Platz an ihrer Seite neu zu besetzen. Als Josefin ihr erzählt hat, dass Camilla und sie nach Visby fahren wollten, Camillas Mutter aber nicht bereit sei, sie allein fahren zu lassen, hat sie eingewilligt, die Mädchen zu decken und zu behaupten, sie würde sie begleiten. Vermutlich wollte sie Josefin einfach gerne ein paar Tage los sein, und es hat ihr nichts ausgemacht, sich zu diesem Zweck einer ziemlich schwerwiegenden Lüge zu bedienen.

Sie waren schon knapp eine Woche in Visby – Tage voller Sonne, Strand und Partys, und jede Menge Flirts natürlich –, als sie gestern im *Kallis* ankamen und zufällig Rikard trafen. Josefin fand einen älteren Jungen, der ihnen half, an der Bar etwas zu bekommen. Angesichts ihrer siebzehn Jahre war es ein Wunder, dass sie überhaupt am Türsteher vorbeigekommen waren, und sie wollten nicht riskieren, beim Alkoholkauf doch noch erwischt zu werden. Josefin schob die Sonnenbrille hoch und setzte ihr verführerischstes Lächeln auf.

»Hallo, kannst du mir vielleicht helfen?«

Der junge Mann drehte sich zu ihr um. Und erst da erkannte sie, dass es Rikard war, der Typ, mit dem sie im Alter von vierzehn ihre Unschuld verloren hatte. Ein Ereignis, an das sie nicht gern zurückdachte. Sie waren sich auf einer Party bei einem Kumpel begegnet. Josefin war unerfahren, aber neugierig gewesen, und sie hatten ein bisschen rumgemacht. Dann hatte er versucht, sie ins Schlafzimmer zu zerren, aber sie hatte sich geweigert. War sich nicht sicher, ob sie wirklich wollte. Und sie hatte Angst gehabt vor den Gerüchten, die schnell über Mädchen entstehen, die sich einfach so rumkriegen lassen. Aber sie hatten sich wiedergetroffen und beim dritten Mal hatten sie Sex gehabt. Es war nicht besonders schön gewesen. Rikard war ziemlich schnell gekommen, hatte sich auf sie fallen lassen und gesagt: »Mann, war das schön.« Wie es für Josefin gewesen war, hatte ihn nicht weiter interessiert, zumindest hatte er nicht danach gefragt. Auch danach trafen sie sich noch mehrere Male und hatten Sex, aber es wurde nicht besser. Im Gegenteil, Rikard wurde immer brutaler, drängte sie dazu, Sachen auszuprobieren, die sie nicht wollte und von denen sie selber nichts hatte. Dennoch machte sie mit. Irgendwann hatte er keine Lust mehr, rief nicht mehr an, hatte vermutlich eine andere kennengelernt, zumindest behaupteten das ihre Freunde. Es kratzte an ihrem Ego, aber nach ein paar Monaten verflog das Minderwertigkeitsgefühl und sie konnte wieder flirten. Jetzt lächelte sie triumphierend, als sie Rikards Blick begegnete, der zugleich verblüfft und beeindruckt wirkte. Es war mehr als ein Jahr her, seit sie sich zuletzt gesehen hatten, und sie wusste, dass ihr Aussehen sich in diesem Jahr vorteilhaft verändert hatte.

»Du bist das – Josefin!«, sagte er, als er sie erkannte. »Mann, bist du hübsch geworden.«

Sie musterte ihn langsam von oben bis unten, das Bier, das sie am Strand geschnorrt hatten, hatte sie, wie immer, selbstsicherer gemacht, und sie konnte ein kleines Rachegefühl nicht unterdrücken. Beinahe hätte sie ihm gesagt, »schade, dass ich das Kompliment nicht erwidern kann«, aber sie beherrschte sich. Es wäre dumm gewesen, sich die Chance auf Alkohol zu verderben. Außerdem war Rikard mit Oskar dort, in den sie heimlich verliebt war: Hübsch, charmant und durchtrainiert – ein künftiger Fußballstar, wie es hieß. Mit dabei war noch ein dritter Junge, Jonas, den weder sie noch Camilla je zuvor gesehen hatten. Die Jungs waren um die zwanzig und hatten angefangen zu arbeiten, zumindest Rikard, er war Koch. Er schien reichlich Geld zu haben, zumindest lud er sie alle zu einem Drink ein. Und dann noch auf ein Bier. Oskar schaute Josefin an und zwinkerte ihr zu, als sie stolperte. Sie fühlte sich schwindlig von der Sonne, vom Alkohol und von Oskar. Sein

Blick sagte, dass sie ihm gefiel. Es ging ihr so gut wie schon lange nicht mehr. Da drehte Camilla sich zu ihr um und meinte, sie sei hungrig, sie könnten doch nach Hause gehen und was essen. Josefin wollte nicht. Sie wollte bei Oskar bleiben. Aber sie sah, dass Camilla sauer war. Vielleicht hatte sie gesehen, wie Josefin und Oskar einander angeschaut hatten, und war eifersüchtig.

»Kommt doch nachher noch zu uns«, sagte Rikard. »Wir können bei uns ein bisschen vorglühen und dann später weiterziehen.«

»Ach, ich weiß nicht ...« Camilla presste die Lippen aufeinander.

Josefin erinnert sich, wie sie sich für ihren abweisenden Ton geschämt hat.

»Wir werden selbst vorglühen und dann treffen wir uns vielleicht später dort.«

Falls wir überhaupt reinkommen, hatte Josefin gedacht und geschluckt, sie fühlte sich zerrissen zwischen ihrer Loyalität zu Camilla und dem Wunsch, mit Oskar zusammen zu sein.

»Ach komm, Camilla«, sagte sie. »Wir können doch wenigstens mal kurz hingehen.«

Camilla starrte sie böse an, sagte aber nichts, schüttelte nur unmerklich den Kopf.

»Die geben uns bestimmt noch einen aus«, flüsterte Josefin, sodass nur Camilla es hören konnte. »Wir haben nicht mehr so viel Geld, das weißt du doch.«

Camilla schien zu überlegen, musste ihr dann aber wohl recht geben.

»Okay, aber wir bleiben nicht lange. Ich will raus und was sehen, wenn wir schon einmal in Visby sind, und nicht den ganzen Abend in der Bude hocken.«

Josefin jubelte innerlich, ließ sich äußerlich aber nichts anmerken, damit Camilla es sich nicht doch noch anders überlegte.

»Wir kommen dann«, sagte sie und nahm rasch Camillas Arm, schleppte sie mehr oder weniger hinter sich her zum Österport. Im Österport kauften sie etwas zu essen, zudem konnten sie ein paar ältere Typen überreden, ihnen Wein zu besorgen, zwei Flaschen Blue Nun. Im Gegenzug wollten die Jungen sie überreden, mit zu ihnen zu kommen, um zusammen was zu trinken. Josefin, die keine Probleme damit hatte, dass es nichts umsonst gab, ließ sich ihre Adresse sagen und versprach hoch und heilig, sie würden nachkommen, wenn sie sich zurechtgemacht hätten, wohl wissend, dass sie genau das nicht tun würden.

Dann gingen sie in die kleine Wohnung am Söderport, die sie von einer Kollegin von Josefins Mutter billig gemietet hatten. Sie duschten, machten sich die Haare, schminkten sich und kochten etwas, wobei sie immer ein Glas Wein in der Hand hielten. Sie waren schon leicht beschwipst gewesen, als sie aus dem *Kallis* gekommen waren, jetzt wurden sie allmählich richtig betrunken.

»Wir müssen aufhören«, kicherte Josefin. »Sonst kriegen wir bei den Jungs nichts mehr runter, und dann wäre es ja überflüssig, zum Vorglühen zu gehen.«

Camilla schüttelte sich vor Lachen. »Ja, was für eine Verschwendung! Wir wollten uns doch mit ihrem Alkohol betrinken, nicht mit unserem. Den sollten wir lieber aufheben, falls die Einladungen mal nicht so direkt ins Haus geflattert kommen.«

Lachend sind sie zusammengebrochen, sie kriegten sich gar nicht mehr ein. Dann gingen sie zur Wohnung der drei Typen, wobei sie ab und zu anhalten mussten, um zu pinkeln. Als sie endlich ankamen, überprüften sie mehrmals die Adresse, bevor sie klingelten. Oskar öffnete ihnen die Tür. Er umarmte sie beide kurz, Josefin ein bisschen länger. Sie schaute ihm in die grünen Augen, darin lag ein Versprechen. Sie spürte, wie es in ihrem Bauch kitzelte. Das hier würde der schönste Abend ihres Lebens werden.

KOH LANTA

Montag, 1. März 2010

»Oskar, hier sind nur drei Pässe, wo ist deiner?«

Veronica klopft ungeduldig an die Tür zum Badezimmer, wo Oskar sich gerade rasiert. Die drei Tage seit dem Überfall sind schmerzhaft gewesen, in der Hitze heilt die Wunde schlecht und er hat Angst, sie könnte sich entzündet haben. Selbst unter Schmerzmitteln tut sie noch weh.

»Ist es mein Pass, der weg ist?«

Veronica seufzt.

»Natürlich, was glaubst du denn, weshalb ich dich frage? Hast du ihn aus dem Safe genommen?«

Oskar überlegt. Wann hat er ihn zuletzt gehabt? Vor ein paar Tagen hat er ihn gebraucht, als er Jetski fahren wollte. Anschließend hat er ihn in die Hosentasche gesteckt und wahrscheinlich nicht wieder in den Safe zurückgelegt. Und ja, das ist am selben Tag gewesen, an dem er überfallen worden ist. Im Krankenhaus haben sie natürlich auch danach gefragt, sich aber dann mit der Versichertennummer begnügt, die er nach einem Anruf in Schweden bekommen hat. Außerdem musste er versprechen, ihnen nachträglich eine Kopie des Passes zu schicken.

»Er ist in meiner Tarn-Hose.«

Er hört, wie Veronica im Schrank herumwühlt.

»Nein, da ist er nicht. In den Taschen ist nur Geld.«

Oskar ist fertig mit dem Rasieren und geht ins Zimmer. Die Kinder sitzen auf dem Bett und sehen fern, sie warten darauf, zum Frühstück gehen zu können. Oskar durchsucht noch einmal selbst die Taschen, aber Veronica hat recht, der Pass ist nicht da. Vermutlich ist er ihm aus der Tasche gefallen und liegt irgendwo zwischen den anderen Sachen.

»Geht doch schon mal frühstücken, dann suche ich in Ruhe danach.«

Er hebt den Autoschlüssel auf, der aus seiner Jackentasche gefallen ist, als Veronica den Schrank durchwühlt hat, und legt ihn auf die Kommode. Veronica nimmt die Kinder an die Hand und dreht sich an der Tür nach ihm um, er könnte schwören, dass es in ihren Augen verräterisch glitzert.

»Na klar, komm einfach, wenn du ihn gefunden hast. Und wenn du schon mal dabei bist, kannst du auch gleich noch die Koffer für uns packen.«

Wieder dieser ironische Unterton, eigentlich müsste er jetzt etwas Vernichtendes sagen, aber auf die Schnelle fällt ihm nichts ein. Und dann ist die Gelegenheit auch schon wieder vorbei. Sie ist mit den Kindern hinausgegangen, die Tür fällt hinter ihnen ins Schloss.

Eine halbe Stunde später muss er sich eingestehen, dass der Pass nicht in ihrem Zimmer ist. Vielleicht hat er ihn in der Bar verloren, oder noch schlimmer, in dem Bungalow. Das ist nicht gut. In vier Stunden geht ihr Bus zum Flughafen, bis dahin muss er ihn gefunden haben, sonst kommen sie heute nicht nach Hause. Außerdem muss er Veronica dann erklären, warum der Pass weg ist. Er unternimmt einen letzten Versuch und schaut in die Seitenfächer der Koffer, nichts. Versucht sich zu erinnern, ob er den Pass herausgenommen hat, als er mit der Frau in dem Bungalow war – vergebens.

Er schaut aus dem Fenster. Es ist noch sehr früh, aber vielleicht ist ja schon jemand in der Bar, und sei es, um dort zu putzen. Am besten lässt er das Frühstück einfach ausfallen und geht hin. Er nimmt eine Tablette aus der Schachtel und spült sie mit einem Schluck Wasser hinunter. Es sind nicht mehr viele übrig, und er hat einen langen Flug vor sich. Hoffentlich reichen sie, bis er zu Hause ist und ein schwedisches Krankenhaus aufsuchen kann. Im Moment ist das Wichtigste, dass Veronica nicht merkt, wie schwer er verletzt ist. Oder war. Was nicht weiter schwierig sein dürfte, so selten, wie sie ihn in letzter Zeit anschaut, geschweige denn anfasst.

Er zieht die Unterhose aus und geht unter die Dusche, massiert sich Shampoo ins Haar und bereut es sofort wieder, als er es ausspülen will. Der Wasserstrahl ist so schwach, dass es eine halbe Ewigkeit dauert, bis der Schaum draußen ist. Als er endlich fertig ist, hängt er das nasse Handtuch über das Geländer der Terrasse, atmet die warme, gesättigte Luft durch die Nase ein und setzt sich auf einen der künstlichen Rattanstühle. Sie sollten jedes Jahr in die Wärme fahren, und sei es nur, um für den Rest des Jahres das furchtbare Klima in Schweden besser zu ertragen.

Er schaut zum Restaurant hinüber und entdeckt Veronica und die Kinder an einem Tisch nahe am Wasser, dort sitzen sie eigentlich immer, wenn er nicht schon besetzt ist. Tomas hat sich zu ihnen gesellt und sagt gerade etwas zu Veronica. Die beugt sich zu ihm hinüber und streicht sich dabei das lange Haar aus dem Gesicht. Als würde sie flirten. Was denkt der Typ sich eigentlich? Und Veronica braucht sich gar nicht so aufzuführen. Oskar presst die Kiefer aufeinander, spürt, wie ihm das Blut in den Kopf schießt. Dann zwingt er sich selbst, ruhig zu bleiben. Er hat keine Zeit, sich aufzuregen, erst muss er den Pass finden.

Er geht wieder hinein und zieht sich eine kurze Hose an. Dann schaltet er den Computer an und überfliegt seine E-Mails. Er hat gerade einen Vertrag für einen großen Auftrag vom Schwedischen Sportverband unterschrieben, und vor dem Urlaub hat der Vorstand ihn gebeten, ab und zu seine Mails zu checken, falls sie Kontakt zu ihm aufnehmen müssten. Ganz oben auf der Liste sieht er eine Nachricht von einem Jonas Fjelkström.

Hallo Oskar, Jonas aus Täby hier, Åva Gymnasium. Hab Deine Mailadresse im Internet gefunden, hoffe, sie ist noch aktuell. Kannst Du mich anrufen, wenn Du das hier liest?

Dann eine Handynummer. Der Name kommt ihm bekannt vor, aber es dauert eine Weile, bis er ihn zuordnen kann. Jonas aus Täby. Sie sind Schulfreunde gewesen, teilen aber leider auch andere Erinnerungen. Sie wurden verdächtigt, an einer Vergewaltigung beteiligt gewesen zu sein, und wurden vor über zehn Jahren in einen langwierigen Prozess verwickelt, aber am Ende freigesprochen. Oskar und Rikard, der Dritte im Bunde, haben anschließend noch ein paar Monate Kontakt gehalten, aber Jonas hat damals ganz mit ihnen gebrochen. Er hatte es ihnen nicht gerade leicht gemacht, aus dieser Sache herauszukommen, deshalb war es Oskar ganz recht so gewesen. Jetzt ergreift ihn eine vage Unruhe. Warum nimmt Jonas wieder Kontakt zu ihm auf? Es ist so lange her, und Oskar hat mehr oder weniger vergessen, was damals passiert ist. Dennoch ist er sich sicher, dass es nur um die Ereignisse von damals gehen kann, wenn Jonas sich bei ihm meldet. Er antwortet relativ kurz:

Hallo Jonas. Long time no see. Wie geht es Dir? Ich bin in Thailand, aber ab morgen wieder zu Hause. Klingle mal durch, wenn ich richtig angekommen bin.//Oskar

Er hat immer noch ein mulmiges Gefühl, als er die Mail abschickt. Dann schleicht er sich aus dem Hotel, er will nicht, dass Veronica ihn sieht. Wenn er Glück hat, bleiben sie den ganzen Vormittag draußen und merken nicht mal, dass er nicht da ist.

Er geht zur Hauptstraße hinauf, biegt am 7-Eleven ab und geht den ganzen Weg bis zum *Dream Massage*. Es scheint geschlossen zu sein. Durch ein Fenster schaut er hinein. Keiner da. Die Stühle stehen ordentlich auf den Tischen. Er geht auf die Rückseite und entdeckt eine der Bardamen, die nasse Handtücher auf eine Wäscheleine hängt. Als sie Oskar entdeckt, lächelt sie, als würde sie ihn wiedererkennen.

»Hello.«

Sie wischt sich die Hände an ihrer Jeans ab.

»Hello«, antwortet er und überlegt, wie er seine Frage formulieren soll. Vielleicht weiß sie schon, was passiert ist, es kann sogar sein, dass sie an dem Überfall beteiligt gewesen ist.

»You know that girl, last Thursday. I left the bar together with her.«

Sie sieht ihn verwundert an.

»Aon?«

Er nickt, hat keine Ahnung, wie die Frau hieß, nimmt aber an, die Kollegin weiß, von wem er spricht.

»I need to talk to her. What time does she start working?«

Ihr Gesicht nimmt einen bekümmerten Ausdruck an. Sie schiebt eine Haarsträhne beiseite, die ihr über die Augen gefallen ist, und setzt sich auf eine Bank vor der Bar, erzählt, dass Aon, ihre Kollegin, seit Donnerstag nicht mehr aufgetaucht ist, und dass das zum ersten Mal passiert ist, seit sie hier arbeitet. Ihre Worte beunruhigen Oskar, doch er versucht sich nichts anmerken zu lassen.

»Maybe she is sick«, sagt er.

Nur noch drei Stunden bis zu ihrer Abreise von Koh Lanta, er hat keine Zeit zu verlieren.

»And if she's sick, she can't work.«

Die Frau schaut auf die Wäsche im Korb, vermutlich hat die Abwesenheit der Kollegin ihr selbst eine Menge Mehrarbeit beschert. Sie seufzt müde.

»Yes, I hope you're right. I go home to her tonight. See if she's ok.«

Sie sieht immer noch besorgt aus, steht aber auf und widmet sich wieder der Wäsche. Oskar folgt ihr zwischen die Laken, ein starker Waschmittelgeruch schlägt ihm entgegen.

»I lost my passport when I was here on Thursday. Did you find it in the bar?«

Sie schüttelt den Kopf.

»No. Sorry. Not in bar. Maybe in bungalow. You want to go there?«

Er nickt eifrig, hat gehofft, sie würde genau das vorschlagen.

»Yes, please. That would be great.«

Bei Tageslicht kommt es ihm beinahe absurd vor, die schmutzige kleine Hütte zu betreten, die offenbar von mehreren Kellnerinnen der Bar für sexuelle Dienstleistungen benutzt wird. Eine Erinnerung leuchtet kurz auf, doch er verdrängt sie und beginnt zu suchen. Er schaut unter dem Bett und hinter dem Nachttisch, im Schrank, auf der Kommode und im Badezimmer. Kein Pass. Langsam verzweifelt er. Hat sie ihn möglicherweise mitgenommen, als sie den Bungalow verlassen hat? Er fragt die Kellnerin, wo ihre Kollegin wohnt. Diese weiß nicht, was sie sagen soll.

»Cannot go home to her.«

Er sieht sie fragend an.

»She married, you know. Come back tomorrow. I bring it if I find it tonight.«

»I can't wait. We're going to Sweden today. The taxi leaves in three hours.«

Sie gehen wieder hinaus, die Frau schließt hinter ihnen ab, dann wendet sie sich Richtung Bar.

»I won't disturb her. I just want my passport back.«

Er geht hinter ihr her.

»Ok, I show you. She lives close, only ten minutes with tuk-tuk.«

Sie nennt ihm eine Adresse, die Oskar nichts sagt. Er bittet sie, sie ihm auf Thai aufzuschreiben. Sie nickt und kritzelt etwas auf einen Zettel, reicht ihn Oskar.

»Here is address. Give to tuk-tuk.«

»Thank you.«

Zurück an der großen Straße hält er ein Taxi an und reicht dem Fahrer den Zettel mit der Adresse. Der liest.

»Fifty Baht?«

»Ok.«

Als er hineinspringt und sich setzt, verzieht er das Gesicht. Das kleine Fahrzeug rollt los, beschleunigt, der Fahrtwind ist angenehm kühl. Er überlegt, was er der Frau sagen soll. Die Wahrscheinlichkeit, dass sie den Pass hat, ist vermutlich nicht groß, aber er muss es einfach versuchen. Wenn er nicht dort ist, muss er in den sauren Apfel beißen und Veronica sagen, dass sie heute nicht fahren können, dass sie erst nach Bangkok müssen, um einen neuen Pass für ihn zu beantragen, falls das in Phuket nicht möglich ist. Dass die Frau seit Donnerstag nicht zur Arbeit gekommen ist, beunruhigt ihn. Heißt das, dass die Flasche sie ernsthaft verletzt hat? Wie wird sie dann reagieren, wenn er bei ihr auftaucht?

✳ ✳ ✳

»Wie geht es dir?«

Tomas stellt sein Tablett auf den Tisch und setzt sich zu ihnen. Er trägt Billabong Shorts und ein T-Shirt mit dem Aufdruck einer Biermarke, er sieht aus wie Hunderte andere Touristen, die zu Beginn eines weiteren Urlaubstags in den Frühstücksraum kommen. Veronica trinkt einen Schluck Wasser, versucht leise bis zehn zu zählen, kommt aber nur bis drei, dann bricht es aus ihr hervor.

»Ach, Scheiße!«

Sie stellt die Wasserflasche mit einem Knall auf den Tisch, sodass sie leicht überschwappt, die Fassade ist ihr völlig egal, das muss jetzt einfach raus.

»Ich weiß immer noch nicht, was in der Nacht von Donnerstag auf Freitag passiert ist. Wo er gewesen ist und mit wem. Er sieht aus, als hätte er furchtbare Schmerzen, aber ich habe keine Ahnung, wo oder warum. In seiner Jeans habe ich starke Schmerzmittel gefunden, die selbst hier in Thailand verschreibungspflichtig sein dürften, zumindest ist die Schachtel voller Warnhinweise. Aber er selbst hält stur an der Geschichte fest, er sei ausgerutscht und hätte sich dabei leicht verletzt.«

Tomas legt seine Hand auf ihre.

»Wahrscheinlich schämt er sich, schließlich hat er sich benommen wie ein Schwein.«

Verärgert zieht sie die Hand weg.

»Ja, natürlich schämt er sich. Aber garantiert nicht meinetwegen. Oskars gesamtes Handeln dreht sich nur um eins: seinen Vorteil. Und wenn er in seiner Lage immer noch an dieser Lüge festhält, bedeutet das, dass die Wahrheit für ihn so unangenehm ist, dass sie auf keinen Fall herauskommen darf.«

Tomas hört zu, während er sich ein Brot schmiert.

»Was findest du eigentlich an ihm? Weshalb seid ihr zusammen?«

Sie trinkt einen Schluck Kaffee, behält ihn einen Moment im Mund und schluckt dann langsam.

»Erinnerst du dich noch, was du Freitag gesagt hast? Wir spielten in derselben Liga.«

Tomas nickt.

»Als ich Oskar kennengelernt habe, war mein Bild von ihm, dass er eine Liga über mir spielte, auch wenn ich es damals nicht so ausgedrückt hätte. Er war ein Mensch, der sich immer mit einer Schar von Anhängern umgab, und ich war so geschmeichelt, dass er ausgerechnet mich aussuchte, dass ich das mit Liebe verwechselte. Und so habe ich ihn auf ein Podest gestellt und niemals selbst irgendwelche Ansprüche erhoben. Es war immer er, der die Bedingungen diktierte.«

»Aber du bist doch eine kluge Frau. Du hättest dich selbst eine Liga über ihm fühlen müssen.«

»Ich weiß, aber so funktioniert das eben nicht. Welche Typen hatten denn in deiner Klasse die meisten Mädchen? Nicht die mit den besten Zeugnissen, oder? Oder die Nettesten?«

Tomas lächelt zustimmend.

»Oskar ist weder wegen seiner Intelligenz noch wegen seiner Empathie auf meinem Podest gelandet. Es war ganz allein sein Status, ich wollte dazugehören. Und ich habe gedacht, wenn er mich heiratet, gelingt mir das automatisch.«

Sie schaut verlegen auf ihre Hände.

»Und meine Freundinnen waren natürlich total eifersüchtig, also musste ich ja das große Los gezogen haben, auch wenn es sich im Nachhinein betrachtet als völlig falsch herausgestellt hat.«

»Aber warst du damals glücklich?«

»Keine Ahnung. Anfangs wahrscheinlich schon. Ich hatte ein Leben, wie ich es zuvor immer nur neidisch von außen betrachtet hatte.«

Ein Windstoß lässt sie frösteln.

»Aber als ich mit Emma schwanger war, kamen mir erste Zweifel, die ich jedoch gewaltsam unterdrückte. Es gab keine Geborgenheit in meinem Leben. Meine Beziehung mit Oskar war auf Sand gebaut, und alles, was mir wichtig war, waren Äußerlichkeiten, die ich jederzeit verlieren konnte.«

Ihr fallen die vielen langen Abende allein mit Emma ein, als diese noch ein Baby war.

»Dann wurde ich wieder schwanger, und die Zweifel wurden immer lauter. Manchmal bin ich nachts schweißgebadet aufgewacht. Oscar war immer seltener zu Hause und ich saß durch die Kinder so richtig in der Falle, hatte gar nicht die Möglichkeit, mir ein eigenes Leben aufzubauen. Zwar hatte ich ein eigenes Büro als Steuerberaterin, das ich im Anschluss an mein Examen an der Handelshochschule aufgebaut hatte, aber ich habe nie ernsthaft darauf gesetzt, hatte nur ein paar wenige Kunden, vor allem Freunde von Oskar. Und so schrumpfte mein Selbstwertgefühl im selben Maße wie ich begann, das Leben, das ich führte, zu hassen.«

Tomas lauscht konzentriert, ihre plötzliche Offenheit scheint ihn zu überraschen.

»Aber hast du denn nie überlegt, ihn zu verlassen?«

Offensichtlich fällt es ihm schwer, ihrer Argumentation zu folgen, zu verstehen, warum sie sich selbst immer so klein gemacht hat.

»Natürlich habe ich das, viele Male sogar, aber nie wirklich ernsthaft. Ich hatte furchtbare Angst, dass alles, was ich mir aufgebaut hatte und wofür ich lebte, damit auf einen Schlag verschwinden würde. Und wer wäre ich dann noch gewesen?«

Das ist nur die halbe Wahrheit. Einmal hat sie wirklich genug gehabt und ihm ins Gesicht gesagt, was sie von seinen Nächten außer Haus hält und davon, dass er alles Anstrengende ihr überlässt und sich immer nur die netten Dinge mit den Kindern herauspickt. Dieser Streit endete mit einem kräftigen blauen Fleck auf ihrer Wange und Kopfschmerzen, die noch tagelang anhielten. Nie zuvor oder danach hat Oskar sie geschlagen, aber dieses eine Mal erfüllte seinen Zweck vollkommen. Sie ist ihn nie wieder so hart angegangen.

»Vor ein paar Jahren habe ich einen echten Versuch gemacht, unsere Beziehung zu retten. Ich machte einen Termin bei einer Familientherapeutin, die unseren Briefkasten mit Werbung für ihre neue Praxis geradezu überschwemmte.«

Wahrscheinlich war es die Überschrift gewesen, »Liegt die Verantwortung für die Familie nur noch bei Ihnen?«, die sie dazu bewogen hatte, den Zettel aufzubewahren, obwohl sie damals nie darauf gekommen wäre, dass sie sich irgendwann mal professionelle Hilfe suchen müssten.

»Hat es geholfen?«

»Wir sind nie hingegangen. Ich weiß nicht, wie ich überhaupt darauf gekommen bin, Oskar würde zustimmen, zu einem Psychodok zu gehen, wie er es ausdrückte. Also bin ich alleine hin. Hab dagesessen und mehr oder weniger die gesamten vierzig Minuten lang geheult. Noch viermal bin ich dort gewesen, es fühlte sich an wie ein erster Schritt in die richtige Richtung.«

»Und dann?«

»Ach, dann hat der Mut mich doch wieder verlassen.«

Nach dem letzten Termin bei der Therapeutin, als sie ernsthaft über ein Leben als geschiedene Frau nachzudenken begann, hatte sie plötzlich kalte Füße bekommen. Was, wenn sie Oskar verlassen würde und dann feststellen musste, dass es doch falsch gewesen war? Wenn ihr Selbstbewusstsein davon nicht größer würde und sie nur noch hässlich und allein wäre? Sie hatte abgesagt. Hatte behauptet, die Kinder wären krank und sie würde sich wieder melden, um einen neuen Termin zu vereinbaren. Das hatte sie jedoch nie getan, und mittlerweile waren zwei Jahre vergangen. Nichts hatte sich zum Besseren gewendet, eher im Gegenteil, aber es hatte ihr ein bisschen Frieden geschenkt, dies einfach zu akzeptieren.

»Ich habe mich nicht getraut, aufs Ganze zu gehen. Habe immer irgendwelche Ausreden gefunden, weshalb ich bleiben müsste, meistens die Kinder, auf die kann man ja vieles schieben.«

Sie lächelt schief.

»Deshalb ist die Frage, ob es nicht eigentlich sogar mein Fehler ist, dass Oskar mich nicht respektiert. Wie kann man einen Menschen für voll nehmen, der keine eigenen Ansprüche stellt?«

Tomas steckt den letzten Bissen in den Mund und lehnt sich zurück.

»Aber am Freitag hast du ihn schon ganz schön zur Schnecke gemacht. Das klang überhaupt nicht unterwürfig.«

Sie trinkt einen Schluck Kaffee.

»Ich weiß, aber das ist neu. Ich habe keine Angst mehr. Ehrlich gesagt, ist es mir egal, ob er mich verlässt oder nicht. Ich will einfach nur wissen, was passiert ist, mit wem er die Nacht verbracht hat und warum er verletzt ist. Und das krieg ich auch noch raus, egal wie.«

Sie lächelt ihn herausfordernd an.

»Wir können ja gleich mal mit dir anfangen. Ich habe das Gefühl, du hast mir auch nicht ganz die Wahrheit gesagt.«

Tomas wird rot.

»Also, erzähl mir genau, woran du dich erinnerst. Ich verspreche dir, nicht zusammenzubrechen.«

Er windet sich auf seinem Stuhl, sein diplomatisches Ich fühlt sich sichtlich in die Enge getrieben.

»Okay«, sagt er schließlich. »Ich glaube, du hast recht, ich glaube, Oskar hat die Nacht mit einer anderen Frau verbracht.«

Er hält kurz inne, als wolle er sehen, wie sie darauf reagiert, doch sie lässt sich nichts anmerken.

»Und ich habe tatsächlich nicht die Wahrheit gesagt. Als Oskar vorgeschlagen hat, noch in eine Karaoke-Bar zu gehen, hatte ich erst keine Lust. Ich weiß, dass Karaoke-Bar hier das Gleiche bedeutet wie Sex gegen Bezahlung. Vielleicht klingt das jetzt ein bisschen anmaßend, aber ich mag das nicht, habe es nie gemocht, und so habe ich einfach gesagt, ich sei zu betrunken und vorgeschlagen, zurück ins Hotel zu gehen. Darauf hatte Oskar aber keine Lust. Er lachte nur, nannte mich einen Langweiler und drängte mich, doch wenigstens auf einen Sprung mitzukommen.«

Tomas rollt ein paar Brotkrümel auf dem Tisch.

»Und so bin ich doch mitgegangen.«

»Und was passierte dann in der Karaoke-Bar?«, fragt Veronica trocken.

»Nicht viel. Es war ziemlich leer, aber Oskar sprach eins von den Mädels an der Bar an. Als ich los bin, haben sie rumgemacht. Und er fragte nicht mehr, ob ich nicht bleiben wollte. Zwinkerte mir bloß zu und meinte, er habe ein Angebot bekommen, dass er nicht ausschlagen könne. Das muss natürlich nicht heißen, dass tatsächlich was passiert ist, aber so im Nachhinein sieht es doch ganz danach aus. Es tut mir wirklich leid.«

Das Ganze ist Tomas sichtlich peinlich.

»Das braucht es nicht«, sagt sie ruhig. »Mir ist es egal. Im Gegenteil. Ich bin froh, dass du mir die Wahrheit gesagt hast.« Sie sieht ihn fest an. »Ich werde Oskar nicht sagen, was du mir erzählt hast. Ich will nur herausfinden, was in dieser Nacht passiert ist und warum er so starke Schmerzen hat, dass er ständig Tabletten schlucken muss. Anschließend überlege ich mir, was ich mit dem Rest meines Lebens anstellen will.«

Wahrscheinlich fragt sich Tomas, ob ihre Reaktion echt ist oder nur den Schock verdeckt, aber sie bleibt vollkommen gelassen.

»Sag Bescheid, wenn ich etwas für dich tun kann. Ich kann dir auf der Reise mit den Kindern behilflich sein. Und nur, dass du mich nicht missverstehst«, er widmet sich wieder den Krümeln auf dem Tisch, »ich versuche nicht, dich anzubaggern, ich mag dich einfach gern und möchte dir helfen, wenn ich kann. Wenn ich mich zwischen dir und Oskar entscheiden muss, wähle ich dich. Oskar ist ein egoistischer Idiot, ich glaube, es täte ihm ganz gut, zu sehen, dass seine Familie nichts Selbstverständliches ist.«

Er schaut sich über die Schulter, als fürchte er, jemand könne sie belauschen.

»Du brauchst ihm aber nicht zu erzählen, dass ich das gesagt habe.«

Veronica verzieht die Mundwinkel zu einer Art Lächeln.

»Das verspreche ich dir. Und danke für dein Angebot. Ich nehme es gern an und werde darauf zurückkommen, verlass dich drauf.«

Sie greift nach dem Messer und streicht Butter auf das Toastbrot, das noch unberührt auf ihrem Teller liegt. Sie hat keinen großen Hunger gehabt, als sie sich am Buffet bedient hat, aber jetzt merkt sie, dass ihr Appetit zurückkommt. Die Kinder sitzen am Nachbartisch, wo der hilfsbereite Vater vom vorigen Tag sich mit seinen drei Kindern niedergelassen hat. Es scheint ihm nichts auszumachen, ein paar weitere Kinder am Tisch zu haben.

»Jetzt wird erst mal gegessen. Und dann muss ich packen,

wenn wir den Shuttle zum Flughafen kriegen wollen. Dass Oskar das erledigt hat, wäre zu schön, um wahr zu sein.«

Sie zwinkert Tomas zu, dann essen sie schweigend. Eine Stunde später ruft sie die Kinder aus dem Becken. Als sie in ihr Hotelzimmer kommen, ist Oskar nicht da. Nichts ist eingepackt, alles liegt genauso unordentlich dort wie zuvor. Was hat er denn jetzt schon wieder vor, denkt sie verärgert. Dann beschließt sie, ihren Zorn erst einmal zurückzustellen und alles in Ordnung zu bringen. Aber diesmal wird er nicht so leicht davonkommen, das nimmt sie sich fest vor. Diesmal wird er bezahlen.

* * *

Das Tuk Tuk biegt auf einen schmalen Kiesweg ein, hier sind deutlich weniger Leute unterwegs, keine Touristen, nur noch Einheimische. Der Weg führt einen kleinen Hügel hinauf, am Straßenrand stehen einzelne Häuser und Hütten, vor denen Kinder auf der Treppe sitzen, im Kies, im Schatten unter den Bäumen. Sie schauen kurz auf, wenn das Tuk Tuk vorbeifährt, beachten es dann aber nicht weiter.

Vor einem einfachen Haus auf der linken Seite halten sie an, die Tür steht offen. Drinnen kann Oskar ein kahles Zimmer erkennen, unmöbliert bis auf ein paar Matratzen auf dem Boden und einen Fernseher in der Mitte. Es ist dämmrig, keine Lampe, die einzige Lichtquelle ist das Sonnenlicht, das durch die Türöffnung und das Fenster fällt. Von der Rückseite her kommt ein Kind aus dem Garten gerannt. Es ist ein Junge. Oskar schätzt ihn auf zweieinhalb Jahre. Kurzes, pechschwarzes Haar und nackt bis auf ein paar zerschlissene Gummisandalen sowie eine schmutzige Stoffwindel. Oskar steigt aus dem Tuk Tuk und bittet den Fahrer, auf ihn zu warten, man weiß ja nie, was passiert. Vorsichtig geht er zur Tür, schaut noch einmal hinein, diesmal genauer. Es dauert, bis seine Augen sich an das Halbdunkel gewöhnen.

Zunächst erscheint es ihm, als wäre das Haus leer. Doch dann hört er ein Geräusch aus der hintersten Ecke. Er schaut hin. Dort liegt ein Mensch auf einer Matratze. Er traut sich nicht näher heran, versucht aber, seinen Blick zu schärfen, um zu erkennen, ob es sich um eine Frau handelt oder einen Mann.

Es ist die Frau, mit der er die Nacht von Donnerstag auf Freitag zusammen gewesen ist. Sie liegt auf dem Bauch, scheinbar reglos. Der Junge folgt Oskar hinein und läuft ihm dann voraus, er zerrt an der Frau, aber sie reagiert nicht. Vorsichtig tritt Oskar näher. Die Frau hebt nicht einmal den Kopf, sie scheint gar nicht gemerkt zu haben, dass jemand hereingekommen ist. Das Einzige, was sie anhat, ist ein dünnes T-Shirt, zwischen den Beinen hat sie ein zerknülltes Laken. Es ist blutig, aber das meiste ist eingetrocknet. Vorsichtig streckt er die Hand aus und berührt ihre Stirn. Sie ist brennend heiß. Er weiß, was eine unbehandelte Wunde bei dieser Hitze bedeuten kann. Gut drei Tage sind vergangen, seit sie mit einer kaputten Flasche verletzt worden ist, drei Tage Infektion und hohes Fieber.

Einer Eingebung folgend hebt er die Kleider der Frau hoch, die auf dem Boden liegen. Erleichtert entdeckt er darunter einen schwedischen Pass. Er braucht nicht nachzusehen, um zu wissen, dass es seiner ist. Er nimmt ihn und steckt ihn in die Hosentasche. Dann sieht er den Jungen an. Der zerrt weiter an seiner Mutter, aber nicht mehr so fest. Sie reagiert immer noch nicht. Oskar nimmt ihn bei der Hand und geht mit ihm hinaus. Im Garten entdeckt er den Ehemann. Er schläft tief und fest in einer Hängematte, hin und wieder schnarcht er laut, ihm scheinen mehrere Zähne zu fehlen. Um ihn herum riecht es nach abgestandenem Alkohol. Auf dem Tisch steht eine Flasche einheimischen Whiskys. Sie ist beinahe leer, nur noch ein paar Tropfen finden sich darin. Oskar versucht den Mann zu wecken, um ihm zu sagen, dass seine Frau schwerkrank im Haus liegt, dass sie vielleicht sterben wird, wenn sie nicht sofort Hilfe bekommt. Doch seine Bemühungen sind vergebens. Der Mann wacht einfach nicht auf. Vermutlich wird er noch ein paar Stunden schlafen, dann den Rest Whisky in sich hineinschütten und verwundert die leere Flasche betrachten, um sich anschließend eine neue zu suchen. Bis dahin kann die Frau verloren sein.

Der Junge schaut zu Oskar auf und sagt etwas auf Thailändisch. Oskar nimmt sich zusammen. Er kann es sich nicht leisten, irgendetwas zu bereuen. Er hat seinen Pass wiederbekommen, und jetzt will er zu seiner Familie zurück und dieses Land so schnell wie möglich verlassen. Es ist schließlich nicht seine Schuld, dass diese Frau sich prostituieren muss. Ohne seinen Beitrag zum Familieneinkommen wären sie womöglich noch schlechter dran. Er lässt den Jungen stehen und geht rasch zu dem wartenden Tuk Tuk, setzt sich hinein und bittet den Fahrer, ihn zum Hotel zurückzubringen. Der Junge schaut ihnen hinterher, bis sie um die Ecke verschwunden sind.

Oskar ist müder als je zuvor in seinem Leben, aber die Gedanken lassen ihm keine Ruhe. Der Blick des Kindes hat sich in sein Gedächtnis eingebrannt. Scheiße, er wollte doch nur ein bisschen Spaß haben, und dann ist es so schiefgelaufen. Eine arme Frau mit einem kleinen Kind ist ernsthaft verletzt, und dabei scheint sie auch noch die Alleinverdienerin in der Familie zu sein. Noch zweieinhalb Stunden, dann müssen sie zum Flughafen. Es wird knapp, aber er kann es schaffen. Er tippt dem Fahrer auf die Schulter und bittet ihn, zurückzufahren, ja, ihm ist klar, dass das mehr kostet, aber er muss noch etwas erledigen.

Als sie sich erneut dem Haus nähern, steht der Junge noch am selben Platz, an dem Oskar ihn zurückgelassen hat. Ein breites Lächeln erscheint auf seinem Gesicht, er rennt ihnen entgegen, die kurzen Beine wirbeln wie Trommelstöcke. Oskar hat einen Kloß im Hals. Seit er ein Kind war, hat er nicht mehr geweint, aber jetzt spürt er, wie ihm die Augen feucht werden. Beinahe wütend wischt er sich mit dem Handrücken über die Augen, steigt ab und geht zu dem Jungen. Er hebt ihn hoch und setzt ihn in das Taxi, sagt ihm auf Englisch, er solle dort sitzen bleiben, bis er seine Mutter geholt hat. Wahrscheinlich versteht der Junge kein Wort, dennoch bleibt er gehorsam auf seinem Platz sitzen. Dann bittet Oskar den Fahrer ihm zu helfen, die Frau herauszutragen. Der Mann sieht ihn fragend an, sagt aber nichts, sondern folgt ihm hinein. Als sie bei der Matratze angelangt sind, kniet der Mann sich hin und legt der Frau eine Hand auf die Stirn. Dann steht er auf und hebt sie ganz allein hoch. Was er denkt, ist schwer zu erkennen, aber natürlich wird er sich wundern, weshalb ein europäischer Mann zu einer mittellosen Familie hinausfährt, um eine schwerverletzte Frau ins Krankenhaus zu fahren. Falls er es ahnt, ist der Blick, den er Oskar jetzt zuwirft, vermutlich voller Verachtung.

Der Fahrer trägt die Frau hinaus und legt sie auf den Rücksitz. Oskar setzt sich mit dem Kind auf dem Schoß daneben, diesmal verhandelt er keinen Preis. Als sie ankommen, bezahlt er und bittet den Mann erneut, zu warten, hebt die Frau hoch und winkt dem Jungen, ihm zu folgen. Im Krankenhaus ist es angenehm kühl. Er geht an der unbesetzten Rezeption vorbei und in einen angrenzenden Flur, spricht eine Krankenschwester an, die gerade einen Bericht liest.

»Entschuldigung«, sagt er. »Diese Frau ist schwer verletzt und braucht Hilfe.«

Die Krankenschwester sieht die leblose Frau in Oskars Armen und erkennt den Ernst der Lage. Sie zeigt auf ein Krankenhausbett im Flur.

»Ich rufe einen Arzt. Legen Sie sie solange dorthin.«

Oskar nickt und legt die Frau vorsichtig auf das Bett, wischt sich den Schweiß von der Stirn. Die Krankenschwester eilt den Flur hinunter, verschwindet aus seinem Blickfeld.

»Der Arzt kommt gleich. Sie können sie schon mal anmelden.«

Oskar überlegt.

»Leider habe ich nicht all ihre Daten. Aber ich werde die Kosten für ihre Behandlung übernehmen.«

Er dreht sich zu dem Jungen um.

»Und ich brauche jemanden, der sich um ihren Sohn kümmern kann. Auch dafür werde ich natürlich bezahlen.«

Die Krankenschwester streicht dem Jungen über das Haar und sagt etwas auf Thai. Dann wendet sie sich wieder an Oskar.

»Das kriegen wir hin, aber es wird ziemlich teuer.«

»Das macht nichts, ich habe Geld.«

Die Krankenschwester hebt die Augenbrauen, sagt aber nichts. Dann misst sie der Frau Temperatur und Blutdruck, kritzelt mit gerunzelter Stirn etwas auf einen Block. Kurz darauf erscheint eine Ärztin, glücklicherweise ist es nicht dieselbe, die Oskar behandelt hat. Sie grüßt ihn kurz und hebt dann die Decke hoch. Oskar schaut weg, um das Blut an ihren Schenkeln nicht sehen zu müssen. Die Krankenschwester sagt auf Thai etwas zu der Ärztin. Als sie sich wieder Oskar zuwendet, ist ihre Miene ernst.

»Es sieht nicht gut aus. Sie hat hohes Fieber und ihr Blutdruck ist sehr schwach.«

Oskar schluckt.

»Was bedeutet das?«

»Dass sie vermutlich eine heftige Infektion hat. Mehr kann ich erst sagen, wenn ich sie gründlich untersucht habe.«

Sie schiebt das Bett auf eine der Türen auf dem Gang zu.

»Sie können mit dem Jungen solange im Wartezimmer bleiben.«

Sie glaubt offenbar, er sei der Vater des Kindes, und er beeilt sich, das Missverständnis aufzuklären.

»Das ist nicht mein Kind, aber ich kenne die Familie. Ihr Mann ist Alkoholiker. Als ich zu ihnen nach Hause kam, lag er völlig betrunken und nicht ansprechbar in der Hängematte, während sie drinnen im Haus war, blutig und mit hohem Fieber.«

Die Ärztin sieht ihn ernst an, wahrscheinlich hat sie schon die Schlussfolgerung gezogen, der besoffene Mann habe seine eigene Frau misshandelt. Oskar entschuldigt seine Lüge vor sich selbst damit, dass es ein großes Risiko wäre, wenn er selbst verdächtigt würde. Er hat die Frau nicht absichtlich verletzt, und vermutlich würde die Sache gar nicht vor ein Gericht kommen, aber es wäre schlimm genug, wenn er gezwungen wäre, aufgrund einer Voruntersuchung hierbleiben zu müssen.

»Ich möchte für ihre Behandlung bezahlen, aber dann muss ich sofort los, ich fliege heute zurück nach Schweden.«

Die Ärztin nickt knapp und schiebt die Frau in ein Zimmer. Bevor sie die Tür hinter sich schließt, dreht sie sich noch einmal zu Oskar um.

»Gehen Sie zur Rezeption, die kümmern sich um alles Praktische.«

Oskar betet, dass alles gutgeht, dann nimmt er den Jungen mit zum Tresen.

»Ich möchte für die Behandlung der Frau bezahlen, die

gerade eingeliefert worden ist, gern im Voraus, falls das möglich ist. Wissen Sie, wie viel das etwa sein wird?«

Die Frau hebt den Kopf, er meint, sie von Freitag wiederzuerkennen. Sie hat ihn offensichtlich ebenfalls erkannt.

»Sind Sie nicht selbst vor ein paar Tagen erst hier gewesen? Wie geht es Ihnen?«

»Danke, besser.«

Er lächelt, innerlich jedoch flucht er. Er will nicht wiedererkannt werden, das Einzige, was er möchte, ist zu bezahlen, wegzufahren und nie mehr zurückzukommen.

»Das freut mich.«

Er antwortet nicht.

»Und jetzt wollen Sie für die Frau bezahlen, die eben eingeliefert worden ist?«

»Ja. Und dann muss sich noch jemand um den Jungen kümmern, bis seine Mutter wieder gesund ist.«

Sie fragt nicht weiter, stellt lediglich eine kurze Berechnung an. Dann nennt sie einen hohen Betrag, aber nicht exorbitant hoch. Oskar muss sich immer wieder den enormen Preisunterschied zwischen Thailand und Schweden bewusst machen. Er reicht ihr seine Kreditkarte.

»Sie können den ganzen Betrag davon abziehen. Wenn das nicht reicht, schicken Sie mir bitte eine Rechnung über den Restbetrag, meine Adresse habe ich am Freitag hinterlegt.«

Sie nimmt die Karte, gibt die Summe ein und reicht ihm dann das Lesegerät. Er bestätigt die Zahlung und dreht sich noch einmal zu dem Jungen um. Er muss an das einfache Haus denken und den Mann in der Hängematte. Aus seiner Hosentasche zieht er ein Bündel Scheine und reicht es, bis auf ein paar Hunderter, die er für das Taxi braucht, der Rezeptionistin. Er bittet sie, es der Frau zu geben, wenn sie entlassen wird. Sie nimmt das Geld und sagt etwas zu dem Jungen. Der

Junge strahlt und läuft zu ihr hinter den Tresen, wahrscheinlich hat sie ihm Süßigkeiten versprochen. Oskar schaut dem Jungen in die tiefbraunen Augen, ihm zieht sich der Magen zusammen. Dann reißt er sich los und geht zum Ausgang. Draußen wartet noch immer das Tuk Tuk. Es wird höchste Zeit, zurückzufahren.

ALVIKS STRAND

Montag, 1. März 2010

Jonas ist spät dran. Er und Kalle haben verschlafen. Bis er Kalle in die Kita gebracht hat, ist es halb zehn geworden, jetzt fährt er weiter ins Büro. Normalerweise nimmt er immer das Fahrrad, aber heute geht es schneller mit dem Auto. Das Positive ist, wenn man spät dran ist, umgeht man den morgendlichen Stau.

Er parkt und geht hinein. Die junge Frau an der Rezeption grüßt ihn fröhlich. Kann sein, dass sie ein bisschen in ihn verliebt ist. Er lächelt und grüßt zurück, zieht die Karte durch das Lesegerät. Flüchtig grüßt er auch die Kollegen im Großraumbüro, bevor er sein eigenes betritt und die Tür hinter sich schließt. Er ist selbst überrascht, dass er nach der letzten Umstrukturierung sein Büro behalten durfte, aber wahrscheinlich ist es nur eine Frage der Zeit, bis er ebenfalls zu den anderen versetzt wird. Schließlich geht es immer darum, noch mehr einzusparen, und da muss jeder Quadratmeter so effektiv wie möglich genutzt werden.

In der vergangenen Nacht hat er kaum geschlafen, wurde umgetrieben von Grübeleien, vermischt mit der Angst, Mia und Kalle zu verlieren. Und dann waren da neu erwachte Schuldgefühle, die er lange irgendwo im Unterbewusstsein begraben hatte. Er schaltet den Computer ein und wartet ungeduldig darauf, sich einloggen zu können. Er überfliegt die Betreffzeilen der etwa zwanzig Mails in seinem Posteingang. Dann öffnet er die Mail, die ihn am meisten interessiert. Sie ist von Oskar Engström. Immerhin hat er also die richtige Adresse gehabt! Rasch liest er das Wenige, was Oskar geschrieben hat, dass er in Thailand sei und anrufen werde, sobald er wieder in Schweden sei. Die nächste Nachricht stammt von Rikard Lind. Jonas nimmt sein Handy und ruft ihn auf der angegebenen Nummer an.

»Hallo Rikard, Jonas hier.«

»Hallo Jonas.«

Sie schweigen einen Moment.

»Ganz schön lange her«, sagt Rikard dann. »Wie geht es dir?«

»Ach, ganz gut.«

Jonas klopft mit einem Stift auf den Schreibtisch.

»Und dir?«

»Auch ganz gut.«

Wieder wird es still. Jonas beeilt sich, zur Sache zu kommen.

»Wie gesagt, ich wollte aus einem ganz bestimmten Grund mit dir reden.«

»Visby, oder?«

Die Art und Weise, wie Rikard »Visby«, sagt, lässt es Jonas kalt den Rücken hinunterlaufen. Er hätte wirklich nicht gedacht, dieses Gespräch jemals führen zu müssen.

»Ja. Ich habe von einem unbekannten Absender eine Mail mit einem Bild von dem Abend damals bekommen. Es ist leider ziemlich eindeutig. Soweit ich weiß, war das damals Oskars Kamera, aber ich hatte gedacht, er hätte den Film vernichtet.«

Rikard murmelt irgendetwas Unverständliches, Jonas kann es nicht richtig verstehen.

»Weißt du etwas darüber?«

»Keine Ahnung. Hab seit Jahren keinen Kontakt mehr zu Oskar.«

»Ich auch nicht, das Ganze ist ziemlich unangenehm.«

Rikard brummt zustimmend.

»Ich finde, wir drei sollten uns treffen. Mal drüber sprechen, vielleicht finden wir ja eine plausible Erklärung. Wie sieht es bei dir am Freitagabend aus? Hast du Zeit, auf einen Sprung vorbeizukommen?«

Eigentlich hat er überhaupt keine Lust, sie zu sich nach Hause einzuladen, aber er will die Angelegenheit so schnell wie möglich hinter sich bringen, und am Freitag besucht Mia eine Freundin, sodass er und Kalle die Wohnung für sich haben. Außerdem will er nicht in einer Kneipe darüber reden. Das Risiko ist zu groß, dass jemand etwas mitbekommt.

»Klar, geht in Ordnung. Ich habe freitags immer frei.«

»Okay. Sagen wir um neun?«

»Ja, das passt. Wo genau?«

Jonas sagt, wo er wohnt, hört, wie Rikard am anderen Ende die Adresse aufschreibt.

»Kommt Oskar auch?«

»Der ist noch in Thailand, kommt aber morgen zurück. Aber ich kann ihm schon mal mailen und fragen, ob er Freitag kann. Falls nicht, melde ich mich noch mal bei dir.«

»Gut.«

Sie scheinen beide nicht zu wissen, wie sie das Gespräch beenden sollen.

»Bis Freitag also«, sagt Jonas schließlich.

»Alles klar.«

Jonas legt auf und steckt das Handy in die Hosentasche. Dann geht er in die Teeküche und sucht sich eine saubere Tasse. Er findet keine, im Abwaschbecken türmt sich das dreckige Geschirr. Er nimmt den obersten Becher herunter, gibt ein paar Tropfen Spülmittel hinein und wäscht ihn aus. Als er ihn anschließend in den Kaffeeautomaten stellt, merkt er, dass seine Hand zittert, und zwar so sehr, dass er ein paar Tropfen

Kaffee verschüttet, als er die volle Tasse wieder herauszieht. Bevor er aufwischen kann, kommt sein Kollege Bengt herein. Rasch nimmt er ein Stück Küchenrolle und bückt sich.

»Lass mal«, sagt er. »Ich wisch schon auf. Du siehst ganz mitgenommen aus. Das muss ja echt hart gewesen sein in Gävle.«

Er grinst schief und wirft das braunfleckige Papier in den Abfalleimer. Jonas fällt darauf nichts ein, er bedankt sich nur kurz und nimmt dann den Kaffee mit in sein Büro. Erneut loggt er sich ein und schickt Oskar eine Mail, fragt, ob er am Freitag Zeit für ein Treffen hat. Er schreibt, dass Rikard auch kommen werde und dass es um den Vorfall vor dreizehn Jahren in Visby gehe. Über das Foto sagt er nichts, es ist besser, das persönlich zu besprechen. Anschließend lehnt er sich zurück und verschränkt die Hände im Nacken. Jetzt hat er die Sache ins Rollen gebracht, mehr kann er nicht tun.

Er betrachtet das Foto auf seinem Schreibtisch, auf dem Mia mit dem neugeborenen Kalle zu sehen ist. Kalle sieht erschöpft aus. Bei der Geburt war seine Lunge voller Fruchtwasser und er hatte nicht selbständig atmen können. Statt friedlicher Dreisamkeit war hektische Aktivität ausgebrochen, Rennerei über den Flur, mit einem immer blauer werdenden Baby in den Armen der Hebamme. Über mehrere Minuten musste Kalle mit Sauerstoff versorgt werden, bevor er endlich seine ersten, suchenden Atemzüge tat. Jonas erinnert sich, dass er selbst noch eine ganze Weile gezittert hat, während Mia völlig unberührt wirkte. Während Jonas mit einem besorgten Ärzteteam im Nachbarraum stand, war sie im Krankenhausbett liegengeblieben und von einer soliden Hebamme mit finnlandschwedischem Dialekt, die die Ruhe in Person zu sein schien, genäht worden. Wahrscheinlich hat Mia gar nicht mitbekommen, wie ernst es war.

Vor der Glastür geht ein Kollege vorbei und wirft einen

neugierigen Blick zu ihm herein. Wahrscheinlich ist es ein ungewohnter Anblick, ihn hier so entspannt zurückgelehnt zu sehen, normalerweise bearbeitet er wild die Tasten des Computers, wobei er den Telefonhörer zwischen Schulter und Ohr klemmt. Er geht zur Tür und zieht die Vorhänge zu, dann kehrt er an seinen Schreibtisch zurück und öffnet noch einmal die Mail mit dem Foto. Er vermeidet es hinzusehen, druckt es lediglich dreimal aus. Während die Bilder langsam aus dem Drucker kommen, schließt er die Augen und versetzt sich zurück ins Jahr 1997: Es war ein netter Abend gewesen. Die Mädchen waren witzig, vor allem Camilla, die hatte wirklich Humor. Jonas erinnert sich, dass ihm das gefallen hat. Josefin hatte nur Augen für Oskar. Und er dachte noch, dass sie sicherlich enttäuscht werden würde, noch bevor der Abend zu Ende war. Jonas hatte gesehen, wie Oskar sich in Visby verhielt. Jeden Abend eine neue Frau, manchmal sogar mehrere. Aber wie übel es tatsächlich ausgehen würde, hat er nicht ahnen können, als sie noch auf dem Sofa saßen und tranken. Ein ganz normales Vorglühen in einem sommerlichen Visby. Lange dachte er, es hätte am Ecstasy gelegen, das sie genommen hatten. Aber es ging nicht um Drogen, es ging auch nicht um Josefin. In dieser Nacht waren ganz andere Kräfte am Werke.

Danach legten sie sich alle drei im Wohnzimmer schlafen, ließen Josefin allein im Bett zurück. Der Alkohol forderte seinen Tribut, sie schliefen sofort ein. Und so war Jonas frei von Schuldgefühlen, zumindest ein paar Stunden lang.

Am Morgen wurde er von Stimmen in der Küche geweckt. Die Mädchen machten sich gerade auf den Heimweg. Leise flüsterten sie miteinander. Er kniff die Augen zu und steckte sich die Finger in die Ohren, wollte sie weder sehen noch hören, am liebsten wollte er nur noch schlafen und diese Nacht für immer vergessen.

Die Bilder sind ausgedruckt. Rasch packt er sie in eine Plastikmappe und steckt sie in seine Tasche. Dann öffnet er die Tür zu seinem Büro wieder, geht zurück an den Schreibtisch und gibt eine Nummer ins Handy ein. Diesmal ist es ein Kundengespräch.

ÖSTERMALM

Mittwoch, 3. März 2010

Veronica schlägt die Augen auf und streckt sich in dem weichen, komfortablen Bett. Das schwache Licht einer Straßenlaterne fällt durchs Fenster, es fühlt sich ungewohnt an, zu Hause in ihrer Wohnung in Östermalm aufzuwachen. Oskar schläft noch, seine Haare sind feucht und kleben ihm an der Stirn. Er hat die dicke Daunendecke ganz hochgezogen, wahrscheinlich schwitzt er deshalb so. Wenn sie sich richtig erinnert, schläft er sogar mit Schlafanzughose, was in der Zeit, die sie jetzt schon zusammen sind, bisher noch nie vorgekommen ist. Sein Mund ist leicht geöffnet, und in unregelmäßigen Abständen ist ein leises Schnarchen zu hören.

Sie schlägt die Decke zur Seite und fröstelt. Eigentlich würde sie gern noch ein bisschen schlafen, aber ihr Körper ist noch an die thailändische Zeit gewöhnt, und dort wäre jetzt bereits Mittag.

Sie steht auf, zieht sich Jeans und ein T-Shirt an und holt sich die Tageszeitung aus dem Flur. Anschließend geht sie in die Küche. Sie schaut aus dem Fenster, es ist stockdunkel, aber der Schnee lässt alles wenigstens ein bisschen heller erscheinen. Die Kinder werden noch bis Ende der Woche zu Hause bleiben, jetzt bereut sie, dass sie dem Kindergarten nicht gesagt hat, sie würden schon Donnerstag wiederkommen. Sie könnte jetzt gut ein paar Tage für sich gebrauchen. Aber gesagt ist gesagt, sie wird stattdessen versuchen, die frühen Morgenstunden zu nutzen oder die Verantwortung für die Kinder auf

Oskar abschieben. Auch er hat schließlich in den kommenden Tagen noch Urlaub. Kurz vor der Reise hat sich herauskristallisiert, dass er einen wichtigen Vertrag mit dem Schwedischen Sportverband abschließen wird, der verstärkt auf den Jugendsport setzen will. Es handelt sich um einen Drei-Jahres-Vertrag. Die verschiedenen Landesverbände sollen ihn für Vorträge und als Coach für ihre Jugendtrainer buchen können. In ein paar Tagen wird es dazu eine größere Pressekonferenz geben, auf der das Konzept der Öffentlichkeit vorgestellt werden soll. Bis dahin wird Oskar nicht viel mehr zu tun haben, als sich ein wenig vorzubereiten. Und dann muss er natürlich eine neue Kolumne für seine Papa-Seite schreiben. Veronica hat damals ihren Ohren nicht getraut, als er ihr davon erzählt hat.

»Du willst eine Väter-Kolumne schreiben? Ausgerechnet!« Fassungslos hat sie ihn angestarrt. »Das ist ja wohl ein Witz. Du hast doch überhaupt keine Ahnung, was es heißt, Vater zu sein.«

Doch er hat sie daraufhin nur finster angeschaut, so wie immer, und sie hat lieber den Mund gehalten. Es machte sich natürlich gut und lag voll im Trend. Die Bewunderer, vor allem Frauen, ließen denn auch nicht lange auf sich warten. Vater zu sein und darüber zu schreiben scheint ein erfolgreicher Trick zu sein, wenn man sich eine treue Gefolgschaft schaffen will. Dass dieses Vatersein sich mehr im Netz als in der Realität abspielt, spielt dabei keine Rolle. Veronica als Frau eines dieser bewunderten Väter weiß allerdings genau, was sich hinter dem schönen Schein verbirgt, zumindest, was Oskar angeht. Er ist alles andere als präsent. Das Ganze ist lediglich eine weitere Möglichkeit für ihn, sein Image aufzupolieren.

Sie füllt Wasser in den Behälter der Kaffeemaschine, drei

Tassen, und gibt anschließend die entsprechende Menge Pulver in den Filter. Dann stellt sie die Maschine an und freut sich schon auf echten schwedischen Kaffee. Während sie darauf wartet, dass er durchläuft, öffnet sie den Wandschrank, in dem sie wichtige Papiere aufbewahren, steigt auf einen Hocker und kramt darin herum. Sie ist sich nicht sicher, ob sie Linneas Nummer wirklich aufgehoben hat, aber wenn sie es getan hat, dann muss sie hier im Schrank sein. Sie hat inzwischen ein paar Tage darüber nachgedacht und ist immer wieder zu dem Schluss gekommen, dass es Zeit ist, die Besuche bei ihr wiederaufzunehmen. In den kommenden Tagen und Wochen wird sie jemanden brauchen, der ihr mit klugem Rat zur Seite stehen kann.

Ihre Suche ist erfolgreich, ganz unten im Papierstapel entdeckt sie eine Visitenkarte mit der Aufschrift »Linnea – Paar- und Familientherapeutin«. Wahrscheinlich hat sie sie dort versteckt, damit Oskar sie nicht findet. Sie steckt sich die Karte in die Hosentasche, rückt den Hocker wieder an seinen Platz und gießt sich eine Tasse brühend heißen Kaffee ein. Dann setzt sie sich mit der Zeitung an den Tisch und liest sie, ausnahmsweise einmal von Anfang bis Ende.

»Haben wir was zu essen im Haus?«

Sie zuckt zusammen. Das war Oskar. Aus dem Wohnzimmer sind leise Stimmen zu hören, es klingt nach dem Drachen Bolibompa, die Kinder müssen aufgewacht und gleich zum Fernseher gegangen sein.

»Nein, bis auf Knäckebrot und Haferflocken. Und ein halbes Päckchen Butter.«

Sie schaut zu, wie Oskar zum Kühlschrank geht.

»Ich kann schnell gehen und was einkaufen«, bietet sie an. Das wäre eine gute Gelegenheit, die Therapeutin anzurufen.

Oskar schaut in den Kühlschrank und entdeckt tatsächlich nichts, was einen leeren Magen erfreuen könnte. Er nickt.

»Ja, mach das. Saft und Aufschnitt wären schön. Und frisches Sauerteigbrot.«

Er fasst sich ans Gesäß, eine Geste, die sie in den vergangenen Tagen unzählige Male gesehen hat.

»Tut dir was weh?«

Er dreht sich zu ihr um.

»Nein, das hab ich doch schon gesagt.«

Er klingt irritiert.

»Aber du greifst dir ständig an den Hintern, das muss doch irgendwas bedeuten.«

»Es juckt nur ein bisschen, vielleicht eine kleine Wunde. Aber es wäre mir wirklich lieb, wenn du aufhören würdest, ständig danach zu fragen.«

»Alles klar, versprochen. Sobald du mir die Wahrheit darüber erzählst, was in Thailand passiert ist, werde ich keine weiteren Fragen zu deinen Unterleibsproblemen mehr stellen.«

Er seufzt tief.

»Ich habe dir genau erklärt, was passiert ist. Und es hat nichts mit diesem Juckreiz zu tun.«

»Und was ist mit den Tabletten, die ich in deinem Koffer gefunden habe?«

Er starrt sie an.

»Ach so, die«, sagt er schließlich. »Die hat mir die Putzfrau gegeben, die am nächsten Morgen in der Bar saubergemacht hat. Ich hatte furchtbare Kopfschmerzen und sie meinte, die würden helfen. Haben sie auch.«

Er zwinkert ihr zu.

»Aber ganz ungefährlich sind sie wahrscheinlich nicht.«

Er setzt sich an den Küchentisch.

»Meinst du, du kannst jetzt so lieb sein und einkaufen gehen, bevor deine Familie verhungert?«

Sie antwortet nicht, nimmt lediglich ihr Portemonnaie vom

Tisch und verlässt die Küche. Überlegt, ob sie wohl mit einem Mythomanen verheiratet ist. Sie verabschiedet sich kurz von den Kindern, schnappt sich im Vorbeigehen Jacke und Mütze und zieht diese im Treppenhaus an. Zu Fuß geht sie das kleine Stück von der Wohnung in der Artillerigatan bis zum Konsum am Östermalmstorg. Auf halber Strecke zieht sie ihr Handy heraus, hier kann Oskar sie vom Fenster aus nicht sehen. Sie hat Glück, Linnea antwortet schon nach dem zweiten Klingeln.

»Hallo Linnea, hier ist Veronica Engström. Ich weiß nicht, ob Sie sich noch an mich erinnern, ich bin vor ein paar Jahren ein paar Mal bei Ihnen gewesen.«

»Hallo Veronica, natürlich erinnere ich mich.«

Ihre Stimme klingt freundlich.

»Sie sind damals gekommen, weil Ihr Mann sie geschlagen hatte, oder?«

»Ja, genau.«

Veronica wischt sich die schweißnasse Hand an der Jeans ab.

»Ich wollte bloß fragen, ob Sie noch mal Zeit für mich hätten.«

Sie ist jetzt an der Kreuzung Linnégatan Sibyllagatan angelangt und biegt links Richtung Östermalmstorg ab. Vor einer neu eröffneten Boutique bleibt sie stehen und betrachtet ihr Spiegelbild im Schaufenster.

»Damals sind meine Kinder krank geworden und eigentlich wollte ich Sie danach wieder anrufen, aber dazu kam es irgendwie nie, und dann hat es sich irgendwie im Sande verlaufen.«

Linnea lacht, aber es klingt herzlich.

»Ja, manchmal kann es durchaus zwei Jahre dauern, bis ein Klient wieder eine Lücke in seinem Terminkalender findet. Sie können jederzeit vorbeikommen, gerne schon übermorgen, wenn Sie wollen. Da hat eine Patientin für halb zwölf abgesagt.«

Veronica hört, wie sie in ihrem Kalender blättert.

»Nächste Woche bin ich leider schon ausgebucht.«

»Jetzt am Freitag passt es gut.«

Sie hat keine Ahnung, ob das stimmt, sie hat sich nicht mit Oskar abgesprochen. Aber der hätte ja auch einfach zugesagt, wenn er etwas unternehmen wollte, ohne es vorher mit ihr abzustimmen. Jetzt ist sie einmal an der Reihe, es genauso zu machen.

»Dann bis übermorgen. Und geben Sie mir doch bitte noch Ihre Telefonnummer.«

Veronica nennt die zehn Ziffern, dann beenden sie das Gespräch. Erst jetzt merkt sie, dass sie am ganzen Leib zittert.

* * *

Die Tür fällt hinter Veronica ins Schloss, und Oskar geht ins Schlafzimmer und schaltet seinen Computer ein. Die Kinder schauen immer noch wie gebannt Bolibompa, das passt perfekt. Er hat Hunderte von ungelesenen E-Mails, doch ihn interessiert vor allem eine. Er öffnet sie und liest die paar Zeilen, die Jonas geschrieben hat. Eine Einladung für Freitagabend, Rikard werde auch kommen, es gehe um Visby. Genau, wie er es sich gedacht hat. Aber warum Jonas jetzt Kontakt zu ihm aufnimmt, dreizehn Jahre später, das kann er sich nicht erklären. Nach dem Urteil wollte Jonas nichts mehr mit ihnen zu tun haben. Und das beruhte auf Gegenseitigkeit. Dieser Verräter hätte beinahe alles versaut. Es ist völlig unwahrscheinlich gewesen, dass man sie verurteilt hätte, ihr Wort stand gegen Josefins, und die hatte einige Erinnerungslücken. Wenn Jonas sich an dieselbe Geschichte gehalten hätte wie Oskar und

Rikard bereits beim ersten Verhör, dann wäre ein Freispruch noch wahrscheinlicher gewesen. Stattdessen erzählte er der Polizei haarklein, wie er selbst die Situation erlebt hatte.

Im Anschluss an dieses Verhör schickte Oskar einen Kumpel bei ihm vorbei, der ihm klarmachte, wie wichtig es war, dass sie zusammenhielten. Das Risiko, verurteilt zu werden, war minimal. Wer würde Josefin schon glauben? Schließlich hatte sie freiwillig mit Oskar rumgemacht, und alle wussten, dass sie bereits früher harten Sex mit Rikard gehabt hatte. Die Gerüchte über Josefin und Rikard kursierten in der Schule bereits lange vor Visby, nicht wegen dem, was sie tatsächlich getan hatten, sondern eher wegen dem, was Rikard behauptete, dass sie getan hätten. Seine Geschichte änderte sich jedes Mal, wenn er sie erzählte, und eigentlich wussten alle, dass das meiste Angeberei war. Lügen sogar. Aber irgendwie war es auch cool, ein Flittchen in der Schule zu haben, eine, auf die man herabsehen konnte.

Und irgendwie gelang es Oskar tatsächlich, Jonas zum Schweigen zu bringen. Im zweiten Verhör korrigierte er seine Geschichte und hielt am Gesagten fest. Oskar war sich sicher, dass dies ausschlaggebend dafür gewesen war, dass das Urteil wie erhofft ausfiel.

Nach dem Freispruch waren alle da, Freunde, seine neue Freundin, seine Eltern. Sie freuten sich und schlugen ihm auf die Schulter, als wäre er ein Held. Es war ein Gefühl ähnlich wie nach einem erfolgreichen Fußballspiel. Er schlug vor, sie könnten doch zusammen feiern, was Gutes essen und ein Bier zusammen trinken. Aber Jonas kam nicht mit. Er starrte Oskar nur hasserfüllt an und ging. Seitdem hatte Oskar nie wieder etwas von ihm gehört. Ein paarmal versuchte er noch,

Kontakt zu ihm aufzunehmen. Es schien ihm wichtig, jemanden, der solche Informationen über ihn besaß, im Auge zu behalten. Er hatte ihn angerufen, E-Mails geschickt, keine Antwort. Jonas wollte nichts mehr mit ihnen zu tun haben, weder mit Oskar noch mit Rikard.

Bis heute. Oskar redet sich ein, dass er nichts zu fürchten hat. Das Risiko einer Wiederaufnahme ist verschwindend gering. Dennoch kann er ein mulmiges Gefühl nicht unterdrücken. Er schreibt sich die Adresse auf sowie den Türcode, schaltet den Computer aus und legt sich aufs Bett. Eigentlich müsste er nach den Kindern sehen, aber er schafft es einfach nicht. Die vergangene Woche war gefühlsmäßig sehr angespannt und seine Energie ist aufgebraucht.

Er hat gerade die Augen zugemacht, da kommt Viggo herein. Bevor er irgendetwas sagen kann, ist er zu ihm ins Bett gekrochen und hat den Kopf in seine Halsbeuge gebohrt. Sofort verfliegt sein Ärger, es ist lange her, dass er einem der Kinder so nahe gewesen ist. Er legt die Arme um Viggo und drückt ihn vorsichtig an sich. Eine Weile liegen sie schweigend da, dann schaut Viggo zu ihm auf, seine Augen sind noch grüner als sonst.

»Ich hab dich lieb, Papa.«

»Ich dich auch Viggo. Sehr lieb.«

Er sieht Viggo lächelnd an. Wärme breitet sich in ihm aus. In den letzten Jahren hat er die Kinder völlig vergessen, hat diese Nähe und die Freude vergessen. Nach Viggos Geburt empfand er das Zusammenleben mit ihnen vor allem als anstrengend, war immer ziemlich genervt, aber inzwischen weiß er, was er verpasst hat. Er streicht Viggo über den Rücken.

»Bald kommt Mama mit Essen, dann mache ich uns ein richtig gutes Frühstück.«

Sie bleiben noch eine Weile liegen, Viggo schließt die Augen und es sieht fast so aus, als schliefe er noch mal ein. Oskar betrachtet seinen Sohn. Das fein geschnittene Gesicht und die braunen Locken. Plötzlich fällt ihm auf, wie sehr Viggo Jeanette ähnelt. Jeanette, wie sie aussah, als er sie das erste und einzige Mal zu Gesicht bekommen hat. Obwohl seitdem – wie lange mag es her sein? – zwölf Jahre vergangen sind, steht ihm ihr Bild glasklar vor Augen.

Es war am Tag des Freispruchs. Plötzlich war Jeanettes Mutter Ulrika da, mit der er ein paar Jahre zuvor eine flüchtige Beziehung gehabt hatte. Damals war Ulrika fünfzehn gewesen und sie hatten ein paar Nächte gemeinsam verbracht. Ohne zu verhüten. Dabei war Ulrika schwanger geworden. Er erinnert sich, wie sie ihn angerufen und es ihm erzählt hat, ihre Stimme zitterte, war kaum zu hören, als sie schließlich zur Sache kam. Obwohl er ihr gesagt hatte, dass er nichts mit dem Kind zu tun haben wollte, hatte sie es behalten. Und an dem Tag, als das Urteil gesprochen wurde, waren sie beide da. Es war das erste und einzige Mal, dass er seine Tochter gesehen hat. Sie standen ein paar Meter vom Eingang des Gerichtsgebäudes entfernt. Ulrika trug Jeans und eine kurze Jacke aus grünem Kunstleder, sie sah müde aus. Gerüchteweise hatte er gehört, dass Ulrikas Mutter sie rausgeschmissen hatte, als sie schwanger wurde, und dass sie nun eine Wohnung vom Sozialamt bezahlt bekam. Auf dem Arm hatte sie ein kleines Mädchen von knapp drei Jahren. Ihre Haare waren braun und lockig, genau wie Viggos jetzt, und reichten ihr ein Stück über die Schultern. Sie war ziemlich klein für ihr Alter und beinahe mager, und sie nuckelte intensiv am Daumen, während sie ihn betrachtete. Oskar war überrascht, sie zu sehen, geradezu erschrocken. Er nahm an, Ulrika wollte ihm eine Szene machen. Aber sie hatte nichts gesagt, sich nicht genähert. Stand nur da und hielt das Mädchen fest, flüsterte ihm etwas ins Ohr und zeigte dabei mit dem Finger auf ihn. Vielleicht sagte sie ihr, dass dieser blonde, fröhliche Typ dort, der gerade einer langen Gefängnisstrafe entgangen war, ihr Vater sei. Oskar hatte so getan, als würde er sie nicht sehen, aber als er an ihnen vorüberging, sah er doch kurz auf, seine Augen begegneten Jeanettes, sie lächelte. Dann nahm sie den Daumen aus dem Mund und winkte. Oskar hat nicht zurückgewinkt, und in den Jahren danach hat er oft davon geträumt, wie ihr Lächeln der Enttäuschung wich, der Enttäuschung, dass er nicht reagiert hatte, als er an ihr vorüberging.

Das Geräusch der Wohnungstür, die ins Schloss fällt, holt ihn in die Gegenwart zurück. Veronica ist wieder da. Viggo springt aus dem Bett und rennt in den Flur, Oskar folgt ihm.

»Hallo, mein Schatz.«

Er gibt ihr einen Kuss. Veronica beantwortet ihn nicht. Oskar tut, als würde er es nicht bemerken, nimmt ihr die Tüten ab und geht in die Küche.

»Setz dich, ich kümmere mich um das Frühstück«, ruft er in den Flur und macht sich daran, alles auszupacken. Er schlägt zwei Eier auf und verrührt sie mit Mehl und Milch, stellt die Platte an und wartet, bis sie warm genug ist, dann bäckt er Pfannkuchen. Anschließend macht er Smoothies, presst Orangensaft, bäckt Baguette auf und kocht Eier. Als er fertig ist, steht ein ordentliches Frühstück auf dem Tisch.

»Wir können essen!«, ruft er.

Sofort kommen die Kinder angerannt.

»Wow, was für ein tolles Frühstück«, sagt Emma. Ihre Augen leuchten.

»Pfannkuchen!«, ruft Viggo und setzt sich schnell auf den Stuhl, der dem Teller mit den Köstlichkeiten am nächsten steht. Nur Veronica schweigt und verzieht keine Miene. Noch nie hat Oskar sie so erlebt, es beunruhigt ihn mehr, als er zugeben will. Er gelobt sich selbst, dass er sich, sobald die Pressekonferenz für den Schwedischen Sportverband vorüber ist, wieder mehr um seine Familie kümmern will. Was in Thailand passiert ist, begräbt er irgendwo in seinem Hinterkopf.

VISBY

Juli 1997

Josefin und Camilla erreichen ihr Ferienappartement. Vor dem Eingang treffen sie einen Mann, der gerade mit seinem Hund Gassi geht, ansonsten ist die Straße leer. Josefin verzieht bei jedem Schritt das Gesicht. Camilla hilft ihr die wenigen Stufen hinauf.

»Leg dich aufs Sofa, ich putze«, sagt sie zu ihr.

Spätestens um elf müssen sie die Wohnung verlassen, und vorher muss der Schmutz einer ganzen Woche beseitigt werden. Camilla holt sich den Besen und beginnt im Wohnzimmer. Josefin sinkt auf das durchgesessene Cord-Sofa und schließt die Augen. Sie schämt sich so sehr, dass sie es kaum aushält.

»Ich hätte niemals mit Oskar rummachen dürfen«, flüstert sie.

Sie zieht die Knie an die Brust und umschlingt sie mit den Armen. Camilla schaut sie an.

»Was ist eigentlich genau passiert?«

Josefin kneift die Augen noch fester zusammen. Die Erinnerungen kommen immer näher, obwohl sie versucht, sie zu verdrängen.

»Ich glaube ... ich glaube, wir haben uns auf dem Sofa geküsst.«

Sie beißt sich so fest auf die Lippen, dass es blutet.

»Dann wollte Oskar, dass wir auf der Toilette weitermachen. Ich habe alles gemacht, was er wollte, ich hatte Angst, er würde mich sonst langweilig finden ...«

Sie beißt sich noch fester auf die Lippen.

»Wir sind also aufs Klo. Da haben wir weitergemacht. Und dann ...«

»Was, dann?«

»Dann wollte ich nicht mehr. Aber da wurde er wütend ... ich glaube, er hat mich mit dem Kopf gegen die Wand geschlagen.«

Sie leckt sich über die blutenden Lippen.

»Und dann hat er mir die Unterhose heruntergerissen.«

Camilla hält mit dem Fegen inne.

»Was hast du gesagt? Er hat dich mit dem Kopf gegen die Wand geschlagen? Weil du nicht mehr mitmachen wolltest?«

Josefin nickt.

»Was für ein Scheißkerl!«

Camilla lässt den Besen fallen und setzt sich neben Josefin, die sich ganz klein macht. Camillas Zorn macht ihr Angst.

»Vielleicht dachte er, ich will Sex mit ihm haben«, sagte sie leise, »und dann wurde er sauer, weil ich nicht weitermachen wollte.«

»Das kann ja gut sein, aber das gibt ihm noch lange nicht das Recht, dich mit dem Kopf gegen die Wand zu schlagen. Oder dir die Unterhose herunterzureißen. Du hast ihn ja schließlich nicht darum gebeten, oder?«

Josefin schüttelt den Kopf.

»Was ist dann passiert?« Camilla nimmt vorsichtig ihre Hand.

»Ich glaube, Rikard kam rein«, flüstert Josefin. »Er pinkelte, während Oskar mit mir rummachte. Dann wollte er mitmachen. Mir war schlecht und ich habe versucht, ihnen das zu sagen. Ich wollte, dass sie aufhören. Aber sie machten immer weiter. Sie haben mich ins Schlafzimmer getragen. Vielleicht bin ich aber auch selbst gegangen. Und dann kam Jonas mit irgendwas, was ich trinken sollte. Danach weiß ich nichts mehr. Ehrlich nicht. Es ist vollkommen schwarz. Bis ich heute früh aufgewacht bin. Da war ich nackt. Und auf der Matratze Blut, Urin und Kotze. Und auf meinem Bauch stand ›Hure‹.«

Wieder schließt sie die Augen.

»›Hure‹«, wiederholt sie leise.

»Stimmt das, kannst du dich an all das erinnern?«

Josefin nickt. Ihr Magen zieht sich zusammen.

»Und die Klobürste...«

Sie hat am Morgen die Toilettentür schnell zugemacht, aber vorher hat sie sie noch gesehen.

»Sie lag auf dem Boden und der Schaft war ganz blutig.«

Sie wünschte so sehr, sie hätte nicht noch einmal in die Toilette geguckt. Und dass es endlich aufhören würde, in ihrem Bauch so weh zu tun.

»Was habe ich getan?«, wimmert sie.

Camillas Augen blitzen, so wütend hat Josefin sie noch nie gesehen.

»Diese Schweine, diese widerlichen Schweine!« Sie spuckt die Wörter förmlich aus. »Du hast überhaupt nichts getan, Josefin. Die haben was getan. Die haben dich vergewaltigt.«

Josefin schüttelt den Kopf, presst die Hände auf die Ohren, will Camillas Stimme nicht hören. Hat sie wirklich mit drei Typen auf einmal geschlafen? Sie kennt sie doch kaum. Außer Rikard natürlich, aber von dem will sie ganz sicher nichts mehr wissen. Das wollte sie schon damals nicht wirklich, als sie das erste Mal mit ihm geschlafen hatte. Aber damals hat sie es nicht gesagt, sie hat es trotzdem gemacht, weil er es wollte. Wenn sie nur nicht so betrunken gewesen wäre, dann hätte sie lauter nein sagen können. Oder wenn sie einfach im Wohnzimmer geblieben wäre. Dann hätte Oskar sich bestimmt nicht getraut, ihr die Unterhose herunterzuziehen, nicht vor Camillas Augen. Am allermeisten wünscht sie, sie hätte auf Camilla gehört und wäre gar nicht erst hingegangen. Aber sie musste ja unbedingt hin.

Vor Scham brennen ihr die Wangen, und zwischen ihren Beinen pocht es vor Schmerzen. Am schlimmsten aber ist die Angst. Sie hält es nicht aus, nicht zu wissen, was genau passiert ist. Die Ungewissheit macht alles noch viel schlimmer. Und sie hat wahnsinnige Angst vor den Gerüchten. Sie erinnert sich schließlich noch genau daran, was Rikard damals alles herumerzählt hat.

»Komm«, sagt Camilla. »Wir gehen jetzt zur Polizei und zeigen sie an.«

Josefin schüttelt den Kopf.

»Was soll ich denen denn sagen? Dass ich freiwillig mit einem Typen, den ich kaum kenne, auf eine Toilette gegangen bin und da mit ihm rumgemacht habe?«

Sie legt sich auf das Sofa, den Rücken zur Wand.

»Wir fahren um eins, und dann vergessen wir das Ganze.«

Ihre Stimme klingt völlig mechanisch.

»Aber ich brauche Schmerztabletten. Es tut so wahnsinnig weh.«

Camilla versucht nicht mehr, sie zu überreden, sondern streichelt ihr nur sanft über das Haar.

»Ruh dich aus, ich putze hier fertig und packe unsere Sachen und dann nehmen wir ein Taxi zur Fähre. Nein, sei still, ich weiß, was du sagen willst, aber wir können uns das leisten. Schließlich sind wir gestern nicht mehr ausgegangen, wir können uns also ruhig ein Taxi gönnen.«

Sie nimmt zwei Paracetamol aus ihrem Kulturbeutel und reicht sie Josefin mit einem Glas Wasser. Anschließend legt Josefin den Kopf zurück und schließt die Augen. Es gelingt ihr, eine kleine Weile zu schlafen, dann drehen sich wieder die Gedanken in ihrem Kopf. Sie schaltet den Fernseher ein, findet einen Musiksender und stellt ihn auf volle Lautstärke. Das hilft ein bisschen.

Als die Wohnung sauber ist, steigen sie in ein Taxi. Camilla hat nicht mehr davon gesprochen, Anzeige zu erstatten. Es scheint, als hätte sie verstanden, dass Josefin vor allem Ruhe braucht. Sie fahren zum Hafen hinunter, checken ein und setzen sich auf den Boden, bis es Zeit ist, an Bord zu gehen. Die drei Jungen können sie nirgendwo entdecken, obwohl Rikard gesagt hat, sie würden dasselbe Schiff nehmen. Vielleicht ist es einfach zu voll, oder sie haben sich doch entschieden, ein anderes Schiff zu nehmen.

Sie suchen sich einen ruhigen Sitzplatz, dann geht Camilla los, um etwas zu trinken zu holen. Josefin rollt sich mit einem Pullover als Kissen zusammen und versucht zu schlafen, aber sie kann die Gedanken einfach nicht abschalten. Hätte sie irgendeine Möglichkeit, sich in Bewusstlosigkeit versetzen zu lassen, sie hätte sie ohne zu zögern ergriffen. Ein paar Minuten später ist Camilla zurück. Sie setzt sich neben Josefin und klemmt die beiden Coladosen in den Halter vor ihnen.

»Du musst sie anzeigen, Josefin!«, sagt sie leise, aber bestimmt.

»Du hast nichts getan. Du bist vergewaltigt worden. Oskar hat doch nicht gefragt, ob du eine Klobürste reingesteckt haben willst, oder?«

»Aber kapierst du das denn nicht? Wer wird mir schon glauben, wenn ich sage, dass ich nicht wollte? Ich kann mich ja selbst kaum erinnern, was ich wollte oder nicht.«

Camilla seufzt.

»Mit jemandem rumzumachen ist keine Einladung zu einer Vergewaltigung. Oskar hat dich doch auch geküsst, ohne dass du deshalb angenommen hast, er will, dass du ihm eine Klobürste in den Arsch schiebst. Sex ist doch etwas Gegenseitiges.«

Camilla schaut sich unruhig um, so als suche sie nach jemandem.

»Aber woher soll er das wissen?«

Josefin sieht sie fragend an.

»Ich war so besoffen, dass ich mich nicht einmal erinnere, was genau mit der Klobürste war. Vielleicht hat er wirklich gedacht, ich will es. Wer weiß, vielleicht habe ich ihn sogar darum gebeten?«

Camilla nimmt Josefins Gesicht in beide Hände.

»Jetzt hör mir mal zu. Es kann ja sein, dass du es wolltest, aber ich glaube es nicht. Und wenn es dir jetzt so weh tut, dann hat es auch weh getan, als sie sie dir reingesteckt haben, auch wenn du vielleicht zu betrunken warst, um dich genau daran zu erinnern. Vielleicht hast du nicht nein gesagt, aber ich bin mir ziemlich sicher, dass du auch nicht ja gesagt hast. Und es hätte auch schon vollkommen ausgereicht, wenn Oskar sich an diese feine kleine Regel gehalten hätte: ›Was du nicht willst, das man dir tu, das füg auch keinem anderen zu.‹ So wäre er nie und nimmer auf die Idee gekommen, eine Klobürste zu benutzen.«

Josefin hört ihr jetzt aufmerksam zu, und Camilla fährt schnell fort. »Und wenn er wirklich unsicher gewesen wäre, hätte ihn doch nichts daran gehindert, dich einfach zu fragen. Also, wenn er wirklich gewollt hätte, dass du auch etwas davon hast.«

»Aber vielleicht hat er ja gefragt.«

»Ach Quatsch, du kannst dir sicher sein, dass er das mit der Klobürste nicht dir zuliebe getan hat.«

Camilla zieht belustigt die Augenbraue hoch.

»Die wollten einfach nur Spaß haben und haben es voll ausgenutzt, dass du dich nicht wehren konntest. Was auch immer daran Spaß machen soll, mit jemandem Sex zu haben, der gar nicht bei Bewusstsein ist. Würdest du selbst je auf so eine Idee kommen?«

Josefin knibbelt an dem ausgeblichenen Sitzbezug herum.

»Nein, natürlich nicht.«

Camilla nickt.

»Aber Oskar, Rikard und Jonas können sich das anscheinende gut vorstellen. Selbst auf die Gefahr hin, dass sie die entsprechende Person dabei verletzen. Du kannst ja nicht einmal ordentlich sitzen, so weh tut es.«

Josefin trinkt einen Schluck und schaut auf das Wasser hinaus, das gegen den Schiffsrumpf spritzt. Sie hat immer noch Bauchschmerzen, aber nach dem, was Camilla gesagt hat, geht es ihr ein bisschen besser.

»Jaa ... ich weiß nicht.«

Sie schluckt.

»Aber wenn es nicht klappt, wenn die Polizei findet, ich bin selbst schuld, dann bin ich endgültig unten durch. Du weißt doch, wie sie letztes Mal schon geredet haben.«

Camilla erinnert sich gut und sie verflucht alle die feigen Hunde, die Josefin zwei Jahre zuvor das Leben zur Hölle gemacht haben. Rikard, der ja mindestens genauso an dem Ganzen beteiligt gewesen ist, ist völlig ohne schlechten Ruf und sinkende Beliebtheit davongekommen.

»Es ist nicht deine Schuld. Du bist vergewaltigt worden, und du kannst darüber nicht ewig nachdenken. Wenn du Anzeige erstatten willst, dann musst du es sofort machen, solange es noch Beweise gibt.«

Josefin windet sich auf ihrem Sitz.

»Ich überlege es mir während der Überfahrt.« Sie schaut aus dem Fenster.

»Ich muss mich ausruhen, es ist alles so durcheinander in

meinem Kopf. Ich versuche mich an jedes Wort zu erinnern, das ich gesagt habe, an alles, was ich gemacht habe, aber es ist irgendwie total verschwommen. Ich weiß nicht mehr, ob ich nein gesagt habe, ob ich protestiert habe, ich weiß nur, dass ich sowas normalerweise nie wollen würde. Aber es kann ja sein, dass ich letzte Nacht durchgedreht bin und Sachen gemacht habe, die ich sonst nie machen würde.«

Sie zieht die Knie bis zum Kinn hoch, Camilla drückt ihre Hand. Josefin ist ihr dankbar dafür. Den Rest der Überfahrt schweigen sie.

Als sie um vier Uhr an diesem Sonntagnachmittag in Nynäshamn ankommen, ist es still und ruhig auf dem Schiff, die meisten Passagiere sind nach einem hektischen Wochenende in Visby auf der Heimreise eingeschlafen. Camilla stützt Josefin, als sie versucht, nach der Fahrt aufzustehen. Sie führt sie von der Fähre herunter zum Bus, der schon darauf wartet, zahlreiche müde, aber zufriedene Jugendliche zurück nach Stockholm zu fahren. Camilla bittet sie kurz zu warten, sie muss schnell noch mal zur Toilette. Josefin nickt nur und geht ein Stück beiseite, um ihre Ruhe zu haben. Sie stellt den Koffer ab und beobachtet eine Gruppe Jugendlicher, die gerade von Bord kommt. Sie sehen glücklich aus. Erstaunlich, dass alles einfach weitergehen kann, trotz allem, was ihr heute Nacht passiert ist. Plötzlich spürt sie eine Hand auf ihrer Schulter. Sie zuckt zusammen und dreht sich um. Es ist Oskar. Er lächelt.

»Hallo Josefin.«

Seine Stimme ist dunkel, klingt scherzend.

»Wie heiß du heute Nacht gewesen bist, du konntest ja gar nicht genug kriegen, so wild, wie du warst. Zwei Typen reichen dir noch lange nicht, oder?«

Ängstlich entzieht sie sich seiner Berührung. Als könne er plötzlich auf sie springen, hier, gleich an der Bushaltestelle.

»Was habt ihr mit mir gemacht?«

Oskar lacht.

»Wir haben nur ein bisschen Spaß gehabt, du, ich, Jonas und Rikard. Aber erzähl es keinem. Du weißt ja, wie dann über dich geredet würde, oder? Eine kleine Hure für die ganze Schule. Also bleibt das unser kleines Geheimnis, nur wir vier, okay?«

Seine Stimme klingt immer noch sanft, aber Josefin hört die darunterliegende Drohung heraus. Sie spürt, wie ihr die Tränen in die Augen steigen. Nicht weinen, nicht jetzt. Er darf nicht merken, was für eine Angst sie vor ihm hat.

»Hör auf«, murmelt sie. »Lass mich in Ruhe.«

Dann dreht sie sich schnell weg. Wie hat sie auch nur einen Moment glauben können, sie wäre in ihn verliebt?

»Was wollte er von dir?«, fragt Camilla Josefin, als sie zurückkommt.

»Er sagt, er sagt ...« Ihr versagt die Stimme.

»Er hat gesagt, ich sei völlig verrückt gewesen, und ich solle lieber niemandem etwas erzählen. Sonst wäre ich endgültig die Hure für alle.«

»So ein Arschloch«, faucht Camilla. »Er hat Angst, das ist dir doch wohl klar, oder? Immerhin wird Vergewaltigung mit Gefängnis bestraft. Natürlich kriegt er da Panik. Aber so richtig. Kümmere dich nicht darum. Zeig ihn trotzdem an. Er kann dir nichts tun, sie nehmen ihn sofort fest.«

Sie steigen ein, finden zwei freie Plätze nebeneinander auf der letzten Bank. Josefin schüttelt den Kopf.

»Ich will das nicht. Die glauben mir doch nie.«

Camilla lässt sich auf dem Sitz herunterrutschen. Ein bisschen weiter vorn sieht sie Oskar.

»Bitte, lass sie nicht davonkommen. Oskar hat dir nur gedroht, weil er weiß, dass du ihn in Schwierigkeiten bringen kannst. Du selber hast überhaupt nichts zu befürchten. Und wenn sie jetzt davonkommen, machen sie so etwas vielleicht noch mal.«

Josefin seufzt, lehnt den Kopf an die Scheibe. Der Bus rollt an und sie sieht das Schiff langsam hinter ihnen verschwinden. Es fühlt sich gut an, endlich loszufahren, als mache die physische Distanz zu Gotland das, was dort passiert ist, weniger real.

»Na gut, vielleicht. Aber nicht heute Abend. Ich muss erst schlafen.«

Sie schließt die Augen. Camilla kann nichts tun, wenn sie sich weigert. Und Josefin will einfach nur vergessen. Camillas Drängen ist eine zusätzliche Belastung, mit der sie gerade nicht zurechtkommt. Sie will Oskar nicht anzeigen. Aber wie soll sie das Camilla klarmachen, die ihr so sehr geholfen hat?

Als Josefin nach Hause kommt, sitzt ihre Mutter auf dem Sofa und schaut irgendeine Serie im Fernsehen. Josefin geht an ihr vorbei, ruft ihr auf dem Weg in ihr Zimmer nur ein kurzes Hallo zu. Ihre Mutter schaut kurz auf.

»Hallo Süße, na, hattet ihr Spaß?«

Josefin bejaht die Frage murmelnd und schlüpft ins Bad, zieht die klebrigen Kleider aus und wirft sie auf den Boden. Nie wieder will sie sie anziehen. Dann steigt sie in die Dusche und schrubbt jeden Millimeter ihrer Haut, bis sie knallrot ist. Doch zwischen den Beinen tut es zu weh, dort spült sie nur schnell mit ein bisschen Wasser und lässt es dann auf sich beruhen. Dann zieht sie ein verwaschenes T-Shirt über und kriecht ins Bett. Sie will schlafen, tief und traumlos, doch die Gedanken lassen ihr keine Ruhe. Sie wollte doch nur ein bisschen Spaß haben, sie hat sich so hübsch und selbstsicher gefühlt.

Jetzt fühlt sie sich nur noch schmutzig. Schließlich gibt sie auf und geht zurück ins Bad. Sie weiß, wo ihre Mutter die Schlaftabletten versteckt. Sie nimmt eine und eine halbe und schläft endlich ein. Tief und traumlos, sechs Stunden lang, bis die Wirkung der Tabletten nachlässt.

ÖSTERMALM

Freitag, 5. März 2010

»Sie sehen braungebrannt aus«, sagt Veronica und schließt die Tür hinter sich.

Linneas Praxis liegt im dritten Stock eines altehrwürdigen Hauses auf dem Karlavägen, nur einen Steinwurf von ihrer eigenen Wohnung entfernt. Oskar ist bei den Kindern. Er schien verärgert, als Veronica ihm sagte, sie müsse mit einem Kunden zu Mittag essen, fand, sie hätte das vorher mit ihm besprechen müssen. Schließlich hätte er eine wichtige Besprechung mit dem Schwedischen Sportverband haben können.

»Hättest du mich denn umgekehrt gefragt, wenn das der Fall gewesen wäre?«, hatte sie bissig zurückgefragt. Das hätte er natürlich nicht. Oskar ist der Meinung, dass er in erster Linie arbeitet, während sie vor allem mit den Kindern zu Hause ist, und sein Argument ist immer das Gleiche: das Geld. Schließlich verdient er das Geld – oder hätte sie es lieber andersherum? Soll er aufhören, will sie die Alleinverdienerin sein? Dann schweigt sie meistens, weil ihr keine Gegenargumente einfallen, obwohl sie sicher ist, dass es sie gibt.

Sie betritt das geschmackvoll eingerichtete Zimmer mit den olivgrünen Wänden, erinnert sich, dass sie fand, die Wände hätten eine beruhigende Wirkung, als sie das letzte Mal hier war. Sie ergreift Linneas ausgestreckte Hand, ein wenig beschämt wegen des etwas dümmlichen Begrüßungssatzes. Sie ist einfach furchtbar nervös.

»Wahrscheinlich sehen Sie immer so aus, Sie sind ja von Natur aus eher ein dunkler Typ«, murmelt sie.

Linnea hat dunkelbraunes Haar und ebenso dunkle Augen.

»Ich war mit meinem Mann letzte Woche im Urlaub«, antwortet Linnea. »Wir mussten einfach mal raus und haben einen Last-Minute-Flug gebucht.«

»Das ist ja lustig – wir auch. Also kein Last Minute, aber eine Auslandsreise. Wir waren mit den Kindern zwei Wochen in Thailand.«

»Das klingt gut. Aber kommen Sie doch rein, dann müssen wir hier nicht im Stehen reden. Setzen Sie sich dort in den Sessel.«

Linnea zeigt auf den hellen Ledersessel am Ende des Raumes. Daneben steht ein kleiner Tisch mit einem Stapel Papiertaschentücher. Veronica zieht die Winterjacke aus, die sie nach dem Thailandurlaub wieder hervorgekramt hat, und lässt sich in den Sessel fallen. Auf der grauen Anrichte am anderen Ende des Zimmers brennen zwei Kerzen. Der Boden ist von einem dicken braunen Knüpfteppich bedeckt. Auf Linneas Schreibtisch steht eine weiße Orchidee und an der Wand darüber hängen zwei Bilder in kräftigen Farben. Nachdem sie sich hingesetzt haben, sieht Linnea Veronica lange schweigend an. Veronica schaut zurück, weiß nicht, ob sie das Gespräch anfangen soll, aber schließlich bricht Linnea das Schweigen.

»Was führt Sie heute hierher?«

Veronica zögert mit der Antwort. Sie hat versucht, sich vorzubereiten, aber es fällt ihr schwer, zusammenzufassen, was sie empfindet.

»Es geht eigentlich um das gleiche Thema wie letztes Mal«, sagt sie schließlich. »Ich bin weder mit meinem Leben noch mit meiner Beziehung zufrieden und habe das Gefühl, daran etwas ändern zu müssen.«

»Inwiefern?«

Wieder zögert Veronica, sucht nach den richtigen Worten, damit Linnea sie versteht. Doch dann gibt sie auf und lässt einfach alles heraus. Wahrscheinlich klingt es ziemlich unzusammenhängend, aber darauf kann sie keine Rücksicht nehmen. Sie erzählt, wie ihr Leben mit Oskar immer zu seinen Gunsten und auf Kosten der Familie ausgerichtet gewesen ist. Dann erzählt sie von ihrem Urlaub in Thailand und dass sie sich mehr oder weniger die ganze Zeit allein um die Kinder gekümmert hat. Schließlich sagt sie, sie habe genug davon, auch wenn der Gedanke an eine Scheidung ihr immer noch große Angst einjage. Das Einzige, was sie nicht erwähnt, ist die Nacht in Koh Lanta, in der Oskar verschwunden ist. Damit will sie warten, bis sie Linnea etwas besser kennt. Sie möchte nicht den Anschein erwecken, es sei lediglich ihr Verdacht, er könne ihr untreu gewesen sein, der sie hierher geführt hat. Linnea stellt zwischendurch ein paar Fragen, lässt Veronica jedoch die meiste Zeit frei erzählen. Als sie am Ende angelangt ist, ist die Zeit beinahe herum. Veronica dreht das Gesicht zum Fenster. Ein Mann räumt auf einem der Dächer gegenüber den Schnee. Plötzlich rutscht er aus und gleitet ein Stück hinunter, bevor die Sicherheitsleine ihn stoppt. Veronica schaudert.

»Wie ist er denn früher gewesen?«, fragt Linnea, die von der Szene draußen nichts mitbekommen hat. »Warum haben Sie sich damals in ihn verliebt?«

»Ach, er war sehr gesellig, charmant. Ein Anführertyp.«

Der Mann auf dem Dach hat sich wieder aufgerichtet, Veronica sieht, wie er den Kollegen unten auf dem Bürgersteig etwas zuruft.

»Er hatte viele Freunde. Und sah sehr gut aus. Alle haben ihn hofiert, und das hat er wahrscheinlich ausgenutzt, so gut er konnte. Das kann man ihm ja auch nicht vorwerfen, wahrscheinlich wird man einfach so, wenn die Leute einem immer nach der Pfeife tanzen. Wobei es auch mal ziemlich schlecht um ihn stand. Da ist er wegen Vergewaltigung angezeigt worden. Das war ein paar Jahre, bevor wir uns kennengelernt haben.«

»Oh«, sagt Linnea. »Und wie ist es ausgegangen?«

Veronica fällt auf, dass sie seit Jahren nicht mehr daran gedacht hat. Sie hat damals gehört, dass ein Mädchen, das in ihn verliebt gewesen war, ihn angezeigt hatte. Dass sie sich, als er ihre Gefühle nicht erwiderte, rächen wollte und ihn nach einer gemeinsamen Party in Visby wegen Vergewaltigung angezeigt hatte.

»Genaueres weiß ich darüber nicht. Oskar hat nie darüber geredet, und ich wollte ihn auch nicht fragen.«

Veronica überlegt, ob Linnea es vielleicht seltsam findet, dass sie eine so ernste Angelegenheit nie mit Oskar besprochen hat, aber falls es so sein sollte, lässt sie sich nichts anmerken. Die Zeit ist um und sie stellt keine weiteren Fragen. Veronica steht auf. Zieht sich die Jacke an und fragt sich insgeheim, ob es richtig war, was sie getan hat, oder ob sie zu viel gesagt hat.

»Rufen Sie mich an, wenn Sie Ihren Kalender vor sich haben, dann können wir einen neuen Termin vereinbaren«, sagt Linnea.

Veronica knöpft sich die Jacke bis oben hin zu.

»Vielen Dank, das mache ich.«

In der Tür bleibt sie stehen.

»Und diesmal halte ich mein Versprechen.«

Sie sieht noch, wie Linnea lächelt, dann fällt die Tür hinter ihr ins Schloss.

Als sie nach Hause kommt, sind Oskar und die Kinder weg. Bevor sie losgegangen ist, hat sie ihn überredet, Viggo und Emma zu seinen Eltern in Täby mitzunehmen. Sie habe starke Kopfschmerzen, was zumindest teilweise stimmt, und brauche ein bisschen Ruhe. Es ist gar nicht so schwierig gewesen. Im Moment scheint er sich mächtig anzustrengen, um ihre Ehe zu retten. Wenn Veronica Glück hat, bleiben sie bis nach dem Abendbrot bei seinen Eltern.

Ohne wirklich darüber nachzudenken, was sie tut, setzt sie sich vor den Computer und googelt nach *Vergewaltigung* und *Oskar Engström*. Kein Treffer. Wahrscheinlich taucht er in keinem Bericht über den Vergewaltigungsprozess unter seinem vollen Namen auf. Stattdessen versucht sie es mit *Visby, Vergewaltigung* und *1997*. In welchem Jahr es gewesen ist, weiß sie, weil diejenige, die ihr davon erzählt hatte, meinte, es sei ein Glück gewesen, dass es vor Oskars erstem Spiel in der Nationalmannschaft gewesen sei. Auch wenn er unschuldig war, es wäre nicht gut für seine Karriere gewesen, wenn die Zeitungen darüber geschrieben hätten.

Jetzt wird sie fündig. Sie stößt auf einen Beitrag auf einem feministischen Forum, in dem sich die Verfasserin darüber echauffiert, dass die Frauen immer die Schuld tragen müssen, während die Männer zu Helden erklärt werden. Veronica liest. Über ein siebzehnjähriges Mädchen, das mit seiner besten Freundin nach Visby fährt. Dort treffen sie drei Typen, die sie von früher kennen. Sie trinken und feiern zusammen in der Wohnung der Männer – so weit stimmt es mit dem, was sie schon wusste, überein. Doch was dann folgt, ist ihr neu. Der Artikel berichtet von drei erwachsenen Männern, die zwei siebzehnjährige Mädchen mit einer ansehnlichen Menge Alkohol sowie einer neuen Designerdroge versorgten, die erst wenige Jahre zuvor in der Umgebung von Göteborg aufgetaucht war. Eines der Mädchen wurde daraufhin zu gewaltsamem Sex mit mindestens zwei der Typen gezwungen, obwohl sie bereits mehr oder weniger bewusstlos war. Dokumentiert wurden im Nachhinein schwere Unterleibsverletzungen, da die Männer eine Klobürste benutzt hatten. Weiter heißt es, das Mädchen habe glaubwürdig gewirkt, sich aber an vieles nicht genau erinnern können. Die Verfasserin schließt ihren Artikel, indem sie den Freispruch auf ein Rechtswesen voller Vorurteile schiebt, in dem Polizisten, Anwälte und Richter arbeiten würden, die ein frauenverachtendes Weltbild hätten, sodass der Ausgang eines solchen Prozesses bereits im Vorhinein feststehen würde. Veronica schluckt. Es ist kein schönes Bild, das hier entworfen wird.

Sie überfliegt die anderen Suchergebnisse und findet noch einen Artikel, etwas weiter unten. Diesmal schnappt sie nach Luft. Er ist viele Jahre alt und geschrieben von einer Frau, die mit auf der Party gewesen ist, auf der die Vergewaltigung stattfand. Zum Zeitpunkt der Veröffentlichung studierte sie Gender-Studies in Uppsala. In der Zeitschrift *Bang* beschreibt sie detailliert einen Abend, wie sie ihn ihrem ärgsten Feind nicht wünschen würde. Und nirgendwo steht etwas, das darauf hindeuten würde, dass es sich nicht genau so abgespielt hätte, wie das junge Mädchen es vor Gericht geschildert hat. Aus diesem Grund wurden die Täter also nicht freigesprochen, sondern nur, weil man ihnen nicht zweifelsfrei nachweisen konnte, dass sie gewusst hatten, dass das Mädchen nicht einverstanden gewesen war.

Veronica fühlt sich hundeelend, nachdem sie den Bericht gelesen hat. Es ist nicht gerade eine erotische Geschichte. Sie handelt vielmehr von brutalen, empathielosen Misshandlungen. Und einer der Täter ist ihr Mann, der Vater ihrer Kinder.

STOCKHOLM

Juli 1997

Als Josefin am Montagmorgen aufwacht, ist ihr Kopf träge und ihr Körper bleischwer. Sie fühlt sich nicht in der Lage, zu ihrem Ferienjob in der Eisdiele zu gehen. Also tut sie nur so, als ob sie aufbrechen würde, streunt dann aber ziellos auf dem Fußballplatz zweihundert Meter von zuhause entfernt herum, bis ihre Mutter zur Arbeit gefahren ist. Dann geht sie wieder zurück und streckt sich auf dem Sofa aus. Sie legt einen Film ein und versucht sich abzulenken, was nicht besonders gut klappt.

Das Telefon klingelt mehrfach, wahrscheinlich ihr Chef, der sich wundert, wo sie bleibt. Josefin geht nicht ran. Beim vierten Mal nimmt sie ab. Sagt mit schwacher Stimme, sie habe einen Magen-Darm-Infekt und komme nicht aus dem Bett. Der Chef klingt verärgert. Josefin weiß, dass sie an einem warmen Tag wie diesem unterbesetzt sein werden. Aber sie hat nicht die Kraft, sich deswegen Gedanken zu machen, und legt auf. Das Einzige, was sie im Kopf hat, sind Erinnerungsbruchstücke von der Nacht in Visby. Allmählich macht sie das ganz verrückt.

Sie geht in die Küche und rührt sich ein Glas Kakao an. Leert es in einem Zug und stellt es auf den Küchentisch, obwohl sie genau weiß, dass ihre Mutter sich darüber aufregen wird, wenn sie es nicht gleich in die Spülmaschine stellt. Es ist ihr egal. Anschließend legt sie sich wieder hin. Eine Fliege, die mehr tot als lebendig erscheint, kriecht auf der Sofalehne herum, nur ein paar Zentimeter von ihrer Nase entfernt. Einmal berührt sie kurz ihre Haut, es kitzelt und sie scheucht sie zerstreut weg. Dann beobachtet sie ihre vergeblichen Flugversuche, die Fliege schafft es nicht, von der Sofakante abzuheben. Ein Sinnbild dafür, wie sie selbst sich fühlt. Alt, müde und zu schwer, um sich in die Luft zu schwingen.

Gegen zehn ruft Camilla an. Sie will wissen, wie es ihr geht, warum sie nicht auf der Arbeit ist. Josefin sagt, wie es ist. Dass sie sich nicht aufraffen kann, dass sie sich nicht traut, dorthin zu gehen. Sie hat Angst, jemandem zu begegnen, den sie kennt, Angst, dass die Gerüchte bereits im Umlauf sind. Und Angst, dass man ihr ansehen könnte, was sie getan hat.

»Du hast nichts getan«, sagt Camilla müde. »Oskar, Rikard und Jonas haben etwas getan. Ich komme jetzt zu dir und dann gehen wir zusammen zur Polizei.«

Bevor sie antworten kann, legt Camilla auf. Eine halbe Stunde später klingelt es an der Tür.

»Na, wie sieht's aus, hast du es dir noch mal überlegt? Oder muss ich dich zur Polizei tragen?«

Josefin zuckt mit den Achseln, sie fühlt sich vollkommen leer, aber Camillas Tatkraft hilft wenigstens gegen ihre Angst. Es tut gut, dass jemand anderes das Kommando übernimmt. Sie folgt Camilla in ihr Zimmer, und zusammen suchen sie etwas zum Anziehen für sie aus. Es ist warm draußen, also nehmen sie den weißen Rock und ein violettes T-Shirt. Josefin zieht sich an und schlüpft in ein Paar ausgetretene Sandalen. Gerade noch rechtzeitig fällt ihr ein, die Wohnungstür abzuschließen, dann treten sie hinaus.

Camilla geht voran, Josefin läuft ein paar Schritte hinter ihr. Sie schweigt. Camilla auch. Sie nehmen die U-Bahn bis zum Rathaus und gehen dann zu Fuß das kleine Stück bis zur Polizeiwache in der Bergsgatan. Der Kronobergspark flimmert in der Sommerhitze, die meisten Stockholmer haben die Stadt verlassen. An der Rezeption sitzt eine Frau. Träge schaut sie auf, vielleicht wegen der Hitze, oder weil sie zu wenig geschlafen hat.

»Und«, sagt sie. »Was wollt ihr?«

Ihre Frage bringt Leben in Josefin. Sie versucht, Camilla von hier wegzuziehen. Aber Camilla beachtet sie nicht und wendet sich der Frau zu.

»Meine Freundin ist vergewaltigt worden. Wir wollen Anzeige erstatten.«

Die Frau mustert sie von oben bis unten, so als würde sie ihrer Meinung nach nicht so verstört wirken, wie jemand, der vor Kurzem vergewaltigt wurde. Josefin weiß, dass ihre Kleider sauber und heile aussehen und dass sie keine sichtbaren Verletzungen hat.

»Aha. Wann und wo ist das passiert?«

Auch diesmal spricht Camilla für sie.

»In Visby. In der Nacht von Samstag auf Sonntag. Wir waren dort eine Woche im Urlaub.«

»In Visby?« Die Polizistin seufzt.

»Warum habt ihr euch dann nicht gleich bei der Polizei auf Gotland gemeldet?«

Es ist offensichtlich, dass sie keine Lust hat, irgendetwas zu unternehmen, das außerhalb ihres unmittelbaren Aufgabenbereiches liegt.

»Meine Freundin wollte zunächst keine Anzeige erstatten. Wir kennen die Typen nämlich ein bisschen. Sie wohnen ebenfalls in Stockholm und haben auch nur Urlaub in Visby gemacht, genau wie wir.«

Die Polizistin richtet sich auf.

»Okay, setzt euch, ich rufe einen Polizeibeamten, der sich um euch kümmert.«

Camilla setzt sich auf die beigefarbene Besucherbank. Josefin bleibt stehen, wenn sie sitzt, sind die Schmerzen immer noch zu schlimm.

Mehrmals versucht sie, Camilla zu überreden, wieder zu gehen. Vergeblich. Schließlich gibt sie auf. Alle paar Minuten schaut sie auf die Uhr. Um zehn nach zwölf kommt ein Polizeibeamter. Sie schätzt ihn auf etwa fünfzig. Auf seinem Namensschild steht Ted Widenstam.

»So«, sagt er. »Ihr seid also vergewaltigt worden. Stimmt das?«

»Nicht wir.« Wieder ist es Camilla, die für sie antwortet. »Josefin ist vergewaltigt worden.«

Ted Widenstam hebt die Augenbrauen und schüttelt beinahe unmerklich den Kopf.

»Nun gut. Also Vergewaltigung, ja? Oder war es doch eher etwas anderes, was ihr anzeigen wolltet?«

Josefin sieht, wie Camilla sich auf die Lippen beißt. Ted Widenstams Frage ärgert sie offensichtlich. Aber sie beherrscht sich. Antwortet nur mit einem knappen Nein. Josefin ist ihr dankbar dafür. Auch sie hat das Gefühl, dass Ted Widenstam nicht ganz auf ihrer Seite steht, aber wenn Camilla jetzt ausgerastet wäre, hätte das ihre Situation auch nicht gerade verbessert.

»Wenn du mir bitte folgen würdest, ich muss dir ein paar Fragen stellen.«

Ted Widenstam nickt der Frau an der Rezeption kurz zu, diese Angelegenheit wird nicht lange dauern. Er geht mit Josefin durch die Sicherheitsschleuse und führt sie über einen langen Flur, Camilla muss an der Rezeption auf sie warten.

Sie betreten einen Verhörraum mit einem großen Schreibtisch, einem Bücherregal und drei Stühlen, von denen zwei einander am Tisch gegenüberstehen, einer steht in der Ecke. Darauf sitzt ein weiterer Polizist. Er ist groß und schlank, hat dunkle Haare und sieht jünger aus als sein Kollege.

»Das ist Fredrik Myrberg, er sitzt mit dabei und hört zu«, erklärt Ted Widenstam. »Wir stellen dir jetzt ein paar kurze Fragen, dann fahren wir ins Krankenhaus, um eventuelle Verletzungen dokumentieren zu lassen und Beweise zu sichern. Das ist Routine und gehört bei einer Anzeige wegen Vergewaltigung dazu.«

Er betont das Wort »Routine«, als wolle er unterstreichen, dass dieser Schritt nicht unbedingt bedeutet, dass ihre Anzeige zu irgendetwas führt. Anschließend beginnt er mit der Befragung. Die Namen, wo sie sich zur Tatzeit befunden haben, wer die Typen waren, was passiert ist. Josefin versucht zu berichten, so gut sie kann. Sie glaubt sich ungefähr zu erinnern, was passiert ist, bevor sie auf dem Bett bewusstlos wurde. Aber als Ted Widenstam immer wieder dieselben Fragen stellt, wird sie unsicher. Er bittet sie zu wiederholen, dass sie sich wirklich ganz sicher ist. Josefin sagt, sie sei betrunken gewesen, sie sei sich nicht hundertprozentig sicher, aber sie meine sich zu erinnern, dass Oskar sie an den Haaren gepackt und ihren Kopf gegen die Wand geschlagen habe. Dann habe Rikard ihr seinen Schwanz in den Mund gesteckt, obwohl sie nein gesagt habe. Ted Widenstam belehrt sie, dass es nicht genüge, etwas zu glauben. Wenn es um eine Straftat gehe, müsse man sich sicher sein. Jeder sei unschuldig, bis jemand das Gegenteil beweisen könne. Dann fragt er sie nach ihren bisherigen sexuellen Erfahrungen. Hat sie vorher schon einmal Sex gehabt? Ist es dabei manchmal etwas rauer zugegangen? Josefin begreift nicht ganz, was diese Fragen mit jener Nacht zu tun haben, antwortet jedoch trotzdem. Mit jeder Frage nimmt die Verunsicherung zu. Der jüngere Polizist sieht freundlicher aus, aber er hört die ganze Zeit nur zu.

Nach einer Stunde beendet Ted Widenstam die Befragung. Er sagt ihr, dass sie jetzt ins Krankenhaus fahren würden, da sie nur dort ein »rape kit« hätten. Josefin weiß nicht, was das ist, aber weder Ted Widenstam noch Fredrik Myrberg machen sich die Mühe, es ihr zu erklären. An der Rezeption treffen sie Camilla, und gemeinsam gehen sie zu einem Polizeiwagen. Camilla und Josefin sitzen hinten, Ted Widenstam am Steuer und Fredrik Myrberg neben ihm. Camilla und Josefin schweigen während der Fahrt. Ted Widenstam erzählt seinem Kollegen von seinen Urlaubsplänen. Diesem scheint der Plauderton unangenehm zu sein, aber er wagt nicht, den älteren Kollegen einfach zu ignorieren. Er antwortet kurz angebunden, gibt sich aber seinerseits keine Mühe, das Gespräch in Gang zu halten.

Im Krankenhaus kommen sie sofort an die Reihe. Vergewaltigungsfälle haben hier Priorität. Zuerst werden Josefin Blutproben entnommen, um eventuelle Spuren von Alkohol oder Drogen zu sichern. Der Arzt betont jedoch, es sei unwahrscheinlich, noch etwas zu finden, da bereits anderthalb Tage vergangen seien. Auf dem Tisch steht eine Box mit Instrumenten zur Probenentnahme, die speziell bei der Untersuchung von Vergewaltigungsfällen eingesetzt werden, das »rape kit«, wie sie jetzt erfährt. Ihr Unterleib wird sorgfältig untersucht. Ihr Schamhaar wird ausgekämmt, um mögliche Schamhaare der Männer zu finden. Sie nehmen Proben unter ihren Nägeln, um Haut- oder Blutreste zu finden, falls sie die Täter gekratzt haben sollte. Dann wird sie nach Spermaresten untersucht.

Während der gesamten Untersuchung ist Josefin ruhig und gefasst. Sie weint nicht und sagt nur etwas, wenn sie direkt angesprochen wird. Das Krankenhauspersonal macht sich Notizen. Man sagt Josefin, dass sie bei einem möglichen Gerichtsverfahren zur Anwendung kommen können. Man erklärt ihr, sie habe Verletzungen in der Scheide, die darauf hindeuten würden, dass etwas mit Gewalt in sie hineingestoßen worden sei und einige Blutgefäße verletzt habe. Außerdem wird festgestellt, dass ihr mehrere Haarbüschel ausgerissen wurden und sie eine Beule am Hinterkopf hat. Schließlich vermerkt der Arzt noch, dass sie wegen der Schmerzen im Unterleib Schwierigkeiten beim Laufen hat.

Als sie wieder im Auto sitzen und auf dem Weg zurück zur Polizeiwache sind, sagt Josefin, sie sei müde und wolle sich gern ausruhen. Aber Ted Widenstam erklärt, die Befragung müsse sofort fortgesetzt werden. Immerhin würden drei junge Menschen eines ernsthaften Verbrechens angeklagt werden. Das müsse schnell untersucht werden, damit alle Beteiligten so rasch wie möglich wieder zur Tagesordnung übergehen könnten. Fredrik Myrberg erläutert ihr, dass sie die drei Männer vorladen werden, und wenn sich herausstellen sollte, dass es für eine Anklage nicht reiche, könnten sie wieder gehen. Deshalb sei es wichtig, die Vernehmung sofort weiterzuführen.

Und so setzen sie die Befragung fort. Josefin erzählt, sie habe früher eine Art Beziehung mit Rikard gehabt und dass sie miteinander geschlafen haben. Dass es damals freiwillig geschehen sei. Sie sei vierzehn gewesen, als sie ihre Unschuld verloren habe, oder »erst vierzehn«, wie Ted Widenstam es ausdrückt.

Während des gesamten Verhörs schweigt Fredrik Myrberg und führt Protokoll, aber hin und wieder runzelt er die Stirn. Vor allem, wenn sein Kollege sie nach früheren sexuellen Vorlieben fragt und ob sie in der Vergewaltigungsnacht Spitzenunterwäsche getragen habe. Er fragt nach Josefins Trinkgewohnheiten und nach ihren Gefühlen für Oskar. Stunden vergehen. Einmal, als Ted Widenstam sie bedrängt, wie sicher sie sich wirklich sei, nein gesagt zu haben, bricht Josefin zusammen. Sie fängt an zu weinen, bringt kein Wort mehr heraus. Nach einer kurzen Unterbrechung geht es dennoch weiter. Josefin sagt, sie sei sich nicht hundert Prozent sicher, aber sie glaube, es sei so oder so gewesen. Sie sagt, sie habe sich ganz sicher niemals darauf eingelassen, mit mehreren Typen auf einmal Sex zu haben.

»Woher willst du das wissen?«, fragt Ted Widenstam sanft. »Du sagst doch, du könntest dich kaum an etwas erinnern.«

Spät am Abend, als Josefin völlig erschöpft ist, lassen sie sie endlich gehen. Die Polizei erklärt, man habe Oskar und Rikard am Abend festgenommen und aufs Revier gebracht. Sie würden am folgenden Tag verhört. Jonas sei nicht festgenommen worden, solle aber als Zeuge auftreten, denn was ihn betreffe, sei Josefins Aussage nicht hinreichend für eine Festnahme. Josefin nickt nur, es ist ihr beinahe gleichgültig. Das Einzige, was sie will, ist schlafen. Und dass die Erinnerungen an diesen Abend verschwunden sein mögen, wenn sie morgen früh wieder aufwacht.

SÖDERMALM

Freitag, 5. März 2010

Jonas bereitet Chili con Carne vor, während Kalle auf dem Boden sitzt und mit den Stiften spielt, die er von seiner Oma geschenkt bekommen hat. Etwas voreilig hat Jonas gesagt, er würde eine Kleinigkeit zu essen für ihr abendliches »get together« vorbereiten. Jetzt bereut er es. Schließlich handelt es sich nicht um einen gemütlichen Männerabend. Wenn es nach ihm ginge, würde er die beiden anderen nie wiedersehen wollen. Aber er hat keine andere Wahl. Er hat eine Mail mit einem Foto bekommen, zu dem eigentlich niemand Zugang haben dürfte, und er hat keine Ahnung, warum, und wie er damit umgehen soll. Sicher ist er sich dagegen, dass er aufgrund dieser Mail alles verlieren kann, wofür er heute lebt. Und er ist nicht bereit, Mia und Kalle zu opfern, lieber erträgt er ein paar Stunden die Gesellschaft von Oskar und Rikard. Da nimmt er sich sogar Zeit, ein Chili con Carne vorzubereiten.

Ihm fällt wieder ein, wie Oskar an jenem Nachmittag, als das Schiff gerade in Nynäshamn angelegt hatte, Josefin einzuschüchtern versuchte, damit sie nichts sagte. Offenbar war ihm das nicht besonders gut gelungen, denn alle drei wurden zum Verhör vorgeladen, auch wenn sie deutlich weniger intensiv befragt wurden, als Jonas gedacht hatte. Fast konnte man den Eindruck bekommen, Josefin wäre die Schuldige, und er, Rikard und Oskar zu bemitleiden.

Während des ersten Verhörs hatte Jonas so wahrheitsgetreu wie möglich erzählt, was vorgefallen war. Doch am Abend desselben Tages hatte ein Kumpel von Oskar ihn angerufen und dessen Grüße aus der Untersuchungshaft ausgerichtet. Es sei wichtig, dass sie sich an dieselbe Geschichte hielten, sonst bestehe die Gefahr, dass nicht nur Oskar und Rikard, sondern auch Jonas ins Gefängnis kämen. Schließlich habe er nicht eingegriffen, sondern sei im Schlafzimmer geblieben, um zu fotografieren. Da war er eingeknickt. Im zweiten Verhör änderte er seine Geschichte. Er sagte, er habe sich nicht richtig erinnert, weil er betrunkener gewesen sei als je zuvor in seinem Leben. Wenn er jetzt darüber nachdenke, habe es sich doch eher so angehört, als ob Josefin im Badezimmer sehr erregt und mit allem einverstanden gewesen sei, und dass sie definitiv freiwillig mit Oskar hineingegangen sei. An das Schlafzimmer könne er sich kaum erinnern. Sicherlich hätte er mitmachen können, aber er sei, wie gesagt, betrunken gewesen und möge keinen Gruppensex. Josefin habe ebenfalls sehr betrunken gewirkt, aber er könne nicht mit Sicherheit sagen, dass sie bewusstlos gewesen sei. Weshalb er jetzt etwas anderes erzähle als beim letzten Mal? Das Ganze habe ihn sehr gestresst. Es sei das erste Mal gewesen, dass er von der Polizei verhört worden sei. Er habe sich nicht erinnern können, zugleich aber kooperativ sein und alle Fragen beantworten wollen, da komme schnell das eine oder andere ein wenig falsch rüber.

Während des gesamten Verhörs war ihm schlecht vor Selbstverachtung. Er redete sich ein, die Lüge sei notwendig, um einer Gefängnisstrafe zu entgehen. Es würde Josefin ja auch nicht nützen, wenn er sein Erwachsenenleben mit einer mehrjährigen Freiheitsstrafe beginnen würde. Heute weiß er, dass es nur eine einzige Erklärung für sein damaliges Verhalten gibt: Er war feige. Furchtbar feige. Und jetzt scheint die Zeit der Abrechnung gekommen.

Als das Essen fertig ist, schaltet Jonas den Herd herunter und zieht Kalle um, denn es wird Zeit für den Abendbrei. Schließlich bringt er ihn ins Bett. Er hat Glück, Kalle schläft schon nach einer Viertelstunde ein, noch bevor die Gäste klingeln.

Als Erster trifft Rikard ein. Er kommt Jonas seit dem letzten Mal sehr gealtert vor. Und auch dick ist er geworden. Seine Arme sind voller Tätowierungen, den Schädel hat er sich rasiert. Aber auch so hätte er wohl nicht mehr viele Haare auf dem Kopf. In der Hand hält er eine Tüte mit Bierflaschen. Nach einem kurzen »Hallo« und »Wie geht es dir« lässt Jonas ihn herein. Rikard erklärt, es gehe ihm gut, er arbeite als Koch in einem Restaurant in Söder. Der Job gefalle ihm gut, aber habe ziemlich viele Spätschichten, und oft würde auch ein wenig zu viel getrunken. Jonas hört nur mit halbem Ohr zu, er wartet darauf, dass ein zweites Klingeln Oskar ankündigt.

Rikard verstummt. Er blickt starr zu Boden und seine Hand zittert leicht. Entzugserscheinungen, denkt Jonas. Dann blickt Rikard auf und fragt, wo die Toilette sei. Jonas zeigt auf die Badezimmertür. Erleichtert geht Rikard hinein, die Tüte mit dem Bier nimmt er mit. Jonas erinnert sich, dass Rikard bereits während der Schulzeit Alkohol- und Drogenprobleme hatte. Offenbar ist er mindestens einem dieser Laster treu geblieben.

Endlich klingelt es erneut. Jonas wischt sich die schweißnasse Hand am Hosenbein ab und öffnet. Vor ihm steht Oskar. Braungebrannt, muskulös und elegant gekleidet. Er hat sich wenig verändert, ist nur ein bisschen älter geworden und sieht immer noch unverschämt gut aus. Lächelnd klopft er Jonas auf die Schulter.

»Schön, dich zu sehen, ist ja wirklich lange her.«

Jonas erwidert sein Lächeln nicht.

»Ja, das ist wohl wahr.« Er zeigt auf die Garderobe.

»Du kannst deine Jacke dort aufhängen, wenn du willst.«

Oskar zieht den Mantel aus und wirft dabei einen raschen Blick auf das Foto, das im Flur hängt. Es zeigt eine große, dunkelhaarige Frau in T-Shirt, Shorts und Wanderstiefeln auf einem Bergpfad irgendwo im Ausland.

»Ist das deine Frau?«, fragt er neugierig.

»Ja, das ist Mia. Aber wir sind nicht verheiratet.«

Die Badezimmertür geht auf und Rikard kommt heraus. Auch er begrüßt Oskar kurz.

»Kommt rein, das Essen ist fertig.«

Jonas bittet Rikard und Oskar in die Küche, wo auf dem Herd noch der Topf vor sich hin köchelt. Rikard wirkt entspannter als noch vor wenigen Minuten. Er zieht ein paar Bier aus der Tüte und fragt Jonas nach einem Flaschenöffner. Jonas reicht ihn hinüber, und kurze Zeit später stehen drei Flaschen sowie das Essen auf dem Tisch. Oskar bemüht sich, gute Stimmung zu verbreiten, er erzählt von Thailand und was er gerade macht.

Anschließend fragt er Jonas nach seinem Job und der Familie und bewundert das Foto von Kalle, das am Kühlschrank hängt. Jonas antwortet kurz angebunden, während Rikard das erste Bier auf einen Zug leert und sich gleich darauf eine zweite Flasche aufmacht. Es ist offensichtlich, dass er sich nicht wohlfühlt und tatsächlich ein Alkoholproblem hat. Jonas beendet schnell den Smalltalk, sie können ebenso gut gleich zur Sache kommen.

»Ihr fragt euch bestimmt, warum ich euch eingeladen habe. Schließlich sind wir nicht gerade als Freunde auseinandergegangen. Rikard weiß ja bereits ungefähr, worum es geht.« Er wendet sich Oskar zu.

»Aber wir beide hatten noch keine Gelegenheit, uns zu unterhalten.«

Jonas schweigt, als erwarte er irgendeine Reaktion, doch weder Oskar noch Rikard sagen etwas. Oskar betrachtet ihn gespannt, während Rikard eingehend die Tischplatte mustert.

»Ich bin ganz ehrlich: Nach dem, was 1997 passiert ist, möchte ich eigentlich nichts mehr mit euch zu tun haben. Aber ich habe unerfreuliche Post bekommen, die uns alle betrifft. Also muss ich herausfinden, worum es dabei eigentlich geht.«

Jonas zieht zwei DIN-A4-Blätter heraus und reicht Oskar und Rikard jeweils ein Exemplar. Dann lehnt er sich zurück und beobachtet ihre Reaktion, die nicht lange auf sich warten lässt.

»Ach du Scheiße, was ist das denn?«

Oskar spricht laut, der leichte Plauderton von vorhin ist wie weggeblasen. »Machst du Witze, oder was?«

»Das ist genau die Frage, die ich dir stellen wollte, Oskar. Dieses Bild sowie die Nachricht habe ich am Freitag per Mail bekommen. Und soweit ich weiß, ist das hier ein Foto, das ich mal gemacht habe. Mit deiner Kamera. Ich bin davon ausgegangen, dass du diesen Film nie entwickeln lassen würdest, aber da habe ich mich wohl getäuscht.«

Oskar antwortet nicht. Mit gerunzelter Stirn betrachtet er das Foto.

»Wer hat dir das geschickt?«, fragt Rikard.

»Kein Name, nur eine E-Mail-Adresse«, antwortet Jonas. »Reisendertyp@hotmail.com. Aber jetzt frage ich mich natürlich, wie dieses Bild, rein technisch gesehen, in meiner Mailbox landen kann, wenn der Film doch schon vor Jahren vernichtet wurde.«

Er sieht Oskar scharf an.

»Kapierst du, was das für mich bedeutet? Für meine Beziehung? Wenn Mia dieses Bild findet, ist das das Ende unserer Beziehung.«

»Du glaubst doch nicht, ich hätte dir das geschickt, womöglich, um es dann deiner Freundin zu zeigen?«, fragt er pikiert.

»Nein, natürlich nicht.« Jonas betrachtet ihn mit zusammengekniffenen Augen. »Aber derjenige, der mir das Bild geschickt hat, muss es logischerweise von dir bekommen haben, oder?«, sagt er, verschränkt die Arme vor der Brust und presst die Lippen fest zusammen. Oskar versucht, ein freundlicheres Gesicht zu machen.

»Es tut mir wirklich leid, dass jemand dich bedroht, aber ganz ehrlich, ich habe keine Ahnung, wer das sein könnte. Es stimmt, dass ich die Bilder nach dem Freispruch habe entwickeln lassen, ich war einfach neugierig. Ich habe einen Kumpel, der in einem Fotolabor arbeitete, um Hilfe gebeten. Aber ich schwöre dir, dass ich sie nie irgendjemandem gezeigt habe.«

»Was hast du gemacht?« Jonas ist rot vor Wut.

»Du hast einen Kumpel die Bilder entwickeln lassen, die als Beweis gegen uns hätten verwendet werden können, wenn Josefin in Revision gegangen wäre? Und das, nachdem du mich zur Sau gemacht hast, weil ich die Polizei nicht anlügen wollte? Du bist ja vollkommen durchgedreht!«

Er spricht laut, obwohl er Kalle auf keinen Fall aufwecken will.

»Jetzt krieg dich mal wieder ein«, sagt Oskar hastig. »Es war ein Kumpel, ich habe ihm hundertprozentig vertraut. Derselbe übrigens, der dich auf den richtigen Weg gebracht hat, als du uns beinahe in die Scheiße geritten hättest. Er hätte uns niemals reingeritten. Außerdem hat er keins der Bilder behalten, ich habe alle bekommen. Auf dem Film waren sechsunddreißig Bilder, und die hat er mir alle gegeben.«

»Okay«, sagt Jonas beherrscht. »Offensichtlich waren es aber doch nicht alle, denn eins habe ich jetzt per Mail zugeschickt bekommen.«

Er trinkt einen Schluck Bier und fügt hinzu:

»Es sei denn, du bist es doch selber gewesen. Als kleine Rache, weil ich nicht so clever war, im Verhör von vornherein zu lügen.«

Er glaubt selbst nicht, dass es Oskar gewesen ist, kann aber der Versuchung nicht widerstehen, ihn ein wenig zu provozieren. Ihn nervt seine Überheblichkeit, die mit den Jahren nicht weniger geworden zu sein scheint.

»Langsam frage ich mich, ob du nicht verrückt geworden bist«, faucht Oskar. »Ich bin ja wohl derjenige von uns dreien, der am meisten zu verlieren hat. Ich glaube nicht, dass mich noch viele Sportvereine als Referent in der Jugendarbeit einladen würden, wenn sie diese Bilder zu Gesicht bekämen.«

Oskars Empörung wirkt echt.

Und er hat recht, dass er sowohl seinen Job als auch sein Ansehen verlieren würde, wenn die Ereignisse in Visby an die Öffentlichkeit kämen.

»Wer war es dann? Wie heißt der Typ, der die Bilder entwickelt hat?«

»Christian Andersson. Aber er kann dir die Mail nicht geschickt haben«, fügt Oskar schnell hinzu, als er sieht, dass Jonas sich den Namen aufschreibt.

»Er ist vor sieben Jahren gestorben. Motorradunfall. Aber wie schon gesagt, ich habe alle Bilder von ihm bekommen, am selben Tag, an dem er sie entwickelt hat. Schließlich wollte ich nicht, das versehentlich eins im Labor liegen bleibt.«

Jonas unterbricht ihn.

»Du bist noch nie besonders clever gewesen, Oskar. Aber du kannst mir nicht erzählen, dass du nicht weißt, dass man Negative mehrfach abziehen kann. Wer sagt mir, dass er keine weiteren Abzüge gemacht hat? Dass ich die Mail bekomme, obwohl er schon so lange tot ist, ist ziemlich seltsam, aber wahrscheinlich hat er die Bilder bereits vorher in Umlauf gebracht.«

Oskar starrt ihn böse an.

»Ich habe mir die Negative damals jedenfalls auch geben lassen. Sie liegen zusammen mit den Abzügen auf meinem Dachboden und haben schon seit Jahren kein Tageslicht mehr gesehen.«

»Okay, ich weiß nicht, wer mir das Bild geschickt hat und warum. Aber es war jedenfalls saudumm von dir, die Bilder entwickeln zu lassen.«

Jonas ist kurz davor, auszurasten.

»Aber du konntest natürlich der Versuchung nicht widerstehen, dir deine eigenen Perversitäten auch nachher noch anzusehen.«

Oskar springt auf, und Jonas hebt die Hand. Jetzt mischt Rikard sich ein, der bislang geschwiegen hat.

»Jetzt regt euch mal wieder ab.«

Oskar setzt sich, aber seine Augen glühen.

»Ist doch Quatsch, darüber zu streiten, wessen Schuld es ist. Ich finde, es geht jetzt darum, das Ganze unter Kontrolle zu bekommen. Wer weiß, nächstes Mal kriegen vielleicht du oder ich so einen Drohbrief.« Er sieht Oskar an.

»Auch wenn ich nicht glaube, dass die Fotos genügen würde, um den Prozess von damals noch einmal aufzurollen, hat ja wohl keiner von uns dreien ein Interesse daran, dass herauskommt, was in Visby passiert ist.«

Rikard greift nach der Bierflasche und trinkt gierig den Rest aus, seine Bemerkung scheint ihn viel Kraft gekostet zu haben. Oskar liest noch einmal die Nachricht. Dann wendet er sich den anderen zu.

»Okay, zwei Motive kommen für mich infrage. Entweder ist es Rache dafür, was Josefin passiert ist. Dann kann es jeder gewesen sein, sie selbst oder irgendjemand, der sich über das Urteil geärgert hat.«

Jonas öffnet den Mund, um etwas zu sagen, macht ihn aber gleich wieder zu.

»Oder es ist ein Erpressungsversuch. Die Person, die das Bild geschickt hat, weiß wahrscheinlich, wie wichtig es ist, dass diese Bilder nicht an die Öffentlichkeit kommen, und will sich etwas dazuverdienen. In beiden Fällen ist es aber merkwürdig, dass du die Nachricht bekommen hast und nicht ich.« Er nickt Jonas kurz zu.

»Das ist einfach verdammt unangenehm, vor allem für mich, jetzt wo der Vertragsabschluss mit dem Schwedischen Sportverband öffentlich gemacht werden soll.«

Oskar nimmt sich noch ein Bier.

»Was meint ihr, soll ich versuchen, herauszufinden, wie es Josefin ergangen ist? Wenn sie es war, kann ich versuchen, sie mit Geld zum Schweigen zu bringen. Wenn sie es nicht war, müssen wir wohl den nächsten Schritt abwarten. Aber mit ein bisschen Glück ist es damit erledigt.«

Keiner von ihnen scheint das so recht zu glauben. Es ist einfach zu unwahrscheinlich, dass nichts weiter passieren wird.

»Es wäre zumindest einen Versuch wert.« Oskar klingt fest entschlossen.

»Ich habe nicht vor, meine Karriere aufs Spiel zu setzen. Oder meine Familie.«

Jonas starrt ihn böse an.

»Da bist du nicht der Einzige. Ich habe auch nicht vor, mir das, was ich mir aufgebaut habe, nehmen zu lassen. Allerdings liegen meine Prioritäten etwas anders. Ich will Mia und Kalle nicht verlieren. Der Job ist mir scheißegal. Ich überlege sogar, ob ich Mia nicht erzählen soll, was in Visby passiert ist. Vielleicht ist es endlich Zeit, das Schweigen zu brechen. Und Gott zu bitten, dass sie mich dann immer noch haben will.«

Oskar springt auf.

»Auf gar keinen Fall! Wir haben uns nicht durch diesen Prozess manövriert, damit du Jahre später alles kaputt machst. Das Risiko, dass das Ganze wieder aufgerollt wird, ist trotz dieses Fotos minimal. Aber ich möchte nicht, dass jemand in dieser Angelegenheit herumschnüffelt. Ich arbeite heute mit Jugendlichen, ich bin ein Vorbild für künftige Spitzensportler, und ich habe nicht vor, diese Karriere aufs Spiel zu setzen.«

Oskar ist rot im Gesicht, seine Stimme überschlägt sich.

»Außerdem«, fährt er fort, »ist mir meine Familie ebenfalls wichtig, und ich weiß nicht, ob Veronica das erträgt.«

»Weißt du was, Oskar?« Jonas sieht ihm ruhig in die Augen.

»Von dir lasse ich mir gar nichts mehr sagen. Das habe ich einmal gemacht, und ich habe es den Rest meines Lebens bereut. Ich werde das tun, was ich für richtig halte, und es ist mir scheißegal, was es für dich bedeutet.«

Oskar seufzt.

»Okay, Jonas. Ich hab's kapiert. Du willst nicht, dass Mia dich verlässt, und wenn ich dich richtig verstanden habe, ist sie nicht gerade jemand, der sich so etwas anhört, ein bisschen sauer reagiert und sich die Angelegenheit dann damit erklärt, dass Männer so etwas nun mal tun. Du glaubst doch, dass sie dich verlässt, wenn sie herausfindet, wobei du damals mitgemacht hast?«

»Sie würde mir vielleicht verzeihen, was ich in Visby getan habe«, murmelt Jonas. »Aber sie würde mir nie verzeihen, dass ich gelogen habe, um deine und meine Haut zu retten. Und dass ich dabei Josefin geopfert habe.«

Oskar unterbricht ihn.

»Aber dann ist es doch das Beste, wenn wir es für uns behalten! Wenn Mia es herausfindet, verlässt sie dich, und wenn es an die Öffentlichkeit kommt, verliere ich meinen Vertrag. Das Schlimmste, was passieren kann, ist folglich, dass es herauskommt. Ich werde versuchen, herauszufinden, wer dich bedroht. Ich fange bei Josefin an. Heute steht ja alles im Netz.«

Oskar wirkt jetzt ruhiger, er scheint selbst zu glauben, dass er eine Lösung gefunden hat, vielleicht vor allem, weil er die Angelegenheit hier schnell beenden will.

»Oskar hat recht«, sagt Rikard. »Am besten finden wir Josefin und bringen sie mit Geld zum Schweigen. Ich habe keine Familie zu verlieren und riskiere vielleicht noch nicht einmal meinen Job, trotzdem habe ich keine Lust, ins Gefängnis zu wandern, und wenn jemand alle Bilder von dem Abend besitzt, könnte das durchaus reichen, um uns einzusperren.«

Jonas glaubt nicht, dass man sie so viele Jahre nach der Vergewaltigung tatsächlich noch einsperren könnte. Aber er glaubt, dass es hier um Rache geht. Und er ist sich nicht sicher, ob Geld die Lösung ist. Im Augenblick hat er jedoch keine bessere Idee, und wenn Oskar dazu bereit ist, Josefin zu suchen, dann hat er nichts dagegen, es ist zumindest ein Anfang. Dennoch lässt ihn eine Frage nicht los.

»Und wenn es nicht Josefin ist? Was machen wir dann?«

VASASTAN

Freitag, 5. März 2010

»Irgendwelche interessanten Klienten heute?«

Mia öffnet den Schrank, nimmt ein Schneidebrett heraus und schält drei Knoblauchzehen. Linnea schwenkt ihr Weinglas, dann trinkt sie einen großen Schluck.

»Ach, eigentlich immer. Heute war eine Frau da, die genug von ihrem ziemlich egozentrischen Mann hat. Sie war vor ein paar Jahren schon mal bei mir, nachdem er sie geschlagen hatte, ein einmaliges Vorkommnis, wie sie selbst sagte. Aber damals hat sie wahrscheinlich angefangen, ihre Beziehung infrage zu stellen. Und jetzt ist sie wieder zurück.«

Linnea schaut zu, wie Mia das breite Fleischermesser auf die erste Knoblauchzehe hinuntersausen lässt. Sie sind in Linneas Wohnung, aber Mia fand, sie sei an der Reihe zu kochen, und wenn sie sich einmal etwas in den Kopf gesetzt hat, kann nichts sie davon abbringen.

»Wo hast du das denn gelernt?«, fragt Linnea beeindruckt.

Mia grinst.

»You've gotta kill it, baby«, sagt sie, und nimmt sich die zweite Zehe vor. »Ich habe vor drei Jahren mal einen Kochkurs in Tansania gemacht, als Jonas und ich während meines Studiums dort waren. Du weißt schon, kurz nach diesem Gender-Seminar, in dem wir uns kennengelernt haben. Wie bist du damals eigentlich noch reingekommen? Das Semester hatte doch längst angefangen, da musst du dich ja ganz schön ins Zeug gelegt haben.« Sie zwinkert vielsagend.

Linnea lacht.

»Wenn man nur hübsch und charmant genug ist, kriegt man als Frau doch meistens, was man will, oder? Das war es doch ungefähr, was wir in dem Kurs gelernt haben. Aber erzähl weiter, wie war das mit diesem Kochkurs in Tansania?«

Linnea nimmt zwei tiefe weiße Teller aus dem Schrank.

»Ach, da gibt's nicht viel zu erzählen, aber es war lustig und sehr lehrreich. Und einer der besten Tricks, den wir gelernt haben, war genau dieser, ein breites Fleischermesser zu benutzen, um Knoblauch und Gemüse zu zerhacken. Oder, wie die Leiterin meinte: ›Kill it or just torture it a little.‹ Allerdings muss das Messer dazu ein gewisses Gewicht haben. Dieses Ding hier habe ich mir gleich vor Ort gekauft, fühl mal.«

Mia legt das Messer in Linneas ausgestreckte Hand, es ist tatsächlich richtig schwer. So etwas hat sie in Schweden bisher nicht wieder gefunden.

»Und diese Frau hat damals die Therapie unterbrochen, oder was wolltest du gerade sagen?« Mia hat das Messer wieder an sich genommen und widmet sich jetzt dem Porree.

»Ja, für ungefähr zwei Jahre. Sie war damals fünfmal bei mir, die Gespräche liefen richtig gut, und ich hatte das Gefühl, sie hätte angefangen, eine Reihe von Schwierigkeiten in ihrer Ehe kritischer zu betrachten. Als sie das letzte Mal meine Praxis verließ, kam es mir vor, als hätte sie endlich ein Gefühl dafür bekommen, was sie selbst eigentlich will.«

Linnea betrachtet das Stück Fleisch auf der Anrichte und entscheidet sich für Grillbesteck. Sie nimmt zwei Gedecke aus der Schublade.

»Wir hatten einen weiteren Termin in der darauffolgenden Woche vereinbart. Aber am Morgen rief sie an und sagte ab, sie sei krank, oder ihre Kinder wären krank, ich weiß es nicht mehr genau.«

Sie bückt sich und hebt eines der Messer auf, das ihr aus der Hand gefallen ist, spült es unter dem Wasserhahn ab und legt es dann auf den Tisch.

»Das war eigentlich nicht weiter tragisch, ich schlug ihr vor, uns die Woche darauf zu treffen. Aber sie meinte, sie hätte den Kalender gerade nicht zur Hand und sie würde sich noch mal melden. Als ich meinte, ich könnte auch einen vorläufigen Termin eintragen, wollte sie sich nicht darauf einlassen.«

»Also hast du aufgehört, sie zu bedrängen, und warst nicht weiter erstaunt, als du nichts mehr von ihr gehört hast«, sagt Mia.

»Genau, es war klar, dass sie aus irgendeinem Grund nicht mehr kommen wollte.«

»Wahrscheinlich konnte sie sich deinen hohen Stundensatz nicht mehr leisten.«

Mia grinst verschmitzt und Linnea lacht.

»Daran habe ich noch gar nicht gedacht. Das wird es gewesen sein.«

Sie legt zwei leuchtend grüne Servietten auf den Tisch.

»Nein, Spaß beiseite, ich hatte eher Sorge, dass er sie wieder geschlagen hat. Offenbar hat er mit etwa zwanzig wegen Vergewaltigung vor Gericht gestanden, also schien er durchaus einen gewissen Hang zur Gewalttätigkeit zu haben.«

Sie reicht Mia, die vergeblich im Gewürzschrank gesucht hat, die Salzmühle.

»Aber als sie heute wiederkam, stellte sich heraus, dass das nicht der Grund für ihren erneuten Besuch nach so langer Zeit war. Sie meinte, ihre Ehe sei noch genauso kaputt wie damals. Es hörte sich eher so an, als hätte sie einfach ein paar Jahre Pause einlegen müssen, um die Dinge neu zu bewerten, und wäre nun bereit weiterzumachen.«

»Bestimmt ist er ihr untreu gewesen«, sagt Mia trocken.

»Das ist doch normalerweise der Anlass, mal wieder zum Familientherapeuten zu gehen.«

»So was Ähnliches habe ich auch gedacht.«

Linnea füllt Wasser in eine Karaffe und schenkt sich ein Glas ein. »Wie läuft es eigentlich mit deinem Artikel?«

Mia steckt ihr langes braunes Haar zu einem Knoten auf, holt eine tiefe Pfanne aus dem Schrank und brät das Fleisch in einer ansehnlichen Menge Öl und Knoblauch an. Als Frauenforscherin schreibt sie schon seit geraumer Zeit an einem wissenschaftlichen Artikel, in dem es um die Haltung der Justiz in Vergewaltigungsfällen geht, und wie sie sich auf die Gerichtsprozesse und das Strafmaß auswirkt.

»Ich denke, die Arbeit nähert sich dem Ende, auch wenn es deutlich länger gedauert hat, als ich dachte. Seit Kalle da ist, schaffe ich einfach nicht mehr so viel, ich werde ständig unterbrochen. Aber ich habe drei Fälle gründlich analysiert und anschließend etwa hundert Fälle etwas oberflächlicher. Ich habe sie vor allem auf die Gründlichkeit bei der Beweisaufnahme hin untersucht. Oder der mangelnden Beweisaufnahme, wie man vielleicht eher sagen sollte.«

Mia stellt eine weitere Pfanne auf den Herd und legt den Porree hinein.

»Und dann habe ich versucht herauszufinden, ob diese Unterschiede möglicherweise mit der persönlichen Einstellung einzelner Polizisten zusammenhängen. Ich bin mir jetzt schon ziemlich sicher nachweisen zu können, dass diese tatsächlich ausschlaggebend für die Qualität der Ermittlungen wie auch für das Strafmaß ist. Ich suche aber noch nach einem weiteren interessanten Fall, in dem die Täter aus Mangel an Beweisen freigesprochen wurden.«

Sie nimmt das Fleisch vom Herd und kümmert sich um die Sauce.

»Hast du nicht einen Tipp? Schließlich arbeitest du doch mit gefährdeten Frauen. Du brauchst natürlich keine Namen zu nennen, ich brauche nur eine Jahreszahl, und den Namen des Gerichts, an dem der Fall verhandelt wurde.«

Linnea könnte ihr massenhaft Tipps geben, in ihrem Beruf hat sie ständig mit Frauen zu tun, die Opfer von Übergriffen geworden sind, auch wenn nur wenige tatsächlich zur Anzeige gebracht werden. Stattdessen kommen die betroffenen Frauen Jahre später zu ihr, um ihre Verletzungen aufzuarbeiten. Aber sie hat einen Fall, der die gängigen Vorurteile der Leute über Vergewaltiger nicht einfach bestätigt. Einen Fall, in dem die Täter ganz normale, gebürtige Schweden sind. Männer, die keine besonders schwierige Kindheit oder Missbrauchserfahrungen haben.

»Ich glaube, ich weiß etwas. Es geht um einen Fall, über den wir damals in dem Seminar, in dem wir waren, gesprochen haben, diese Gruppenvergewaltigung vor dreizehn Jahren. Drei Typen, die sich während einer Urlaubswoche in Visby an einem befreundeten Mädchen vergriffen haben. Erinnerst du dich?«

»Ja, ich glaube schon. War das nicht einer der Fälle, die wir in dem Semester für die Gruppenarbeit vorgesehen hatten?«

»Ja, genau. Das Mädchen war ungefähr sechzehn, und es war völlig offensichtlich, dass der Polizist, der die Verhöre führte, kein besonderes Interesse daran hatte, die Kerle zu überführen. Wenn ich mich richtig erinnere, kamen sie vor allem wegen der schlecht durchgeführten Voruntersuchungen davon.«

Mia steckt sich eine Kirschtomate in den Mund.

»Ja natürlich, ich weiß gar nicht, warum ich nicht selbst darauf gekommen bin! Ich suche mir gleich morgen das Gerichtsprotokoll raus. Wenn ich es dann immer noch geeignet finde, versuche ich den Polizisten zu finden, der die Verhöre geführt hat. Und wenn ich richtig Glück habe, kann ich vielleicht sogar das Opfer oder einen der Täter überreden, mir ein Interview zu geben – anonym natürlich.«

Sie stellt die dampfende Pfanne auf den Tisch.

»Dass einer der Täter sich bereit erklärt, ist vielleicht zu viel verlangt, aber jemand, der bei dem Prozess anwesend war, müsste doch zu finden sein.«

Linnea lächelt.

»Jetzt wechseln wir aber mal das Thema und reden über angenehmere Dinge. Habt ihr Lust, im Sommer mit uns nach Skåne zu fahren? Wir haben ein super schönes Ferienhaus gemietet, aber es ist viel zu groß für uns zwei.«

Mia lacht.

»Ja gerne, es wird wirklich höchste Zeit, dass ich deinen Mann kennenlerne, wir sind uns noch nie begegnet. Liegt das eigentlich daran, dass ich immer nur von mir rede?«

»Ach was, Pärchenabende sind nur einfach nicht so unser Ding.«

Linnea schenkt sich nach und trinkt einen großen Schluck Wein, spürt, wie die Wärme sich in ihrem Körper ausbreitet. Wäre sie nicht so diszipliniert, wäre sie sicherlich Alkoholikerin geworden. So ein kleiner Rausch ist einfach zu angenehm.

»Und ich freue mich darauf, endlich Jonas kennenzulernen. Über den weiß ich bisher ja auch nicht viel mehr, als dass er in der IT-Branche arbeitet und ein absoluter Traummann ist. Dann kommt ihr also mit?«

Mia prostet ihr zu und nickt.

»Ich muss es nur noch mit Jonas besprechen, aber ich glaube nicht, dass er etwas dagegenhat. Er liebt Skåne.«

ÖSTERMALM

Samstag, 6. März 2010

Veronica wacht früh am Morgen auf, sie hat unruhig geschlafen und ihr Körper ist bleischwer. Oskar ist gestern nicht zum Abendessen mit den Kindern bei seinen Eltern geblieben, wie sie gehofft hat, sondern schon um sechs wieder zu Hause gewesen.

»Ein ehemaliger Klassenkamerad hat meine E-Mail ausfindig gemacht und mich und noch einen Kumpel eingeladen. Er meinte, wir sollten uns mal wieder treffen«, hat er gesagt und ist ins Schlafzimmer gegangen, um sich umzuziehen. Eigentlich gibt sich Oskar immer große Mühe mit seinem Aussehen, aber wenn er zu seinen Eltern fährt, ist es ihm egal, was er anhat, das kann auch mal ein Jogginganzug sein. Gestern Abend hat er dann Designerjeans, ein weißes Hemd und einen grauen Pullover angezogen.

»Wir haben uns seit Jahren nicht mehr gesehen.«

Er drängte sich an ihr vorbei.

»So ein Pech aber auch!«, sagte sie bedauernd. »Du musst absagen. Ich habe mich gerade mit einer Freundin auf ein Glas Bier verabredet.«

Er drehte sich um, als hätte er sie noch nie im Leben gesehen.

»Was sagst du?«

»War nur Spaß, Liebling.« Sie lachte. »Mit wem sollte ich denn schon ausgehen? Klingt doch gut, ich wünsche dir viel Spaß.«

Oskar sah sie finster an, sagte aber nichts mehr. Stattdessen ging er ins Bad, um zu duschen. Sie konnte hören, wie er den Medizinschrank öffnete, dann das knisternde Geräusch, das sie in den vergangenen Tagen so häufig gehört hat. Vermutlich Schmerztabletten, um den Abend zu überstehen. Diese Zerrung, die er sich bei seinem Sturz zugezogen hatte, musste ernsthafter sein, als er zugeben wollte. Dann kam er ins Wohnzimmer zurück, wo sie mit den Kindern auf dem Sofa saß. Gut angezogen und frisch gestylt. Sogar einen leichten Parfümduft nahm sie wahr, als er sich herunterbeugte und sie auf die Wange küsste. Sie fragte sich, was das wohl für Klassenkameraden sein könnten, die so viel Aufwand verdienten.

»Einen schönen Abend euch, ich komme nicht so spät.«

Er warf den Kindern eine Kusshand zu, zog die Jacke an und ging hinaus. Zurück blieb Veronica mit zwei hungrigen kleinen Kindern und dem Kopf voller widerstreitender Gefühle. Sie beschloss, den Kopf warten zu lassen und sich erst mal um die Kinder zu kümmern. Es war Freitag, also Tacos, zum Glück hatten sie welche im Haus. Nach dem Essen brachte sie die Kinder zu Bett und überlegte kurz, noch einmal aufzustehen und weiter zu googeln, aber die Anspannung des Tages war so groß gewesen, dass sie mit ihnen zusammen in dem großen Doppelbett einschlief.

Besonders gut kann sie jedoch nicht geschlafen haben, so müde, wie sie sich immer noch fühlt. Sie schaut neben sich und sieht, dass die Kinder immer noch dort liegen und tief und fest schlafen. Wahrscheinlich hat Oskar sich in Emmas Bett gelegt. Vorsichtig schleicht sie sich aus dem Schlafzimmer, sie hofft, noch eine Stunde für sich zu haben, bevor die anderen aufwachen. Auf dem Weg in die Küche schaut sie kurz ins Kinderzimmer und stellt fest, dass Oskar tatsächlich dort schläft. Er schnarcht, den Mund leicht geöffnet. Sie schließt die Tür wieder, geht in die Küche und kocht Kaffee.

Etwa eine Stunde später wachen die Kinder auf, sie laufen direkt ins Wohnzimmer und machen den Fernseher an. Es ist Samstag, Disney-Zeit. Veronica geht ins Schlafzimmer. Sie und die Kinder wollen für ein paar Tage zu ihren Eltern nach Sigtuna. Das ist schon lange geplant, aber jetzt kann sie nicht mehr nachvollziehen, wie sie darauf kommen konnte, gleich am Wochenende nach ihrer Rückkehr aus Thailand dorthin fahren zu wollen. Sie hat überhaupt keine Lust, schon wieder Koffer zu packen.

Als Oskar sie unvermittelt anspricht, zuckt sie zusammen. Er ist aufgestanden, ohne dass sie es gemerkt hat, und jetzt steht er in der Schlafzimmertür.

»Ist noch Kaffee da?«

Seine Stimme ist leiser als sonst. Sie mustert ihn eindringlich, vielleicht ist er verkatert, aber er sieht aus wie immer, braun gebrannt, fit, die Augen kein bisschen gerötet. Er dreht sich um und ist wenige Minuten später mit einer Tasse Kaffee wieder zurück. Schweigend beobachtet er sie. Veronica sagt ebenfalls kein Wort. Normalerweise hätte sie die Situation verunsichert und sie hätte irgendetwas drauflosgeredet, aber heute ist es ihr egal. Vielmehr scheint es, als fühle er sich unwohl.

»Hattet ihr es nett gestern Abend?«, fragt er schließlich.

»Ja, ja, alles gut.«

Soll er doch weiterfragen, wenn es ihn wirklich interessiert.

»Schön.« Er räuspert sich.

»Mit Jonas und Rikard war es auch nett. Es gab Chili con Carne und Bier. Aber ich bin nicht lange geblieben.«

Letzteres sagt er mit einem raschen Blick in ihre Richtung, als wolle er sich vergewissern, dass sie registriert, wie sehr er sich nach Thailand zusammennimmt.

»Wahrscheinlich ist es der Jetlag, ich bin abends immer noch hundemüde.«

Veronica antwortet nicht. Sie zieht einen Wollpullover aus dem Schrank. Eine Masche hat sich gelöst, aber sie packt ihn trotzdem ein. Sie mag den Pullover, und bei ihren Eltern spielt es keine Rolle, wenn er ein bisschen kaputt ist.

»Was war das damals eigentlich genau mit diesem Mädchen in Visby?«

Oskar zuckt zusammen, an der linken Seite seines Halses tritt plötzlich eine Ader hervor.

»Wie meinst du das?«, fragt er mit einem Anflug von Gereiztheit in der Stimme.

»Ich möchte wissen, was du mit dem Mädchen gemacht hast, das du vor dreizehn Jahren vergewaltigt hast.«

Oskar presst die Lippen zusammen. Gleich explodiert er, denkt Veronica, aber nichts passiert. Im Gegenteil, seine Schultern sacken herunter. Aus irgendeinem Grund beherrscht er sich. Als er antwortet, ist seine Stimme wieder normal.

»Ich habe niemanden vergewaltigt, Veronica. Falls du irgendwelche Gerüchte gehört hast: Es stimmt nicht. Ich und Josefin, ein Mädchen, das ich von der Schule kannte, waren in Visby zusammen auf einer Party, das ist ewig her. Der Abend endete damit, dass wir Sex hatten, aber ich schwöre, alles war vollkommen freiwillig.«

»Und warum landete das Ganze dann vor Gericht?«

Oskar hebt die Augenbrauen. Er scheint überrascht zu sein, dass sie mehr weiß, als sie sich anmerken lässt.

»Ich weiß nicht, warum sie mich angezeigt hat, aber ich glaube, sie war ein bisschen in mich verliebt und ist sauer geworden, als sie feststellte, dass es für mich nur ein One-Night-Stand war. Warum fragst du ausgerechnet jetzt danach?«

»Ich habe mich gestern mit einer Freundin zum Kaffeetrinken getroffen, die ich seit Jahren nicht gesehen habe. Als ich ihr erzählte, wie wir uns kennengelernt haben, fiel mir wieder ein, was die Leute damals geredet haben. Und da du mir ja nie irgendetwas darüber erzählt hast, habe ich mich an Google gewendet.«

Sie zieht den Reißverschluss ihrer Reisetasche zu und stellt sie auf den Boden.

»Was ich gefunden habe, stimmt nicht annähernd mit dem überein, was du gerade behauptet hast. Und die Informationen stammen von einer Frau, die an dem Abend mit dabei war. Einer von euch muss also lügen. Ich gebe dir jetzt die Chance, mir die Wahrheit zu sagen.«

Sie hat ihn erwischt, aber seine Verwirrung hält nicht lange an. Als er antwortet, deutet nichts in seiner Stimme auf eine Lüge hin.

»Ich habe dir die Wahrheit gesagt. Diese Frau lügt. Josefin war in mich verliebt, und als ich ihre Gefühle nicht erwiderte, wollte sie sich rächen. Also hat sie mich angezeigt. Dass ihre Freundin etwas anderes behauptet, ist doch klar, sie steht natürlich auf ihrer Seite. Aber das Gericht hat zu unseren Gunsten entschieden, das dürfte doch wohl Beweis genug sein, oder?«

Seine Stimme ist ganz sanft, und er streicht ihr mit dem Finger über die Wange. Es ist lange her, dass Oskar sie zärtlich berührt hat. Doch der Moment ist falsch gewählt. Sein überlegener Tonfall provoziert sie erst recht. Als wären sie und die Verfasserin des Artikels vollkommen naiv. Weshalb nutzt er die Gelegenheit nicht, wenigstens mit einem Teil der Wahrheit herauszurücken?

»Ich weiß, was du ausgesagt hast. Dass sie den beliebtesten Jungen in der Schule wegen Vergewaltigung angezeigt hat, einfach so aus Spaß, oder um dich zu ärgern. Ganz schön mutig, muss ich sagen. Aber mich interessiert, was in diesem Zimmer wirklich passiert ist. Was habt ihr gemacht, du und diese Josefin, das euch beiden so großen Spaß gemacht hat? Oder waren vielleicht noch mehr Typen dabei?«

Seine Hand zuckt von ihrer Wange zurück.

»Wir hatten Sex, das habe ich doch gesagt.« Inzwischen klingt er merklich gereizt.

»Wir haben gefickt, um es klar auszudrücken. Es war vielleicht nicht die sanfteste Tour, aber sie wollte es so, das schwöre ich. Und dann kam mein Kumpel Rikard dazu. Josefin hatte Lust auf einen Dreier. Sie hatte so was schon mal gemacht, außerdem war sie früher mal mit Rikard zusammen.«

»Na, das ist noch zumindest mal was Neues«, sagt Veronica. »Wieso habe ich früher nie von Rikard gehört, und jetzt fällt seine Name bereits zum zweiten Mal? Es ist nicht zufällig derselbe Rikard, mit dem du dich gestern getroffen hast? Gibt es noch etwas, das du mir bisher nicht gesagt hast? Ist vielleicht jemand verletzt worden, in eurer ... sagen wir ... Liebesnacht?«

Sie sieht ihm an, dass ihm ihr ironischer Unterton nicht entgeht, wahrscheinlich fragt er sich, was mit seiner fügsamen Ehefrau los ist. Und wie viel sie wirklich weiß.

»Ja.« Er sieht sie ausdruckslos an.

»Sie sagte, sie wolle etwas Hartes in die Fotze, und weil wir fertig waren, suchten wir etwas, das sie sich reinstecken konnte, sie schien gar nicht genug zu bekommen. Schließlich benutzten wir die Klobürste. Sie wollte es. Leider waren wir alle drei ziemlich betrunken, deshalb war es wahrscheinlich doch zu heftig und sie fing an zu bluten. Also ja, sie ist dabei ein bisschen verletzt worden. Aber nicht mehr als bei jedem beliebigen Hardcore-Sex auch.«

Veronica kann kaum an sich halten.

»Was soll das heißen, nicht schlimmer als bei jedem Hardcore-Sex auch? Jemandem den Unterleib zu zerfetzen klingt für mich vollkommen krank.«

Mit einer heftigen Bewegung hebt sie die Reisetasche hoch und geht zur Tür, sie will nur noch weg hier.

Aber bevor sie das Schlafzimmer verlässt, stellt sie Oskar noch eine letzte Frage.

»Und weshalb hast du Rikard ausgerechnet gestern getroffen, nach so vielen Jahren?«

Oskar will gerade den Mund aufmachen, als sie sagt:

»Warte, du kannst mir später antworten. Dann hast du Zeit, dir eine ordentliche Lüge auszudenken.«

Sie schiebt sich an ihm vorbei und ruft den Kindern zu, dass sie sich anziehen sollen.

* * *

Nachdem Veronica gegangen ist, bleibt Oskar verloren zurück. Seine Tasse ist leer, aber er behält sie in der Hand. Er weiß, er müsste Veronica hinterhergehen, irgendetwas sagen und zumindest versuchen, die Situation zu retten. Aber er kann keinen klaren Gedanken fassen, geschweige denn, etwas Sinnvolles tun.

Als sie und die Kinder fertig angezogen und abfahrbereit sind, kehrt seine frühere Entschlossenheit zurück, und er geht zu ihnen hinaus.

»Tschüss, meine Schätze. Grüßt Oma und Opa von mir.«

Er küsst beide Kinder auf die Wange und verspricht, ihnen vom Fenster aus zu winken, dann schließt er die Tür hinter ihnen. Am Fenster überlegt er, was da eigentlich gerade passiert. Er kann verstehen, dass Veronica sauer ist, vielleicht sogar eifersüchtig. Aber warum googelt sie etwas, das dreizehn Jahre her ist und für das sie sich bisher nicht interessiert hat? Dass sie zufällig eine Freundin getroffen hat und plötzlich an diese Vergewaltigungsgeschichte denken musste, glaubt er nicht. Wahrscheinlicher ist, dass sie sich entschlossen hat, jedes kleinste Detail in seiner Vergangenheit aufzustöbern, das ihr Anlass geben könnte, einen Streit mit ihm anzufangen. Da kommt Visby 1997 ihr natürlich gelegen.

Er holt den Laptop aus dem Schlafzimmer und setzt sich in die Küche, isst eine Banane, während der Rechner hochfährt. Nach dem Urteil war wieder Normalität eingekehrt, zumindest, was ihn selbst anging. Er durfte weiterhin in seiner Mannschaft in Djurgården spielen, und wenig später bot man ihm einen Platz in der Nationalmannschaft an. Josefin begegnete er noch ein paar Mal zufällig, aber er sprach nie wieder mit ihr, und nach einer Weile vergaß er mehr oder weniger sowohl sie als auch die Ereignisse in Visby. Von Freunden hörte er allerdings, dass das Schulhalbjahr 1997/98 für Josefin sehr anstrengend war. Alle zogen über sie her, und die Einzige, mit der sie noch zu tun hatte, war die Freundin, die auch auf ihrer Party gewesen war. Im Frühjahr 1998 zog Josefin zu ihrem Vater nach Malmö, und anschließend hörte Oskar nichts mehr von ihr oder Camilla.

Bis heute.

Wenn er eine von den beiden aufspüren könnte, würde er vielleicht herausfinden, wer die Mail geschickt hat. Oder er könnte ausschließen, dass sie dahinterstecken. Die Frage ist nur, wo er mit der Suche anfangen soll.

Ihm fallen die Jahrbücher seiner ehemaligen Schule ein. Das scheint ihm ein guter Anfang, dort sind alle mit Nachnamen aufgeführt. Wenn er sich nicht täuscht, liegen sie noch in einer der Kisten auf dem Dachboden. Er steht auf und zieht eine Grimasse, wie immer, wenn eine bestimmt Bewegung ihn an die Verletzung erinnert. Er nimmt immer noch starke Medikamente, dennoch spürt er ab und zu einen stechenden Schmerz.

Oskar verbringt eine gute Stunde auf dem Dachboden, wo er die verschiedenen Kartons durchsucht, bis er ganz hinten in der Ecke endlich die Jahrbücher findet. Er ist drei Jahre älter als Josefin, hat aber eine Klasse wiederholt. Also müsste er in der dritten Jahrgangsstufe gewesen sein, als sie in die erste kam.

Er geht in die Wohnung zurück, setzt sich an den Küchentisch und blättert. Schon bald hat er Josefins Klasse gefunden, und es versetzt ihm einen Stich, als er ihr Gesicht sieht. Sie ist hübscher, als er sie in Erinnerung hat, und lacht fröhlich in die Kamera. Das helle Haar fällt ihr über die Schultern, gewellt, aber nicht lockig, und ihre Augen sind klar. Ihm fällt ein, dass ihm ihre Augen damals genau deshalb aufgefallen sind. Sie schienen von selbst zu leuchten, als wären sie unecht. Am letzten Verhandlungstag, als das Urteil gesprochen wurde, bekam er sie allerdings nicht zu sehen. Josefin starrte auf die Tischplatte und weigerte sich, irgendjemanden anzuschauen, außer wenn man ihr eine Frage stellte, und auch dann hob sie nur leicht den Kopf. Als das Urteil verkündet wurde, legte ihr Rechtsbeistand ihr fürsorglich den Arm um die Schulter. Sie zitterte, als würde sie weinen. Aber er sah keine Tränen. Und er sah ihre Augen nicht. Das machte es leichter. Leichter, zu vergessen und weiterzugehen.

Es gab nur eine Person in seiner Umgebung, die ihn kritisierte. Einen Typen, der mit ihm zusammen Fußball spielte. Er fragte Oskar, wie er auf die Idee kommen konnte, einem Mädchen eine Klobürste reinzustecken. Wie er überhaupt darauf gekommen war, mit ein paar Kumpels gemeinsam zu ficken, noch dazu mit einem Mädchen, das bereits bewusstlos war. Darauf hatte Oskar nichts zu sagen gewusst. Und er hatte nie wieder mit diesem Typen geredet.

Er liest die Namen und findet ihren sofort. Josefin Nilsson, kein besonders ausgefallener Name. Da wird es gar nicht so leicht werden, sie ausfindig zu machen. Nun ja, zur Not muss er jede einzelne Josefin Nilsson in Malmö anrufen. Bevor er das Jahrbuch zuschlägt, sucht er noch nach dem Namen von Josefins Freundin, die auch auf der Party war. Camilla Persson. Oskar betrachtet das Foto. Camilla sieht ziemlich klein aus, wie sie da neben Josefin steht, mit dunklen, schulterlangen, glatten Haaren. Auch ziemlich hübsch, aber ganz anders als Josefin. Oskar kann sich wirklich kaum an sie erinnern.

Er ruft die Suchmaschine Eniro auf und gibt »Josefin Nilsson« und »Malmö« ein. Zweiundzwanzig Treffer, alle gleich nichtssagend. Er hat keine Ahnung, wo in Malmö sie wohnt, und ob sie nicht vielleicht geheiratet und einen anderen Namen hat. Er versucht es noch einmal, indem er nur ihren Vornamen eingibt. Diesmal sind es fünfhunderteinundneunzig Treffer. Er wird wohl mit denen beginnen müssen, die mit Nachnamen Nilsson heißen, und falls das zu nichts führt, muss er sich etwas Neues überlegen. Artikel lesen, die zu dem Fall publiziert worden sind. Hat Veronica nicht gesagt, sie habe den Fall gegoogelt und sei auf einen Artikel von Camilla gestoßen? Er sucht und überfliegt die Trefferliste. Dann liest er Camillas Artikel. Sie war Studentin in Uppsala, als sie ihn geschrieben hat. Vielleicht kann er über die Uni zu ihr Kontakt aufnehmen.

Etwas weiter unten findet er einen Artikel aus dem Archiv

des *Aftonbladet*, geschrieben ein paar Monate nach dem Urteilsspruch. Anscheinend hatte man versucht, die Eltern der Klägerin über ihre Ansicht zum Prozess zu befragen. Der Vater hatte sich geweigert, ein Interview zu geben, aber einen Kommentar veröffentlichen lassen:

Das eigentliche Opfer hier ist meine Tochter. Sie ist von drei männlichen Freunden brutal misshandelt und erniedrigt worden, dennoch steht sie heute mit der Schande da, während die Täter wie Helden gefeiert werden. Irgendetwas ist faul, richtig faul im schwedischen Rechtssystem, wenn so etwas passieren kann.

Oskar spürt, wie sich ihm der Magen zusammenzieht. Er erinnert sich, ihn im Gerichtssaal gesehen zu haben. Ununterbrochen hat er ihn angestarrt. Es war ihm furchtbar unangenehm, und er hat kein einziges Mal zu ihm hinübergeschaut. Gespürt hat er seinen Blick trotzdem, er konnte ihm nirgends entkommen. Wenn er Josefin nicht finden kann, muss er es vielleicht über ihren Vater versuchen, auch wenn er das lieber vermeiden würde.

STOCKHOLM

Juli 1997

Josefin dreht sich um und bohrt den Kopf in das warme Kissen, sie will einfach nicht aufwachen. Doch irgendwann öffnet sie dann doch die Augen. Die hellrosa Wände mit den Postern und Familienfotos vermitteln den Eindruck, als sei alles wie immer. Aber dann entdeckt sie den weißen Rock und das lila T-Shirt über der Stuhllehne und ihr fällt wieder ein, wie dieser Polizist sie gestern stundenlang ausgequetscht hat. Er hat sie gezwungen, jede Sekunde dieser Nacht noch einmal zu durchleben.

An Details konnte sie sich zunächst nicht erinnern, aber je mehr Zeit verging, desto deutlicher stand ihr alles vor Augen. Sie hatte Ted Widenstam erzählt, wie Oskar ihnen die Tür aufgemacht hatte, als sie bei der Wohnung in Visby ankamen, wie er sie und Camilla umarmt und sie dabei ein bisschen länger an sich gedrückt hatte. Als sie ins Wohnzimmer kamen, saßen dort Jonas und Rikard. Camilla und Josefin setzten sich erwartungsvoll neben sie auf das Sofa, und im Handumdrehen hatte jede von ihnen einen farbigen Drink in der Hand.

Sie stießen an, tranken und bekamen sofort einen neuen. So ging der Abend dahin, niemand redete mehr davon, noch weiterzuziehen. Sie kicherten, plauderten und wurden immer betrunkener. Die Männer holten eine Plastikflasche mit einer leicht bläulichen Flüssigkeit, die Rikard bei Freunden in Göteborg probiert hatte und die, wie er sagte, einem ein »echt cooles Gefühl« verschaffte. Er füllte etwas davon in den Flaschendeckel und alle probierten. Josefin stürzte ihre Portion hinunter, und plötzlich drehte sich alles. Ihr wurde warm und sie fühlte sich mit einem Mal müde, das Zimmer drehte sich wie ein Karussell. Sie sah, wie Camilla mit Rikard knutschte, und plötzlich waren da zwei Camillas und zwei Rikards. Oskar spielte mit ihrem Haar und küsste sie immer wieder ganz leicht in den Nacken, und ab und zu streichelte er ihre Oberschenkel.

Dann sah sie, wie Camilla über dem Wohnzimmertisch zusammenbrach, sie war ohnmächtig geworden. Rikard grinste Oskar zu und zog die Kamera heraus, hob Camillas Gesicht an und knipste ein paar Bilder. Josefin erinnert sich, dass sie sich fragte, was er mit den Bildern vorhatte, aber dann wurde sie dadurch abgelenkt, dass Oskars Finger immer weiter ihren Oberschenkel hinaufkrochen. Nachdem Camilla bewusstlos geworden war, wurde Oskar immer zudringlicher. Josefin protestierte nicht, sie war viel zu betrunken, vor allem aber war sie erregt und wollte nicht, dass er aufhörte. Der erste Kuss war noch vorsichtig, dann wurden seine Küsse immer intensiver, Oskars Zunge erforschte ihren Mund.

»Komm«, flüsterte er, als sie kurz voneinander abließen, um Luft zu holen. Er nahm ihre Hand und zog sie vom Sofa hoch. Sie konnte sich kaum aufrecht halten und kicherte ununterbrochen, aber er stützte sie und führte sie ins Bad. Es war eine kleine Wohnung. Schlafzimmer, Wohnzimmer, eine kleine Küche. Und dann das Bad. Hellblauer Plastikbelag auf dem Boden, weiße Wände, eine Dusche, ein Waschbecken und eine Toilette, ziemlich schäbig und heruntergewohnt.

Oskar machte die Tür zu und fuhr fort, sie zu küssen. Wieder musste Josefin kichern, sie sackte beinahe in sich zusammen, aber Oskar presste sie an die Wand und hinderte sie am Fallen. Dann steckte er ihr wieder seine Zunge in den Mund.

Halbherzig erwiderte sie seinen hartnäckigen Versuch, ihr eine Reaktion abzugewinnen. Alles drehte sich. Sie hatte weder ihre Muskeln noch ihre Gedanken unter Kontrolle. Ihr Körper gehorchte ihr nicht mehr, und sie konnte nicht aufhören zu kichern.

Dann nahm sie plötzlich einen intensiven Schmerz an den Haarwurzeln wahr. Dunkel wurde ihr bewusst, dass Oskar sie an den Haaren festhielt und ihr wieder seine Zunge in den Mund schob, diesmal gewaltsam. Es tat weh und sie wand sich, versuchte loszukommmen, mit der wenigen Kraft, die sie noch hatte. Aber er packte sie nur noch fester.

»Komm schon, küss mich, Rikard hat mir doch erzählt, was für ein geiles Flittchen du bist.«

Er fasste nach ihrer Brust und drückte zu. Kurz wurde Josefin nüchterner. Bis jetzt hatte Oskar mit ihr geflirtet und sie umworben, hatte sie mit Küssen und Streicheln gelockt. Doch die Worte »geiles Flittchen« und »Rikard« sowie der feste Griff in ihr Haar erschreckten sie, und sie verspürte keinerlei Lust mehr. Jetzt fühlte sie sich nur noch schmutzig. Und billig. Hatte Rikard Oskar erzählt, was sie zusammen gemacht hatten? Sie fing an sich zu wehren, versuchte sich aus seinem Griff zu befreien, aber ihr fehlte die Kraft.

»Lass mich los, mir ist schlecht«, murmelte sie.

Sie versuchte zu lächeln, um ihn milder zu stimmen, ihn nicht noch mehr zu reizen.

»Jetzt komm schon, ich weiß doch, dass du es ebenso willst wie ich, schließlich hast du den ganzen Abend mit mir geflirtet.«

Oskar presste sich gewaltsam an sie und drückte wieder ihre Brust. Sie versuchte sich loszumachen, ihre Gedanken zu ordnen, Oskar klarzumachen, dass sie nicht wollte.

»Nicht so«, flüsterte sie. »Ich will das nicht, ich will nach Hause, mir ist so schlecht.«

Konnte er sie nicht einfach loslassen, damit sie sich auf das Sofa legen konnte? Sie wollte schlafen. Aber sie hatte nicht die Kraft, dem Alkohol etwas entgegenzusetzen. Sie spürte, wie er die Hand zwischen ihre Beine schob, und sie versuchte, sie zusammenzupressen, um ihn daran zu hindern. Aber er drückte sie mühelos auseinander. Dann fuhr er mit der Hand in ihren Slip und mit mehreren Fingern gleichzeitig in sie hinein. Wenn Josefin früher am Abend feucht gewesen war, so war sie jetzt vollkommen trocken und es tat weh. Oskar war auch nicht sanft oder rücksichtsvoll, er stieß seine Finger so weit hinein, wie er konnte. Wieder versuchte sie, sich loszumachen.

»Nein, Oskar ... bitte, hör auf.«

Er hielt sie fest, sie hatte keine Chance.

»Ich will nicht, ich bin viel zu betrunken, ich muss kotzen, lass mich schlafen.«

Oskar packte sie erneut an den Haaren, und diesmal zog er so fest daran, dass sie laut aufschrie. Dann ließ er sie plötzlich los, sodass sie mit dem Kopf gegen die Wand knallte. Ihr dröhnte der Schädel. Der Schmerz kam in Wellen, sie war völlig benommen, von den Drinks aber auch diesem anderen, das in dem Flaschendeckel gewesen war.

»Ich will dich ficken, kapierst du das? Du kannst nicht einfach so tun, als wolltest du, und dann plötzlich nein sagen.«

Er nahm ihren Kopf fest zwischen seine Hände. Sie schrie auf und fing an zu weinen, aber Oskar schien gar nichts mehr zu merken, oder es war ihm egal. Er zerriss ihren Slip und zerrte an ihrem Kleid. Irgendwie gelang es ihm, es ihr über den Kopf zu ziehen. Aber es hing ihr noch über den Augen und sie konnte nichts mehr sehen. Spürte nur, wie er seine Finger immer tiefer in sie hineinstieß. Dann drückte irgendetwas anderes gegen sie, vielleicht sein Penis, aber er kam nicht in sie hinein, war nicht hart genug. Das schien ihn noch wütender zu machen.

»Komm schon, du kleine Fotze, fick mich«, zischte er.

Dann drückte er sie auf den Boden, sodass sie in einer merkwürdigen Stellung dalag, die Beine angewinkelt. Plötzlich klopfte es an der Tür.

»Ich muss pinkeln«, rief eine Stimme.

Benommen wie sie war, konnte sie nicht unterscheiden, ob es Rikard oder Jonas war.

»Dann musst du warten, jetzt sind wir hier drin«, rief Oskar zurück.

»Ich muss pinkeln«, wiederholte die Stimme. »Sonst mache ich ins Spülbecken.«

»Okay, komm rein.« Oskar öffnete die Tür. Rikard stieg über Josefin hinweg, stellte sich mit einem Stöhnen ans Toilettenbecken und pinkelte. Ohne die Hose wieder hochzuziehen, drehte er sich zu Oskar um, der versuchte, seinen halbsteifen Penis in Josefin zu stecken. Rikard lachte.

»Was habt ihr denn vor?«

Josefin nahm Uringeruch wahr, und dann schob sich etwas in ihren Mund.

»Nein«, schluchzte sie. »Lasst mich, ich will nicht.«

Rikard nahm seine Hand zu Hilfe, wurde steif und drängte seinen Penis in ihren Mund. Sie meinte, sich übergeben zu müssen, und wand sich, um loszukommen, aber sie war zu müde, sie hatte keinen Platz, um auszuholen, konnte sich kaum bewegen. Und sie hatte Angst. Die Männer waren wie ausgewechselt, hart und aggressiv, keiner fragte mehr, ob sie überhaupt wollte.

»Es ist zu eng hier, lass uns ins Schlafzimmer gehen. Hilf mir mal, sie zu tragen.«

Oskar packte sie an den Beinen und Rikard versuchte, sie am Kopf zu halten. Josefin drehte und wand sich, so gut sie konnte, die Männer hatten es nicht ganz leicht. Jetzt kämpfte sie, sie war ein bisschen klarer geworden und flehte erneut, sie möchten sie loslassen.

Aber Oskar hörte nicht auf sie. Josefins Kopf schlug gegen die Fliesen, es tat weh, wieder drehte sich alles, sie konnte nicht mehr und verlor kurzzeitig das Bewusstsein. Als sie wieder aufwachte, lag sie auf einem Bett, an der Decke hing eine grelle Lampe. Oskar war in ihr, und Rikard presste sich erneut in ihren Mund, wobei er ihre Brüste drückte. Josefin schrie auf und versuchte, die Männer abzuschütteln, aber sie hatte keine Kraft mehr. Sie verlor das Bewusstsein und kam wieder zu sich, ein um das andere Mal. Bis sie schließlich wieder eine Stimme hörte.

»Jonas, komm mal her, bring die Kamera mit.«

Vage erkannte sie die Umrisse einer Person.

»Ach du Scheiße, was macht ihr denn da?«

Das war Jonas.

»Wir ficken, das siehst du doch.« Oskar lachte.

»Josefin ist richtig geil. Sie hat bestimmt nichts gegen noch einen Schwanz. Willst du mitmachen?«

Dann führten sie wieder den Flaschendeckel an ihren Mund, einer presste ihr die Kiefer auseinander und eine eklige Flüssigkeit rann ihr die Kehle hinunter. Das Letzte, woran sie sich erinnern konnte, war das Blitzen einer Kamera.

ÖSTERMALM

Samstag, 6. März 2010

Veronica schnallt die Kinder an und setzt sich hinters Steuer. Die Jacke behält sie an, denn es ist furchtbar kalt, auch im Auto. Sie schaltet die Heizung auf die höchste Stufe und fährt los. Sie fühlt sich nicht in der Lage, ihren Eltern zu erzählen, wie zerrüttet ihre Ehe ist, deshalb beschließt sie, unterwegs in einem gemütlichen Landcafé Pause zu machen. Sie ist schrecklich aufgewühlt und fürchtet, dass man ihr sofort ansehen würde, dass etwas nicht in Ordnung ist.

Sie fährt auf den Hof, und die Kinder brechen in Jubel aus. Hier sind sie schon oft gewesen, sie wissen, dass es hier Saft und Zimtschnecken gibt und dass sie anschließend sogar noch nach den Kaninchen sehen dürfen, wenn die Zeit nicht allzu sehr drängt. Veronica folgt den Kindern in den gemütlichen Innenraum, wo es noch ziemlich ruhig ist. Sie bestellen Zimtschnecken und Getränke und setzen sich an einen Tisch. Der Schnee ist inzwischen geschmolzen, aber es ist immer noch sehr kalt draußen, was die Kinder allerdings nicht davon abhält, zu den Kaninchenställen hinauszurennen, noch ehe sie aufgegessen haben.

Veronica bleibt sitzen und blättert zerstreut in einer Ausgabe des *Aftonbladet*, die jemand liegen gelassen hat. Oskar hat sie wieder angelogen, wie so oft in den letzten Wochen. Welches sechzehnjährige Mädchen würde schon darauf abfahren, sich ausgerechnet mit einer Klobürste befriedigen zu lassen?

Sie überfliegt kurz die Wetterprognose, die recht vielversprechend aussieht. Dann legt sie die Zeitung wieder weg. Als sie gerade zu den Kindern hinausgehen will, piept es in ihrer Tasche. Eine SMS von einer unbekannten Nummer. Sie öffnet sie und begreift erst gar nicht, was sie da sieht. Das Bild ist ein bisschen körnig und überbelichtet, vermutlich ist es mit Blitz aufgenommen worden. Es zeigt ein kahles Zimmer mit einem breiten Bett in der Mitte. Darauf liegt bäuchlings eine nackte Frau mit zusammengebundenen Händen, ein Bein ist angewinkelt. Neben ihr ein Mann, auch er vollkommen nackt. Zusammengerollt liegt er da, die Hände zwischen den Beinen. Man kann sein Gesicht nicht erkennen, aber er hat kurzes blondes Haar und allem Anschein nach einen muskulösen Körper. Unter dem Bild findet sich eine kurze Textmitteilung:

Frag Oskar, was er in dieser Nacht in Thailand gemacht hat.

Weiter nichts. Kein Absender. Lediglich elf Wörter, die in Veronicas Kopf herumwirbeln. Was soll das? Woher stammt das? Von einem Irren? Jemandem, der Oskar hasst? Oder sie?

Sie betrachtet das Bild genauer. Es ist nicht ganz scharf, aber man sieht, dass die Frau klein ist, fast wie ein Kind. Auf dem Boden erkennt Veronica einen Gegenstand, und die Bettdecke sowie die Stelle zwischen ihren Beinen ist dunkel eingefärbt. Es sieht gruselig aus. Blut. Oder Exkremente. Veronica kann es nicht genau erkennen, aber es ist ein ziemlich großer Fleck. Der Mann hat einen kleinen Wirbel an der Schläfe, der Veronica bekannt vorkommt. Es könnte tatsächlich Oskar sein. Ist dies also der Ort und ist das die Frau, mit der Oskar in Thailand die Nacht verbracht hat? Aber wer hat das Bild gemacht? Und warum hat man es ihr geschickt?

Ihre Hand zittert so stark, dass ihr das iPhone herunterfällt. Sie nimmt sich vor, am Wochenende Tomas anzurufen. Schließlich war er in jener Nacht mit Oskar zusammen und kann ihr vielleicht helfen, ein wenig Licht ins Dunkel zu bringen. Sie schickt eine Anfrage an die Telefonauskunft, um herauszufinden, wer der Absender ist. Die Antwort ist nichtssagend. Die Handynummer gehört anscheinend zu einer Prepaid-Karte, jedenfalls ist sie auf keinen Namen registriert.

Wenn sie nicht zu spät kommen wollen, müssen sie jetzt weiter. Aber Veronicas Neugier ist zu groß, sie ruft die Nummer an. Dennoch ist sie erleichtert, als sich sofort ein Anrufbeantworter mit einer Standardansage einschaltet. Sie legt auf, ohne eine Nachricht zu hinterlassen. Dann versucht sie es mit einer SMS:

Wer sind Sie? Was wollen Sie von mir?

Sie glaubt nicht, dass jemand antworten wird. Wer eine SMS von einem Prepaid-Handy schickt, will anonym bleiben. Veronica liest die Nachricht noch ein weiteres Mal, dann steckt sie das Handy wieder ein und ruft die Kinder. Zeit, zu Oma und Opa zu fahren.

SÖDERMALM

Samstag, 6. März 2010

Jonas erwacht davon, dass eine Zunge langsam in sein Ohr fährt. Er hält die Augen geschlossen und spürt, wie ihm das Blut in die Körpermitte rauscht.

»Ich habe einen interessanten Fall entdeckt«, flüstert Mia, an seinem Ohr.

»Erzähl«, flüstert Jonas zurück, während er die Hand in ihre Unterhose schiebt und anfängt, sie zu streicheln. Mia seufzt und fährt leise fort.

»Gestern hat mir jemand einen Tipp gegeben, es geht um eine Gruppenvergewaltigung vor vielen Jahren. Zu Hause habe ich gleich gegoogelt und herausgefunden, dass eine Frau aus Uppsala einen Artikel darüber in der Zeitschrift *Bang* veröffentlicht hat. Sie fand, der Fall müsste noch einmal neu aufgerollt werden.«

Jonas streichelt sie weiter. »Du musst mir mehr davon erzählen... nachher... Jetzt will ich nur deine Zunge in meinem Ohr spüren, und ich möchte, dass du deine Beine um mich schlingst... wenn das für dich okay ist...«

Eine halbe Stunde später liegen sie beide entspannt da. Jonas lächelt zufrieden und rollt sich in seine Decke ein.

»Erzähl weiter.«

Mia wirft ihm einen Blick zu, der ihm zeigt, dass sie ebenfalls sehr zufrieden ist, sowohl mit dem gelungenen Start in den Tag als auch mit dem, was sie zu erzählen hat.

»Ja, also es war wohl eine Party mit zwei Mädels und drei

Jungs. Wie gesagt, es ist einige Jahre her. Die Typen hatten anscheinend K.O.-Tropfen dabei. Und eines der Mädchen hat davon wohl zu viel abbekommen. Sie fing an, mit einem der Typen auf der Toilette rumzumachen. Dann wurde ihr schlecht und sie wollte nicht mehr. Aber der Typ zwang sie, weiterzumachen, und damit nicht genug, sein Kumpel kam auch noch dazu und beteiligte sich an dem Ganzen.«

Mia sieht Jonas nicht an, während sie erzählt, und das ist gut so. Sein Gesicht ist vollkommen erstarrt.

»Wann ist das passiert?«, fragt er schwach. Ein Wunder, dass er überhaupt etwas sagen kann. Er begreift nicht, dass sie gar nicht merkt, wie kalt und steif er plötzlich ist. Vielleicht ist sie einfach zu sehr mit ihren Gedanken beschäftigt, um ihm irgendetwas anzumerken.

»1997. In Visby. Wobei die Beteiligten wohl aus Stockholm kamen, denn dort fanden später die Gerichtsverhandlungen statt. Die Verfasserin des Artikels war eine Freundin des Opfers und sowohl bei der Polizei als auch vor Gericht mit dabei. Das ist doch genial, oder? Genau so etwas brauche ich: Eine Person, die dem Opfer nahestand und bei dem Prozess dabei war! So kann ich genau untersuchen und darstellen, wie krankhaft überholt das Justizwesen ist. Ich hoffe, sie ist bereit, mir ein Interview zu geben.«

Mia klingt erregt, ähnlich wie vorhin, wenn auch aus einem anderem Grund. Jonas dagegen fühlt sich immer noch wie erstarrt. Wie lange kann so ein Zustand anhalten, bevor das Gehirn endlich wieder anfängt zu arbeiten? Was soll er tun? Mia will einen Vergewaltigungsfall aufrollen, in den er selbst verwickelt gewesen ist. Einen Augenblick lang will er ihr alles erzählen. Was er in Visby getan und wie er Josefin anschließend im Stich gelassen hat, und warum er ihr all die Jahre nichts davon erzählt hat. Aber dann besinnt er sich. Seine Gefühle fahren

Achterbahn, das ist nicht der richtige Augenblick, um zu handeln. Im Gegenteil. Er muss gründlich überlegen, was er sagt.

Vorsichtig schlüpft er aus dem Bett und murmelt, er wolle nur schnell duschen. Er nimmt ein Handtuch aus dem Schrank und geht ins Bad. Dann dreht er das Wasser heiß auf und lässt es über seinen Körper strömen.

Zwanzig Minuten später macht er es widerwillig aus und verlässt die Wärme der Dusche. Er weiß immer noch nicht, was er tun soll. Eigentlich wäre es eine große Erleichterung, ihr alles zu sagen, es nicht mehr für sich behalten zu müssen. Aber wenn das dazu führt, dass Mia ihn verlässt, wird er es für den Rest seines Lebens bereuen.

Er trocknet sich schnell ab und geht wieder ins Schlafzimmer, um sich anzuziehen.

Einem Impuls folgend schließt er die Tür und ruft Oskar an, der schon nach dem ersten Klingeln abnimmt, als hätte er nur darauf gewartet. Jonas spricht leise, damit Mia nichts mitbekommt. Aber er hört sie draußen zu einem Hit im Radio singen, während sie Frühstück macht.

»Hier ist Jonas«, meldet er sich. »Ich habe leider schlechte Nachrichten.«

»Was ist los?«

Jonas kommt es vor, als klinge Oskar zurückhaltender als sonst.

»Meine Freundin, Mia, sie will unseren Fall untersuchen.«

»Was soll das heißen?«

»Entschuldige, ich habe dir nicht erzählt, dass Mia Wissenschaftlerin ist.« Er räuspert sich. »Gender Studies. Und im Moment schreibt sie an einem wissenschaftlichen Artikel, der sich damit beschäftigt, wie die schwedische Justiz mit Vergewaltigungsfällen umgeht.«

Er vergewissert sich noch einmal, ob die Tür wirklich geschlossen ist. »Und aus irgendeinem unerfindlichen Grund hat sie sich vorgenommen, ausgerechnet unseren Fall genauer unter die Lupe zu nehmen.«

Er hört Oskar am anderen Ende fluchen.

»Sie hat keine Ahnung, dass wir etwas damit zu tun haben«, fügt Jonas hinzu, bevor Oskar voreilige Schlüsse ziehen kann. »Sie kennt den Fall nur oberflächlich durch Artikel aus dem Internet, und dort werden unsere Namen offenbar nicht erwähnt. Aber sie wird sich das natürlich genauer anschauen und herausfinden, dass es dabei um uns geht. Und es ist gut möglich, dass sie versucht, Kontakt zu Josefin oder Camilla zu bekommen.«

In der Küche singt Mia noch immer, jetzt mit Kalle im Duett, wobei Kalles Gesang wie ein Piepsen klingt.

»Und was hast du jetzt vor?« Oskar klingt angespannt.

»Ich weiß es nicht, ich habe es gerade erst herausgefunden. Aber ich sehe keine andere Alternative, als ihr zu erzählen, was wir in Visby gemacht haben. Besser, sie erfährt es von mir als von irgendjemand anderem.«

Mia und Kalle singen immer lauter, und auch Jonas hebt die Stimme.

»Aber ich wollte erst mal hören, wie weit du mit deiner Suche nach Josefin gekommen bist.«

Falls Oskar sie gefunden habe, würde er selbst auch gerne Kontakt zu ihr aufnehmen, um sich bei ihr zu entschuldigen, bevor er Mia alles erzähle. Vielleicht wäre Mia dann eher geneigt, ihm zu verzeihen.

»Bist du verrückt?!«, faucht Oskar ihn an. »Wie kann man auf so eine Idee kommen? Natürlich würde Mia dich verlassen. Und dann geht sie an die Öffentlichkeit, und wir werden alles verlieren, was wir erreicht haben.«

Jonas lässt ihn ausreden.

»Ich hoffe einfach, dass sie mich nicht verlässt und mir verzeiht. Und es könnte helfen, wenn ich mich bei Josefin entschuldige«, sagt er dann und schweigt kurz.

»Auch wenn es vielleicht ein bisschen spät dafür ist.«

Oskar seufzt, als müsse er sich erst wieder darauf besinnen, dass Jonas anders tickt als er selbst.

»Okay, jetzt hör mir mal zu. Du hast Angst, Mia zu verlieren, richtig? Aber du willst auch nicht länger mit einer Lüge leben.«

Jonas stimmt murmelnd zu und Oskar fährt fort.

»Weißt du, ich glaube, dass Mia gar nicht bei dir bleiben *kann*, wenn sie herausfindet, was passiert ist. Schließlich würde sie doch ihre Glaubwürdigkeit als Wissenschaftlerin verlieren, wenn herauskommt, dass sie mit einem Mann zusammenlebt, der an einer Gruppenvergewaltigung teilgenommen hat und dies noch dazu verheimlicht hat. Wenn du Mia behalten willst, darfst du nichts sagen. Ich tue inzwischen mein Bestes, um Josefin zu finden.«

Jonas antwortet nicht. Eigentlich muss er Oskar recht geben, aber das will er sich nicht eingestehen.

»Und woher wollen wir wissen, dass Mia nicht ohnehin herausbekommt, wer die Beteiligten waren?«

Diesmal muss Oskar nicht groß überlegen.

»Das ist natürlich möglich, aber ein Geständnis, nachdem sie dir gerade erzählt hat, was sie vorhat, ist auch nicht viel besser. Du stehst mit dem Rücken zur Wand.«

Jonas muss sich eingestehen, dass er recht hat.

»Ich bin mir ziemlich sicher, dass ich Josefin in den nächsten Tagen finde, und vielleicht auch Camilla. Und dann überrede ich sie, unsere Namen nicht preiszugeben, wenn Mia Kontakt zu ihnen aufnimmt. Ich bin bereit, eine Menge dafür zu bezahlen.«

Jonas ist sich nicht sicher, ob Josefin oder Camilla sich bestechen lassen. Aber es eilt ja auch nicht wirklich, Mia alles zu erzählen.

Sie wird schon nicht gleich in den nächsten Tagen die Namen der Täter herausfinden, falls sie dieses Detail überhaupt interessiert. Für sie ist der Fall ja lediglich Forschungsmaterial. Es wäre eher Zufall, wenn sie herausfindet, wer daran beteiligt war.

* * *

Oskar legt auf und bleibt noch eine Weile mit dem Telefon in der Hand stehen. Wer ist eigentlich die Frau, mit der Jonas zusammenlebt? Als sie sich gestern bei ihm getroffen haben, hat er nicht erzählt, was sie beruflich macht. Jetzt stellt sich plötzlich heraus, dass sie in der Genderforschung arbeitet und sich ausgerechnet damit beschäftigt, wie die Justiz mit Vergewaltigungsfällen umgeht. Wie viele Personen mit dieser Ausrichtung gibt es überhaupt in Schweden? Und warum muss Jonas ausgerechnet mit einer von ihnen zusammenleben?

Oskar klopft sich zerstreut ein wenig Sand vom Fuß, die Wohnung müsste dringend mal gesaugt werden. Normalerweise putzt Veronica alle paar Tage, aber seit sie aus Thailand zurück sind, hat sie das aus irgendeinem Grund noch nicht getan. Er holt den Staubsauger und saugt erst im Flur, dann im Wohnzimmer und in der Küche. Dabei überlegt er, wie besorgniserregend das, was Jonas ihm erzählt hat, wirklich ist. Was passiert, wenn Mia herausfindet, wer damals vor Gericht gestanden hat, und es an die Öffentlichkeit weitergibt?

Oskar denkt an das erste Polizeiverhör. Ted Widenstam hieß der Beamte, der ihn befragt hat. Er war freundlich gewesen und hatte sich geradezu dafür entschuldigt, dass er seine Zeit in Anspruch nehmen musste. So sei nun mal die Gesetzeslage. Nachdem Oskar ihm erzählt hatte, dass eine vollkommen enthemmte Josefin sie geradezu angefleht hatte, dass sie einen Schwanz lutschen und etwas Hartes im Unterleib spüren wolle, hatte Ted Widenstam genickt. Er schien das vollkommen glaubhaft zu finden. Oskar erinnert sich, dass ihm das merkwürdig vorgekommen war. Er hatte gedacht, Josefin hätte etwas ganz anderes erzählt. Aber nichts in Ted Widenstams Haltung hatte darauf hingedeutet, dass es zwei verschiedene Darstellungen geben könnte. Natürlich hatte er noch ein paar Fragen gehabt, aber die waren nicht allzu konkret gewesen, und im Großen und Ganzen hatte er sich mit Oskars erster Aussage zufriedengegeben. Und jetzt möchte also Jonas' Freundin Mia die Einstellung von Polizisten wie Ted Widenstam gegenüber Vergewaltigungsfällen untersuchen.

Nachdem er jeden Quadratzentimeter der Wohnung gesaugt hat, kommt er zu dem Ergebnis, dass das vielleicht gar nicht so schlimm ist. Er ist sich ziemlich sicher, dass sein Name im Zusammenhang mit der Vergewaltigung nicht im Netz kursiert. Er hat das selbst noch einmal überprüft. Und sie werden im Übrigen auch in keinem Gerichtsprotokoll erwähnt. Natürlich könnte Mia etwas herausfinden, aber bei ihrer Untersuchung scheint es ja eher um eine Untersuchung des Rechtswesens zu gehen, und das hat mit den Tätern selbst nicht viel zu tun.

Nein, die eigentliche Bedrohung stellt immer noch dieses Foto dar, das Jonas bekommen hat. Auch wenn es nur an ihn adressiert war, kann sich Oskar nur schwer vorstellen, dass er selbst unbehelligt davonkommen sollte. Deshalb muss er sich ganz auf den Absender dieser E-Mail konzentrieren. Er muss Josefin finden, und er muss herausbekommen, was damals mit dem Film passiert ist. Warum gibt es weitere Abzüge, und wie konnten diese in Umlauf geraten?

Oskar stellt den Staubsauger zurück und fährt mit dem Zeigefinger über die Kommode im Flur. Sein Finger ist grauweiß vom Staub. Wo er schon einmal dabei ist, kann er auch weitermachen. Außerdem ist es ganz nett, zur Abwechslung mal ein bisschen Hausarbeit zu verrichten. Er feuchtet einen Lappen an und wischt dann in der ganzen Wohnung Staub, ebenso gründlich, wie er zuvor gesaugt hat.

Eine Stunde später hängt Oskar den Lappen zum Trocknen auf. Es ist Samstag und Essenszeit. Wenn er Glück hat, sind um diese Zeit die meisten Leute zu Hause. Er setzt sich mit dem Handy an den Küchentisch und fängt an, die Liste mit den zweiundzwanzig Josefin Nilssons abzutelefonieren. Nach zwei Stunden hat er fünfzehn von ihnen erreicht, leider ohne den gewünschten Erfolg. Manchen hört er an ihrem breiten Dialekt sofort an, dass sie es nicht sein können, und sie alle verneinen seine Frage, ob sie zwischen 1996 und 1998 das Gymnasium in Täby besucht haben. Immerhin sind jetzt nur noch sieben übrig, das ist ziemlich gut für die relativ kurze Zeit, die er bisher auf die Suche verwendet hat.

Dann fällt ihm eine weitere Suchmöglichkeit ein. Auf der Seite »Ratsit« wird neben den Namen auch das jeweilige Geburtsjahr genannt. Auch hier erhält er zweiundzwanzig Treffer für Josefin Nilsson, einige davon sind in den 1980ern geboren, aber keine von ihnen genau 1980. Vielleicht hat er sich verrechnet? Er überlegt. Nein, es muss stimmen. Wenn sie keine Klasse wiederholt oder früher mit der Schule angefangen hat, muss sie 1980 geboren sein. Dann hat sie wahrscheinlich mittlerweile geheiratet und den Namen ihres Mannes angenommen, was es deutlich komplizierter macht. Wie soll er sie finden, wenn er ihren Nachnamen nicht kennt? Er googelt ein bisschen auf gut

Glück, gibt Josefin Nilsson, Hochzeit und Malmö ein und stößt auf ein paar Youtube-Clips sowie Artikel über die Sängerin der gotländischen Gruppe *Ainbusk*. Er scrollt herunter und findet einen Clip, der gerade einmal zwei Jahre alt ist. Eine Sängerin namens Maria Sjögren hat ein paar Videos von verschiedenen Hochzeiten hochgeladen, ein paar davon waren bereits einige Jahre alt, bevor sie sie eingestellt hat. Einer dieser Clips trägt den Titel »Josefin Nilsson und Anders Lindgren«. Oskar klickt das Video an und sucht angestrengt nach dem Brautpaar, das nur hin und wieder im Bild ist, schließlich hat die Sängerin vor allem ihren Auftritt dokumentieren wollen und nicht die eigentliche Hochzeit. Aber es besteht kein Zweifel. Es ist Josefin. Sie hat dieselbe Haarfarbe und Frisur, und auch ihre Gesichtszüge sind dieselben wie auf dem Klassenfoto. Er lächelt zufrieden. Endlich hat er etwas in der Hand. Er weiß jetzt, mit wem Josefin verheiratet ist.

SIGTUNA

Sonntag, 7. März 2010

Langsam öffnet Veronica die Augen, sie hat keine Lust, aufzustehen. Sie liegt in einem Einzelbett im Gästezimmer ihrer Eltern, einer kleinen Kammer ohne Fenster. Die blau geblümte Tapete verstärkt die Enge des Raumes, sie hat dieses Zimmer nie gemocht. Aber wenn sie nicht auf dem Sofa im Wohnzimmer schlafen oder mit den Kindern ein Doppelbett teilen will, hat sie keine andere Wahl. Immerhin hat sie erstaunlich gut geschlafen, vielleicht liegt es an der ländlichen Ruhe hier draußen.

Sie schaut zur Decke und muss wieder an das gestrige Abendessen mit ihren Eltern denken. Es war ein einziges Theater. Sie hat so getan, als wäre alles wie immer, vermutet aber, dass ihre Eltern nicht darauf hereingefallen sind. Ihre Rettung war wahrscheinlich allein deren Angst vor allzu persönlichen Gesprächen. Sie haben keine Fragen gestellt und so gut es geht mitgespielt. Die Kinder schienen zum Glück völlig unberührt von der aufgesetzten Fröhlichkeit der Erwachsenen und plapperten drauflos wie immer.

Sie zieht Jeans und ein T-Shirt an und geht in die Küche hinunter, wo ihr Vater mit der Zeitung bei einer Tasse Kaffee sitzt.

»Guten Morgen.«

Er blickt kurz auf und erwidert ihren Gruß, dann verschwindet er wieder hinter seiner Zeitung. Er ist noch nie besonders gesprächig gewesen, schon gar nicht am frühen Morgen. Veronica gibt etwas Dickmilch und Haferflocken in eine unbenutzte Schüssel auf dem Tisch und stellt fest, dass die Kinder bereits gegessen haben und in den Garten hinausgerannt sind. Durchs Fenster kann sie sie an dem alten Schaukelgerüst spielen sehen.

»Papa, wäre es okay, wenn ich allein eine Runde spazieren gehe? Ich habe mich seit Ewigkeiten nicht richtig bewegt. Es würde mir wahnsinnig guttun, wenn ich mal allein unterwegs sein könnte. Kann ich die Kinder bei euch lassen?«

Ihr Vater nickt.

»Aber selbstverständlich, wir sehen sie ja so selten. Wir passen gern auf sie auf, wenn ihr schon einmal da seid.«

Sie geht auf seine Bemerkung nicht weiter ein, denn sie weiß, dass der Grund für ihre seltenen Besuche eher der ist, dass ihre Eltern immer so beschäftigt sind. Nie haben sie Zeit, und vielleicht auch keine Lust, sich um die Enkelkinder zu kümmern. Deshalb beeilt sie sich lieber, seine plötzliche Großzügigkeit auszunutzen.

»Super, danke!«

Sie stellt die Schüssel in die Spülmaschine und schlüpft hinaus, bevor ihr Vater fragen kann, wann sie wieder zurück ist.

Draußen ist es sonnig, klar und kalt. Sie schlägt den Kragen hoch und merkt, wie anders die Luft hier draußen ist. Sie sollte viel öfter in die Natur hinausgehen. An die vielen Abgase, die sie im Laufe eines einzigen Jahres mitten in Östermalm einatmet, mag sie gar nicht denken.

Tomas klingt überrascht und erfreut, als sie ihn anruft. Wahrscheinlich hat er nicht damit gerechnet, dass sie sich je wieder bei ihm meldet.

»Hallo Veronica, schön, dass du anrufst. Wie geht es dir? Seid ihr gut angekommen?«

»Ja, auf jeden Fall. Und du?«

Sie brennt darauf, ihre Fragen zu stellen, aber es wäre unhöflich, sich nicht wenigstens nach seinem Befinden zu erkundigen.

»Doch, auch ganz gut.« Er seufzt.

»Aber es ist schon ein bisschen deprimierend, in einem winterkalten Stockholm zu landen und festzustellen, dass alles genauso ist wie zuvor.«

Veronica nickt, auch wenn Tomas das nicht sehen kann.

»Ja, man ist wirklich schnell wieder im Alltag. Das scheinen auch die Kinder zu merken. Sie sind ziemlich quengelig gewesen, seit wir am Dienstag gelandet sind.«

Sie erzählt noch ein bisschen vom anstrengenden Rückflug und nähert sich dann vorsichtig dem eigentlichen Grund ihres Anrufs.

»Da ist noch etwas, was ich dich gern fragen würde.«

»Nur zu.«

Sie schaut kurz über die Schulter, die Straße hinter ihr ist menschenleer.

»Tja, also gestern habe ich ein wirklich merkwürdiges Foto auf mein Handy geschickt bekommen. Es scheint in Thailand aufgenommen worden zu sein, aber die Absendernummer ist schwedisch.«

Sie hält inne, wartet eine spontane Reaktion ab, vielleicht hat er ihr ja das Foto geschickt. Aber Tomas ist nichts anzumerken.

»Was denn für ein Bild?«, fragt er neugierig.

»Darauf sieht man eine Frau und einen Mann ... Ach komm, ich schicke es dir, dann kannst du es selbst sehen. Ich rufe dich gleich noch mal an.«

Sie legt auf und schickt ihm das Bild. Ein Eichhörnchen flitzt direkt vor ihren Füßen vorbei. Sie filmt mit dem Handy, wie es einen Stamm hinaufklettert, das will sie den Kindern zeigen, wenn sie nach Hause kommt. Dann ruft sie Tomas wieder an.

»Und, was meinst du? Ist das Oskar? Und ist die Frau dieselbe, mit der er die Bar verlassen hat?«

»Ich weiß nicht ... Es könnte Oskar sein. Aber ob es die Frau aus der Bar ist, kann ich dir wirklich nicht sagen. Ich habe sie an dem Abend nicht so genau angeschaut, und sie liegt auf dem Bauch, das Gesicht halb im Kissen vergraben.«

Veronica lächelt, wahrscheinlich liegt es auch an dem nicht unerheblichen Alkoholpegel jenes Abends, dass er sich nicht an Details erinnern kann.

»Es tut mir leid«, fährt er fort. »So etwas solltest du dir wirklich nicht ansehen müssen. Ich habe die ganze Zeit vermutet, dass Oskar die Nacht mit einer anderen Frau verbracht hat, und hätte dir das auch gleich sagen sollen.«

Er räuspert sich. »Und ich hätte dir sagen sollen, dass die Frau vermutlich eine Prostituierte war.«

Letzteres sagt er vorsichtig, aber Veronica kommentiert es nicht weiter. Stattdessen sieht sie sich das Foto selbst noch einmal an. Eingehend betrachtet sie die beiden Personen im Bett und den dunklen Fleck zwischen den Beinen der Frau.

»Was ich an diesem Bild besonders unangenehm finde, ist, dass es aussieht, als wäre da ein Blutfleck auf dem Laken, und dass eine dritte Person im Zimmer gewesen sein muss, die das Ganze fotografiert hat.« Sie beißt sich auf die Lippen.

»Ich frage mich wirklich, was er diesmal wieder gemacht hat.«

»Was meinst du mit diesmal wieder?«

Tomas klingt verwundert. Es ist ihr nur so herausgerutscht. Er weiß nichts von Visby, und es ist auch nichts, was sie ihm erzählen sollte.

Andererseits braucht sie jemanden, mit dem sie darüber reden kann, und Tomas ist nun einmal – abgesehen von ihrer Therapeutin – am engsten mit dem vertraut, was sich gerade in ihrem Leben ereignet.

»Das muss aber wirklich unter uns bleiben.«

Tomas versichert ihr zu schweigen, und sie beschließt ihm zu vertrauen und erzählt kurz von der Vergewaltigung, wegen der Oskar 1997 angezeigt worden war.

»Und jetzt bekomme ich dieses Foto. Sex und Gewalt in einer ziemlich unguten Kombination, und wieder scheint mein Mann eine Rolle in dem Drama zu spielen.«

»Wobei das Blut auch daher rühren könnte, dass die Frau ihre Tage hatte«, sagt Tomas verdruckst, das Thema ist ihm offenbar peinlich.

»Sex mit einer Frau, die gerade ihre Tage hat?! Du kennst meinen Mann nicht! Das würde er nie im Leben tun.«

Sie unterbricht sich und wird rot, so viel hatte sie nicht von sich preisgeben wollen. Aber Tomas lacht nur, er scheint ihren neuen, trockenen Humor sehr zu mögen.

»Gut, dann müssen wir also annehmen, dass sie Sex hatten, bis sie aus irgendeinem Grund zu bluten anfing. Es muss ja ganz schön hart hergegangen sein, so groß, wie der Fleck ist.«

Veronica ist das Thema unangenehm, und sie will nicht weiter auf die möglichen Ursachen für die Verletzungen der Frau eingehen.

»Eigentlich habe ich dich angerufen, weil ich gehofft hatte, du wüsstest vielleicht, wer das Foto gemacht und mir zugeschickt haben könnte. Es muss irgendwie eine dritte Person im Zimmer gewesen sein.«

Veronica tritt zerstreut gegen einen Stein, sodass er ein Stück über den Straßenrand hinausfliegt und eine Schar Vögel aufschreckt, die sich daraufhin im nächsten Baum niederlässt.

Tomas überlegt.

»Ja, und diese Person muss dich und Oskar kennen«, sagt er dann. »Sonst hätte er oder sie deine Handynummer nicht. Ich finde, es sieht aus, als wollte dich jemand darauf aufmerksam machen, dass dein Mann dich betrügt. Aber was für ein Interesse kann die Person daran haben? Das verstehe ich einfach nicht. Hast du die Nummer mal überprüft?«

»Natürlich.« Sie ärgert sich. Tomas kann ihr offensichtlich nicht wirklich weiterhelfen.

»Sie gehört zu einem nicht registrierten Prepaid-Handy. Ich habe eine Nachricht geschickt, aber natürlich keine Antwort bekommen. Ich denke, ich muss Oskar mit dem Foto konfrontieren, aber er lügt gerade wie gedruckt und wird garantiert leugnen, dass er überhaupt auf dem Foto zu sehen ist.«

Veronica zieht die Jacke enger um sich. Sobald die Sonne hinter den Wolken verschwindet, merkt man, dass noch immer Winter ist.

»Dann lüg ihn doch auch an.«

»Wie meinst du das?«

»Du könntest zum Beispiel sagen, dass du außer dem Bild auch eine E-Mail von jemandem bekommen hast, in der steht, wer die beiden sind.«

Veronica grinst.

»Ja, warum nicht.«

»Und wenn du jemanden zum Reden brauchst, ruf einfach an. Ich werde auch noch einmal überlegen, es muss irgendeine Erklärung dafür geben. Was hältst du davon, wenn wir uns mal zum Mittagessen irgendwo in der Stadt treffen?«

Veronica zögert kurz. Sie überlegt, ob sie dazu gerade Lust hat und hofft, Tomas verbindet damit keine anderen Erwartungen, sondern sieht in ihr lediglich eine gute Freundin.

»Ja klar, gerne. Lass uns Dienstag mal telefonieren, dann bin ich wieder in der Stadt und wir können etwas ausmachen.«

KÄRRTORP

Montag, 8. März 2010

Rikard erwacht schweißgebadet und mit starken Kopfschmerzen, auf dem Radiowecker sieht er, dass es mitten in der Nacht ist. Er hat schon wieder diesen Albtraum gehabt, in dem er mit dem Motorrad geradewegs auf eine Felswand in Torekov zurast, ein Traum, der sich seit jener Nacht wiederholt, in der er sich mit Jonas und Oskar getroffen hat. Er weiß, dass er ihnen von den Fotos erzählen muss, traut sich aber nicht. Der Preis dafür scheint dieser wiederkehrende Albtraum zu sein.

Mit einem herumliegenden T-Shirt wischt er sich über die Stirn und kehrt in Gedanken nach Båstad im Juli 2003 zurück. Wie gewohnt wollte er dort mit ein paar Kumpels eine Tenniswoche verbringen, was meistens sieben Tage intensiven Feierns, viel Alkohol und jeder Menge Drogen bedeutete. Eines Abends begegnete er dort Christian, der ihnen damals während des Prozesses geholfen und Jonas dazu gebracht hatte, seine Zeugenaussage zu ändern. Ein paar Jahre zuvor war er nach Torekov gezogen, das nur wenige Kilometer von Båstad entfernt liegt. Dort arbeitete er im Vertrieb einer Computerfirma.

Sie tranken zusammen und unterhielten sich. Rikard erzählte ihm, dass er als Koch arbeiten würde, ein Großteil seines Einkommens jedoch aus anderen Geschäften stamme. Christian wurde neugierig und hakte nach. Als Rikard erzählte, er betreibe eine kommerzielle Pornoseite mit Bildern und Filmen von sehr jungen Mädchen – offiziell natürlich über achtzehn, aber wer konnte das schon nachweisen –, fingen Christians Augen an zu leuchten. Er fragte, wie die Seite heiße, und wie genau Rikard Geld damit verdiene. Rikard erklärte ihm, dass es im Moment hauptsächlich Bilder gebe, je härter, desto besser, und dass er das Geld über Werbeanzeigen und Mitgliedschaften einnehme. Die Nutzer der Seite müssten dreihundert Kronen im Monat bezahlen, um sich das Material ansehen zu können, gratis gebe es nur die sogenannten Teaser. Aber das meiste Geld verdiene er tatsächlich mit den Anzeigen. Dabei handele es sich vor allem um Anbieter von Sexartikeln oder sexuellen Dienstleistungen, und ihre Anzahl steige mit derjenigen der Besucher auf seiner Seite. Um sich im Konkurrenzkampf behaupten zu können, müsse er jedoch ständig jünger aussehende Mädchen finden, die sich in möglichst ausgefallenen Posen fotografieren ließen. Christian grinste und meinte, er hätte da eine Idee. Rikard fragte, worum es ginge, ahnte jedoch bereits, dass es sich um die Fotos handelte, die ein paar Jahre zuvor aufgenommen worden waren und die eigentlich gar nicht existieren dürften.

Er sollte recht behalten. Christian erzählte ihm, er habe einen kompletten Satz weiterer Abzüge von Oskars Film gemacht, die er anschließend als Wichsvorlage benutzt habe. Letzteres fügte er mit einem breiten Grinsen hinzu. Jetzt habe er sie lange nicht mehr angeschaut, aber sie lägen wahrscheinlich noch in einem Karton irgendwo in seinem Keller. Gegen Geld wäre er bereit, sie herauszusuchen. Rikard meinte, er wolle sie erst sehen, bevor er sich entscheide, sie könnten sich in den nächsten Tagen ja mal treffen, er sei noch die ganze Woche über in Båstad. So kam es, dass er sich für den darauffolgenden Freitagabend mit Christian verabredete und versprach, zehntausend Kronen mitzubringen. Natürlich hatte er nicht vor, die Bilder auf seiner Seite zu veröffentlichen.

Er wollte sie sofort verbrennen. Einmal waren sie davongekommen, aber er glaubte nicht, dass es ihnen ein zweites Mal gelingen würde.

Christian erschien zum vereinbarten Zeitpunkt, aber als Rikard nach den Bildern fragte, antwortete er, er habe sich die Sache noch mal gründlich durch den Kopf gehen lassen und sei zu dem Schluss gekommen, zehntausend seien viel zu wenig für so viele und so heiße Bilder. Aber wenn Rikard bereit wäre, ihm zwanzigtausend zu geben, würde er sie ihm verkaufen. Rikard fluchte innerlich. So ein Schwein! Es waren ja nicht mal seine Bilder! Wenn jemand ein Recht darauf hatte, dann ja wohl er selbst, schließlich war er darauf zu sehen. Doch er ließ sich nichts anmerken und antwortete nur, er habe fünfzehntausend Kronen abgehoben. Wenn Christian damit fürs Erste zufrieden wäre, würde er ihm den Rest am nächsten Tag geben. Kurze Zeit später tauschten sie auf der Toilette ein Bündel Tausenderscheine gegen einen Stapel Abzüge. Rikard blätterte schnell, um zu sehen, ob es die richtigen waren, und zählte nach. Ja, es waren genau sechsunddreißig Stück. Christians Grinsen, als er ihm die fünfzehn nagelneuen Tausendkronenscheine überreichte, verursachte ihm physische Übelkeit. Das musste für ihn der einfachste Deal gewesen sein, den er je abgeschlossen hatte. Anschließend wollte er Rikard zu einem Grog einladen. Er könne es sich jetzt ja leisten, einmal großzügig zu sein, hatte er gesagt, und Rikard hätte ihn umbringen können. Irgendwie musste er dieses Geld zurückbekommen, ohne die Fotos wieder herzugeben. Aber erst einmal würde er dafür sorgen, dass Christian einen unvergesslichen Abend hatte. Dankend nahm er die Einladung an, unter der Bedingung, selbst den zweiten Drink ausgeben zu dürfen, auch wenn er so gut wie blank sei. Gegen ein Gratis-Getränk hatte Christian nichts einzuwenden gehabt.

Diesen zweiten Drink peppte Rikard jedoch mit einer gehörigen Menge Ecstasy auf, das er eigentlich für sich selbst vorgesehen hatte. Zufrieden wartete er auf das Ergebnis, das nicht lange auf sich warten ließ, aber anders als erwartet ausfiel. Unter dem Einfluss der Droge tanzte Christian eine Stunde lang ununterbrochen. Erst dann gelang es Rikard, ihn zur Bar zu schleppen und ihm Wasser einzuflößen. Dabei nahm er ihm unbemerkt das Geld aus der Hosentasche. Schließlich benahm Christian sich so daneben, dass er vom Wachdienst rausgeschmissen wurde.

Erst am nächsten Tag, als er gegen Nachmittag die Wohnung verließ, um sich einen Burger zu kaufen und damit seinen Kater zu bekämpfen, sah er die Schlagzeilen.

Tödlicher Unfall in Torekov. Junger Mann unter Drogeneinfluss mit dem Motorrad verunglückt.

Als er die Zeitung auf die Theke legte, um zu bezahlen, zitterte er am ganzen Körper. Zuhause schlug er die Seite auf und blickte Christian direkt ins Gesicht. Natürlich hatte er Rachefantasien gehabt, aber die waren doch nicht ernst gemeint gewesen, und jetzt saß er da und war verantwortlich für seinen Tod.

Anschließend hatte er ein halbes Jahr lang jede Nacht Albträume gehabt, in denen er selbst wieder und wieder auf eine Felswand zuraste. Die Fotos aber bewahrte er gut auf. Ab und zu sah er sie sich an, meistens mit einem unbehaglichen Gefühl in der Magengegend.

Als er das erste Mal mit Josefin geschlafen hatte, war er in sie verliebt gewesen, und auch später, als sie sich in Visby wiedergetroffen hatten, war er es noch. Aber er hatte mit diesen Gefühlen nicht umgehen können. Seine Vorstellungen von Sex und Beziehung speisten sich vor allem aus unzähligen Pornofilmen. Und so kam es, wie es kommen musste. Ein paar missglückte Versuche, miteinander zu schlafen, die er vor sich selbst damit entschuldigte, dass Josefin schlecht im Bett war. Als er sah, wie sie sich in Visby an Oskar ranwarf, wurde er erst eifersüchtig und dann stinksauer, weshalb er sich auch voller Begeisterung an ihrer brutalen Vergewaltigung beteiligte. Als sie aber gegen Morgen endlich von ihr abließen, empfand er nichts außer unendlicher Angst und Selbstverachtung. Während des Prozesses unterdrückte er diese Gefühle mit Oskars Hilfe so erfolgreich, dass er am Ende tatsächlich überzeugt war, Josefin sei selbst schuld gewesen. Aber als er dann von Christian die Fotos bekam, war alles wieder da. Josefin sah so hilflos aus. Die Bilder waren dreckig, und sie war so jung... Immerhin stellte Rikard fest, dass man ihn darauf kaum wiedererkannte. Er hatte seitdem mehr als dreißig Kilo zugenommen und beinahe alle Haare verloren. Alles Jungenhafte von damals war – so ungern er das auch zugab – einer Altmännerhaftigkeit gewichen.

Er scannte alle Bilder ein und speicherte sie auf seiner Festplatte, bevor er die Abzüge durch den Schredder jagte. Ihm war klar, dass er sie vollkommen hätte vernichten sollen, aber irgendetwas trieb ihn dazu, sie zu behalten. Vielleicht dieselbe Kraft, die Oskar dazu bewogen hatte, den Film entwickeln zu lassen.

Rikard kehrt wieder in die Gegenwart und zu der Tatsache zurück, das die Bilder nach all den Jahren auf irgendeine Weise wieder zum Leben erwacht sind. Er nimmt sich vor, Oskar anzurufen und ihm von Båstad 2003 zu erzählen, davon dass Christian einen weiteren Satz Fotos besessen hat. Die sind zwar in seinen Besitz übergegangen, aber es ist natürlich durchaus möglich, dass er noch weitere besessen hat.

Anschließend fühlt er sich etwas besser, aber immer noch schwitzt er wie verrückt, nicht mehr wegen der Albträume, es sind die Entzugserscheinungen. Er weiß, dass er sich auf glattem Eis bewegt, Heroin ist eine tödliche Geliebte. Dennoch ist er wieder einmal in ihren Armen gelandet, nur wenige Monate nach der letzten Entziehungskur. Der erste Rausch ist ungewöhnlich stark gewesen, vielleicht, weil er in der Klinik so lange nichts genommen hatte. Stunden, vielleicht sogar Tage hielt er an. Jedes Zeitgefühl war ihm dabei abhandengekommen.

Und mitten in diesem Rausch traf er sie, die Frau, die er einfach nicht vergessen kann. Er weiß nicht wie oder wann, sie war einfach plötzlich da. Er ertrank in ihren Augen, sie lächelte, als ihre Blicke sich trafen. Dieses Lächeln erinnerte ihn an Josefin, Josefin, wie sie war, als er sich als Teenager in sie verliebt hatte, eine rauschhafte Verliebtheit, die er selbst kaputt gemacht hatte. Das würde ihm diesmal nicht passieren. Er weiß nicht mehr, wie lange sie geblieben ist, aber es müssen ein Tag und eine Nacht gewesen sein, und in dieser Zeit war er ganz von dem fantastischsten Sex erfüllt, den er je hatte, und von einem Heroinrausch, den er immer wieder verlängerte. Ob sie allerdings auch etwas nahm, kann er nicht mehr sagen.

Anschließend versprach sie, sich bald wieder bei ihm zu melden, und ging davon. Sie hat ihn nicht angerufen, und Rikard hat sie auch nie wieder gesehen, obwohl er monatelang jeden Abend zu Hause geblieben ist, in der Hoffnung, sie würde bei ihm klingeln. So blieb er allein zurück, mit seiner Heroinsucht, von der er nicht wieder loskommt. Und noch immer fragt er sich, wer diese wunderbare Frau gewesen sein mag.

ÖSTERMALM

Montag, 8. März 2010

Auf »Ratsit« erzielt er sieben Treffer für Anders Lindgren in Malmö, das ist beinahe zu schön, um wahr zu sein. Oskar lächelt zufrieden. Gerade hat er im Restaurant *Grodan* zu Mittag gegessen und wartet jetzt auf den Kellner. Und nur drei der sieben sind zwischen achtundzwanzig und vierzig Jahre alt – etwa das Alter, das Josefins Mann aller Wahrscheinlichkeit nach hat. Er nimmt sich vor, alle drei anzurufen, sobald er wieder zu Hause ist. Veronica und die Kinder sind noch in Sigtuna, sodass er ungestört mit ihnen sprechen kann. Das kann morgen schon ganz anders aussehen, und ihm liegt wirklich daran, Josefin zu erreichen. Auch wenn sie selbst die Mail nicht geschickt hat, hat sie vielleicht eine Idee, wer darauf aus sein könnte, sie zu rächen. Vor allem möchte er mit ihr reden, bevor Jonas' Freundin auf die Idee kommt, das Opfer ihres neuestens Falles aufzusuchen. Er versucht sogar, die Adresse von Josefin und ihrem Mann herauszufinden, aber diesmal hat er kein Glück.

Er speichert die Suchergebnisse und schaltet den Laptop aus. Dann bestellt er einen Café Latte mit einem Stück Schokolade und betrachtet zerstreut die wenigen Gäste, die noch an ihren Tischen sitzen. Es sind vor allem Anzugträger, die nach dem Mittagessen schleichend zum Geschäftlichen übergehen. Noch immer ist er erstaunt, wie gut es in seinem Leben bisher gelaufen ist. Er hat sich aus den einfachen Verhältnissen in einer Arbeiterfamilie hochgearbeitet und ist nun Teil der reichen Elite in Östermalm. Das Honorar, das er inzwischen für seine Vorträge verlangen kann, ist so hoch, dass er voraussichtlich nie wieder in die Arbeiterviertel zurückkehren muss.

Er genießt das winzige, aber teure Stück Edelschokolade und trinkt den letzten Schluck Kaffee, dann nimmt er seinen Mantel, bedankt sich beim Ober und verlässt das Restaurant. Draußen ist es kalt, er schlägt den Mantelkragen hoch, legt die Strecke bis zu seiner Wohnung in der Artillerigatan in raschem Tempo zurück.

»Jeanette.«

Er bleibt stehen. Ein paar Meter vor ihm ruft ein Jugendlicher einem Mädchen auf der anderen Straßenseite hinterher, seine Stimme klingt verzweifelt.

»Jetzt warte doch! Jeanette!«

Jeanette. Oskar sieht sich nach dem Mädchen um. Sie ist schlank und hat die Jacke bis obenhin zugeknöpft, ihr Haar ist dunkel, die Schultern hochgezogen. Sie bleibt stehen und wendet sich zu dem Jungen um, dann läuft sie eilig weiter. Der Junge überlegt nicht lange, rennt, ohne rechts und links zu schauen, über die Straße. Wieder ruft er ihren Namen. Oskar spürt, wie er sich verkrampft. Er weiß, dass sie es nicht ist. Dennoch kann er den Gedanken nicht loswerden, dass dieses Mädchen, dieser Teenager namens Jeanette, seine erstgeborene Tochter sein könnte. Schließlich schüttelt er den Kopf und setzt seinen Weg fort.

Zuhause zieht er Mantel und Schuhe aus und hebt die Post auf, die im Flur auf dem Boden liegt. Vor allem Reklame sowie ein paar weiße Umschläge. Einer der Briefe erregt jedoch sofort seine Aufmerksamkeit. Abgestempelt ist er in Thailand, ganz links steht der Name des Krankenhauses. Der Brief ist auf den

3. März datiert, zwei Tage, nachdem er die Frau dort eingeliefert hat. Er hat gedacht, das Geld würde länger reichen, aber vielleicht ist eine teure Operation notwendig geworden.

Er erwartet also eine Rechnung vorzufinden, doch stattdessen handelt es sich um einen maschinengeschriebenen Brief, in dem ihm mitgeteilt wird, dass die Frau, die auf seine Kosten behandelt wurde, bereits am darauffolgenden Tag gestorben sei. Wahrscheinlich habe sie an einer aggressiven Blutvergiftung gelitten, sodass ihr Leben trotz Antibiotika nicht zu retten gewesen sei. Da ihr die Verletzungen im Unterleib allem Anschein nach von jemand anderem, wahrscheinlich von ihrem Mann, zugefügt worden seien, habe das Krankenhaus die Polizei informiert, die entsprechende Voruntersuchungen einleiten werde. Häusliche Gewalt werde jedoch selten verfolgt, deshalb könne es dauern, bis es eventuell zu einem Strafverfahren komme. Für die Dauer der Voruntersuchungen sei das Kind in ein Waisenheim verbracht worden, die Kosten dafür könnten noch eine Woche lang mit dem Geld gedeckt werden, das Oskar dagelassen habe. Das Krankenhaus würde nun gerne wissen, ob er bereit wäre, auch danach noch die Kosten für das Kind zu übernehmen. Andernfalls würde es dem Vater überlassen, bis das Verfahren eingeleitet werde.

Der Brief führt ihn erbarmungslos nach Thailand zurück und zu den Erinnerungen, die er in den letzten Tagen durch die Turbulenzen zuhause erfolgreich verdrängt hat. Er muss an die Augen des kleinen Jungen denken, spürt erneut dessen Hand in seiner, und muss sich eingestehen, dass er nicht nur den Tod einer Frau verschuldet, sondern noch dazu einem Kind die Eltern genommen hat. Aber wie hätte er ahnen können, dass die Sache mit der Flasche so fatale Folgen haben würde?

Er geht in die Küche und schreibt eine kurze Antwort an die Mailadresse des Krankenhauses. Er werde auch weiterhin für den Unterhalt des Kindes aufkommen, bis das Urteil gesprochen werde. Im selben Augenblick wird ihm klar, dass er auch dafür verantwortlich ist, dass vielleicht ein unschuldiger Mann ins Gefängnis kommt. Immerhin hat er angedeutet, der Mann könnte seiner Frau die Verletzungen beigebracht haben. Aber dagegen kann er jetzt nicht viel tun, es sei denn, er würde sich selbst anzeigen, und das steht nicht zur Diskussion. Er zwingt sich, Thailand zu vergessen und sich wieder auf Josefin zu konzentrieren. Am besten arbeitet er die drei Anders-Lindgren-Einträge gleich ab. Er setzt sich an den Küchentisch und ruft die erste Nummer an. Eine freundliche Stimme meldet sich in breitem Schonisch.

»Anders.«

»Ja hallo, mein Name ist Oskar Engström.«

Der andere antwortet nicht.

»Ich bin eigentlich auf der Suche nach einer ehemaligen Klassenkameradin, die vor vielen Jahren nach Malmö gezogen ist und dort einen Anders Lindgren geheiratet hat. Ich dachte, das könnten vielleicht Sie sein.«

Anders lacht und erwidert, er habe noch nie eine Freundin gehabt, geschweige denn geheiratet, auch wenn er das sofort tun würde, wenn irgendeine Frau auch nur ein bisschen Interesse an ihm zeigte. Dass er dabei so aufgeräumt klingt, irritiert Oskar ein wenig. Wäre er selbst in dieser Situation, hätte er sich wahrscheinlich umgebracht. Aber er verschwendet keine Zeit darauf, das auch zu sagen, entschuldigt sich und ruft die beiden anderen Personen an, von denen er annimmt, sie könnten im richtigen Alter sein. Zuerst wählt er die Nummer eines inzwischen sechsundvierzigjährigen Anders Lindgren, schließlich spricht nichts dagegen, dass Josefin einen wesentlich älteren Mann geheiratet hat. Er lässt es sechsmal klingeln und will gerade auflegen, als sich eine schroffe Stimme meldet.

»Anders Lindgren.«

Oskar stellt sich vor und behauptet wieder, er suche nach einer ehemaligen Klassenkameradin, die mit einem Anders Lindgren in Malmö verheiratet sei.

»Und wie heißt diese Klassenkameradin?«

»Josefin Nilsson. Sagt Ihnen das etwas?«

Lange Zeit bleibt es still. Oskar fragt sich schon, ob die Verbindung unterbrochen ist.

»Klar kenne ich Josefin. Oder kannte, muss man vielleicht sagen.«

»Ist sie da? Kann ich mit ihr sprechen?«

Oskar ist vom Stuhl aufgestanden und geht rastlos auf und ab.

»Nein, das geht leider nicht.«

Er könnte schwören, dass der Mann selbstzufrieden klingt, aber er hat keine Ahnung, warum.

»Josefin und ich sind geschieden.«

»Ah.« Oskar räuspert sich.

»Das tut mir natürlich leid. Wissen Sie, wo sie jetzt wohnt?«

Er fragt, obwohl er schon ahnt, dass Josefin und dieser Mann keinen Kontakt mehr miteinander haben.

»Keine Ahnung«, antwortet der Mann. »Seit sie abgehauen ist, habe ich sie nicht mehr gesehen. Malmö ist zwar nicht besonders klein, aber irgendwann stößt man normalerweise immer aufeinander, wenn man in derselben Stadt wohnt. Aber ich habe sie tatsächlich nie mehr getroffen.«

Oskar überlegt, warum sie sich getrennt haben könnten.

»Seit wann sind Sie denn geschieden?«

»Ach, das ist Jahre her«, antwortet Anders. »Wir waren nur wenige Jahre verheiratet, und wie gesagt, seit sie damals einfach abgehauen ist, habe ich sie nicht mehr gesehen. Ein paar Wochen später habe ich allerdings einen Brief bekommen, in dem sie schrieb, sie wolle sich scheiden lassen. Und da hatte ich nun wirklich nichts gegen einzuwenden. Unter uns gesagt, sie war frigide. Nie wollte sie Sex haben, und wenn es doch einmal dazu kam, schien sie immer bloß zu leiden. Was soll man mit so einer anfangen?«

Oskar ist verblüfft über diese Offenheit, will aber nicht weiter darauf eingehen.

»Und Sie haben keine Idee, wo sie hin sein könnte?«

»Warten Sie mal, haben Sie nicht nach ihr gefragt, weil sie eine alte Klassenkameradin ist?«

»Doch«, sagt Oskar zögernd.

»Für mich klingt es eher so, als wäre sie eine alte Flamme.«

Oskar überlegt kurz, dann entscheidet er sich für die halbe Wahrheit. Vielleicht kann er den Mann dadurch etwas kooperativer stimmen, er braucht jede Information, die er kriegen kann.

»Also gut, wir hatten als Teenager was miteinander. Aber dann bereute Josefin alles und zeigte mich an, weil ich sie angeblich belästigt hätte. Anschließend haben wir viele Jahre nichts voneinander gehört, aber neulich habe ich eine Mail von jemandem bekommen, der mir drohte, meiner Frau alles zu erzählen. Nicht dass das schlimm wäre, ich habe Josefin schließlich nichts getan, trotzdem wollte ich versuchen, sie zu erreichen, um herauszufinden, warum sie das damals gemacht hat.«

»Das kann ich gut verstehen«, sagt Anders. »Aber wie gesagt, ich habe keine Ahnung, wo sie ist oder was sie jetzt macht, aber wenn mir etwas einfällt, melde ich mich bei Ihnen.«

Oskar gibt ihm seine Handynummer und bedankt sich, dann legt er schnell auf. Er lauscht Richtung Treppenhaus, ob seine Familie schon zurückkommt, aber es ist alles still. Er ist enttäuscht, dass das Gespräch mit Josefins Exmann nicht mehr gebracht hat.

Oskar überlegt, wie er weiter vorgehen soll. Vielleicht kann die Sängerin, die auf der Hochzeit aufgetreten ist, ihm ja etwas sagen. Möglicherweise weiß sie sogar, wo Josefin sich inzwischen aufhält.

Also setzt er seine Suche auf Ratsit fort. In Malmö gibt es nur zwei Maria Sjögrens und sie sind ungefähr gleich alt. Er beschließt, mit der etwas älteren zu beginnen. Eine volle, dunkle Stimme antwortet. Oskar nennt seinen Namen und gibt erneut vor, nach einer Klassenkameradin und guten Freundin zu suchen. Er fügt hinzu, dass er mit Josefins Exmann gesprochen habe, der aber auch nicht wisse, wohin sie nach der Scheidung gegangen sei. Immerhin habe er ihm den Tipp gegeben, bei ihr nachzufragen.

»Ach ja?« Maria klingt erstaunt. »Hat Anders Ihnen von mir erzählt? Das hätte ich nicht gedacht. Tatsache ist, dass ich Anders angerufen habe, nachdem Josefin ins Krankenhaus eingeliefert worden war. Ich habe ihm gesagt, ich würde ihn persönlich umbringen, wenn er es noch einmal wagen würde, in ihre Nähe zu kommen.«

Was für ein Krankenhaus? Davon hat Anders nichts erzählt.

»Wozu ich rein physisch in der Lage gewesen wäre«, fügt Maria lachend hinzu. »Ich bin Landesmeisterin im Ringen. Aber ich bin auch Pazifistin und könnte keiner Fliege was zuleide tun. Da Anders das aber nicht weiß, hat er ganz schön Angst bekommen.«

»Ich verstehe nicht ganz...«

»Entschuldigung.« Maria hört auf zu lachen.

»Ich dachte, Sie wüssten, was passiert ist, aber Sie haben sie ja nicht mehr gesehen, seit sie aus Stockholm weggezogen ist.«

»Nein, wir hatten anschließend keinen Kontakt mehr«, sagt Oskar. »Aber wenn ihr irgendetwas zugestoßen ist, würde ich das gerne wissen, ich möchte ungern in irgendwelche Fettnäpfchen treten.«

Er bemüht sich, vertrauenerweckend zu klingen.

»Also, besonders gut kenne ich Josefin ja selbst nicht«, sagt Maria zögernd. »Aber wir haben nach der Schule zusammen im Supermarkt gejobbt und anschließend Kontakt gehalten. Anders hat sie kurz nach dem Schulabschluss kennengelernt. Ein Kleinkrimineller, wenn Sie mich fragen, und deutlich älter als sie selbst. Ich weiß wirklich nicht, was sie in ihm gesehen hat, vielleicht einfach nur jemanden, der sie unbedingt haben wollte und von dem sie sich, gerade weil er älter war, Geborgenheit versprach.«

Maria hält kurz inne.

»Wie auch immer, Geborgenheit war das Letzte, was dieser Mann ihr geben konnte. Er war krankhaft eifersüchtig, unberechenbar und ziemlich aggressiv. Er hatte die nette Eigenschaft, einfach draufloszuprügeln.«

»Prügeln?«

Wo das Handy Oskars Wange berührt, bilden sich Schweißtropfen.

»Ja, es machte ihm Spaß, Josefin zu schlagen, jeder Grund war ihm recht, und jedes Mal ging er dabei brutaler vor. Ich glaube, Josefins ausweichende Art hat ihn zusätzlich provoziert, sie konnte total abschalten, wenn er loslegte, und dann schlug er wahrscheinlich immer fester zu.«

Oskar hält das Handy an sein anderes Ohr.

»Aber das nützte natürlich nichts«, sagt Maria. »Josefin zog sich nur noch mehr in sich zurück, und es gelang ihm nicht, irgendeine Reaktion aus ihr herauszuprügeln, sosehr er sich auch anstrengte. Schließlich hat er sie beinahe totgeschlagen. Als ich sie das letzte Mal sah, lag sie bewusstlos im Krankenhaus, sie hatte zahlreiche Kopfverletzungen. Das Ganze war so erbärmlich und feige, dass ich jetzt noch kotzen könnte.«

Oskar schluckt.

»Das habe ich nicht gewusst.«

Er schaut aus dem Fenster, es hat wieder angefangen zu schneien.

»Wissen Sie, was anschließend passiert ist? Wo sie heute lebt?«

Zarte Flocken segeln auf die Fensterbank hinunter. Wenn sie das Metall berühren, schmelzen sie.

»Ich habe keine Ahnung. Als ich sie im Krankenhaus besucht habe, schien sie zwischen Leben und Tod zu schweben, aber als ich eine Woche später wiederkam, war sie auf eigenen Wunsch entlassen worden. Wobei der verantwortliche Arzt durchblicken ließ, dass es ihr psychisch nicht wirklich gut ging. Wenn eine Frau grün und blau geschlagen in die Klinik kommt, liegt der Verdacht ja nahe, dass ihr Mann etwas damit zu tun hat.«

»Hat sie ihn denn nicht angezeigt?«

»Nein, dem Pflegepersonal zufolge hatte Josefin beharrlich behauptet, sie sei von einem Unbekannten in der Stadt überfallen worden. Und als sie sie dazu drängten, dennoch Anzeige zu erstatten, weigerte sie sich vehement. Ich weiß, dass sie Polizisten mied wie die Pest. Sie hat mir erzählt, dass sie einmal eine schwere Körperverletzung angezeigt hat und dass das Gerichtsverfahren, das darauf folgte, ihren Glauben an die Justiz zerstört habe.«

Oskar schweigt nur und fragt Maria dann, ob der Arzt gewusst habe, wohin Josefin nach ihrer Entlassung gegangen sei.

»Nein, dazu konnten die Ärzte mir leider nichts sagen. Da sie nicht als ernsthaft psychisch krank eingestuft wurde, konnten sie sie nicht zwingen, dazubleiben, nachdem sie wiederhergestellt war. Ich habe mehrfach versucht, sie auf dem Handy zu erreichen, aber sie muss die Nummer gekündigt haben.«

»Und Anders?«

»Den habe ich natürlich auch gefragt. Aber er meinte nur, Josefin sei nicht zurückgekommen, und er persönlich scheiße drauf, ob sie tot oder lebendig sei. Ein paar Wochen später habe ich noch einmal versucht, sie im Internet zu finden, aber die einzige Adresse, die ich fand, war die von Anders, und da wohnte sie ja nicht mehr. Manchmal habe ich gedacht, sie könnte sich das Leben genommen haben.«

Oskar denkt kurz nach, dann fragt er:

»Haben Sie jemals versucht, Kontakt mit ihrem Vater aufzunehmen?«

»Ja, aber er muss sich zeitgleich mit Josefin eine Geheimnummer zugelegt haben, denn die Nummer, unter der ich ihn ein paar Mal erreicht hatte, funktionierte plötzlich nicht mehr. Auch bei der Auskunft konnten sie mir nicht weiterhelfen.«

Über diese Information ist Oskar beinahe erleichtert, denn er hat es bisher vor sich hergeschoben, Josefins Vater zu kontaktieren. Nun scheint es, als wäre das ohnehin nicht möglich.

»Mir hat Anders gesagt, Josefin hätte ihm geschrieben, nachdem sie ihn verlassen hatte, weil sie sich von ihm scheiden lassen wollte«, sagt Oskar. »Dann hat sie sich also nicht umgebracht.«

»Da wäre ich mir nicht so sicher«, antwortet Maria. »Josefins Vater ging es finanziell ziemlich gut und er hat ihr einen Vorschuss auf das Erbe gewährt. Da Anders und sie keine Kinder hatten, wäre das Erbe nach ihrem Tod komplett an Anders gegangen, wenn sie noch verheiratet gewesen wären. Vielleicht wollte sie sicherstellen, dass er wenigstens nicht von ihrem Tod profitierte.«

Sie hält kurz inne.

»Aber das sind natürlich nur Gedankenspiele, die mir durch den Kopf gegangen sind, weil ich mir nicht erklären kann, warum sie so plötzlich verschwunden ist.«

Nachdem er das Gespräch beendet hat, versucht er aus dem, was er erfahren hat, irgendwelche Schlüsse zu ziehen. Nach ihrer Scheidung hat Josefin sich in Luft aufgelöst, ist aber lange Zeit noch bei Anders gemeldet gewesen. Eigentlich ist es nicht weiter seltsam, wenn eine Frau, die von ihrem Mann geschlagen wird, untertaucht. Es ist wahrscheinlich sogar eher normal. Aber mit irgendjemandem aus ihrem Umfeld muss sie doch weiterhin Kontakt gehabt haben. Kein Mensch kann schließlich vollkommen isoliert leben. Sofort denkt er an Camilla. Sie war während des gesamten Gerichtsverfahrens dabei, stand ihrer Freundin unerschütterlich zur Seite. Wenigstens sie muss doch noch Kontakt zu Josefin gehabt haben. Allerdings ist es ein wenig zweifelhaft, ob sie ihm Josefins Adresse geben würde. Schließlich gehört er ganz sicher nicht zu den Top-Ten auf Camillas Liste ihrer liebsten Männer. Falls sie überhaupt so eine Liste hat. Schon damals war sie eine frühreife Feministin, inzwischen ist sie wahrscheinlich lesbisch und hasst alle Typen. Vielleicht steckt sogar sie hinter dem Ganzen. Sie war von den Ereignissen in Visby unmittelbar betroffen und hat sich auch im Nachhinein sowohl privat als auch im Rahmen ihres Studiums für diesen Fall engagiert. Wenn man von den Artikeln ausgeht, die sie im Netz veröffentlicht hat, so ist sie ziemlich umtriebig und voller Rachegelüste. Er beschließt, so schnell wie möglich über die Universität Kontakt zu ihr aufzunehmen.

ÖSTERMALM

Dienstag, 9. März 2010

Mit einem Knall lässt Veronica das Rollo hochsausen. Da das Zimmer nach Osten geht, ist es plötzlich lichterfüllt. Schlaftrunken öffnet Oskar die Augen.

»Heute ist Dienstag und Kindergarten«, sagt sie.

Sie öffnet das Fenster, um Luft hereinzulassen.

»Und die Kinder haben noch nicht gelernt, sich allein fertig zu machen und hinzugehen, also musst du als Vater dafür sorgen, dass sie heil und gesund, satt und zufrieden dort ankommen.«

Oskar starrt sie an, wirft einen Blick auf die Uhr und murmelt: »Und was hast du vor?«

Sie macht die Fensterhaken fest und dreht sich wieder zu ihm um.

»Ich werde ein bisschen Kaffee trinken und Zeitung lesen. Schließlich gibt es zum Glück in dieser Familie zwei Erwachsene, da kann man sich doch abwechseln und alle zwei Tage mal ein bisschen die Seele baumeln lassen.«

Sie lächelt und geht in die Küche. Vom Flur aus hört sie ihn tief Luft holen. Er ist so überrascht, dass er nicht einmal protestiert. Nur um ihn noch ein bisschen zu ärgern, fängt sie an, ein Liedchen zu trällern. Mit halbem Ohr lauscht sie, was er sich jetzt wohl einfallen lässt. Offenbar hat er den Ernst der Lage erkannt, denn sie hört, wie er aufsteht, sich anzieht und den Kindern zuruft, dass sie sich ebenfalls anziehen und dann frühstücken kommen sollen.

Sie versteckt sich hinter der Zeitung, damit er ihr zufriedenes Lächeln nicht sieht, und verfolgt interessiert den weiteren Verlauf. Oskar geht ins Kinderzimmer und schaut mit den beiden im Schrank nach, was sie anziehen können. Viggo protestiert lautstark gegen jeden Vorschlag, und Oskar seufzt ärgerlich. Noch nie hat er bisher diesen Kampf mit Viggo durchstehen müssen. Vielleicht begreift er ja jetzt endlich, wie anstrengend es ist, die Kinder morgens allein fertig zu machen.

Als er in die Küche kommt, wirft er ihr einen wütenden Blick zu, sagt jedoch nichts, öffnet nur den Kühlschrank und holt etwas zu essen für die Kinder heraus. Er meckert sie an, sie sollen sich hinsetzen, ordentlich essen und keine Schweinerei machen. Veronica dagegen vertieft sich ganz in ihre Zeitung, wobei sie kein einziges Wort liest.

»Okay, wir gehen jetzt. Ich bin in einer halben Stunde zurück«, sagt Oskar von der Tür aus in Mantel und Schuhen. Er sieht ziemlich wütend aus. Im Flur hinter ihm lärmen die Kinder.

»Alles klar, bis gleich.« Wieder lächelt Veronica nur und winkt ihnen zu. Oskar funkelt sie noch einmal böse an.

»Denk dran, dass wir heute zum Essen bei meinen Eltern sind,« erinnert er sie und schlägt die Wohnungstür hinter sich zu.

Mist, das hatte sie ganz vergessen. Oskars Vater hat sie zum Essen eingeladen, was für sie mit Arbeit verbunden ist. Er ist Unternehmer, weigert sich aber, ein Steuerbüro zu beauftragen, und verlässt sich stattdessen auf Veronica, wenn die Steuererklärung wieder einmal fällig ist. Zum Dank gibt es meistens ein Mittagessen. Da er seine Quittungen während des laufenden Geschäftsjahrs aber einfach nur unsortiert in einen Ordner steckt, dauert es oft tagelang, bis sie sich einen Überblick verschafft und alles geordnet hat. Diesmal hat sie alles vorbereitet, indem sie zu Hause schon einmal vorsortiert hat, sodass sie nach dem Essen nur noch ein paar offene Fragen besprechen müssen, und sie nicht den ganzen Nachmittag bei den Schwiegereltern zu vergeuden braucht.

Sie holt den Laptop aus dem Schlafzimmer und geht in die Küche. Dann schreibt sie eine kurze Nachricht an Josefins Freundin Camilla, deren Adresse sie auf der Homepage der Zeitschrift *Bang* gefunden hat. In fünf Sätzen erklärt sie, wie sie heißt, mit wem sie verheiratet ist und dass sie angefangen habe, über die Vergewaltigung in Visby nachzudenken. Oskar behaupte zwar immer noch, unschuldig gewesen zu sein, aber sie glaube ihm nicht und würde Camilla gern treffen, um von ihr persönlich zu hören, was an jenem Abend vor dreizehn Jahren tatsächlich vorgefallen sei. Irgendeine Begründung nennt sie nicht, wenn Camilla mehr wissen will, soll sie fragen. Ansonsten kann sie nur hoffen, dass sie neugierig genug ist, ihre Zeit für sie zu opfern. Immerhin ist Veronica mit einem Mann verheiratet, der in ihren Augen – zumindest dem Artikel zufolge – ein zutiefst verachtenswertes Arschloch ist.

Nachdem sie die Mail abgeschickt hat, löscht Veronica sie aus dem Postausgang und klappt den Computer wieder zu.

Während sie auf Oskar wartet, blättert sie zerstreut in ein paar Werbeprospekten aus der gestrigen Post, die noch auf dem Tisch herumliegen. Ganz unten im Stapel liegt ein Umschlag der SEB, ihrer Hausbank. Den muss Oskar übersehen haben. Sie öffnet ihn rasch, um sicherzugehen, dass es sich um nichts Wichtiges handelt, aber der Umschlag enthält keinen Kontoauszug, sondern einen Überziehungsbescheid. Offenbar war nicht mehr genügend Geld auf dem Konto. Konkret geht es um einen in Thailand ausgezahlten Betrag. Empfänger ist das Krankenhaus in Koh Lanta, und bei dem Betrag, der am ersten März eingezogen worden ist, handelt es sich um reichlich zehntausend Kronen.

Der erste März. Sie rechnet fieberhaft nach. Das war der Tag, an dem sie nach Hause fliegen wollten. Sie war allein mit den Kindern frühstücken gegangen, während Oskar seinen Pass suchen wollte, der angeblich in den Kleiderhaufen verschwunden war. Doch als sie wieder zurückkam, war das Zimmer leer. Sie hatte angenommen, er wäre nur kurz spazieren gegangen, aber diese Rechnung sagt etwas ganz anderes aus. Noch einmal betrachtet sie die Summe und schüttelt den Kopf, sie wird einfach nicht schlau daraus. Wenn die Zahlung wenigstens in der Nacht getätigt worden wäre, in der Oskar verschwunden war, aber drei Tage später ... Dafür gibt es einfach keine logische Erklärung.

Sie steckt den Auszug in ihre Handtasche und geht duschen. Anschließend zieht sie sich ihren roten Rock und die weiße Bluse an und holt den Ordner mit den Unterlagen von Oskars Vater. Noch einmal überprüft sie, ob sie für die Steuererklärung alles berücksichtigt hat. Die restlichen Quittungen kann sie ihm dann zurückgeben.

Eine halbe Stunde später ruft Oskar an, um ihr mitzuteilen, dass er unten auf sie wartet. Bevor sie antworten kann, legt er auf. Sie wirft sich eine Jacke über und läuft die Treppen hinunter. Oskar hat direkt vor der Tür gehalten, der Motor läuft noch. Sie setzt sich neben ihn. Oskar öffnet den Mund, wahrscheinlich, um irgendetwas Vorwurfsvolles zu ihrem morgendlichen Verhalten zu sagen, und wie stressig das für ihn angesichts der bevorstehenden Pressekonferenz gerade sei, aber sie kommt ihm zuvor.

»Du hast mit der Kreditkarte zehntausend Kronen im Krankenhaus in Koh Lanta bezahlt – warum?«

Oskar klappt den Mund wieder zu, er wirkt vollkommen baff. Veronica schaut ihn von der Seite an. Irgendwie fängt diese Geschichte an, ihr Spaß zu machen. Vielleicht fordert da ein lang unterdrückter Wunsch nach Rache endlich sein Recht.

Nach einer Weile kompakten Schweigens kommt Oskar endlich wieder zu sich.

»Woher weißt du das?«

Veronica antwortet nicht, sie zieht nur das Schreiben der Bank aus der Tasche und reicht es ihm. Oskar wirft einen raschen Blick darauf.

»Ich erkläre es dir«, sagt er müde und fährt aus der Parklücke. »Sobald wir da sind. Jetzt muss ich mich aufs Fahren konzentrieren.«

Damit gibt sie sich erst mal zufrieden. Es eilt ja nicht. Sie schaut aus dem Fenster und sieht die Kinder der Carlsson Schule auf den Schulhof rennen, lebhaft und ordentlich gekleidet, ihr Lärmen dringt durch die geschlossenen Autoscheiben. Oskar fährt auf den Valhallavägen und dann weiter Richtung Roslagstull. Beide sind sie in ihre eigenen Gedanken versunken, als sie sich Täby nähern. Dort angekommen, parkt Oskar in der Einfahrt vor seinem Elternhaus, stellt den Motor ab und blickt sie an.

»Bitte entschuldige.« Er räuspert sich. »Entschuldige, dass ich dir nicht die ganze Wahrheit gesagt habe.«

Veronica sagt nichts.

Langsam zieht Oskar den Schlüssel aus dem Zündschloss und lässt ihn zwischen Daumen und Zeigefinger hin- und herpendeln.

»Ich habe dich angelogen, als ich gesagt habe, ich sei ausgerutscht und hätte mir dabei etwas gezerrt. Tatsache ist, dass ich misshandelt worden bin, und zwar massiv, und deshalb ins

Krankenhaus fahren und genäht werden musste. Deshalb bin ich damals auch erst mittags wieder im Hotel gewesen.«

»Und wo genau bist du so schwer misshandelt worden?« Veronicas Stimme ist samtweich. Sie hat keine größeren Verletzungen an ihm wahrgenommen, zumindest nicht oberflächlich, aber sie weiß über die Tabletten im Badezimmerschrank Bescheid und sieht ja auch, wie er immer das Gesicht verzieht, wenn er läuft oder sitzt, und dass er jetzt am liebsten auf dem Bauch schläft, während er früher immer auf dem Rücken geschlafen hat.

»Und wieso ist der Betrag erst am ersten März eingezogen worden, also am Tag unserer Heimreise, wenn du doch schon drei Tage zuvor im Krankenhaus gewesen bist?«

Auch jetzt antwortet Oskar nicht sofort, sie kann also auch diesmal nicht damit rechnen, dass er ihr die Wahrheit sagen wird.

Er steigt aus, geht um das Auto herum und öffnet die Tür.

»Wie gesagt, ich wurde in der Bar bewusstlos, und als ich aufgewacht bin, habe ich ziemlich heftig aus dem Hintern geblutet. Ich habe keine Ahnung, was passiert ist, aber scheinbar hat jemand sich den Spaß gemacht, mich zu verletzen. Ich bin direkt ins Krankenhaus gefahren, es war immer noch Nacht, und ich wurde sofort operiert. Als ich bezahlen wollte, habe ich meine Kreditkarte nicht gefunden und versprochen, vor unserer Abreise noch einmal vorbeizukommen. Ich wollte euch nicht beunruhigen, deshalb bin ich am Montag heimlich dorthin gefahren, während ihr gefrühstückt habt. Es tut mir wirklich leid, dass ich dir nicht gleich erzählt habe, was passiert ist.«

Als Veronica ihn immer noch skeptisch ansieht, knöpft er seine Jeans auf, zieht sie samt Unterhose umständlich herunter und zeigt ihr seinen Hintern. Sie kann eine leichte Rötung erkennen, die darauf hinweist, dass etwas passiert ist, auch wenn die eigentliche Wunde wahrscheinlich tiefer sitzt. Oskar zieht die Hose wieder hoch und dreht sich um. Veronica betrachtet ihn forschend. Sie könnte ihn mit dem Bild konfrontieren, das sie zugeschickt bekommen hat, dem Foto, auf dem eindeutig zu sehen ist, dass er nicht in einer Bar ohnmächtig geworden ist. Aber dann wird er sich vermutlich nur noch weitere Lügen ausdenken. Sie beschließt, noch ein wenig zu warten.

»Weißt du was?« Sie schaut ihm direkt in die Augen.

»Ich glaube dir auch diese Geschichte nicht. Genauso wenig, wie ich dir deine bisherigen geglaubt habe. Aber ich werde dich nicht unter Druck setzen. Irgendwann, wahrscheinlich eher früher als später, kommt die Wahrheit ans Licht, und der Einzige, der durch diese ganzen Lügen verliert, bist du selbst. Ich bin mir sicher, dass die Wahrheit nicht besonders schön ist, aber sie wäre etwas weniger hässlich, wenn du sie mir selbst erzählen würdest.«

Für einen kurzen Moment scheint es ihr, als würden diese Worte etwas in ihm bewirken, als wäre Oskar endlich bereit, ihr die Wahrheit zu sagen. Aber dann schüttelt er nur den Kopf und geht zum Haus. Er klingelt, und seine Mutter öffnet die Tür. Sie umarmt Oskar herzlich – offenbar hat sie nicht mitbekommen, dass ihr Sohn gerade eben seine Hosen heruntergelassen hat – und lächelt dann Veronica zu, die immer noch im Auto sitzt. Seufzend steigt sie aus und folgt Oskar ins Haus. Wie unglaublich feige er ist!

* * *

»Wo ist die Zitrone, Inger?«

Oskars Vater Kenneth lehnt sich auf seinem Stuhl zurück. Veronica stellt fest, dass er allmählich dick wird. Auch wenn er nie wirklich durchtrainiert war, so ist er doch zumindest immer recht schlank gewesen. Oskars deutlich rundere Mutter legt hastig das Messer zur Seite. Sie wischt sich die Hände an der Serviette ab und legt die Kartoffel zur Seite, die sie gerade schält.

»Oh, entschuldige, die habe ich ganz vergessen«, murmelt sie und will schon aufstehen.

»Du hast die ganze Zeit in der Küche gestanden«, sagt Veronica. »Setz dich doch. Oskar kann die Zitrone genauso gut holen.« Sie wendet sich Oskars Vater zu.

»Du kannst sie dir doch auch selber holen. Lass doch nicht immer deine Frau für dich arbeiten.«

Kenneth wirft ihr einen wütenden Blick zu.

»Bleib nur sitzen«, sagt Oskar schnell. »Ich hole die Zitrone, kein Problem.«

Er geht in die Küche. Oskars Mutter scheint mit dieser Lösung nicht ganz glücklich zu sein, sie ist schon immer konfliktscheu gewesen. Aber sie bleibt sitzen und schaut von einem zum anderen. Die Kartoffel schält sie nicht zu Ende.

Kurz darauf kommt Oskar zurück und hält die gelbe Plastikflasche in der Hand.

»Meintest du die?«

»Ja, genau.«

Kenneth nimmt ihm die Flasche aus der Hand, schraubt den Deckel ab und tröpfelt Zitronensaft auf seinen Lachs. Dann wendet er sich Veronica zu.

»Der Computer steht im Wohnzimmer. Wir können gleich nach dem Mittagessen anfangen und den Nachtisch später essen. Es ist ja jedes Jahr das Gleiche, kein Grund, es lange vor sich herzuschieben.«

Er nimmt einen Bissen und reicht ihr die Zitronensaftflasche.

»Ja, können wir machen«, sagt sie, lehnt den Zitronensaft aber mit einem Kopfschütteln ab.

»Hast du eigentlich sonst noch Aufträge oder hast du das Büro inzwischen aufgegeben?«, fragt Inger, die sich langsam allmählich wieder gefasst hat.

Veronica sagt, sie habe in den letzten Jahren kaum Zeit gehabt zu arbeiten, aber dass sie wieder richtig einsteigen wolle, wenn Emma nach den Sommerferien mit der Vorschule anfange.

»Vielleicht sogar früher.« Sie nimmt einen Bissen von dem im Ofen gebackenen Lachs.

Oskar sieht sie überrascht an, darüber haben sie bisher noch nicht gesprochen.

»Das wird bestimmt klappen«, sagt Inger. »Du bist ja so fleißig.«

»Ja, das hoffe ich. Und wenn nicht, werde ich eine Umschulung machen.«

Der Fisch schmilzt geradezu in ihrem Mund.

»Und wie läuft es mit deinem Vertrag mit dem Schwedischen Sportverband?«, fragt Kenneth seinen Sohn.

Oskar scheint erleichtert, das Thema wechseln zu können, und erzählt ausführlich von jedem einzelnen Vortrag, den er halten wird. Veronica beobachtet ihn. Seine Stimme klingt wie immer, dennoch ist irgendetwas anders. Endlich kommt sie darauf: Ihm fehlt die Glut. Oskar strahlt überhaupt keine Begeisterung aus, obwohl er doch über den vielleicht größten Erfolg seiner Karriere spricht, seit er nicht mehr in der Nationalmannschaft spielt. Sie isst schweigend zu Ende, dann wendet sie sich an Kenneth.

»Gehen wir ins Wohnzimmer?«

Sie stehen auf. Inger erhebt sich ebenfalls. Entgegen ihrer Gewohnheit lässt sie die Teller stehen. Nur Oskar bleibt sitzen. Er ist tief in Gedanken versunken. Veronica glaubt zu wissen, was ihn beschäftigt. Sie geht mit Kenneth ins Wohnzimmer, und eine Stunde später sind sie fertig.

Inger schaut herein.

»Der Kaffee ist fertig«, sagt sie und betrachtet den Stapel Papier auf dem Wohnzimmertisch.

»Oh je, das sieht nach Arbeit aus.«

Sie lächelt Veronica an, doch bevor diese etwas sagen kann, kommt Kenneth ihr zuvor.

»Ja, es ist schon praktisch, dass nicht alle Frauen in unserer Familie dumme Gänse sind«, sagt er und zwinkert Veronica zu.

Veronica stutzt. Soll das ein Kompliment sein? Inger wird rot und murmelt, mit Abrechnungen habe sie sich nie gut ausgekannt.

»Kenneth offenbar auch nicht.« Veronica zwinkert zurück. »Denn sonst bräuchte er ja keine dumme Gans um Rat zu bitten.«

Oskar kommt gerade rechtzeitig, um Veronicas letzten Kommentar mitzubekommen. Ärgerlich verzieht er das Gesicht. Sich auf Kenneths Kosten lustig zu machen hat sich noch nie ausgezahlt.

»Ich glaube, wir schaffen den Nachtisch nicht mehr, Mama. Ich habe noch massenhaft zu tun, bevor die Kinder nach Hause kommen.« Er zieht entschuldigend die Schultern hoch. »Ein andermal.«

Inger sieht enttäuscht aus.

»Wie schade.« Sie umarmt beide nacheinander. »Aber ich verstehe das natürlich. Kommt bald wieder. Und bringt dann auch die Kinder mit.«

Das versprechen sie. Sie bedanken sich für das Essen und gehen in den Flur. Als Veronica am Esszimmer vorbeigeht, sieht sie, dass die Teller immer noch auf dem Tisch stehen, und muss heimlich grinsen.

Noch bevor sie richtig eingestiegen ist, fährt Oskar sie an.

»Was hat dich denn heute geritten?«

Sie startet den Motor und lässt das Auto rückwärts aus der Einfahrt rollen.

»Vielleicht wird es langsam Zeit, dass jemand deinen Vater zurechtweist.« Langsam fährt sie durch das Wohngebiet und biegt dann rechts Richtung Stockholm ab.

»Er behandelt Inger wie ein minderbemitteltes Wesen. Ich begreife nicht, wie du das all die Jahre mitansehen konntest.«

»Ach, so redet er halt. Darauf muss man doch nichts geben.«

»Nichts geben? So benimmt er sich, seit ich ihn kenne. Was soll daran lustig sein?«

Sie beschleunigt, sobald sie auf der großen Straße sind.

»Ich glaube, es tut deinem Vater ganz gut, wenn ihm mal jemand widerspricht.«

Sie überholt ein Auto mit Anhänger, das mit knapp siebzig auf seiner Spur dahinschleicht.

»Er ist ein übler kleiner Looser, und er kann sich nur deshalb so verhalten, weil er Inger glauben lässt, sie sei ein noch größerer Looser.«

Oskar antwortet nicht, aber sie sieht, dass er zumindest darüber nachdenken muss. Den Rest der Fahrt legen sie schweigend zurück. Als sie zu Hause ankommen, ist es schon wieder Zeit, die Kinder abzuholen.

SÖDERMALM

Freitag, 12. März 2010

Jonas hat sich wieder etwas beruhigt. Es sind keine weiteren Drohbriefe gekommen, und Mia hat ihren Artikel seit Samstag nicht mehr erwähnt. Fast könnte man meinen, er hätte sich die Turbulenzen der letzten Tage nur eingebildet.

»Ich habe massenhaft Interessantes zu der Vergewaltigung 1997 in Visby herausgefunden«, ruft Mia mit der Zahnbürste im Mund plötzlich vom Badezimmer aus. Jonas hört, wie sie ausspuckt, dann redet sie weiter.

»Ich glaube, ich weiß sogar, wer einer der Täter war. Pass auf, das ist ein richtiger Knaller!«

Jonas verschluckt sich vor Schreck am Kaffee. Als Mia in die Küche kommt, ist er hochrot im Gesicht und hustet wie verrückt.

»Oh.« Mia klopft ihm auf den Rücken. »Hast du dich verschluckt?«

Sie beißt ihm in den Nacken.

»Vielleicht wird es besser, wenn der Schmerz sich ein bisschen verlagert?«

Jonas lächelt schwach.

»Danke.«

»Keine Ursache.«

Sie zwinkert ihm zu und geht zum Küchenschrank.

»Also, wie gesagt, ich habe angefangen, mich näher mit dem Fall zu beschäftigen, von dem ich dir letztes Wochenende erzählt habe, und ich habe im Archiv ein paar Zeitungsartikel gefunden, in denen unter anderem Frauen interviewt und namentlich genannt werden, die während des Prozesses dabei waren. Die habe ich dann auf Facebook gesucht und ihnen geschrieben.«

Sie gießt sich ein Glas Wasser ein.

»Ich habe ihnen von meiner Arbeit erzählt und gefragt, ob wir uns nicht mal treffen könnten. Wir waren zusammen Kaffee trinken und wollten gerade wieder los, als eine von ihnen meinte, es würde sie besonders ärgern, dass der Hauptverantwortliche bei dieser Vergewaltigung später in der Fußballnationalmannschaft Karriere gemacht habe und mit Anerkennung nur so überschüttet worden sei, obwohl er dem Mädchen das angetan hat. Da habe ich natürlich gefragt, um wen es sich handelt, auch wenn das für meine Arbeit vollkommen irrelevant ist.«

Letzteres sagt sie beinahe verlegen, denn sie deutet Jonas' Blick falsch und glaubt, er fände es unanständig, dass sie sich für den Namen interessiert hat.

»Aber ich war einfach neugierig. Schließlich zeigt das doch, dass jeder zu einer Vergewaltigung fähig ist. Nicht nur kleinkriminelle Jugendliche aus Betonvorstädten, die mit Vornamen Mohammed heißen, wie man sonst vielleicht annehmen würde. Außerdem hoffe ich auch ein bisschen, dass er bereit ist, sich von mir interviewen zu lassen, anonym natürlich, und zu erzählen, wie er als Verdächtiger den Prozess erlebt hat. Was natürlich voraussetzen würde, dass er sich heute von seiner Tat distanziert.«

»Und wer soll das jetzt sein?«, krächzt Jonas. Seine Kehle ist trocken, und es fühlt sich an, als würde er richtig krank werden. Zum Glück glaubt Mia, dass es daher kommt, dass er sich verschluckt hat. Sie klopft ihm noch einmal auf den Rücken.

»Also, hör zu«, sagt sie leise, und ein geheimnisvolles Lächeln umspielt ihre Mundwinkel. »Es ist Oskar Engström. Erst hat er bei Djurgården gespielt und Anfang der 2000er dann in der Nationalmannschaft. Vielleicht seid ihr sogar auf dieselbe Schule gegangen? Die Frauen meinten, es wäre in Täby gewesen, aber ich und Namen ... Du weißt schon. Als ich mit ihnen zusammensaß, bin ich einfach nicht darauf gekommen, wie deine Schule noch mal hieß, und jetzt weiß ich nicht mehr, auf welcher Oskar angeblich gewesen ist. Egal, aber du kennst ihn doch, oder? Ein gutaussehender, cooler Typ, beliebt und alles, und oft in den Medien, wenn ich mich richtig erinnere.«

Auch jetzt antwortet Jonas nicht. Am liebsten würde er Mia fragen, ob sie auch etwas über die beiden anderen Täter herausgefunden hat, aber damit würde er vielleicht schlafende Hunde wecken. Außerdem fühlt es sich an, als wäre seine Zunge dick wie ein Ballon, er bringt keinen Ton heraus. Doch Mia kommt ihm ohnehin zuvor.

»Ich habe sie gefragt, ob die beiden anderen auch bei Djurgården gespielt haben, es hat mich ein bisschen an diesen Fall mit den Hockeyspielern erinnert, du weißt schon, die vor ein paar Jahren Gruppensex mit einem Mädchen hier in Stockholm hatten. Aber in diesem Fall war es anscheinend anders, es waren zwei Gleichaltrige aus seiner Schule, mit denen er zusammen Urlaub in Visby gemacht hat.«

Sie lächelt provozierend.

»Wer weiß, vielleicht warst du sogar selbst dabei, du bist doch auch Jahrgang 1977 und kommst aus Täby.«

Jonas hätte wirklich gern mitgelacht, er strengt sich an, seine Mundwinkel nach oben zu ziehen und ein entsprechendes Geräusch hervorzubringen. Aber er ist wie versteinert. Vielleicht hat er wirklich etwas, einen leichten Herzinfarkt oder so. Mia sieht, dass etwas nicht stimmt, und hört sofort auf zu lachen.

»Entschuldige, Jonas, darüber macht man wirklich keine Witze. Aber in meinem Job wird man ständig mit diesem Elend konfrontiert, da würde man gar nicht überleben, wenn man nicht ab und zu auch mal lachen dürfte. Lass uns von etwas anderem reden. Linnea hat gefragt, ob wir diesen Sommer mit ihr und ihrem Mann in ein großes Ferienhaus in Skåne fahren wollen. Sie haben anscheinend etwas gemietet, das für eine ganze Schulklasse reichen würde. Was meinst du, hast du Lust? Es wird wirklich Zeit, dass Linnea dich mal kennenlernt, nachdem ich ihr die intimsten Dinge von dir erzählt habe.«

Mia grinst, als erwarte sie Widerspruch. Aber Jonas ist vollauf damit beschäftigt, sich halbwegs normal zu verhalten. Er muss sich zusammenreißen, sonst verrät er sich noch selbst. Deshalb nickt er nur und sagt:

»Doch, das klingt gut. Wann genau wollen sie denn fahren?«

Mia schaut in ihren Kalender und nennt ein Datum. Jonas hat keine Ahnung, wann er Urlaub nehmen kann, aber er hält es einfach nicht aus, hier noch länger zu sitzen. Er sagt schnell, das würde bestimmt klappen, stürzt den Rest Kaffee hinunter und geht ins Bad, um sich die Zähne zu putzen. Wenig später steht er in Mantel und Schuhen im Flur und verabschiedet sich von Mia, um nach Alviks Strand zur Arbeit zu fahren.

Im Auto atmet er erleichtert auf. Seine Hände zittern so heftig, dass er den Schlüssel kaum ins Zündschloss bekommt. Mia weiß, dass Oskar einer der Täter war. Wie lange wird es dauern, bis sie herausfindet, dass auch er an jenem Abend dabei war?

Im Büro holt Jonas sich einen Kaffee aus der Küche, grüßt ein paar Kollegen und geht in sein Büro. Die braune Cordjacke hängt er über die Stuhllehne. Alles ist wie immer, der Computer ausgeschaltet, die Papiere ordentlich sortiert, nur in seinem Innern herrscht vollständiges Chaos.

Während er darauf wartet, eingeloggt zu werden, trinkt er einen Schluck Kaffee und schaut aus dem Fenster. Von seinem Büro aus hat er eine der schönsten Aussichten der Stadt. Das Haus wurde mehr oder weniger im Wasser errichtet, und direkt vor seinem Fenster glitzert es blau. Aber heute kann er das nicht genießen. Er zittert, als hätte er Fieber, und überlegt, ob er sich krankschreiben oder in eine Kneipe gehen und sich volllaufen lassen soll. Oder einen Psychologen aufsuchen. Guten Rat könnte er jetzt wirklich gebrauchen.

Im Posteingang erwarten ihn zehn ungelesene E-Mails. Sein Blick bleibt sofort an einem ihm nur allzu gut bekannten Absender hängen. Hunderte Male hat er die Adresse angestarrt, als könnte er mit bloßem Auge eine Antwort auf die Frage erzwingen, wer sich dahinter verbirgt. Jonas klickt die Nachricht an. Sie ist ausführlicher als letztes Mal, und auch diesmal enthält sie ein Foto, aber keins, das in Visby aufgenommen wurde. Ein junges Mädchen ist darauf zu sehen, etwa vierzehn, höchstens fünfzehn Jahre alt. Sie hat schulterlanges Haar und trägt ein enges schwarzes T-Shirt mit der strategisch über der Brust angebrachten, Aufschrift »Touch me« in neonrosa. Dazu sehr kurze weiße Shorts. Die dünnen, frühlingsblassen Beine stecken in einem Paar relativ grober Stiefel. Eigentlich ist sie ganz hübsch, aber für die Kamera hat sie den Mund zu einem albernen Schmollen verzogen. Sie steht vorgebeugt da und hat einen Finger an die Lippen gelegt. Das T-Shirt spannt über den etwas zu großen Brüsten, denen sie wahrscheinlich mit einem Push-up nachgeholfen hat. Jonas ist sich sicher, dass er sie nie zuvor gesehen hat. Der Text lautet:

Das ist Jeanette. Sie ist erst vierzehn Jahre alt und sehr gefährdet. Klicke den untenstehenden Link an und du wirst verstehen, was ich meine. In den nächsten Tagen wird sie etwas sehr Dummes tun. Ich möchte, dass du sie davon abhältst. Im Gegenzug verspreche ich dir, deiner Frau nichts zu sagen. Antworte sofort, ob du einverstanden bist. Wenn ja, folgen weitere Instruktionen.

Das ist alles, bis auf den Link ganz unten. Jonas klickt ihn an und ahnt bereits, was ihn erwartet. Dennoch zuckt er zurück, als die Seite sich öffnet. Er hat keine Ahnung gehabt, wozu Jugendliche das Internet heute benutzen.

Die Seite ist voller Bilder von Jeanette, die sich hier allerdings »Daisy« nennt und alle nur erdenklichen Posen einnimmt, nackt oder spärlich bekleidet. Auf der Seite finden sich auch kurze Videoclips, die ihn eigentlich am meisten erschrecken. Sie sind eine halbe bis eine Minute lang und enthalten das Versprechen, dass man gegen Bezahlung durchaus mehr zu sehen bekommen kann. Unter dem Link »Preise« kann man sich informieren, welche Dienste Jeanette anbietet. Am teuersten ist eine Liveshow mit Webcam, dreihundert Kronen für zehn Minuten. Jonas fragt sich, ob Jeanette überhaupt bewusst ist, dass jeder das, was sie vor der Webcam zeigt, aufnehmen und den Film dann mehrmals verkaufen kann, und zwar zu ganz anderen Preisen. Wahrscheinlich nicht. Außerdem kann man mit ihr telefonieren, zehn Minuten kosten hundert Kronen. Darüber hinaus gibt es verschiedene Angebotsvarianten, etwa ein Standbild plus Telefonsex, ein Standbild per E-Mail, Sex-Chats und vieles mehr.

Er hat das Gefühl, sich übergeben zu müssen. Aber offensichtlich gibt es Männer, die bereit sind, für so etwas zu bezahlen. Jeanettes Gästebuch jedenfalls ist voll. Einen Eintrag findet er besonders abstoßend. Er stammt von einem »Berra«. Er schreibt, Daisy würde ihm gefallen, sie mache ihn total geil, er träume nachts von ihr und würde ihr mindestens zehntausend für ein paar kleinere Dienstleistungen zahlen, die sie allerdings leider nicht im Programm hätte. Am Ende bittet er sie, ihm an die E-Mail-Adresse zu schreiben, die er ebenfalls in ihrem Gästebuch hinterlässt, dann könne er ihr sagen, was genau er damit meine.

Jonas schließt die Seite und geht ans Fenster. Er öffnet es weit, sein Büro kommt ihm plötzlich stickig vor, er bekommt kaum noch Luft. Dann antwortet er:

Ich bin einverstanden.

Und wartet auf Anweisungen.

SCHWEDISCHER SPORTVERBAND

Freitag, 12. März 2010

Oskar schaut auf die Uhr. Er ist fünf Minuten zu spät und eilt mit raschen Schritten die Treppe hinauf. Er will sich nicht blamieren, jetzt, wo er so nahe daran ist, den größten Vertrag seines Lebens zu unterschreiben. Er hat furchtbar schlecht geschlafen, die bislang erfolglose Suche nach Josefin hat ihm einfach keine Ruhe gelassen. Auch dass Veronica ihm gegenüber so distanziert ist, macht ihm mehr zu schaffen, als er zugeben möchte. Er hat versucht, diese Gedanken zu verdrängen, schließlich hat er keine Zeit für Grübeleien, sondern muss sich auf den Vertrag und auf die Planung seiner Vorträge konzentrieren. Aber seine Gedanken lassen sich nicht steuern, sie sind allgegenwärtig, Tag und Nacht. Er beschließt, in der kommenden Woche notfalls Schlaftabletten zu nehmen, denn für die geplante Pressekonferenz muss er unbedingt ausgeruht sein. Dann, wenn alles vorbei ist, wird er sich um seine Ehe kümmern.

Peter Alm, der neue Vorstandsvorsitzende des Schwedischen Sportverbands, empfängt ihn mit einem breiten Lächeln. Aufmunternd klopft er ihm auf die Schulter.

»Willkommen Oskar, möchten Sie einen Kaffee?«

»Ja, gerne.«

Peter geht ihm voraus zum Kaffeeautomaten. Es ist offensichtlich, dass er über den geplanten Vertragsabschluss genauso zufrieden ist wie Oskar. Er ist mit neununddreißig Jahren der jüngste Vorsitzende in der Geschichte des Verbandes und verfügt über einen tadellosen Lebenslauf. Als er den Posten vor knapp zwei Jahren übernahm, hatte er zunächst einmal deutlich gemacht, dass der Verband in seiner Entwicklung stagniere. Er existiere eigentlich nur noch um seiner selbst willen, und es sei höchste Zeit, die Dinge radikal zu verändern. In einem ersten Schritt wurde die Führungsspitze komplett ausgetauscht, wobei er dafür sorgte, dass sie fortan zur Hälfte mit Frauen und zur Hälfte mit Männern besetzt wurde. Und es sollen weitere wichtige Veränderungen durchgeführt werden.

»Sie wissen ja, wir vom Schwedischen Sportverband haben einen wichtigen Auftrag. Unsere Aufgabe ist es nicht nur, den Sport national und international zu vertreten, sondern wir müssen uns auch um die Zukunft des Sports kümmern. Viele Leute sind der Meinung, wir würden den aktuellen Entwicklungen hinterherhinken und seien zu passiv, wenn es darum geht, aktuelle Probleme anzupacken.«

Oskar nimmt eine schwarze Porzellantasse aus dem Abtropfkorb und stellt sie in den Automaten.

»Davon habe ich gehört, und als ehemals Aktiver muss ich sagen, dass ich Ihre neue Initiative in diesem Bereich sehr bewundere.«

Oskar schenkt ihm ein warmes Lächeln. Wenn es nicht zu schmierig daherkommt, ist das immer noch die beste Methode, sich die Leute gewogen zu machen.

Peter Alm zuckt mit den Achseln.

»Tja, bewundernswert oder nicht, es wird wirklich höchste Zeit. Im Moment beschäftigt uns die Frage, wie wir mit dem elitären Denken im Sport umgehen sollen. Wir möchten gern, dass der Sport wieder als Volksbewegung wahrgenommen wird.«

Er nimmt sich einen Pappbecher und wartet, bis Oskars Tasse voll ist.

»Außerdem ist der Sport nach wie vor stark männerdominiert und wird durch männliche Ideale beeinflusst. Wir müssen zeigen, dass Sport etwas für alle ist und sich sehr gut mit Familie vereinbaren lässt.«

Er stellt seinen eigenen Becher in den Automaten und wählt einen Cappuccino.

»Sie schreiben doch eine Väter-Kolumne darüber, wie man Karriere und Familie so organisieren kann, dass eine Win-Win-Situation für alle entsteht, oder?«

Eine großartige Gelegenheit für Oskar, die Erwartungen seines künftigen Chefs zu bestätigen.

»Ja, das ist richtig«, sagt er und trinkt einen Schluck. »Ich habe vor etwa einem Jahr damit angefangen. Mein Medienberater und ich fanden, es gäbe viel zu wenig erfolgreiche Männer, die sich trauen, zu ihrer Vaterrolle zu stehen. Viele scheinen zu fürchten, dadurch an Männlichkeit zu verlieren. Mir ist es wichtig zu zeigen, dass Vatersein und Männlichkeit sich nicht ausschließen müssen. Als ehemaliger Fußballstar werde ich ja gemeinhin als sehr männlich betrachtet, sodass ich hier bestimmt eine Vorbildfunktion einnehmen kann.«

»Genau das habe ich auch gedacht.«

Peter Alm streicht sich zufrieden durch das rötliche Haar. Er ist lässig gekleidet, trägt Jeans und einen weißen Pullover mit V-Ausschnitt. Allem Anschein nach ist er gut in Form, Sport scheint nicht nur sein Job zu sein, sondern auch eine wichtige Freizeitbeschäftigung.

Sie nehmen die Tassen und gehen zu dem großen Konferenzraum, wo sich die Projektgruppe für die neue Vortragsreihe zu einer letzten Besprechung vor der großen Pressekonferenz versammelt hat. Erst tags zuvor hat Oskar endlich die ersten acht Themenvorschläge herumgeschickt. Er hat Glück gehabt, dass es seinem Medienberater auf die Schnelle gelungen ist, ein schlüssiges Paket zusammenzustellen, das den Vorgaben des Schwedischen Sportverbands entspricht. Zumal dies gar nicht in seinen Aufgabenbereich fällt. Oskar hofft, dass er ihm auch bei der inhaltlichen Vorbereitung helfen wird.

»Das wird eine richtig gute Sache«, sagt Peter Alm noch bevor sie den Raum betreten. »Ich habe mir Ihre Themenvorschläge angesehen, und sie entsprechen genau dem, was wir erwartet haben. Allerdings überlege ich, ob wir das Spektrum nicht jetzt schon erweitern sollten. In Anbetracht dessen, worüber wir gerade gesprochen haben, erscheint es mir sinnvoll, Sie auch in unsere Vortragsreihe über Gender und Gleichberechtigung einzubinden.«

Oskar sieht keinen Grund, dieser Erweiterung nicht zuzustimmen, und schlägt vor, dass sie in der kommenden Woche zu diesem Thema gerne einen weiteren Termin vereinbaren können.

Sie betreten den Konferenzraum und nehmen an dem großen ovalen Tisch Platz, an dem bereits zehn weitere Personen sitzen. Peter Alm eröffnet die Besprechung. Sie seien zusammengekommen, um mit den entsprechenden Referenten einen Dreijahresvertrag über eine Vortragsreihe zu bestimmten Themen zu unterzeichnen.

Oskar gegenüber sitzt der zweite Referent, ein bekannter Handballer, der, soweit Oskar das verstanden hat, seine Karriere an den Nagel gehängt hat. In Anbetracht von Peter Alms Aussage, der Sport werde immer noch viel zu stark von Männern dominiert, erscheint es ihm fast erstaunlich, dass beide Referenten männlich sind. Vielleicht ist es also doch eher Augenwischerei, was hier betrieben wird.

Nachdem Peter Alm seine Ansprache beendet hat, geht der Projektleiter mit ihnen die Pressekonferenz durch. Er erklärt, wie man die Referenten vorstellen und das Ziel der Vortragsreihen beschreiben werde. Dafür seien etwa zwanzig Minuten eingeplant. Anschließend hätten die Journalisten etwa sechzig Minuten Zeit, ihre Fragen zu stellen. Oskar erkundigt sich noch nach diesem und jenem, vor allem, um Interesse zu zeigen. In Gedanken ist er jedoch ganz woanders. Beinahe täglich hat er versucht, Camilla über die Uni zu erreichen, bisher ohne Erfolg. Trotzdem ist er mehr und mehr überzeugt, dass sie in diese Sache verwickelt ist. Er hat sie als toughes Mädchen in Erinnerung, das seinen eigenen Stiefel durchzieht, egal, was andere davon halten. Und nach Visby war sie furchtbar wütend gewesen. Mehrmals hatte sie Oskar angerufen und ihm gewissermaßen gedroht, hatte gesagt, dass er diese Suppe irgendwann auslöffeln müsse. Damals hatte er sie ausgelacht, aber jetzt muss er zugeben, dass er ordentlich Gegenwind bekommen hat.

Eine Stunde später verlässt Oskar das Gebäude. Es ist ein effektives und gründliches Gespräch gewesen, sie haben die Pressekonferenz bis ins Detail durchgeplant, sodass sie problemlos über die Bühne gehen dürfte. Vorausgesetzt, es stellt niemand unangenehme Fragen. Als er wieder auf der Straße ist, versucht er noch einmal, Camilla zu erreichen. Auch jetzt geht sie nicht dran. Statt eine Nachricht zu hinterlassen, drückt er die neun, um sich mit der Zentrale verbinden zu lassen. Dort gibt er einen falschen Namen an und bittet um einen Rückruf, sobald Camilla wieder da ist. Er behauptet, es gehe um einen Vortrag über Gleichberechtigung im Sport.

Bereits wenige Minuten später klingelt sein Handy. Er schaut auf das Display und sieht, dass es eine 018-Nummer ist. Uppsala – das kann nur Camilla sein. Vor Aufregung zittern ihm die Hände, und er drückt beinahe das Gespräch weg.

»Ja, Oskar hier.«

Er schaut sich um, ob niemand von den anderen mit ihm zugleich das Gebäude verlassen hat, aber die Straße vor dem Haupteingang ist menschenleer. Rasch geht er ein Stück weiter.

»Ja, hallo, mein Name ist Camilla Persson.«

Oskar erkennt die Stimme nicht wieder, aber es ist ja auch ewig her, seit sie sich begegnet sind, und damals hat er eher Augen und Ohren für ihre Freundin gehabt.

»Sie haben mich gebeten, zurückzurufen.«

»Ja, das ist richtig.« Er räuspert sich.

»Aber zunächst einmal muss ich mich wohl entschuldigen. Ich habe gelogen, weil ich dringend mit dir sprechen musste. Es geht nicht um irgendeinen Vortrag, sondern ... Ich bin Oskar Engström. Wir haben uns 1997 auf einer Party in Visby kennengelernt. Bitte leg jetzt nicht auf, ich muss wirklich mit dir reden.«

Er hört Camilla schwer atmen.

»Na, dann schieß los, was hast du auf dem Herzen? Du bist ein elendes Stück Dreck, das weißt du, aber ich nehme an, selbst so jemand wie du hat das Recht gehört zu werden. Immerhin leben wir in einer Demokratie.«

»Es tut mir wirklich leid, ich weiß, dass ich mich wie ein Schwein verhalten habe, und ich wünschte, ich könnte es ungeschehen machen. Aber das kann ich nicht. Vielleicht kann ich Josefin jedoch irgendwie entschädigen, wenn ich sie erreichen könnte. Ich möchte sie um Verzeihung bitten. Und auch finanziell für mein Verhalten geradestehen.«

Letzteres klingt albern, das merkt er selbst, aber etwas Besseres fällt ihm nicht ein.

»Und wie kommst du darauf, dass ich wüsste, wo sie ist?« Camillas Stimme klingt zuckersüß.

»Ich dachte nur, ihr wart doch beste Freundinnen ... Vielleicht weißt du ja, wo sie heute lebt.«

Oskar stottert. Er fühlt sich wesentlich unsicherer als sonst. Irgendetwas in Camillas Stimme bringt ihn völlig aus dem Konzept.

»Josefin ist damals umgezogen, wie du vielleicht weißt. Sie hat alle Kontakte abgebrochen und ist zu ihrem Vater nach Malmö gegangen. Mit dem habe ich später noch ein paarmal gesprochen, er hat sich große Sorgen um sie gemacht. Offensichtlich hatte sie in Malmö mit Drogen zu tun und er fürchtete, sie würde sich prostituieren, um ihre Sucht zu finanzieren.« Camilla senkt die Stimme.

»Das letzte Mal, als ich mit ihm gesprochen habe, erzählte er, sie hätte einen Mann geheiratet, der sie schlagen würde. Ich habe daraufhin mehrmals versucht, sie irgendwie zu erreichen. Aber über das Internet habe ich sie nicht gefunden, und ihr Exmann konnte mir nur sagen, dass sie nach einem Streit mit ihm ins Krankenhaus gefahren sei. Von dort ist sie spurlos verschwunden.«

»Und ihr Vater? Hat der dir auch nicht gesagt, wo sie hin ist?«

»Nein, auch er war daraufhin nicht mehr erreichbar. Die Nummer, die ich von ihm hatte, funktionierte plötzlich nicht mehr, und auch bei der Auskunft konnten sie mir nichts über ihn sagen.«

Damit bestätigt sie nur, was er schon von Maria erfahren hat: Nachdem Josefin abgetaucht war, verschwand auch ihr Vater.

»Ich hoffe, du bist jetzt zufrieden«, fährt Camilla fort. »Es ist dir wirklich gelungen, das Leben mehr als nur eines Menschen zu zerstören, obwohl dir keiner von ihnen etwas getan hat. Wie du nachts ruhig schlafen konntest, während Josefin von allen geschnitten wurde, ist mir immer noch ein Rätsel. Wenn mir der Gedanke, unschuldige Menschen büßen zu lassen, nicht so dermaßen zuwider wäre, würde ich dir wünschen, deine Tochter müsste dasselbe durchmachen wie sie. Das würde dir vielleicht die Augen öffnen.«

Oskar schaut in den Himmel hinauf, wo die Wolken unzählige Muster bilden, er hat einen Kloß im Hals.

»Es tut mir wirklich leid, und noch einmal: Wenn ich es ungeschehen machen könnte ... Ich möchte einfach nur mit Josefin reden und sie um Verzeihung bitten. Hast du wirklich keine Idee, wo sie sein könnte?«

Er nimmt das Handy an das andere Ohr.

»Nein, habe ich nicht. Ehrlich gesagt würde es mich gar nicht wundern, wenn sie sich das Leben genommen hätte. Von dem Mann, mit dem man zusammenlebt, halbtot geschlagen zu werden, kann schließlich jedem die Lebenslust nehmen.«

Camilla ist schon die Zweite innerhalb weniger Tage, die glaubt, Josefin könnte sich umgebracht haben. Das kann Oskar sich jedoch nicht vorstellen. Er glaubt vielmehr, dass sie noch lebt und dass sie, Camilla oder irgendjemand anderes in ihrer Umgebung hinter der Drohmail an Jonas steckt.

»Okay, ich werde dir sagen, wie es ist. Jonas hat per Mail Fotos von dem Abend in Visby bekommen und empfindet das als Drohung. Sowohl du als auch Josefin hätten ziemlich starke Motive für so eine Aktion, oder?«

Er wartet auf eine verneinende Reaktion, aber Camilla sagt gar nichts dazu.

»Ich bin bereit, eine hohe Summe zu bezahlen, wenn ihr wieder damit aufhört. Was meinst du, kommen wir ins Geschäft?«

»Du krankes Schwein!«, flüstert Camilla wütend. »Ich habe keine Fotos gemailt, weder an dich noch an Jonas. Mit so etwas befasse ich mich nicht. Lieber schreibe ich Artikel, um die Welt darauf aufmerksam zu machen, dass da wirklich etwas richtig schiefläuft. Aber ich kann dir versichern, wenn ich dahinterstecken würde, könnte kein Geld der Welt mich davon abbringen, dich dranzukriegen. Außerdem hast du gerade glorreich bewiesen, dass du dich kein bisschen verändert hast. Du bist noch immer derselbe egoistische Scheißkerl, und das Einzige, worauf es dir wirklich ankommt, ist deine Karriere. Für solche wie dich empfinde ich nichts als Verachtung. Und jetzt bitte ich dich, mich nie wieder anzurufen.«

Ein Klicken, sie hat aufgelegt.

DIE GERICHTSVERHANDLUNG

Oktober 1997

Falls Josefin anlässlich der Verhaftung von Oskar und Rikard überhaupt irgendeine Form von Triumph empfunden hatte, ist davon spätestens am letzten Tag der Gerichtsverhandlung nichts mehr übrig. Nie zuvor hatte sie sich so gedemütigt gefühlt. Und das, obwohl ihr Gerichtsbeistand, Christoffer Skog, mehr als gut gearbeitet hat. Er fragte Oskar, wie Josefin ihm denn genau vermittelt habe, dass sie das Bedürfnis verspüre, eine Klobürste in die Vagina gesteckt zu bekommen, bis sie bluten würde. Und er fragte Oskar, ob er selbst manchmal gerne irgendwo eine Klobürste in seinem Körper spüre und wie es sich äußere, wenn er dabei Lust empfände. Würde sich dies eher durch aktive Handlungen äußern oder dadurch, dass er still und nahezu bewusstlos daliegen würde? Aber es hat alles nichts genützt, denn Christoffer Skog hatte das gesamte Gericht gegen sich.

Das war schon bei der Eröffnung zu spüren gewesen. Oskars Verteidiger ging Josefin hart an. Ein schwarzer Spitzenstring – so etwas würde eine Frau doch nur anziehen, wenn sie auf einen erotischen Abschluss des Abends hoffe. Letzteres sagte er langsam, und das Wort »erotisch« betonte er ironisch. Und sie habe Oskar doch freiwillig geküsst, ob sie nicht sogar ein bisschen verliebt in ihn gewesen sei? Sie sei schließlich sogar mit ihm auf die Toilette gegangen, um dort weiterzumachen. Was sie denn glaube, welche Signale sie damit ausgesendet habe? Und dann habe Rikard doch berichtet, er und

Josefin hätten bereits avancierten Sex gehabt, als Josefin gerade einmal fünfzehn gewesen sei, vielleicht sogar erst vierzehn. Es sei also nicht gerade die Unschuld vom Lande, die da vor ihnen sitze.

In den zwei Monaten, die die Voruntersuchungen in Anspruch genommen haben, ist sich Josefin der unzähligen Verfahrensfehler, die begangen wurden, gar nicht bewusst gewesen. Erst hinterher hat Christoffer Skog ihr erklärt, wie schlampig ihr Fall bearbeitet worden sei und dass der Freispruch keinesfalls bedeute, dass Oskar, Rikard und Jonas unschuldig seien, sondern eher, dass man nicht genügend getan habe, um zu beweisen, was sich wirklich abgespielt habe.

Zunächst einmal hat es die Polizei nicht weiter gekümmert, dass Jonas sein Geständnis nach dem ersten Verhör plötzlich geändert hat. Rasch ließen sich die Beamten davon überzeugen, dass er zu betrunken gewesen ist und sich an Details nicht erinnern konnte. Sie waren überzeugt, dass er deshalb zunächst etwas ganz anderes erzählt hatte, was in weiten Teilen mit der Geschichte übereinstimmte, an der Josefin festhielt.

Und es wurde auch nicht viel unternommen, um den Männern ihre Schuld nachzuweisen. In keinem Verhör wurden sie über ihr Frauenbild oder ihre bisherigen sexuellen Erfahrungen befragt oder dazu, ob es in ihrer Clique den Status erhöhte, wenn man Gruppensex hatte. Ob sie Pornos schauten und diese anregend fanden, und ob es in ihren Augen einen Unterschied gäbe, wie Frauen und Männer sich verhalten durften. Stattdessen wurde alle Energie darauf verwendet, Josefins Glaubwürdigkeit zu untergraben, als ob es auch nur irgendwie von Interesse gewesen wäre, ob sie zuvor schon mit Männern geschlafen hatte oder nicht, als ob ein Nein nicht immer nein bedeutete. Im Laufe des Gerichtsverfahrens wurde so lange darauf herumgeritten, dass es am Ende außer Christoffer Skog niemand im Saal merkwürdig fand, dass Josefins bisherige sexuelle Erfahrungen für das Gericht interessanter waren als die der Männer. Oder dass Josefins Glaubwürdigkeit infrage gestellt wurde, nicht aber die geltenden Normen in der Schule, nach denen Jungs umso mehr bewundert wurden, je härteren Sex sie hatten. Eine Tatsache, die Josefins Aussage, dass sie zum Sex gezwungen worden war, gestützt hätte.

Ein weiterer Nachteil für Josefin war, dass Ted Widenstam, der Polizist, der die Verhöre führte, frühzeitig der Meinung war, dass die Klägerin log und die Männer unschuldig waren. Das machte Christoffer Skog richtiggehend wütend. Er behauptete, die Polizei habe einen schwerwiegenden Fehler gemacht, sie habe gar nicht erst versucht, die Aussagen der Klägerin zu beweisen, sondern habe sie im Gegenteil als unglaubhaft hingestellt.

Als Josefin sich mit hängenden Schultern aus dem Gerichtsgebäude schleicht, begleitet von Camilla, die den Arm um ihre Hüfte gelegt hat, fühlt sie sich unglaublich schmutzig. Außerdem, und dafür schämt sie sich fast, ist sie wütend. Sie ist wütend auf Camilla, die sie dazu überredet hat, die Jungen überhaupt anzuzeigen, obwohl doch jeder weiß, dass ein Mädchen, das sich mit mehreren Jungs zu einer Party verabredet und dort freiwillig mit einem herummacht, selbst schuld ist, wenn sie anschließend vergewaltigt wird. Sie anzuzeigen hat zu überhaupt nichts geführt, im Gegenteil. Ohne das Verfahren wäre sie vielleicht mit einem beschädigten Selbstvertrauen und einem schlechten Ruf davongekommen, der früher oder später vergessen worden wäre. So sind die Konsequenzen unendlich viel schlimmer. Aber Camilla hat seit dem Abend in Visby eisern zu ihr gehalten, und so versucht Josefin, ihre Wut zu unterdrücken, so gut es geht.

Camilla stützt sie und begleitet sie aus dem Saal. Sie geht sehr aufrecht und hält trotzig den höhnischen Blicken stand, die die Leute ihnen zuwerfen. Josefin dagegen hält den Kopf gesenkt, sie kann nichts mehr denken und fühlt sich vollkommen elend.

Vor dem Gericht stoßen sie mit einer jungen Frau zusammen, die ein kleines Mädchen auf dem Arm hat. Es ist zwei, vielleicht drei Jahre alt und lutscht am Daumen. Die braunen Locken sind feucht vom Regen. Josefin will an ihnen vorbeigehen, aber die junge Frau hält sie auf.

»Hallo, bist du Josefin? Ich will dir nur sagen, dass ich auch auf Oskar hereingefallen bin.«

Josefin bleibt stehen. Beschützend legt Camilla eine Hand auf ihren Arm, als wäre jeder Versuch, Josefin anzusprechen, ein feindlicher Akt.

»Ich war in ihn verliebt und habe auf einer Party mit ihm geschlafen«, fährt die junge Frau fort. »Er hat mich nicht dazu gezwungen oder so, ich wollte es auch. Aber dann hat er mich wie Dreck behandelt, und ich habe nie begriffen, was ich falsch gemacht habe. Ich war damals fünfzehn.«

Sie schiebt das Mädchen auf den anderen Arm hinüber.

»Und ich wusste nicht, dass ich schwanger war. Erst im dritten Monat habe ich es gemerkt. Als ich nicht abtreiben wollte, hat Oskar gedroht, der ganzen Schule zu erzählen, was für eine Hure ich bin. Ich habe das Kind trotzdem bekommen. Ja, das hier ist meine Tochter, sie heißt Jeanette. Sie ist jetzt zwei und hat ihren Vater bis heute nicht gesehen.«

Sie schaut zum Parkplatz hinüber, wo Oskar von Freunden und Familie umringt wird.

»Ich wollte dir nur sagen, dass ich auf deiner Seite stehe. Ich glaube kein Wort von dem, was Oskar über dich erzählt hat.«
Sie drückt Josefin einen Zettel in die Hand.

»Ruf mich an, wenn du jemanden zum Reden brauchst.«

Sie sieht Josefin noch einmal an, dann dreht sie sich um und geht davon. Josefin schaut ihr lange nach. Sie hat das Gefühl, etwas sagen zu sollen, weiß aber nicht, was. Dann ist die Gelegenheit vorbei. Die beiden sind nicht mehr zu sehen.

SÖDERMALM

Mittwoch, 17. März 2010

Jonas erwacht von seinem eigenen Schrei. Dieser Albtraum hat sich unglaublich echt angefühlt. Es ging um Jeanette. Sie saß mitten in einem Zimmer, umgeben von Männern, die ihre Hände nach ihr ausstreckten. Jonas selbst befand sich im Zimmer nebenan. Durch eine riesige Glaswand konnte er alles beobachten. Aber er konnte nicht hinein. Jonas reibt sich die Augen, seine Finger werden nass, wie lange ist es her, seit er im Traum geweint hat? Er spürt, wie Mia sich an ihn schmiegt und den Arm um seine Hüfte legt. Sie flüstert:

»Schsch, das war nur ein Traum. Du brauchst keine Angst zu haben, wir sind da.«

Sie küsst ihn in den Nacken und drückt sich fest an ihn. Kalles Atem geht langsam und regelmäßig, wenigstens ist er nicht auch aufgewacht. Jonas wünscht, Mia hätte recht und es wäre alles bloß ein böser Traum, aber das ist es nicht. Er trägt ein Geheimnis mit sich, das innerhalb von Sekunden alles Glück zerstören kann, das er sich aufgebaut hat. Und irgendwo in einem anderen Zimmer ist ein junges Mädchen gerade dabei, sich selbst großen Schaden zuzufügen. Dass er keine Angst zu haben braucht, ist einfach nicht wahr. Aber das kann er Mia nicht sagen, und dass er es nicht kann, vergrößert den Abstand zwischen ihnen immer mehr.

Jonas dreht sich um und bohrt seine Nase in Mias Haar. Er atmet ihren Schlafgeruch ein und versucht die Gedanken zu verdrängen, die ihn daran hindern, ihr nah zu sein. Kurz darauf schläft er wieder ein, aber der Traum lässt ihn nicht los, und als der Wecker gegen sieben klingelt, fühlt er sich wie gerädert. Kalle schläft immer noch. Er ist eine richtige Nachteule und schläft selten vor neun Uhr abends ein. Dafür dauert es morgens umso länger, bis er wach wird.

Mia dreht sich zu Jonas um.

»Was hast du denn heute Nacht Schreckliches geträumt?«

Ihre dunklen Augen sehen ihn fragend an.

»Es klang richtig unheimlich. Ich dachte, es ist etwas passiert, du seist vielleicht krank.«

Jonas schaudert, als er sich an den unangenehmen Traum erinnert.

»Ach, nur ein Albtraum. Ich habe von einem Kind geträumt, das misshandelt wurde.«

Das ist nah an der Wahrheit, ohne eine Menge schwieriger Fragen zu riskieren. Mia sieht ihn mitfühlend an.

»Puh.« Sie legt eine Hand auf seinen Arm.

»Das liegt sicher daran, dass du ein Kind hast, da werden die meisten empfindlicher. Ich finde es immer furchtbar, wenn ich über Vergewaltigungen auf Teenager-Partys lese. Ich muss dann immer daran denken, dass Kalle vielleicht in ein paar Jahren auch mal auf einer Party landet, wo jemand einem Übergriff ausgesetzt ist.«

Sie seufzt und bohrt ihren Kopf in seine Armbeuge, eine Gewohnheit, die sie hat, seit sie sich kennen.

»Es wird schon wieder besser, hab nur Geduld«, versucht Jonas sie zu trösten, aber wirklich überzeugt ist er selber nicht. Heute scheint es viel schwieriger zu sein, ein junges Mädchen oder auch ein heranwachsender Jugendlicher zu sein, als zu seiner Zeit. Auch Mia glaubt bestimmt nicht, was er da sagt, aber sie erwidert nichts. Es bringt ja auch nichts, von vornherein das Schlimmste anzunehmen. Jonas streicht ihr über das Haar.

»Ich habe heute übrigens keine Termine und wollte von zu Hause aus arbeiten, also kann ich Kalle bringen und holen. Musst du zur Uni?«

Widerwillig streift er die Bettdecke ab und steht auf, der Boden ist kalt unter seinen Füßen. Er schüttelt sich und zieht den Bademantel über. Mia folgt seinem Beispiel.

»Ich weiß nicht, eigentlich hatte ich vor hinzufahren, aber gestern habe ich die Frau erreicht, die in Visby mit dabei war, als ihre Freundin vergewaltigt wurde. Die Frau, die diesen Artikel in der *Bang* geschrieben hat. Sie hat sich ziemlich für die Sache eingesetzt, und ich habe sie gefragt, ob wir uns nicht mal treffen könnten, damit sie mir mehr von der Verhandlung erzählen kann.«

Mia öffnet den Schrank und holt ein Kleid sowie eine schwarze Strumpfhose heraus.

»Sie war einverstanden, aber da sie ab ein Uhr beschäftigt ist, müssen wir uns vor dem Mittagessen treffen. Sie arbeitet in Uppsala. Es wird mich also einen halben Tag kosten, aber das ist es mir wert.«

Mia zieht sich schnell an.

»Und wenn ich zwischendurch Zeit habe, will ich versuchen Oskar Engström zu erreichen und ihn fragen, ob er zu einem Interview bereit ist.«

Sie lächelt und wirft Jonas, der immer noch im Bademantel auf der Bettkante sitzt und ein bisschen verwirrt aussieht, eine Kusshand zu.

»Möchtest du Kaffee?«

Letzteres ruft sie über die Schulter zurück, sie ist schon auf dem Weg in die Küche. »Ja, gerne«, sagt er zerstreut. Sein Herz klopft. Wie soll er Mia davon abhalten, Oskar anzurufen?

»Mia...«

Jonas folgt ihr.

»Wenn du willst, kann ich Oskar anrufen. Vielleicht entlastet dich das ein bisschen.«

Sie sieht ihn erstaunt an und füllt Pulver in den Kaffeefilter.

»Als du mir Freitag von ihm erzählt hast, habe ich noch mal nachgeschaut, ob er auf demselben Gymnasium war wie ich, und das war er. Aber wir hatten damals nichts miteinander zu tun.«

Mia schaltet die Kaffeemaschine ein und setzt sich.

»Ja gut, aber wieso solltest du ihn dann anrufen? Es ist doch viel einfacher, wenn ich ihn selbst anrufe, schließlich geht es um mein Forschungsprojekt.«

Jonas merkt, dass er auf der Hut sein muss.

»Schon, aber wo er und ich doch ein paar gemeinsame Nenner haben, fällt es mir vielleicht leichter, ihn zu überzeugen. Außerdem ist es bei mir gerade ziemlich ruhig auf der Arbeit, ich kann mir gern ein paar Minuten Zeit dafür nehmen.« Er setzt sich ihr gegenüber.

Mia kaut zerstreut auf den Fingernägeln und überlegt.

»Okay, vielleicht hast du recht. Wenn du dich bei ihm meldest und ihm sagst, es gehe um ein anonymes Interview und dass ich seinen Namen in der Arbeit nicht erwähnen werde, dann ist er vielleicht einverstanden.«

Sie steht auf und schenkt zwei Tassen Kaffee ein. Jonas stellt Brot, Butter und Käse auf den Tisch und holt die Zeitung aus dem Flur.

Normalerweise genießt er diese Minuten, wenn Kalle noch schläft und sie in Ruhe frühstücken, ein bisschen lesen und sich unterhalten können, aber heute kann er sich nicht richtig darauf einlassen. Der Traum steckt ihm immer noch in den Knochen, und er wünscht sich, Mia würde endlich gehen, damit er seine E-Mails lesen kann. Die Anweisungen bezüglich Jeanette müssten jeden Moment eintreffen.

Kurz vor acht weckt er Kalle und zieht ihn an. Mia hat in der Zwischenzeit geduscht, gefrühstückt und die Wohnung verlassen.

Eine Stunde später geht er mit ihm zu Fuß das kurze Stück zum Kindergarten. Er gibt Kalle noch einen Kuss und winkt, dann geht er wieder nach Hause. Zehn Minuten später schaltet er seinen Laptop ein.

ÖSTERMALM

Mittwoch, 17. März 2010

Nach dem Arbeitsessen mit seinem Medienberater geht Oskar zügig nach Hause. Sie haben über die Erweiterung seines Auftrags gesprochen, die Peter Alm vorgeschlagen hat. Sie müssen sich drei bis vier weitere Vorträge zum Thema überlegen. Die Zeit, die das kosten wird, ist es vermutlich wert. Der Schwedische Sportverband ist eine so große Organisation, dass Oskars potenzieller Kundenkreis dadurch enorm wachsen wird.

Er hat keinen weiteren Versuch unternommen, mit Camilla zu reden. Zwar ist die Pressekonferenz bereits in zwei Tagen und er hat weiß Gott keine Lust, im Laufe des Freitags mit weiteren Bildern aus Visby konfrontiert zu werden. Aber ein Gespräch mehr oder weniger wird ihn auch nicht davor bewahren. Er will gerade den Türcode eingeben, als sein Handy klingelt. Hastig zieht er es heraus und schaut auf das Display, die Nummer sagt ihm nichts. Einen kurzen Moment glaubt er, es könnte vielleicht Josefin sein, Camilla hätte gelogen und doch gewusst, wo sie sich befindet, und hätte ihr gesagt, dass Oskar sie sprechen möchte.

»Oskar Engström – haben Sie einen Moment?«

Er geht ein paar Schritte vom Haus weg Richtung Humlegården, will nicht riskieren, dass einer der Nachbarn etwas mitbekommt.

»Ja, klar.«

Es ist nicht Josefin.

Nachdem Oskar sich weit genug von der Haustür entfernt hat, wagt er wieder normal zu sprechen.

»Entschuldigung, ich musste nur kurz noch etwas erledigen.«
»Kein Problem. Übrigens, Rikard hier.«

Jetzt erkennt Oskar die etwas schrille Stimme, die so charakteristisch für Rikard ist. Er erinnert sich, dass sie ihn früher in der Mittelstufe deswegen aufgezogen und »Weiberstimme« gerufen haben, sobald er den Mund aufmachte. Doch in der siebten hörte das Mobbing auf, denn da tat Rikard sich mit den Schlimmsten in der Klasse zusammen. Tat Dinge für sie, die kein anderer machen wollte, die ihm aber halfen, die Opferrolle loszuwerden und auf eine gewisse Art Anerkennung zu bekommen. Diesen Typen kam es wahrscheinlich sehr gelegen, dass er bereit war, so gut wie alles für sie zu machen. Und er wiederum war einfach nur dankbar, nicht mehr der Außenseiter zu sein. Aber seine Angst, wieder dort zu landen, ließ ihn wahrscheinlich nie ganz los. Vielleicht war er gerade deshalb so bösartig, weil er dadurch jeden Gedanken daran zerstreute, dass jemand es wieder auf ihn selbst abgesehen haben könnte. Rikard war niemand, dem man vertrauen konnte, aber ein paar Jahre lang war es ganz nett gewesen, mit ihm feiern zu gehen. Zumindest, wenn er nicht allzu sehr unter Drogen stand, denn dann konnte er richtig ausflippen.

Auch Rikard und Oskar waren nach dem Gerichtsverfahren getrennte Wege gegangen. Sie lebten in völlig verschiedenen Welten und hatten sehr wenig gemeinsam. Rikard hatte mit Alkohol- und Drogenproblemen zu tun und wohl einige kriminelle Taten auf dem Kerbholz. Oskar dagegen wurde ein berühmter Fußballstar, der von außen betrachtet ein sauberes Leben führte.

»Hallo Rikard. War nett neulich. Schön, euch mal wiedergesehen zu haben.«

Rikard murmelt etwas Zustimmendes und räuspert sich mehrfach, bevor er weiterspricht. Er wirkt nervös.

»Ja, also ich rufe an, um dir etwas zu erzählen.«

»Worum geht es denn?«

»Ich wollte es euch eigentlich sagen, als wir uns getroffen haben, aber irgendwie hat sich keine Gelegenheit ergeben. Es geht um die Fotos.«

Oskar erstarrt. Als er den Mund wieder aufmacht, ist seine Stimme frostig.

»Du weißt also etwas über die Bilder?«

»Ja.«

Rikard stammelt, er ist offensichtlich verlegen. Obwohl er mit den übelsten Typen zu tun gehabt hat, ist er ausgerechnet Oskar gegenüber immer besonders nervös gewesen, und diese Unsicherheit ist anscheinend bis heute geblieben.

»Ich habe Christian an dem Abend, an dem er starb, in Båstad getroffen«, sagt er schließlich und berichtet, wie Christian ihm von den Fotos erzählt und er sie gekauft hat.

»Und dann? Hast du die Fotos tatsächlich bekommen?«, fragt Oskar ungeduldig.

»Ja, aber zu einem deutlich höheren Preis, als wir vereinbart hatten. Um ihn zu ärgern und um das Geld zurückzubekommen, habe ich ihm Ecstasy in den Drink gekippt.«

Rikards Stimme wird leiser und beginnt zu zittern.

»Ich wusste nicht, dass er in dem Zustand auf die Maschine steigen und nach Hause fahren würde, wirklich nicht. Wenn ich das geahnt hätte, hätte ich doch nie...«

Hier versagt ihm die Stimme, und Oskar glaubt zu wissen, warum. Rikard hat sich immer im Grenzland der Illegalität bewegt, aber er ist kein Mörder, und tief in seinem Innern ist er wahrscheinlich immer noch der schmächtige Junge aus der Mittelstufe, der wegen seiner Stimme aufgezogen wurde. Aber Oskar sagt nichts, sondern wartet, bis Rikard fortfährt. Dieser räuspert sich erneut.

»Als ich dann letzten Freitag von Jonas weg bin, dachte ich plötzlich, dass Christian vielleicht noch mehr Fotos gehabt hat, oder dass er sie eingescannt hat, bevor er mir die Abzüge verkaufte. Vielleicht hatte er ja begriffen, dass sie viel Geld wert waren und es dumm gewesen wäre, sich komplett von ihnen zu trennen.«

Oskar überlegt. Sollte Christian tatsächlich mehrere Abzüge gemacht haben? Dann hätte er sie theoretisch überall verbreiten können. Wer hatte beschlossen, sie als Drohmaterial gegen sie zu verwenden? Die meisten, die sich solche Bilder ansehen, benutzen sie doch nur als Pornobilder und scheißen darauf, wer auf den Bildern zu sehen ist.

»Zwischen den beiden Abenden, an denen ihr euch getroffen habt, sind nur ein paar Tage vergangen?«

Rikard brummt zustimmend.

»Natürlich kann es ein, dass Christian die Fotos eingescannt hat, bevor ihr euch das zweite Mal getroffen habt«, sagt Oskar. »Aber dass er sie in so kurzer Zeit auch noch herumgeschickt haben könnte, kommt mir eher unwahrscheinlich vor. Schließlich wird er kaum geahnt haben, dass er bald sterben würde. Da glaube ich eher, dass er sie verbreitet hat, bevor ihr euch getroffen habt.«

Rikard unterbricht ihn.

»Ich bin mir aber ziemlich sicher, dass er das nicht gemacht hat.«

»Warum?«

»Als Christian die Bilder erwähnte, klang es wirklich so, als hätte er seit Jahren nicht mehr an sie gedacht. Nach seinem Umzug nach Torekov haben sie jahrelang bei ihm im Keller gelegen. Ich bin mir ziemlich sicher, dass er erst wieder darauf kam, als ich ihm von meiner Pornoseite erzählte. Falls er sie also tatsächlich eingescannt hat, dann kurz bevor er sie mir übergeben hat.«

Oskar wischt mit dem Handschuh über eine der Parkbänke, aber sie ist immer noch feucht, als er sich darauf niederlässt. Ein Mann um die dreißig kommt vorbei und nickt ihm zu, Oskar fragt sich zerstreut, wie lange es wohl dauern wird, bis die Leute ihn nicht mehr mit der Nationalmannschaft in Verbindung bringen.

»Hat Christian gesagt, ob er die Bilder sonst noch irgendjemandem gezeigt hat?«

»Nein, aber er hatte ja nur die Abzüge, die Negative hattest du, also selbst wenn er sie jemandem gezeigt hätte, so dürfte derjenige keine eigenen Abzüge davon haben.«

»Okay, wahrscheinlich wird es also so sein, dass Christian die Fotos irgendwann zwischen den beiden Abenden verbreitet hat, an denen ihr euch getroffen habt. Anschließend hat irgendwer uns erkannt und ist auf die Idee gekommen, das auszunutzen. Man kann sich allerdings fragen, warum ausgerechnet Jonas die Mail bekommen hat. Wie auch immer, jetzt müssen wir vor allem denjenigen finden, der das Foto geschickt hat, sonst sind wir geliefert.«

Die Feuchtigkeit der Bank dringt durch die Hosenbeine. Oskar zieht den anderen Handschuh aus und setzt sich darauf. Plötzlich fällt ihm ein, was Rikard zu Beginn des Gesprächs gesagt hat.

»Du hast doch gesagt, du hast alle Bilder mit zu dir genommen, oder?«

Rikard bejaht.

»Und was hast du anschließend damit gemacht?«

»Ich...« Wieder beginnt er zu stottern. »Ich habe sie eingescannt und dann die Abzüge geschreddert.«

Oskar ist überrascht über Rikards Eingeständnis. Aber vielleicht hat er einfach zu viel Angst, dass es auf ihn zurückfallen könnte, wenn es anderweitig herauskommt.

»Was hast du gemacht?«

»Ich habe sie eingescannt.« Rikard räuspert sich.

»Aber sie waren die ganze Zeit nur auf der Festplatte meines Rechners und haben meine Wohnung nicht verlassen. Und ich habe sie auch niemals irgendwem gezeigt.«

Oskar lauscht Rikards Versicherung, er habe nichts mit der Verbreitung der Bilder zu tun. Aber er erinnert sich auch, wie Rikard überall mit dem Sex herumgeprahlt hat, den er und Josefin angeblich gehabt hatten. Die Geschichten änderten sich jedes Mal und wurden immer roher und brutaler. Niemand glaubte ihm damals, aber man ließ ihn gewähren. Es ist also wahrscheinlicher, dass Rikard der Versuchung nicht widerstehen konnte und seinen Kumpels die Bilder gezeigt hat, und sei es nur, um damit anzugeben. Und dann ist irgendwer auf die wunderbare Idee gekommen, Profit daraus zu schlagen.

»Okay, das war ziemlich bescheuert von dir, aber das weißt du sicher selbst. Hast du irgendjemandem erzählt, dass du die Fotos zu Hause hast?«

»Nein, auf keinen Fall.«

»Und du hast nach dem Gerichtsverfahren auch nicht mehr mit Josefins Freundin Camilla gesprochen oder dich mit ihr getroffen?«

»Nein.«

Dieses Nein kommt wie aus der Pistole geschossen. Oskar glaubt ihm nicht. Aber er beschließt, Rikard jetzt nicht weiter unter Druck zu setzen. Stattdessen beendet er das Gespräch und steht auf, er ist ziemlich durchgefroren. Bevor er nach Hause geht, schickt er, trotz all seiner Vorsätze, noch eine SMS an Camilla. Er müsse wissen, ob sie Jonas das Foto geschickt habe, und falls ja, was sie von ihm verlange. Die Antwort kommt postwendend:

Kapierst du eigentlich nicht, was ich sage, du Idiot? Ich habe keine Fotos verschickt. Aber wenn irgendjemand Unbekanntes endlich beschlossen hat, Josefin zu rächen, so könnte sich niemand mehr darüber freuen als ich.

SÖDERMALM

Mittwoch, 17. März 2010

Gute Entscheidung, Jonas. Hier kommen die Anweisungen.

Es ist bereits Mittag, als Jonas endlich eine weitere Mail von der Adresse reisendertyp@hotmail.com bekommt. Er beißt von dem angeknabberten Apfel ab, der auf dem Küchentisch liegengeblieben ist – Kalle hat, wie immer, die Hälfte gegessen und den Rest seinem Schicksal überlassen. Dann liest er weiter:

Weiter unten findest du die Login-Daten von Jeanettes Hotmail-Account. Ich möchte, dass du dich einloggst und dir die E-Mail-Korrespondenz zwischen ihr und Berra anschaust. Er hat ihr Geld für gewisse Dienste angeboten. Sieh zu, dass Berra nicht bekommt, was er will. Außerdem möchte ich, dass er festgenommen wird. Wie du das hinkriegst, ist deine Sache. Viel Glück.

Das ist alles, abgesehen von Jeanettes Nutzerdaten bei Hotmail. Wie der unbekannte Absender sie bekommen hat, ist ihm ein Rätsel, vielleicht ist es ja auch alles nur ein Bluff. Nach einer kurzen Internetrecherche wird ihm jedoch deutlich, dass es unzählige Möglichkeiten gibt, eine Hotmailadresse zu knacken, vorausgesetzt, man hat die E-Mail-Adresse. Man braucht dazu noch nicht mal ein professioneller Hacker zu sein. Außerdem kann es ja durchaus sein, dass die Person, die diese Mails schreibt, Jeanette persönlich kennt und sich auf diese Weise Zugang zu ihren Daten verschafft hat.

Jonas liest die Nachricht noch einmal. Er hat keine Ahnung, wie er den Auftrag erfüllen soll, will es aber um jeden Preis versuchen. Damit Mia nichts erfährt, vielleicht aber auch, weil er bereits zu tief drinsteckt. Wie könnte er mit seinem Wissen ein vierzehnjähriges Mädchen im Stich lassen?

Er öffnet die Hotmailseite und loggt sich ein. Jeanettes Postfach ist voller Nachrichten, und Jonas muss lange suchen, bis er die richtigen E-Mails findet. Die erste ist bereits mehrere Wochen alt, die letzte ist von gestern Abend. Absender ist ein bertil-47@home.se, er geht davon aus, dass es sich um Berra handelt. Jonas fängt an zu lesen. Je weiter er kommt, desto größer wird das Stück Apfel in seinem Mund. Bertil, oder Berra, schreibt, er habe ein Haus auf Lidingö. Für Samstag habe er ein paar ausländische Geschäftsfreunde zum Essen eingeladen. Seine Bekannten würden schwedische Mädchen lieben, und deshalb würde er Jeanette auch gerne zu der Party einladen. Natürlich würde er sie gut bezahlen. Sie müssten auch noch nicht im Detail festlegen, was sie tun sollte. Um ihr nur einen kleinen Eindruck zu geben, was sie an diesem Abend verdienen könnte: fünfzehnhundert Kronen für einen Striptease, einen blasen: tausend Kronen. Pro Person, wie er hinzufügt. Und wenn es zu weiteren Dingen käme, würden die natürlich entsprechend vergütet. Insgesamt könne sie da durchaus zehntausend, vielleicht sogar fünfzehntausend Kronen verdienen, das sei doch gar nicht schlecht für eine Vierzehnjährige.

Jonas zittern die Hände. Er scrollt weiter, Jeanette antwortet begeistert und ohne zu zögern mit ja, obwohl sie unmöglich wissen kann, was man von ihr verlangen wird. Sie schreibt, sie komme sehr gern und wolle das Geld in bar. Daraufhin schreibt Berra, natürlich werde Jeanette das Geld in bar bekommen, noch am selben Abend, vorausgesetzt, sie erfülle ihren Teil der Vereinbarung. Dann nennt er ihr noch Adresse und Zeitpunkt: Samstagabend um neun soll sie da sein.

Also bereits in drei Tagen. Er hat wirklich keine Zeit zu verlieren. Die Adresse ist eine ihm unbekannte Straße auf Lidingö. Er hofft, dass sie zusammen mit dem Vornamen ausreicht, um auch den Nachnamen dieses Bertil herauszufinden. Und richtig. Unter der angegebenen Adresse ist ein Bertil Leonard gemeldet, siebenundvierzig Jahre alt. Der Name kommt ihm irgendwie bekannt vor, aber er kommt nicht darauf, wo er ihn schon einmal gehört haben könnte. Eine Suche im Internet bringt die Antwort. Bertil Leonard ist Geschäftsführer in einem Unternehmen für Soziale Medien, ein paar von Jonas' Kollegen sind vor ein paar Jahren auf einer großen Veranstaltung eben dieser Firma gewesen. Am späteren Abend wurde in einem der großen Hotels weitergefeiert. Die Kollegen berichteten anschließend nicht ohne eine gewisse Sensationslust in den Augen, einige der Gäste hätten nachts im Außen-Pool des Hotels gebadet, in dem sich viele leicht bekleidete, sehr junge Mädchen befanden. Diese Mädchen seien eindeutig eingeladen gewesen, um die überwiegend männlichen Gäste zu unterhalten. Gäste, die vom Alter her ihre Väter hätten sein können. Jonas konnte diese Geschichten damals kaum glauben, aber jetzt, da er den Mailverkehr zwischen Leonard und Jeanette gelesen hat, weiß er, dass es durchaus möglich gewesen ist.

Noch ein weiteres Mal liest er Berras Nachricht. Er findet darin nicht den geringsten Hinweis, dass Bertil Leonard sich irgendwelche Gedanken darüber machen würde, was ein vierzehnjähriges Mädchen dazu bringt, fremden Männern seinen Körper anzubieten. Und in Anbetracht der Art der Veranstaltung geht Jonas davon aus, dass es sich bei Leonards Geschäftsfreunden ebenfalls um Männer handelt, die diesbezüglich keinerlei Skrupel haben. Außerdem muss Berra irgendwie überprüft haben, dass es sich bei »Daisy« tatsächlich um ein junges Mädchen und nicht um die Polizei handelt, bevor er ihr seine Adresse gegeben hat. Wie er das angestellt hat, sieht Jonas in der allerersten Mail, die Bertil Leonard an Jeanette geschickt hat. Darin bittet er »Daisy«, die Webcam einzuschalten und sich zu filmen, während sie chatten. Deshalb also hat er ohne Weiteres so viele persönliche Angaben preisgegeben. So ein Schwein, denkt Jonas. Und er hat sie so schon vorher vollkommen gratis anschauen dürfen. Und offensichtlich hat ihm das Appetit auf mehr gemacht, denn kurz darauf hat er ihr seine »Einladung« geschickt.

ÖSTERMALM

Mittwoch, 17. März 2010

Oskar steckt den Schlüssel ins Schloss. Drinnen hört er die Toilettenspülung, also ist Veronica zu Hause. Das ist schlecht, er wäre gerne alleine gewesen. Veronica kommt ihm im Flur entgegen, das blonde Haar hat sie zu einem lockeren Pferdeschwanz zusammengebunden. Sie betrachtet ihn neugierig, sagt aber nichts. Oskar zieht den schwarzen Mantel aus und hängt ihn auf einen Bügel, dann knotet er langsam seine Schuhe auf. Noch immer hat Veronica kein Wort gesagt. Das ist doch albern, er muss irgendetwas sagen, bevor das Schweigen für sich spricht.

»Hallo, Schatz. Wie ist es dir ergangen?«

Seine Stimme klingt nicht so selbstsicher, wie er es gerne hätte. Vielleicht empfindet er sie aber auch nur selbst als ein bisschen dünn und schwach.

»Ganz gut.«

Eine neutrale Antwort, die ihm keinen Hinweis darauf gibt, in welcher Stimmung sie gerade ist.

»Ich war bei Linnea.«

»Linnea?« Oskar sieht sie fragend an.

»Ja, dieser Therapeutin, du weißt schon. Vor ein paar Jahren wollte ich gern, dass wir zusammen hingehen. Nachdem du mich geschlagen hattest.«

Scheiße, das fängt ja gut an.

»Aha. Schön.«

Er küsst sie flüchtig auf die Wange, dann geht er in die

Küche. Er überlegt, ob er das jetzt richtig gemacht hat. Er würde gern natürlich wirken, weiß aber nicht mehr, wie er das anstellen könnte. Veronica reagiert nicht, aber sie folgt ihm. Oskar hat das ungute Gefühl, dass sie zu einem vernichtenden Schlag ausholt. Er setzt sich an den Küchentisch. Vor ihm liegt Veronicas Handy.

»Ich habe ein Foto bekommen und dachte, du könntest mir vielleicht erklären, was ich darauf sehe.«

Oskar dreht langsam den Kopf und drückt wie in Zeitlupe eine Taste, sodass das Display aufleuchtet. Sein ganzer Körper rät ihm, aufzuspringen und davonzulaufen. Der Bildschirm ist nicht besonders groß, aber er erkennt es sofort. Das Zimmer hat er schon einmal gesehen, und nicht nur gesehen, er hat dort eine ganze Nacht verbracht. Er fühlt sich wie gelähmt, kann sich weder bewegen noch etwas sagen. Und er kann den Blick nicht von diesem Foto wenden.

»Dazu habe ich eine Nachricht bekommen. Von jemandem, der anonym bleiben will, aber behauptet, dieses Foto gemacht zu haben.«

Oskar weiß, dass er etwas sagen muss, was auch immer, um wieder die Oberhand zu gewinnen, aber er bringt keinen Ton heraus.

»Die Person schreibt, das seist du auf dem Bild, du und eine Thailänderin, die allem Anschein nach dazu gezwungen war, mit dir zu schlafen, um sich überhaupt etwas zu essen kaufen zu können.«

Veronicas Worte triefen vor Sarkasmus. Oskar schaut sich das Foto genauer an. Er liegt auf dem Bett, hält die Hände zwischen die Beine. Er kann sich nicht erinnern, in dieser Situation fotografiert worden zu sein, aber schließlich ist er ja auch bewusstlos gewesen. Neben ihm liegt die Thailänderin, die jetzt tot ist. Ihre Beine sind leicht gespreizt, und dass da ein ziemlich großer Blutfleck auf dem Laken ist, lässt sich nicht leugnen. Warum hat er das nicht gleich gemerkt, als sie miteinander zugange waren?

Langsam hebt er den Kopf und trifft auf Veronicas grünbraune Augen. Sie sind genauso schön wie sonst, strahlen aber etwas anderes aus. Wut vielleicht, oder Trauer, vielleicht aber auch nur Enttäuschung.

»Dann hat er gelogen, dieser Mann. Das bin nicht ich auf diesem Foto, es muss jemand anderes sein.«

Veronica lächelt, aber es ist ein freudloses Lächeln.

»Dass du immer noch weiterlügen musst ... Wie schrecklich muss die Wahrheit sein, wenn du mit dem Messer an der Kehle immer noch lügst. Das bist eindeutig du. Ich habe mir das Foto ganz genau angeschaut, und es gibt mehr als ein Detail, das dich verrät. Kannst du jetzt also bitte so freundlich sein, mir zu erklären, was du gemacht hast? Es sieht nicht aus, als ginge es dieser Frau besonders gut. Hattest du auch diesmal wieder ein bisschen Hardcore-Sex? Hat es ihr gefallen?«

Er seufzt.

»Okay, vielleicht bin ich es ja doch, auf dem Foto, auch wenn ich keine Ahnung habe, wer es aufgenommen haben könnte. Aber es stimmt, dass ich misshandelt worden bin. Als dieses Foto aufgenommen wurde, war ich bewusstlos. Ich bin mit einer Frau aus der Bar mitgegangen, ich war total zu, und sie hat mich wie verrückt angebaggert! Schließlich konnte ich einfach nichts mehr dagegensetzen.«

»Ach, du Armer. Also hat sie dich um Sex angefleht? Obwohl du eigentlich nicht wolltest? Hast du sie deshalb bestraft, indem du ihr den Unterleib zerrissen hast? Denn das ist ja wohl Blut, das da auf dem Laken zu sehen ist?«

Oskar seufzt erneut. Wie soll er da je wieder herauskommen?

Er entscheidet sich, einigermaßen ehrlich zu sein, ohne die ganze Wahrheit sagen zu müssen. Hier steht Aussage gegen Aussage, und eigentlich müsste sie ihm eher vertrauen als einem anonymen Fremden.

»Nein, sie hat mich nicht angebettelt, und ich versuche auch nicht, die Schuld von mir zu weisen. Ich war betrunken und habe einen Riesenfehler gemacht. Ich bin dir niemals untreu gewesen, aber in dieser Nacht war ich es.«

Er weiß nicht, ob Veronica ihm glaubt. Im Moment scheint sie ihm gar nichts mehr zu glauben. Dennoch spricht er weiter. Dies ist einfach nicht der richtige Augenblick, frühere Seitensprünge einzuräumen.

»Es war egoistisch und bescheuert von mir, und es tut mir auch aufrichtig leid. Aber ich versichere dir, dass es mir nichts bedeutet hat, sie war ein Flittchen, es ging einfach nur um Sex.«

Jetzt blitzen Veronicas Augen.

»Wie schade, dass es dir noch nicht einmal was bedeutet hat, denn dann hätte ich wenigstens etwas Verständnis dafür. Aber anscheinend war sie dir vollkommen egal, und trotzdem hast du mich und die ganze Familie betrogen, ganz zu schweigen von dieser armen Frau, die sich bestimmt etwas Angenehmeres hätte vorstellen können, als sich von dir misshandeln zu lassen. Warum machst du so etwas, wenn es dir noch nicht einmal etwas bedeutet?«

»So meinte ich das doch gar nicht.«

Er klingt müde und schaut sie nicht an, sondern starrt auf die Tischplatte.

»Ich wollte doch nur sagen, dass ich keine Gefühle für sie hatte. Es war was rein Sexuelles. Ich dachte, du würdest dich freuen, das zu hören.«

Noch während er die letzten Worte ausspricht, merkt er, dass er schon wieder einen Fehler gemacht hat.

»Mich freuen?« Veronica schnaubt verächtlich. Mit viel Fantasie lässt es sich als Lachen deuten.

»Glaubst du, ich *freue* mich, dass du einfach so aus Spaß in der Gegend herumfickst? Na, egal, für mich spielt es keine Rolle mehr, ob du mir untreu bist und was ein Seitensprung für dich bedeutet. Aber es spielt sehr wohl eine Rolle für mich, dass der Vater meiner Kinder so wenig Respekt gegenüber Frauen hat, dass er ohne Bedenken zu physischer Gewalt greift, wenn er Sex mit ihnen haben will. Das ist es, was mich betroffen macht. Denn ich frage mich, was für Werte du Viggo und Emma eigentlich vermitteln willst.«

Oskar antwortet nicht, und Veronica seufzt. Sie weiß genauso gut wie er, dass er kein Talent hat, auf solche Fragen zu antworten.

»Kannst du mir dann bitte mal erklären, wie es zu dieser Blutlache gekommen ist?«

»Wie ich dir schon gesagt habe, hatte ich in betrunkenem Zustand Sex mit dieser Frau, und plötzlich trat mir jemand ohne Vorwarnung zwischen die Beine, vielleicht war es auch ein Schlag, ich weiß es nicht. Das Ganze wiederholte sich drei, vier Mal, bis ich bewusstlos wurde.«

Oskar betrachtet erneut das Foto und entdeckt die Flasche auf dem Boden.

»Als ich wieder zu mir kam, blutete ich aus dem Hintern. Erst dachte ich, jemand hätte mich mit einem Messer verletzt, aber als ich die kaputte Flasche auf dem Boden entdeckte«, er zeigt mit dem Finger darauf, »und die Ärztin meinte, die Verletzung reiche ein ganzes Stück in den Darm hinein, wurde mir klar, dass man mir die Flasche hinten reingesteckt haben musste.«

Wenn die Angelegenheit nicht so ernst wäre, würde Veronica laut lachen. Oskar mit einer Flasche vergewaltigt! In den

Hintern. Wo er doch so unglaublich homophob ist. Er scheint beinahe zu glauben, es sei ansteckend, selbst durch die Mattscheibe hindurch. Sobald er Jonas Gardell im Fernsehen sieht, schaltet er um, um sein gesamtes Schimpfwortregister abzufeuern, bevor er endlich das Thema wechseln kann.

»Aber das erklärt immer noch nicht, warum die Frau blutet.«

»Darauf wollte ich gerade kommen«, sagt Oskar gereizt.

»Ich konnte mir das alles nicht erklären und dachte erst, die Frau hätte sich das mit einem Komplizen ausgedacht. Ich dachte, sie hätten gemeinsam geplant, mich in wehrlosem Zustand zu überfallen und auszurauben. Aber wenn ich mir jetzt das Foto ansehe, dann glaube ich eher, dass der Täter auch sie misshandelt hat, und dass wir beide Opfer waren.«

»Das hätte sie dir dann aber wahrscheinlich gesagt.«

»Nein, denn als ich aufwachte, war sie weg. Ich war ganz allein im Zimmer. Vielleicht war sie nicht so schlimm verletzt und ist abgehauen, sobald der Täter weg war. Ich selbst habe ein Taxi zum Krankenhaus genommen, wo man mich behandelt hat, und weil ich nicht genug Geld dabeihatte, bin ich ein paar Tage später noch einmal hingegangen, um zu bezahlen.«

Oskar schweigt. Eigentlich ist er ganz zufrieden damit, wie er die Geschichte rübergebracht hat, obwohl er gänzlich unvorbereitet war. Jetzt dürfte Veronica keinen Grund mehr haben, sich über irgendetwas zu beklagen, außer vielleicht darüber, dass er ihr im Suff untreu gewesen ist. Aber das passiert im Laufe einer Ehe wahrscheinlich den meisten irgendwann.

»Weißt du, was mir der Mann geschrieben hat, von dem ich das Foto habe? Er behauptet, dass du die Frau misshandelt hast und dass er sie gerettet hat.«

Langsam fährt sie sich mit der Hand durchs Haar.

»Und irgendetwas sagt mir, dass das eher stimmt als die

Geschichte, die du mir gerade erzählt hast. Was für einen Sinn sollte es ergeben, dass der Täter, der dich und die Frau misshandelt hat, mir anschließend ein Foto davon schickt? Mir persönlich scheint es eher, als würde mir da jemand zeigen wollen, mit was für einem Arschloch ich zusammenlebe. Und dafür bin ich ihm natürlich dankbar.«

Oskar erstarrt. Daran hatte er nicht gedacht. Das alles kann also nur eines bedeuten. Es muss eine Verbindung zwischen dem Täter, Oskar und Veronica geben. Aber wer könnte ein Interesse daran haben, einen Keil zwischen ihn und Veronica zu treiben? Und wer hatte die Möglichkeit, diese Aktion auch durchzuführen?

Ein kompaktes Schweigen breitet sich zwischen ihnen aus. Veronica fordert ihn mit Blicken heraus, sagt aber nichts mehr. Tomas! Seit sie ihn in Thailand kennengelernt haben, ist er Veronica nicht von der Seite gewichen.

»Es war Tomas, oder?«

Oskar spricht leise, aber Veronica kann ihn gut verstehen. Verblüfft starrt sie ihn an, sie ist auf fast alles vorbereitet gewesen, dass Oskar sie noch einmal anlügt oder sie beschuldigt, ihm zu misstrauen, aber nicht darauf, dass er Tomas verdächtigen könnte.

»Hattet ihr Sex?« Jetzt blitzen Oskars Augen.

»In der Nacht, in der ich nicht da war. Tomas wusste das schließlich. Hast du da mit ihm geschlafen?«

»Ach, hör doch auf.«

Sie erholt sich erstaunlich schnell wieder.

»Bloß weil es dir Spaß macht, im Familienurlaub sexuelle Abenteuer zu suchen, gilt das noch lange nicht für andere. Ich habe nicht mit Tomas geschlafen, habe nicht einmal darüber nachgedacht. Aber falls ich es gewollt hätte, hätte ich mich deinetwegen gewiss nicht zurückgehalten.«

Sie berührt das Display, um sich das Foto noch einmal anzusehen.

»Aber ich glaube nicht, dass Tomas mir dieses Foto geschickt hat. Ich war letzte Woche mit ihm essen, und er schien genauso überrascht über das Ganze wie ich. Dagegen schien er überhaupt nicht erstaunt darüber, dass du in der Nacht damals Sex gehabt hast. Damit hat er wahrscheinlich gerechnet, als du ohne ihn weitergezogen bist.«

Oskar flucht leise. Tomas hat Veronica also zum Essen eingeladen, nachdem sie wieder in Stockholm waren. Offensichtlich hat er ihn unterschätzt.

»Okay, was auch immer dieser anonyme Typ, der dir gemailt hat, schreibt, und wer auch immer er ist: Ich habe die Frau nicht misshandelt. Aber ich bin untreu gewesen, und ich kann verstehen, wenn du bei Tomas Trost gesucht hast, das kann ich dir schlecht vorwerfen. Aber ich hoffe, du kannst mir verzeihen und wir können weitermachen wie bisher.«

Veronica denkt, dass sie nicht im Traum vorhat, es weiterlaufen zu lassen wie bisher. Aber jetzt ist nicht der geeignete Zeitpunkt, ihm das zu sagen.

»Wenn sich herausstellt, dass das, was ich glaube, stimmt, dass du diese Frau genauso verletzt hast wie Josefin damals in Visby, dann versichere ich dir, dass unsere Ehe Geschichte ist. Vor dreizehn Jahren konntest du es möglicherweise noch auf dein jugendliches Alter schieben. Aber jetzt bist du erwachsen, du hast zwei Kinder und sollst außerdem Vorträge vor Jugendlichen halten. Das passt sehr schlecht damit zusammen, eine Frau zu misshandeln, die dir unterlegen ist.«

»Glaub mir, es ist wahr, was ich sage.«

Oskar greift nach ihrem Arm, sie sieht die Verzweiflung in seinen Augen.

»Ich habe mit ihr geschlafen, das gebe ich ja zu, und während wir noch dabei waren, kam jemand rein und schlug uns beide zusammen. Dieselbe Person hat wahrscheinlich auch das Foto gemacht und es dir geschickt. Wir müssen herausfinden, wer das getan hat, diese Person will uns schaden und unsere Familie zerstören.«

Veronica macht sich von ihm los.

»Diese Person will nicht uns schaden«, sagt sie kalt. »Mich scheint sie eher schützen zu wollen. Du hast wahrscheinlich gehofft, diesen kleinen Seitensprung begehen zu können, ohne dass irgendjemand davon erfährt. Du hättest gerne in aller Ruhe herumgevögelt, ohne deine Karriere zu riskieren oder deine Familie zu zerstören, du hättest den Kuchen gerne gegessen und behalten.«

Sie nimmt das Handy vom Tisch und betrachtet das Bild noch einmal genau.

»Aber das hat leider nicht geklappt. Du bist aufgeflogen und du bist überfallen worden, und wer weiß, vielleicht habe nicht nur ich dieses Foto bekommen, sondern auch der Vorstand des Schwedischen Sportverbands.«

Mit diesen Worten dreht sie sich um und geht hinaus. Oskar hört sie im Badezimmer Wasser in die Wanne einlassen. Er weiß nicht, was er sagen soll, hat keine Ahnung, wie er die Situation noch retten könnte. Er steht auf und geht zum Fenster. Der Schnee hat offenbar aufgegeben, und der Himmel hat ein undefinierbares Grau angenommen.

Trübe Aussichten. Genauso düster wie die Tatsache, dass Tomas sich an seine Frau ranschmeißt und mit großer Wahrscheinlichkeit hinter dem Überfall steckt. Und er kann diesen Scheißtypen noch nicht einmal anzeigen!

Er geht zum Tisch zurück und lässt sich schwer auf einen Stuhl sinken. Vielleicht hat Veronica recht, es kann gut sein, dass Peter Alm vom Schwedischen Sportverband gerade genau dieses Foto anstarrt. Dass er Oskar und die nackte Frau mit dem Blut zwischen den Beinen betrachtet. Was wird er dann denken? Dass sein künftiger Referent und Vortragsreisender brutal misshandelt worden ist? Wahrscheinlich nicht. Oskar fährt sich mit der Hand durchs Haar und wirft einen Blick in den Flur. Veronica hat also eine Nachricht bekommen. Eine Nachricht, die die Ereignisse in Thailand in einem ganz neuem Licht erscheinen lassen. Aber, so erinnert er sich, bevor die Gedanken ihm davongaloppieren, das braucht nicht das Geringste mit dem Foto von Josefin zu tun zu haben, das Jonas bekommen hat. Schließlich hat Veronica gesagt, dass es in dieser Nachricht nur um Thailand ging und sonst nichts. Und falls Tomas Veronica das Bild geschickt haben sollte, gibt es keinen Grund zur Sorge, es könnte beim Schwedischen Sportverband landen. Schließlich weiß Tomas nichts von dem Vertrag. Und dennoch gefällt ihm das neue Dreiecksverhältnis gar nicht.

SÖDERMALM

Mittwoch, 17. März 2010

Jonas lässt den Computer an und geht in die Küche, um sich ein Glas Wasser zu holen und zu überlegen, wie er am besten vorgehen soll. Jeanette wird also zu diesem Abendessen bei Bertil Leonard und seinen Geschäftspartnern gehen. Dort wird sie strippen und wahrscheinlich noch weit schlimmere Dinge tun. Wie soll er das verhindern und noch dazu erreichen, dass Leonard festgenommen wird? Irgendwie scheinen sich diese beiden Forderungen zu widersprechen.

Er nimmt einen Schluck Wasser und behält ihn einen Moment im Mund. Das Beste wäre wahrscheinlich, wenn er die Polizei dorthin lotsen könnte, wenn die Show bereits in vollem Gange ist. Dann gäbe es einen handfesten Grund, Leonard zu verhaften. Und noch besser wäre es, das Ganze zu filmen, damit er einen sicheren Beweis hat. Er muss nur den richtigen Zeitpunkt abpassen, bevor es zu weit geht, denn er will nicht, dass es für Jeanette schlimmer wird als unbedingt nötig.

Jonas stellt das leere Glas in die Spülmaschine. Er beschließt, eine Runde spazieren zu gehen, in der Wohnung fühlt er sich eingesperrt. Obwohl es erst März ist und auf den Straßen immer noch schmutzige Schneewehen liegen, sind es heute immerhin acht Grad. Er lässt den Wintermantel hängen und zieht stattdessen seine Lederjacke an. Eine gute Entscheidung, es ist der wärmste Tag seit dem vergangenen Herbst. Der Himmel ist dennoch grau und bedeckt, und der Winter kommt ihm ungewöhnlich lang vor. Er sehnt sich nach Wärme und Licht.

In der Södermannagatan betritt er das menschenleere Café *Cinema* und bestellt Kaffee und Kopenhagener Gebäck. In den letzten Tagen hat er keinen Appetit gehabt, und heute früh hat er festgestellt, dass seine Hose, die normalerweise ziemlich eng sitzt, ihm mittlerweile beinahe zu weit ist. Ein bisschen was Süßes bringt mich vielleicht wieder in Form, denkt er und lächelt vor sich hin. Er isst das ganze Gebäck auf und spült mit Kaffee nach. Wie kann er alles filmen, ohne sich selbst in Gefahr zu bringen? Und wie werden Bertil Leonard und seine Gäste reagieren, wenn er plötzlich an der Tür klingelt und ihre nette kleine Veranstaltung stört? Man muss nicht Einstein sein, um zu erraten, dass er sich damit nicht gerade beliebt machen würde. Andererseits dürfte es für ihn aber auch nicht wirklich gefährlich werden. Gewiss haben diese Typen keinerlei Moral, wenn es um kleine Mädchen geht, aber sie sind weder Schläger noch Mörder.

Jonas schaut auf die Uhr. Viertel nach eins, er muss Kalle erst gegen halb vier abholen. Also hat er noch genügend Zeit, nach Lidingö hinauszufahren und sich ein Bild von der Lage zu machen. Bertil Leonard dürfte auf der Arbeit sein, und das Haus ist wahrscheinlich leer.

Abgesehen davon, dass die ganze Sache ihm nach wie vor seltsam erscheint, beginnt er sie langsam auch spannend zu finden.

Das Haus ist riesig, vermutlich aus dem frühen 20. Jahrhundert, und aufwendig modernisiert. Ein protziges weißes Steinhaus mit drei Stockwerken, freistehend und von einem großen Garten umgeben, der vermutlich einen Gärtner in Vollzeit beschäftigt. Jonas betrachtet es eingehend von der gegenüberliegenden Straßenseite aus, er will nicht näher herangehen, bevor er sich nicht einen Eindruck verschafft hat und in etwa einschätzen kann, wo das Esszimmer liegen könnte, in dem die Veranstaltung vermutlich stattfinden wird. Er hat einen Blaumann angezogen und eine Geschichte vorbereitet, falls ihn ein Nachbar ansprechen sollte. Das Haus verfügt über ein Souterrain, das auf der Rückseite ebenerdig zum Garten liegt. Wahrscheinlich liegt das Esszimmer oder der Salon auf dieser Ebene, mit Aussicht in den Garten, aber vor fremden Einblicken geschützt. Auf der Rückseite scheint der Garten sich noch weiter auszudehnen als nach vorn.

Er sieht sich nach beiden Seiten um. Keine Autos und keine Menschen in Sicht. Dann überquert er rasch die Straße. Er öffnet die Pforte und geht durch den Garten auf die Rückseite des Hauses. Dort erstreckt sich eine Veranda über die gesamte Länge des Hauses. Durch die großen Fenster strömt das Licht großzügig ins Haus. Vom Haus aus gelangt man durch zwei Balkontüren direkt auf die Terrasse. Wahrscheinlich ist es das Beste, wenn er von hier aus filmt.

Das Haus scheint verlassen, und so geht er auf die Veranda und schaut hinein. Vor ihm liegt ein heller, großer und modern eingerichteter Wohnraum. In einer Ecke eine weiße Sitzgruppe mit Kissen, deren Bezüge die amerikanische Fahne imitieren, in einer anderen Ecke ein gemauerter Kamin. Nur wenige Meter von der Fensterfront entfernt macht er den vermutlichen Schauplatz der Ereignisse des kommenden Samstags aus: einen großen Esstisch mit zwölf Stühlen. Wenn das Dinner hier stattfindet, hat er gute Chancen, es zu filmen. Jetzt muss er sich nur noch überlegen, wie er es am besten anstellt, nicht entdeckt zu werden. Da es immer noch Winter ist, dürfte es draußen bereits dunkel sein, wenn Jeanette zum verabredeten Zeitpunkt erscheint. Das ist natürlich ein Vorteil, vermutlich sehen sie so von drinnen die Kamera gar nicht, wenn er sie im richtigen Abstand auf einem Stativ platziert. Das Problem ist die Außenbeleuchtung, die mit großer Wahrscheinlichkeit an sein wird. Er beschließt, die Birnen herauszuschrauben und zu hoffen, dass Bertil Leonard es nicht vor Samstagabend entdeckt. Am Abend selbst wird er sich kaum darum kümmern wollen. Leider ist sein Plan so mit allerlei Risiken und Fragezeichen verbunden, aber er kann ohnehin nicht mehr tun, als es zu versuchen. Vielleicht gelingt es ihm, wenn nicht, wird Bertil Leonard davonkommen, und Mia erfährt alles über Jonas' weniger helle Seiten seiner Vergangenheit.

Etwas weiter hinten auf der Veranda steht eine Infrarotwärmesäule, hinter der er das Stativ eventuell verbergen kann. Und dann muss er hoffen, dass er die Kamera so einstellen kann, dass Jeanette zu sehen ist, sobald sie den Raum betritt. Er schaut sich ein letztes Mal um und macht ein paar Fotos, vom Garten, der Veranda, aber auch vom Innenraum, soweit er ihn vom Fenster aus überblicken kann. Dann verlässt er rasch das Grundstück.

Er hat Glück, auch diesmal begegnet ihm kein Mensch, die Straße vor dem Haus ist leer. Er wagt kaum zu hoffen, Samstag noch einmal dasselbe Glück zu haben, aber es hat keinen Sinn, sich jetzt schon Gedanken darüber zu machen. Erst einmal muss er Kalle abholen, alles andere hat Zeit bis Samstag.

ÖSTERMALM

Mittwoch, 17. März 2010

Veronica lässt sich ein Bad ein und zieht sich aus, die nackten Zehen werden eiskalt, als sie den gefliesten Boden berühren. Seltsam, dass es so kalt im Bad ist, obwohl sie bei der letzten Renovierung eine Fußbodenheizung haben einbauen lassen.

Sie wartet nicht, bis die Badewanne voll ist, sondern steigt bereits hinein, als das Wasser ihr bis zur Hüfte reicht. Es ist viel zu heiß und sie zuckt zurück, aber bald gewöhnt sie sich daran. Sie schließt die Augen und lehnt den Kopf zurück. Widerwillig muss sie Oskar recht geben, alles deutet auf Tomas hin. Dennoch fällt es ihr schwer, sich das vorzustellen, er wirkt nicht gerade wie ein Gewalttäter. Aber vielleicht hat es ihn einfach zu wütend gemacht, wie Oskar sie und die Thailänderin behandelt hat.

Zerstreut lässt sie das Wasser zwischen ihren Fingern hindurchrinnen und spürt diesem neuen Gedanken nach. Sie hört, wie die Wohnungstür geöffnet und wieder geschlossen wird, anscheinend ist Oskar gegangen. Nach einer halben Stunde steigt sie aus der Wanne und trocknet sich ab. Sie schlingt sich ein Handtuch um das Haar, zieht eine Unterhose an und geht ins Schlafzimmer hinüber. Sicherheitshalber schließt sie die Tür, falls Oskar in der Zwischenzeit zurückkommt. Sie nimmt das Handy und ruft Tomas an, der schon beim ersten Klingeln abnimmt.

»Hallo Veronica, schön, dass du anrufst. Wie geht es dir?«
»Ach, ganz gut.«

Rastlos läuft sie zwischen Fenster und Bett hin und her. Wie soll sie ihre Frage formulieren?

»Schön.« Er lacht. »Dann hat der Besuch bei der Therapeutin dich zumindest nicht runtergezogen.«

Sie versucht herauszuhören, ob er irgendwie falsch, nervös oder zu fröhlich klingt, aber er hört sich an wie immer. Unmöglich, ihn einfach so mit ihrem Verdacht zu konfrontieren. Stattdessen erzählt sie von ihrem Gespräch mit Oskar. Dass er behauptet hat, verprügelt worden zu sein und versucht hat, es so aussehen zu lassen, als wolle jemand der Familie schaden, obwohl es dem mutmaßlichen Täter doch offensichtlich ganz allein um ihn geht. Das Detail mit der Flasche lässt sie ganz bewusst aus, es gibt Grenzen, sie kann Oskar nicht total ausliefern.

»Ich kapiere es einfach nicht. Wer kann so etwas tun und warum?«

Sie lässt sich auf die Bettkante sinken.

»Oskar denkt, dass du es warst.« Sie fummelt verlegen an der Tagesdecke herum.

»Und ich muss zugeben, in jedem Krimi wärst du der Hauptverdächtige: Du warst vor Ort und du kennst uns beide. Trotzdem, ich kann es mir nicht vorstellen. Aber wenn du mich anlügst, erschlage ich dich.«

»Ich schwöre dir, ich habe nichts mit dem Überfall zu tun«, sagt Tomas ernst. »Ich kann verstehen, dass du so denkst, aber ich hoffe, du kennst mich nach diesen beiden Wochen gut genug, um zu wissen, dass ich niemals zu physischer Gewalt greifen würde. Geschweige denn, dir anschließend ein Foto davon schicken würde.«

Er schnaubt verächtlich.

»Aber ich muss zugeben, dass es mir nicht leichtfällt, Oskar zu bemitleiden. Er ist wirklich selbst schuld. Wäre er mit mir zusammen zum Hotel zurückgegangen, wäre das alles nicht passiert.«

Veronica steckt sich den Kopfhörer ins Ohr, öffnet die oberste Schublade und zieht eine Jogginghose heraus. Nach der Badewanne ist ihr schnell wieder kalt geworden.

»Schon gut, ich glaube dir.«

Sie macht die Schublade wieder zu.

»Ich mag dich zu sehr, als dass ich glauben könnte, du würdest mir ins Gesicht lügen. Aber wenn du es nicht warst, wer war es dann? Und warum tut jemand so etwas?«

Tomas lacht plötzlich.

»Jetzt muss ich also den Schuldigen finden, um nicht weiter verdächtigt zu werden?«, fragt er schließlich.

Veronica streift sich die Hose über und grinst.

»Das wäre nett von dir.«

Tomas schweigt einen Moment.

»Wenn er beim Sex mit einer Thailänderin überfallen und zusammengeschlagen wurde, liegt der Gedanke natürlich nahe, dass es jemand war, der die Frau kannte. Aber dann hättest du wohl kaum diese SMS bekommen. Nein, es muss jemand sein, der euch beide oder zumindest Oskar kennt, und der ihm aus einem unerfindlichen Grund eins auswischen oder ihn im Gefängnis sehen will. Hat Oskar irgendwelche Feinde?«

»Nicht, dass ich wüsste.«

Sie nimmt den Ohrstöpsel heraus und zieht ein T-Shirt über, dann steckt sie ihn wieder ein.

»Die meisten mögen ihn. Aber während seiner Fußballerzeit gab es bestimmt den einen oder anderen, der ihn nicht so sehr schätzte. Vor allem in den gegnerischen Mannschaften.«

Sie nimmt das Handtuch ab, sodass die Haare ihr nass über die Schultern fallen.

»Aber ich habe natürlich auch überlegt, ob der Überfall mit der Frau zu tun hatte. Vielleicht war es jemand, der sie schützen wollte, vielleicht hat es aber auch ganz andere Gründe, und es ist reiner Zufall, dass es ausgerechnet in dieser Nacht passiert ist.«

»Keine Ahnung«, sagt Tomas, »aber ich werde mein Hirn noch ein bisschen martern. Wenn mir etwas einfällt, melde ich mich bei dir.«

Nachdem sie aufgelegt haben, sitzt Veronica noch eine Weile mit dem Handy da. Was macht sie da eigentlich gerade? Weshalb zieht sie Tomas da mit rein? Einen Menschen, von dem sie vor einem Monat noch nicht einmal gewusst hat, dass es ihn gibt.

Sie zieht sich Wollsocken an und öffnet die Schlafzimmertür, bleibt jedoch stehen, als sie die Kaffeemaschine hört. Oskar ist also wieder zurück. Hat er etwas von ihrem Telefonat mitbekommen? Egal, schließlich hat sie das Recht, mit Tomas zu reden, nicht sie ist es, die hier untreu gewesen ist. Oskar kommt ihr entgegen, ihm ist anzusehen, dass er zumindest Teile des Gesprächs mit angehört hat und weiß, dass sie mit Tomas geredet hat.

»Du nutzt also die Gelegenheit, wenn ich draußen bin, um deinen Liebhaber anzurufen.« Seine Stimme zittert vor verhaltenem Zorn. »Was hat er denn gesagt? Hat er dir erzählt, wie es war, mir den Arsch aufzureißen? Er weiß schon, dass wir einen Ehevertrag haben und dass du keine Öre bekommst, falls wir uns scheiden lassen, oder?«

Er grinst sie böse an, und sie schaut gleichgültig zurück.

»Mein Liebhaber steht leider gerade vor mir, auch wenn ich allmählich einsehe, dass ich vermutlich ein schöneres Leben hätte, wenn ich Tomas gewählt hätte. Aber alles Schlechte hat immer auch sein Gutes. Jetzt weiß ich zumindest, was ich nicht will. Und was den Ehevertrag angeht, so bin ich ganz sicher, dass du es nicht ausnutzen wirst, wenn wir uns scheiden lassen.«

Sie macht eine kurze Pause und betrachtet Oskar, der sich eher noch in seinen Zorn hineinzusteigern scheint.

»Nicht etwa, weil du Angst hättest, ich würde sonst auf die Idee kommen, mein Wissen über deine Verfehlungen in Visby oder Thailand auszuplaudern.«

Sie lächelt ihn freundlich an.

»Nein, sondern weil du ganz einfach ein liebevoller und rechtschaffener Mann bist, der genau weiß, dass ich in den vergangen Jahren nur wenig Geld verdient habe und du sehr viel, weil ich mich ganz allein um unsere gemeinsamen Kinder gekümmert habe. Und deshalb ist dir klar, dass das Geld uns beiden gehört und wir es gerecht untereinander aufteilen müssen, sollten wir je getrennte Wege gehen.«

Oskar sieht kein bisschen amüsiert aus, im Gegenteil, er scheint große Lust zu haben, sie zu schlagen. Die Hand hat er schon erhoben, doch jetzt lässt er sie wieder sinken.

»Wage es bloß nicht.« Sein Gesicht ist rot angelaufen. »Wage es bloß nicht, an die Medien zu gehen und irgendwelchen Scheiß über mich zu verbreiten. Denn dann töte ich dich.«

Jetzt lächelt Veronica noch breiter.

»Ja, dann tu's doch, ein Mord macht den Braten jetzt auch nicht mehr fett. Also bitte, schlag zu. Ansonsten musst du zusehen, dass ich meinen gerechten Anteil bekomme. Mord ist da vielleicht die einfachere Lösung.«

Oskar macht den Mund mehrmals auf und zu, ohne noch ein Wort herauszubringen.

Veronica überlegt ernsthaft, wie sie ihn je hat attraktiv finden können. Jetzt gerade sieht er einfach nur lächerlich aus. Wie er sie bedroht und ankündigt, sie im Falle einer Scheidung leer ausgehen zu lassen, das macht ihn außerordentlich abstoßend.

Sie nimmt das nasse Handtuch, das sie auf das Bett geworfen hat, dreht sich um und spürt, wie Oskar ihr hinterherblickt, als sie das Zimmer verlässt.

Er hält sie nicht zurück. Sie sieht, wie er im Schlafzimmer stehen bleibt und den feuchten Fleck auf der Tagesdecke betrachtet, wo das Handtuch gelegen hat. Ihre Worte scheinen ihn stärker getroffen zu haben, als sie dachte. Vielleicht bemerkt er gerade zum ersten Mal, dass ihm seine Beziehung zu ihr wichtig ist.

SÖDERMALM

Donnerstag, 18. März 2010

Jonas hängt seine Jacke auf einen Bügel und geht in die Küche. Er hat furchtbaren Hunger und hofft, genügend zu essen für ein spätes Mittagsmahl vorzufinden. Die Suche nach einer guten Filmkamera hat ihm weder genügend Zeit zum Essen noch zum Arbeiten gelassen. Er ist froh, dass es bei ihm im Büro gerade etwas ruhiger zugeht und er ohnehin auf Provisionsbasis bezahlt wird, sonst könnte er sich dieser Sache gar nicht widmen.

Er hat Glück. Im Kühlschrank findet er Reste vom Vortag. Die verbleibende Zeit, bis Mia nach Hause kommt, braucht er, um die Kamera abzuholen.

Er stopft das Essen in sich hinein, setzt sich ins Auto, um nach Nacka hinauszufahren. Ein ehemaliger Kommilitone von der Königlich Technischen Hochschule hat versprochen, sie ihm übers Wochenende zu leihen. Es ist eine kleine Videokamera mit einem sehr starken Zoom, genau wie er sie benötigt.

Unterwegs ruft er Oskar an, der am Telefon sehr kurz angebunden ist. Auch er scheint ganz schön gestresst zu sein.

»Ich wollte dir nur sagen, dass Mia herausgefunden hat, dass du einer der Täter warst.«

»Woher weiß sie das?«

»Sie hat sich offenbar mit Leuten unterhalten, die mit uns

auf der Schule waren und sich die Verhandlung damals angehört haben.«

Oskar flucht leise.

»Okay. Weiß sie, dass du auch mit dabei warst?«

»Nein.« Jonas schluckt. »Noch nicht.«

»Hat sie gesagt, was sie mit der Information anfangen will?«

»Nein, aber ich weiß, dass sie darauf hofft, dich interviewen zu dürfen. Dachte nur, ich sag dir Bescheid. Wenn sie anruft, ist es wahrscheinlich am besten, wenn du dich zum Schein darauf einlässt, und dann schiebst du es einfach immer weiter hinaus. Sie muss in ein paar Wochen abgeben. Wenn sie das Interview bis dahin nicht hat, wird sie von allein darauf verzichten.«

Oskar schweigt kurz.

»Okay, ich tue mein Bestes, um sie hinzuhalten. Morgen findet die Pressekonferenz des Schwedischen Sportverbands statt, deshalb wäre es im Augenblick besonders ungünstig, wenn irgendwelche Reporter Leichen im Keller finden. Aber in ein paar Wochen haben sie mich und meinen neuen Vertrag vergessen, dann ist das Risiko geringer, dass sie zu viel Wirbel darum machen.«

Jonas beschließt, noch nichts von Jeanette zu erzählen. Lieber will er abwarten, wie sich die Dinge entwickeln, bevor er die anderen beiden einbezieht.

»Wahrscheinlich hast du recht. Ich melde mich, wenn es etwas Neues gibt. Bis dann.«

Er legt auf und fährt weiter bis Saltsjö Boo. Eine Stunde später ist er wieder zu Hause, die Filmkamera legt er in ein sicheres Versteck ganz unten in die Schreibtischschublade, dann geht er schnell duschen. Als er sich die Haare abtrocknet, hört er Mia und Kalle hereinkommen. Er zieht sich schnell an und tritt zu ihnen in den Flur.

»Hallo, mein Schatz.«

Er gibt ihr einen Kuss. Mia erwidert ihn nur flüchtig, dann hebt sie einen müden Kalle und eine Tüte voller Lebensmittel aus dem Kinderwagen. Zuoberst liegt ein ordentliches Stück Lachsfilet für die Fischsuppe heute Abend. Kalle quengelt, und Mia klingt genervt, als sie ihn zu beruhigen versucht. Sie ist nur selten schlecht gelaunt, und gerade heute scheint so ein Tag zu sein. Trotz der zögerlichen Reaktion gibt Jonas ihr noch einen Kuss und trägt die Lebensmittel in die Küche.

»Hast du Oskar erreicht?«, ruft Mia ihm aus dem Flur hinterher, während sie Kalle weiter auszieht. Kalle klingt nicht so, als würde ihm das gefallen, und Jonas geht noch einmal zu ihnen hinaus, um Mia zu unterstützen.

»Ja, ich habe ihn angerufen«, murmelt er.

»Und?«

Jonas zieht Kalle die Fleecejacke aus und lässt ihn dann los. Sofort flitzt er in seine Spielecke im Wohnzimmer, seine Müdigkeit ist wie weggeblasen. Endlich kann Jonas Mia in die Augen schauen. Sie starrt ihn wütend an.

»Er sagt, er könne sich vorstellen, dir ein Interview zu geben. Anonym, natürlich.«

»Ach, wirklich?« Mia wirkt überrascht.

»Aber er weiß nicht, ob er so schnell einen Termin findet«, fährt Jonas fort. »Im Moment hat er wohl viel um die Ohren.«

»Ich weiß, dass er viel um die Ohren hat«, sagt sie kurzangebunden. »Er hat gerade einen Vertrag mit dem Schwedischen Sportverband unterzeichnet, morgen geben sie eine Pressekonferenz dazu. Aber das wird knapp, ich kann nicht wochenlang auf ein Interview warten.«

Jonas ist überrascht. Woher weiß sie von der Pressekonferenz?

Mia bindet sich das Haar zu einem Pferdeschwanz zusammen.

»Ich glaube, ich habe alles, was wir für die Fischsuppe brauchen. Du machst doch die gleiche wie immer?«

Sie klingt jetzt freundlicher. Jonas nickt.

»Ja, ich denke schon.«

Er wartet darauf, dass sie noch etwas sagt, dass sie erzählt, wie sie herausgefunden hat, dass Oskar einen Vertrag mit dem Schwedischen Sportverband abgeschlossen hat. Mia stellt die letzten Sachen in den Kühlschrank, lässt die Tüte auf dem Boden liegen und setzt sich auf einen Stuhl.

»Ich habe mich gestern mit Camilla getroffen. Sie hat mir den Namen des Polizisten gegeben, der damals für den Fall verantwortlich war. Er hatte auch mit ein paar der anderen Fälle zu tun, die ich auswerte, und scheint tatsächlich ein Teil, wenn auch nur ein sehr kleiner, des Übels zu sein. Ich konnte mich nicht zurückhalten und habe sie gefragt, ob Oskar Engström einer der Täter war. Sie meinte, sie würde ungern irgendwelche Namen nennen. Aber da ich bereits selbst darauf gekommen war, sagte sie mir, dass er hauptverantwortlich für die Vergewaltigung gewesen sei.«

Jonas hebt die Tüte auf und verstaut sie unter der Spüle.

»Dann habe ich ein bisschen gegoogelt«, fährt Mia fort. »Das Erste, was ich gefunden habe, war eine kurze Pressemitteilung des Schwedischen Sportverbands in der stand, dass sie Oskar Engström zu einem ihrer künftigen Referenten im Jugendsport gewählt haben. Und dass morgen die Pressekonferenz zu diesem Thema stattfindet.«

Jonas holt den Rezeptordner aus dem Schrank.

»Aber zurück zu deinem Gespräch mit Oskar. Was genau habt ihr ausgemacht? Soll ich ihn anrufen und einen Termin mit ihm vereinbaren?«

Jonas blättert in den Rezepten.

»Er hat vorgeschlagen, du sollst ihm eine Mail mit Terminvorschlägen schicken«, antwortet er. »Dann kann er überlegen, ob einer passt.«

Mia steht auf.

»So, sagt er das?«

»Mmmh.«

»Na gut, das kann ich ja mal machen. Aber weißt du was?«

Jonas spürt, wie sie sich hinter ihm aufbaut.

»Ich habe das Gefühl, dass, egal wie viele Vorschläge ich ihm mache, er an keinem der Termine können wird.«

SCHWEDISCHER SPORTVERBAND

Freitag, 19. März 2010

Unzählige Journalisten, mehrere von ihnen mit Filmkameras, sind bereits im Konferenzraum versammelt, als Oskar eintritt und auf einem der vier Stühle an dem massiven Holztisch mitten auf der Bühne Platz nimmt. Es ist ein großer und ziemlich steriler, fensterloser Raum, aber die kleineren, die persönlicher und heller sind, wären nicht groß genug gewesen, um allen Journalisten Platz zu bieten.

Oskar ist schon seit dem frühen Morgen vor Ort. Mehrfach haben sie besprochen, wer wo sitzen wird und wie alles ablaufen soll, dennoch wird er nervös, als er all die Journalisten sieht. Zwar ist er es gewöhnt, vor vielen Leuten zu reden, aber normalerweise ist er auch gut vorbereitet. Heute hat er keine Ahnung, welche Fragen ihn erwarten, und die Ereignisse der letzten Tage haben dazu geführt, dass er kaum dazu gekommen ist, sich vorzubereiten.

Von Peter Alm weiß er, dass sowohl die Fernsehsender SVT und TV4 vertreten sind als auch mehrere Sportsender. Außerdem wird der Schwedische Sportverband seinen neuen Streamingdienst testen und die Pressekonferenz live auf die eigene Homepage übertragen. Die großen Tageszeitungen sind natürlich ebenfalls vor Ort, und zwar nicht nur die in Stockholm ansässigen, sondern auch *Sydsvenskan* und *Göteborgs-Posten*. Ganz zu schweigen von den Lokalblättern.

Neben Oskar sitzt der zweite Referent, der Handballer, der auch bei der Planungskonferenz in der vergangenen Woche anwesend war. Er ist lässig gekleidet, trägt nagelneue Jeans und ein hellrosa Polo-Shirt. Er wirkt ruhig und konzentriert, dies ist nicht seine erste Pressekonferenz, das spürt man. Auf Oskars anderer Seite hat sich Peter Alm entspannt zurückgelehnt, er sieht sehr zufrieden aus. Für ihn ist dies ein wichtiger Schritt in der neuen Strategie des Verbands, mit dem er zeigen will, dass er bereit ist, die Führungsrolle bei den notwendigen Entwicklungsarbeiten für den Sport der Zukunft zu übernehmen.

Stimmengewirr und Stühlescharren verstummen sofort, als Peter Alm einen Blick auf die Uhr wirft und zum Mikrofon greift. Es ist punkt dreizehn Uhr. Er heißt alle Anwesenden willkommen und erläutert, dass man heute vor allem die neue Vortragsreihe präsentieren wolle, mit der der Verband die einzelnen Bezirke vor allem im Bereich des Jugendsports bei notwendigen Veränderungen unterstützen möchte. Dann stellt er die beiden Referenten vor und erläutert, für welche Bereiche sie jeweils zuständig sind und warum man gerade sie ausgewählt hat. Es fallen viele schmeichelnde Bemerkungen, und Oskar, der in den letzten Tagen so viel Dreck hat schlucken müssen, klingen Peter Alms Worte wie Musik in den Ohren. Schließlich eröffnet dieser die Fragerunde für die Journalisten.

»Eine Frage an Oskar Engström. Sie werden ja jetzt Vorträge zum Thema Vereinbarkeit von Familie und Karriere als Spitzensportler halten. Aber ist nicht während Ihrer aktiven Jahre Ihre Frau allein mit den Kindern zu Hause gewesen?«

Ein rothaariger Journalist um die vierzig. Der Aufdruck auf seinem Pullover verrät, dass er von *Nerikes Allehanda* kommt. Typisch Lokalblatt, denkt Oskar verächtlich, die haben doch alle einen Minderwertigkeitskomplex und glauben, deshalb besonders kritische Fragen stellen zu müssen.

»Wenn Sie genauer recherchiert hätten, wüssten Sie, dass meine Frau einen Abschluss an der Handelshochschule gemacht hat und seit mehreren Jahren als selbständige Steuerberaterin tätig ist. Die Anzahl der Aufträge variiert von Jahr zu Jahr und ist unmittelbar nach der Geburt der Kinder mit Sicherheit zurückgegangen, aber sie hat nie ganz aufgehört, zu arbeiten. Deshalb: Nein, ich würde Veronica nicht als Hausfrau bezeichnen.«

Oskar lächelt den Reporter an und denkt, dass er sein Maul in dieser Pressekonferenz nicht mehr so schnell aufmachen wird.

Die nächsten Fragen gehen an den Handballer, der nach seinem sozialen Hintergrund und den Hindernissen gefragt wird, die ihm zu Beginn seiner Karriere in den Weg gelegt wurden. Anschließend wird er zu seinem jetzigen Engagement im Jugendsport befragt.

Ein Journalist vo einer Eltern-Kind-Zeitung hat sich ebenfalls hierher verirrt und interessiert sich hauptsächlich für Oskars Väter-Kolumne. Er stellt ein paar Fragen, die nicht direkt etwas mit dem Schwedischen Sportverband zu tun haben und die der Pressebeauftragte, der seine Aufgabe sehr ernst nimmt, schnell abbiegt, da sie zu sehr vom Thema abweichen.

Eine Stunde später atmet Oskar erleichtert auf. Es ist besser gegangen als erwartet. Und abgesehen von der allerersten Frage, die ein bisschen unangenehm hätte werden können, wenn der Reporter stärker insistiert hätte, hat es keine bösen Überraschungen gegeben.

Als Peter Alm die Pressekonferenz schließlich beenden will, und die ersten Journalisten sich schon anschicken zu gehen, hebt eine junge Frau in den vorderen Reihen die Hand, und bittet, noch eine letzte Frage stellen zu dürfen. Sie hat langes braunes Haar, das sie zu einem Pferdeschwanz zusammengebunden hat, und ein ziemlich schmales Gesicht. Sie kommt Oskar vage bekannt vor, aber er kann sich nicht erinnern, woher er sie kennt, vielleicht aus dem Fernsehen. Peter Alm erwidert, die Zeit sei leider abgelaufen, weitere Fragen könne er nicht mehr zulassen. Die Frau scheint sich von Peter Alms Antwort nicht beirren zu lassen und steht trotzdem auf. Da sie kein Mikrofon hat, fällt es ihr schwer, das Stühlescharren zu übertönen, aber Oskar kann trotzdem problemlos verstehen, was sie sagt. Die Frage richtet sich direkt an ihn.

»Sie waren ja vor dreizehn Jahren an einer Gruppenvergewaltigung beteiligt, bei der ein Mädchen von Ihnen und Ihren Freunden schwer verletzt wurde. Inwiefern haben sich Ihre Wertvorstellungen seitdem verändert, sodass Sie sich heute als Vorbild für die Jugend begreifen können?«

Oskar spürt, wie ihm das Blut in den Kopf schießt. Die Frau sieht ihn immer noch an, obwohl die meisten bereits aufgestanden und gegangen sind. Offensichtlich erwartet sie eine Antwort. Doch er hat nicht vor, auf sie einzugehen. Stattdessen dreht er sich um und erhebt sich schnell von seinem Stuhl. Verwundert sieht Peter Alm ihm nach, als er seine Papiere zusammenrafft und hinter der Bühne verschwindet.

»Was hat sie gefragt? Sie schien irgendwie wütend.«

Mit irgendwelchen aufwieglerischen Journalisten hat er nicht mehr gerechnet, schließlich ist dies nach seinem Empfinden eine wenig kontroverse Pressekonferenz gewesen. Oskar nimmt sich zusammen und dreht sich um.

»Ach, ich glaube, es ging um meine Gymnasialzeit. So, wie sie mich in Erinnerung hat, scheine ich ihr als Vorbild für die Jugend ungeeignet, ich sei immer so machohaft gewesen. Und das kann auch gut sein, aber zum Glück verändert man sich ja mit den Jahren.«

»Na, wenn's weiter nichts ist...« Peter wirkt beruhigt.

»Mit ein paar kritischen Stimmen muss man immer rechnen, was die Auswahl der Referenten angeht. Aber sonst ist ja alles gut gegangen.«

Er zwinkert Oskar zu und klopft ihm auf die Schulter.

»Dann hoffen wir mal, dass wir bald mit den Vorträgen beginnen können. Wenn Sie noch kurz mit in mein Büro kommen, kann ich Ihnen gleich zeigen, wo es als Erstes hingeht. Örebro würde Sie gern für einen Vortrag vor Fußballtrainern einladen.«

ÖSTERMALM

Freitag, 19. März 2010

»Es ist wirklich unglaublich, wie gefragt ich plötzlich bin.«
Camilla lächelt Veronica spitzbübisch an.

Die weiß selbst nicht, was sie erwartet hat, aber sie ist vom Anblick der Frau, die sie im *Elverkets Restaurant* antrifft, wirklich überrascht. Camilla ist klein, höchstens einen Meter sechzig groß, trägt einen pechschwarzen klassischen Pagenschnitt mit schnurgeradem Pony und sieht aus wie aus einem Film der 20er Jahre. Sie ist kräftig, ohne dick zu sein, eher macht sie einen bodenständigen, muskulösen Eindruck. Und ihre Augen sind eisblau. Veronica kann sich nicht erinnern, je solche Augen gesehen zu haben. Camilla ist eine schöne Frau, schön auf eine ganz und gar ungewöhnliche Weise.

Es war Camillas Vorschlag, sich im *Elverket* zu treffen. Sie hatte erzählt, dass sie immer versuche, ein Mittagessen in dem Restaurant einzuplanen, wenn sie schon mal in Stockholm sei. Veronica muss schmunzeln. Welche Ironie des Schicksals, dass sie sich hier über eine Vergewaltigung unterhalten wird, an der Oskar beteiligt war, während er zur selben Zeit versucht, sich auf der Pressekonferenz des Schwedischen Sportverbands als Vorbild für die Jugend hinzustellen. Oskar hat ganz schön müde ausgesehen an diesem Morgen. Sie weiß, dass er nachts unruhig schläft und dass es für ihn gerade alles ganz schön viel ist, die Pressekonferenz und die angespannte Situation zu Hause.

»Ich weiß gar nicht, wie viele Jahre sich nur sehr wenige

Leute dafür interessiert haben, was Josefin und ich 1997 erlebt haben«, fährt Camilla fort. »Und jetzt schaffe ich es kaum, alle zu treffen, die etwas darüber wissen wollen.«

»Ach, bin ich nicht die Einzige?«, fragt Veronica erstaunt. Schließlich ist es lange her, seit Camilla diesen Artikel geschrieben hat, überhaupt ist das meiste Material zu diesem Fall bereits viele Jahre alt.

»Ja, sieht ganz danach aus. Vor ein paar Tagen habe ich eine Frau getroffen, die eine Arbeit über die Haltung der schwedischen Justiz in Vergewaltigungsfällen schreibt. Und letzte Woche – tja, ich weiß gar nicht, ob ich das überhaupt erzählen soll – hat Ihr Mann mich mehrfach angerufen. Er scheint zu glauben, ich sei in Josefins Auftrag auf einer Art Rachefeldzug gegen ihn unterwegs.«

Veronica kann ihre Überraschung nicht verbergen. Oskar hat Camilla angerufen? Was hat er nur vor? Zwar hat sie erwähnt, dass sie Camillas Artikel gelesen hat, aber warum sollte Oskar sie deswegen gleich anrufen?

»Er behauptet, ihm wären Fotos von dieser Nacht in Visby zugeschickt worden«, sagt Camilla. »Ich weiß natürlich nicht, ob das stimmt, aber er klang ziemlich gestresst am Telefon und bot mir Geld an, damit ich damit aufhöre. Natürlich würde ich das Geld gerne nehmen, aber leider kann ich nicht aufhören, Fotos zu schicken, da ich nie damit angefangen habe. Ich besitze diese Bilder nicht. Es war nicht gerade mein erster Gedanke, Josefin zu fotografieren, als ich gesehen habe, wie sie zugerichtet war.«

Camilla scheint eine Antwort zu erwarten, aber Veronica kann ihr auch nichts dazu sagen, obwohl ihr Gehirn inzwischen auf Hochtouren arbeitet. Von irgendwelchen Bildern aus Visby hat Oskar nichts erzählt, er schien eher überrascht, als sie von der Vergewaltigung angefangen hatte. Und jetzt stellt sich heraus, dass er zum selben Zeitpunkt anonyme Fotos bekommen hat. Allmählich beginnt sie zu verstehen, warum er so gestresst ist. Von zwei Seiten in die Mangel genommen zu werden muss ihn enorm unter Druck setzen.

»Und heute wollten Sie mich treffen«, sagt Camilla. »Irgendwie witzig, dass Sie alle gleichzeitig Kontakt mit mir aufnehmen. Aber Sie haben ja alle einen anderen Grund, deshalb ist es wohl nur ein Zufall, nehme ich an.«

»Was wollte denn diese Wissenschaftlerin genau?«, fragt Veronica neugierig.

»Sie wollte wissen, wie sich die Polizei während des Verhörs verhalten hat und wie die Verhandlung abgelaufen ist. Offenbar will sie beweisen, wie unmöglich die Justiz Klägerinnen in Vergewaltigungsfällen behandelt. Außerdem interessierte sie die Identität eines der Täter, obwohl es eigentlich nicht ihre Absicht ist, sich damit zu befassen. Irgendwo hat sie aufgeschnappt, dass Ihr Mann in die Sache verwickelt war, und da er zumindest halbwegs berühmt ist, schien es ihr wohl besonders interessant.«

Veronica wird klar, dass Oskars Karriere auf ganz schön wackligen Füßen steht, egal, was er jetzt tut. Auch wenn die Fotos, die er bekommen hat, nicht an die Presse gelangen, ist das Risiko groß, dass die Frau, die diese Arbeit schreibt, nicht verschweigt, dass er an einer Vergewaltigung beteiligt war, wenn sie von dem Auftrag erfährt, den der Schwedische Sportverband ihm erteilt hat.

Sie sind endlich an der Theke angelangt und bestellen jeweils etwas von der Tageskarte. Veronica bezahlt für sie beide, schließlich hat sie sich mit Camilla treffen wollen. Da ist es nur angemessen, wenn sie sie einlädt. Sie suchen sich einen Platz weiter drinnen im Lokal, wo es weniger voll ist, und setzen sich. Neugierig mustern sie einander.

»Sagen Sie, was ist eigentlich nach der Gerichtsverhandlung mit Ihrer Freundin passiert?«

Veronica weiß nur, dass Josefin damals zu ihrem Vater nach Malmö gezogen ist. Anschließend scheint sich niemand mehr für sie interessiert zu haben.

»Tja, zunächst musste sie ganz schön viel dummes Gerede aushalten, schließlich hatte sie einen der beliebtesten Jungen in ganz Täby wegen Vergewaltigung angezeigt.«

Camilla berichtet von Josefins Umzug nach Malmö, von den Drogen, ihrer Ehe und den Misshandlungen durch ihren Mann, die Josefin schließlich ins Krankenhaus brachten.

»Anschließend ist sie spurlos verschwunden«, sagt Camilla. »Aber ich habe mich in den letzten Jahren oft gefragt, wie es ihr wohl ergangen sein mag, ob sie noch lebt und ob es ihr endlich gut geht.«

»Und das alles nur wegen Oskar«, murmelt Veronica. Camillas Bericht bedrückt sie außerordentlich.

»Es tut mir leid«, sagt Camilla. »Ich wollte Sie nicht verletzen. Aber ich muss zugeben, als Sie mir geschrieben haben, hatte ich ein ganz bestimmtes Bild von Ihnen: ein dummes blondes Heimchen. Und blond sind Sie ja auch.« Camilla lacht.

»Aber Sie machen keinen dummen Eindruck auf mich, und ich kann Ihnen schwerlich zur Last legen, was Ihr Mann damals getan hat. Deshalb tut es mir leid, dass Sie das alles über ihn erfahren müssen. Ich vermute, er selbst hat Ihnen immer etwas ganz anderes erzählt.«

»Er hat mir überhaupt nichts davon erzählt«, sagt Veronica, »bis vor ein paar Tagen, als er meinte, ein sexgeiles Mädchen, das in ihn verliebt gewesen sei, hätte ihn nach einem netten gemeinsamen Abend einfach so wegen Vergewaltigung angezeigt.« Sie verzieht das Gesicht.

»Und ich bin in der Tat sowohl blond als auch dumm, denn ich wusste ja zumindest gerüchteweise von dem Ganzen, als wir uns damals kennengelernt haben. Trotzdem habe ich mir nicht die Mühe gemacht, diesen Dingen auf den Grund zu gehen, bevor wir geheiratet haben. Ein gutaussehender, aber auch ein wenig gewalttätiger Fußballer war offenbar mein Traumtyp, als ich um die zwanzig war.«

Camilla lehnt sich zurück und betrachtet Veronica, dann bricht sie in schallendes Gelächter aus. Ihre Augen funkeln.

»Sie sind ja witzig. Und Sie sind bestimmt nicht die Einzige, die sich so hat blenden lassen. Wir alle machen Fehler im Leben, und man kann nur froh sein, wenn man schließlich doch zur Einsicht kommt und die Gelegenheit erhält, sie wieder auszubügeln, sodass man sie nicht mit ins Grab nehmen muss. Ihr Mann scheint allerdings nicht besonders einsichtig zu sein. Er hat lediglich eine scheiß Angst, seine Karriere vor die Wand zu fahren. Josefin und ihr Schicksal sind ihm dabei, glaube ich ehrlich gesagt, vollkommen egal.«

SCHWEDISCHER SPORTVERBAND

Freitag, 19. März 2010

Eine Stunde nach Ende der Pressekonferenz tritt Oskar in das helle Frühlingslicht hinaus. Es sind nur ein paar Kilometer von hier vom Södra Fisktorpsvägen bis nach Hause, ein angenehmer Spaziergang. Er ist physisch erschöpft wie nach einem harten Ausdauertraining. Vor allem aber ist er erleichtert. Der Vertrag ist unterschrieben, die Pressekonferenz ist ohne größere Pannen über die Bühne gegangen, und nichts von dem, was er befürchtet hat, ist wirklich eingetroffen. Die Medien haben offenbar keine kompromittierenden Bilder aus Visby oder Thailand zugespielt bekommen, andernfalls wäre dies ein Thema gewesen, und auch sonst scheint es kein Journalist für nötig gehalten zu haben, Oskars Vergangenheit näher zu beleuchten. Der einzige Schönheitsfehler war diese Frau, die sich ganz am Ende zu Wort gemeldet hat. Sie wusste offenbar von dem Gerichtsverfahren 1997 und wollte ihn aus irgendeinem Grund damit konfrontieren. Aber warum? Und wer ist sie? Er ist unglaublich froh, dass ihre Frage im allgemeinen Aufbruch untergegangen ist, und hofft, dass niemand sie gehört hat, oder, was noch schlimmer wäre, sich bemüßigt fühlt, den Dingen auf den Grund zu gehen.

Er ist bis zum Stadion gekommen, als er hinter sich Schritte hört.

»Herr Engström!«

Das Keuchen sagt ihm, dass da jemand gerannt sein muss, um ihn einzuholen. Oskar dreht sich um. Ein rothaariger

Mann, ziemlich groß und sehr dünn, bleibt nur wenige Meter hinter ihm stehen. Sein Gesicht ist nach dem Spurt erhitzt. Oskar erkennt ihn von der Pressekonferenz wieder. Er hat in einer der ersten Reihen gesessen. Wenn er sich richtig erinnert, ist er Lokalreporter bei ABC.

»Meinen Sie mich?«

Der Mann nickt.

»Herzlichen Glückwunsch zum Vertrag. Das war eine gelungene Pressekonferenz.«

»Danke.«

Oskar sieht den Reporter fragend an, er hat es eilig, nach Hause zu kommen.

»Was kann ich für Sie tun?«

»Ich habe leider die letzte Frage verpasst, die die Frau in der ersten Reihe Ihnen gestellt hat, als die Runde schon zu Ende war. Es war einfach zu laut. Können Sie mir bitte noch einmal sagen, was sie gefragt hat, und natürlich auch, was Sie ihr geantwortet haben?«

Er macht ein unschuldiges Gesicht, aber Oskar ist sich ziemlich sicher, dass er die Frage sehr wohl verstanden hat. Sonst wäre er ihm wohl kaum hinterhergerannt. Und wenn er sie tatsächlich gehört hat, oder auch nur Teile davon, wäre es ausgesprochen dumm, jetzt zu lügen.

»Ach, wissen Sie«, Oskar sieht dem Mann in die Augen, ein Lächeln spielt um seine Mundwinkel, »das war eigentlich keine Frage, die für diese Pressekonferenz relevant gewesen wäre. Aber die Frau arbeitet für eine feministische Zeitschrift und hat gefragt, wie ich zu der Gruppenvergewaltigung stehe, in die drei Hockeyspieler vor ein paar Jahren hier in Stockholm verwickelt waren. Sie fragte mich, ob ich in so einem Fall auf Seiten der Männer stehen oder für die Frau Partei ergreifen würde.«

»Ah.« Der Journalist wirkt enttäuscht. »Das hat sie also gefragt. Ich habe nur das Wort Gruppenvergewaltigung gehört, und da wird man natürlich hellhörig. Dann will ich Sie nicht weiter aufhalten. Viel Glück.«

Er hebt die Hand zum Abschied, dreht sich um und geht davon. Oskar lächelt und fragt sich, wo das Interesse des Mannes an seiner Antwort geblieben ist. Offenbar hat es sich im selben Moment aufgelöst, in dem ihm klar wurde, dass die Gruppenvergewaltigung nichts mit Oskar zu tun hatte. Klatschjournalismus, denkt er. Sogar bei SVT. Er hofft, der Mann möge sich mit seiner Erklärung zufriedengeben und keine weiteren Nachforschungen anstellen.

Jetzt fühlt er sich noch leichter und gelöster als zuvor. Es ist Freitag, die Pressekonferenz liegt hinter ihm und ist trotz allem gut gelaufen. Ein paar Bier mit einem Kumpel wären jetzt genau das Richtige. Hinter dem Stadion biegt er links ab und geht mit schnellen Schritten den stark befahrenen Valhallavägen entlang. Dann zieht er sein Handy heraus, um David anzurufen, einen der wenigen Freunde aus der Zeit in der Nationalmannschaft, der ihm noch geblieben ist. Der hat bestimmt Lust auf ein paar Feierabendbiere.

Er stellt fest, dass er eine Nachricht bekommen hat. Ein leichtes Unbehagen breitet sich in ihm aus, aber er kommt nicht dazu, ihm nachzuspüren, bevor er die SMS geöffnet hat. Der Text wirft ihn brutal in seine schlimmsten Befürchtungen zurück.

Du hättest die Frage beantworten sollen, Oskar. Du solltest wissen, dass es dich umso härter treffen wird, je mehr du alles leugnest, bevor die Wahrheit endlich ans Licht kommt.

Oskar starrt die Nachricht an, als könnte er den Wortlaut ändern, wenn er sie nur lange genug fixieren würde. Aber nein, der Text bleibt beim zweiten Lesen genau derselbe, es ist eine eindeutige Drohung.

Plötzlich merkt er, wie kalt es immer noch ist. Seine Gedanken kehren zu der Frau ganz am Ende der Pressekonferenz zurück. Kann es sein, dass es Josefin selbst war? Die Größe könnte in etwa stimmen, Josefin war bestimmt eins fünfundsiebzig oder größer. Doch darüber hinaus gab es keine Ähnlichkeiten zwischen der Frau und dem Foto im Jahrbuch. Josefin war blond und blauäugig, diese Frau dagegen dunkel. Vielleicht war es ja auch Camilla? Die hat er zwar eher klein in Erinnerung, aber wie sehr kann man sich schon auf dreizehn Jahre alte Erinnerungen verlassen?

Er ruft in der Uni an und bittet, mit Camilla Persson verbunden zu werden. Die Dame in der Zentrale teilt ihm mit, Camilla sei den ganzen Tag über dienstlich in Stockholm unterwegs und erst Montag wieder zu sprechen. Dann kommt sie also wirklich infrage! Camilla ist in Stockholm, da kann sie rein theoretisch auch auf der Pressekonferenz gewesen sein und ihm diese Frage gestellt haben. Die Dame bietet ihm an, ihn auf Camillas Handy durchzustellen.

Camilla nimmt nach dem zweiten Klingeln ab. Ihre Stimme klingt wütend.

»Wann gibst du es endlich auf? Ich weiß nicht, wo Josefin ist, das habe ich dir doch schon gesagt.«

»Ich will gar nichts von Josefin, ich will dich sprechen. Ich weiß, dass du auf der Pressekonferenz warst, die gerade eben zu Ende gegangen ist. Was willst du eigentlich von mir? Ich bin bereit, zu bezahlen, Hauptsache, du lässt mich endlich in Ruhe. Also spuck's aus: Wie viel kostet dein Schweigen?«

Camilla schnaubt wütend in den Hörer.

»Jetzt reicht es mir aber langsam! Dreizehn Jahre lang wollte niemand über Visby reden, und jetzt werde ich plötzlich auf Schritt und Tritt verfolgt! Ich war nicht auf deiner Pressekonferenz. Ich war bis gerade eben zum Mittagessen im *Elverket*. Falls du mir nicht glaubst, frag doch einfach deine Frau.«

Damit legt sie auf und lässt Oskar ratlos zurück. Veronica war bei Camilla? Dann kann sie kaum auf der Pressekonferenz gewesen sein. Und hat wahrscheinlich auch keine SMS an ihn geschickt.

Er biegt nicht, wie geplant, in die Artilligatan ein, sondern geht weiter zum Einkaufszentrum Fältöversten. Am Eingang steht ein Verkäufer der *Situation Stockholm*, der Obdachlosenzeitung der Hauptstadt.

Aus einem Impuls heraus kauft er ihm ein Exemplar ab. Das hat er noch nie gemacht, normalerweise beachtet er diese Leute gar nicht. Wenn sie ihm nicht gerade direkt in den Weg treten natürlich, aber auch dann kauft er ihnen nichts ab, sondern ärgert sich nur unbändig über ihre Dreistigkeit. Seine spontane Kaufentscheidung scheint mit der Frage nach seinen Wertvorstellungen zusammenzuhängen, die ihm die Frau auf der Pressekonferenz aufgedrängt hat. Plötzlich ist es ihm offenbar wichtig, zumindest sich selbst zu beweisen, dass er sehr wohl auch an andere denken kann.

Schnell zerknüllt er die Zeitung und wirft sie in den nächsten Papierkorb.

Wie albern von ihm! Er hat ganz sicher nicht vor, diesen Mist auch noch zu lesen.

Da er dringend noch neue Hemden braucht, betritt er das MQ, wo er sich für ein rosafarbenes und zwei weiße Hemden einer Marke entscheidet, die er kennt, sodass er weiß, dass sie ihm passen. Auf dem Weg zur Kasse spricht ihn jemand an.

»Oskar?«

Er dreht sich um und stellt erstaunt fest, dass es Tomas ist. Lächelnd steht er da, ein Paket Socken in der Hand.

»Hallo Tomas.«

Auf weitere Begrüßungsphrasen verzichtet er. Normalerweise führt das dazu, dass sein Gegenüber das Schweigen unmittelbar füllt. Diesmal ist es nicht anders.

»Ich bin eben an eurer Wohnung vorbeigekommen«, sagt Tomas, »hatte in der Gegend zu tun und wollte kurz reinschauen, bevor ich wieder fahre. Ich dachte, wenigstens Veronica wäre da. Oder arbeitet sie wieder?«

Oskar antwortet nicht.

»Wie geht es dir sonst?«, fragt Tomas weiter. »Hast du die Nachwirkungen von Thailand gut überstanden?«

»Nachwirkungen?«

»Na ja, du hattest dir doch eine Zerrung zugezogen, kurz bevor wir nach Hause geflogen sind.«

Tomas klingt plötzlich unsicher. Oskar ist überzeugt, dass das ein Spiel ist.

»Weißt du was?«, fragt Oskar kalt. »Ich finde, mein physischer Zustand kann dir ziemlich egal sein. Erklär mir lieber, warum du hier herumrennst und meine Frau zum Essen ausführst. Oder wie du darauf kommst, sie bei uns zu Hause aufzusuchen, tagsüber, wenn du genau weißt, dass ich aller Wahrscheinlichkeit nach auf der Arbeit bin.«

Tomas weicht seinem Blick aus. Diese Wendung hat er wohl nicht vorhergesehen.

»Ich renne hier nicht herum, um Veronica zum Essen auszuführen, wir haben uns nur einmal getroffen. Und heute wollte ich euch beide besuchen, denn du hast doch auch keine festen Arbeitszeiten.«

Er zupft sich eine unsichtbare Fluse vom Kragen.

»Nein, das ist richtig«, sagt Oskar. »Aber das heißt nicht, dass ich nicht arbeiten würde. Veronica dagegen hat viel Freizeit, und laut ihren eigenen Aussagen hat sie einen großen Teil dieser Zeit darauf verwendet, mit dir zu plaudern, deutlich mehr Zeit, als du selber zugeben willst.«
Tomas richtet sich auf.
»Ja, das stimmt, wir haben wirklich ein paarmal telefoniert. Veronica hat mich angerufen, weil sie ein Foto auf ihr Handy geschickt bekommen hat, und ich habe getan, was jeder gute Freund tun würde. Ich bin da gewesen, als sie jemanden zum Reden brauchte.« Er verzieht den Mund. »Ein Foto übrigens, über das sie aus völlig nachvollziehbaren Gründen nicht mit dir reden wollte.«
»Und da fandst du es in Ordnung, hinter meinem Rücken mit ihr über dieses Bild zu sprechen, ein Bild, auf dem angeblich ich zu sehen bin, und zwar mit einer anderen Frau? Wieso hast du mir nichts davon gesagt? Weißt du, wie ich das finde? Absolut hinterhältig!«
Dass Tomas konfliktscheu ist, weiß Oskar seit ihrer ersten Begegnung.
Aber dieses Mal zieht er den Kopf nicht ein. Er muss wirklich viel für Veronica empfinden.
»Es tut mir leid, wenn ich dich beleidigt habe.« Tomas sieht ihn fest an. »Aber in diesem Fall fühle ich mich im Recht. Du bist fremdgegangen, und ich habe dich nicht verraten, obwohl ich das hätte tun sollen. Veronica hat wirklich Besseres verdient. Natürlich kannst du dein Leben leben, wie du willst, aber ich persönlich finde nicht, dass ich zu dir halten muss, wenn ich dadurch Veronicas Vertrauen missbrauche. Ich habe mich entschlossen, auf ihrer Seite zu stehen. Ansonsten hoffe ich, dass sich alles aufklärt.«
Oskar glaubt ihm kein Wort, wahrscheinlich wünscht er

sich nichts sehnlicher, als dass er und Veronica sich so schnell wie möglich scheiden lassen.

»Okay, mach, was du willst. Ich hatte gedacht, du wärst ein besserer Kumpel. Es ist einfach nur krass, dass du dieses Foto gemacht und es anschließend an Veronica geschickt hast. Jemandem eine Flasche in den Arsch zu stecken, nennt man Vergewaltigung, und das ist strafbar. Aber das wusstest du vielleicht schon?«

Es dauert, bis Tomas antwortet, aber als er es tut, klingt er überhaupt nicht mehr unsicher.

»Ich habe dich nicht vergewaltigt. Ich bin ein friedliebender Mensch und mische mich selten in irgendwelchen Streit ein. Aber schön, dass ich jetzt weiß, was genau passiert ist, darüber haben wir nämlich bisher nur spekuliert. Das erklärt dann ja auch, warum dir anschließend das Laufen so schwergefallen ist.«

Tomas schenkt Oskar einen mitleidlosen Blick.

»Und vielleicht ist es ja wirklich so: Wie man sich bettet, so liegt man. Wenn man von dem Foto ausgeht, ist diese Frau ebenfalls vergewaltigt worden. Und zwar von dir, wie ich annehmen muss.«

»Ich habe sie nicht vergewaltigt«, schnauzt Oskar. »Es war ein Unfall. Ich wusste nicht, dass die Flasche kaputt war. Aber der, der auf mich losgegangen ist, der wusste es. Und du kannst mir noch so viel über deine pazifistische Einstellung erzählen, ich glaube trotzdem, dass du es warst. Du warst der Einzige, der wusste, wo ich war, außerdem bist du hinter meiner Frau her. Aber das kannst du dir abschminken. Wenn ich dich auch nur einmal erwische, wie du dich mit ihr triffst oder sie anrufst, dann wirst du das bitter bereuen!«

Oskar dreht sich auf dem Absatz um und geht zur Kasse. Er

wartet darauf, dass Tomas ihm hinterherläuft und versucht, die Dinge richtigzustellen, aber nichts passiert. Als er an der Reihe ist, dreht er sich noch einmal um. Tomas ist nicht mehr zu sehen.

ÖSTERMALM

Freitag, 19. März 2010

Als das Handy klingelt, schaut Veronica zunächst auf das Display. Tomas. Sie geht langsamer. Vom *Elverket* bis zu ihrer Wohnung ist es nicht weit, und angesichts ihrer jüngsten Erfahrung ist es besser, wenn sie dieses Gespräch außer Haus annimmt. Oskar ist wahrscheinlich schon auf dem Heimweg von der Pressekonferenz.

»Hallo Veronica, ich weiß jetzt, was in Thailand passiert ist.«

Tomas verhaspelt sich beinahe vor Aufregung, und seine Stimmung färbt auf Veronica ab. Sie biegt links in die Artillerigatan ein und geht weiter Richtung Hedvig Eleonora Kirche.

»Wirklich, woher?«, fragt sie neugierig und beunruhigt zugleich.

»Ich habe Oskar getroffen, wir sind uns gerade eben bei *MQ* über den Weg gelaufen.«

Er redet schnell, als hätte er es eilig, alles loszuwerden.

»Er hat mir gedroht. Er glaubt, ich hätte dir das Foto geschickt. Ich habe natürlich gesagt, wie es ist, aber er schien mir nicht zu glauben. Stattdessen wurden seine Vorwürfe immer absurder. Stell dir vor, er behauptete sogar, ich hätte ihn vergewaltigt. Mit einer Flasche! Irgendwie muss jemand in das Zimmer gekommen sein, in dem er mit der Thailänderin war, und ihm eine kaputte Flasche in den Hintern geschoben haben.«

»Ja, dieses Detail hat er mir auch verraten, als ich ihn mit dem Foto konfrontiert habe. Aber heißt das jetzt, dass er zuvor die Frau vergewaltigt hat, oder wurden sie beide überfallen?«

Veronica hat sich etwas beruhigt. Fröstelnd zieht sie die Jacke enger um sich und geht auf den Friedhof, der an der Kirche liegt. Obwohl die Sonne scheint, ist es nicht besonders warm. Innerhalb der Mauern ist es menschenleer, und sie irrt ziellos zwischen den Grabsteinen umher, während sie Tomas' Bericht gespannt zuhört.

»Nein, wurden sie nicht. Ich habe auf gut Glück gesagt, dass er es wahrscheinlich verdient habe, vergewaltigt zu werden, angesichts dessen, was er der Frau angetan habe, und da meinte er, er habe sie versehentlich verletzt. Er habe nicht gewusst, dass die Flasche kaputt gewesen sei. Kannst du dir das vorstellen? Sie muss doch geschrien haben wie am Spieß! Und er hätte doch nachsehen können, was mit ihr los war. Aber das hat er offenbar nicht, er hat einfach weitergemacht, bis ihn jemand auf eine sehr handfeste Weise aufgehalten hat. Wie es der entsprechenden Person gelungen ist, ihn zu überwältigen und ihm die Flasche hintenrein zu schieben, ist mir immer noch unklar, aber immerhin fallen die Puzzleteile allmählich an ihren Platz.«

Veronica bleibt vor einem moosbewachsenen Grabstein stehen.

»Die Frage ist, wer ihn überfallen hat«, sagt sie nachdenklich. »Es klingt, als hätte es jemand persönlich auf Oskar abgesehen. Aber woher derjenige wusste, wo er sich an diesem Abend aufhalten würde, ist mir ein Rätsel.«

Sie zögert, dann stellt sie ihm dieselbe Frage wie vor ein paar Tagen.

»Sag mir noch einmal, dass du nichts mit der Sache zu tun hast. Dann verspreche ich, dir zu glauben und dich nie wieder darauf anzusprechen.«

Sie spürt, dass Tomas sich gekränkt fühlt, aber sie kann es sich nicht leisten, darauf Rücksicht zu nehmen.

»Ich schwöre auf Ehre und Gewissen, dass ich nichts mit Oskars Verletzung zu tun habe. Und ich weiß auch nichts über dieses Foto, nur das, was du mir erzählt hast.«

Veronica insistiert nicht weiter.

»Dann muss es irgendjemand anderes aus Schweden sein, der meine Handynummer kennt. Zudem muss er wissen, dass ich mit Oskar verheiratet bin, und er muss gleichzeitig mit uns in Koh Lanta gewesen sein. Außerdem muss er dir und Oskar an diesem Abend über längere Zeit gefolgt sein. Kannst du dich erinnern, ob sich irgendwer in den Pubs, in denen ihr wart, seltsam benommen hat? Jemand, der in mehr als nur einem Lokal anwesend war?«

Tomas überlegt.

»Nicht, dass ich wüsste. Aber wahrscheinlich hast du recht, der Täter muss die ganze Zeit in unserer Nähe gewesen sein. Ich rufe dich an, wenn mir doch noch etwas einfällt.«

* * *

Oskar betrachtet David abwesend und versucht sich zu erinnern, was er eben gesagt hat. Es muss eine Frage gewesen sein, denn offensichtlich wartet er auf eine Antwort. Aber Oskars Hirn steht vollkommen still, und er muss ihn bitten, seine Frage zu wiederholen. Er entschuldigt sich damit, dass er die Woche wahnsinnig viel um die Ohren gehabt habe. David versucht, Verständnis zu zeigen, aber Oskar sieht ihm an, dass er irritiert ist. Wahrscheinlich bereut er schon, dass er sich zu ein paar Bier im Sturehof hat überreden lassen. Sicher hat er sich auf einen netten Männerabend gefreut, und jetzt sitzt er da mit einem ungewöhnlich nachdenklichen und abwesenden Oskar.

Aber daran kann er nichts ändern, Oskar hat gerade andere Sorgen. So bereut er zum Beispiel bitter, dass er vor Tomas so viel zugegeben hat. Falls er unrecht hat und Tomas ihn nicht überfallen hat, ist es dumm gewesen, ihm so genau zu erzählen, was passiert ist. Er kann nur hoffen, dass die Ereignisse in Thailand keine Kreise ziehen.

David hält es anderthalb Stunden mit ihm aus, was Oskar ihm hoch anrechnet. Dann behauptet er, er hätte seiner Frau versprochen, nicht so spät nach Hause zu kommen, und verabschiedet sich. Oskar zieht den Mantel an und geht zu Fuß nach Hause.

Als er den Schlüssel ins Schloss steckt, hört er von drinnen leise Fernsehgeräusche. Er hängt seinen Mantel auf und geht zu Veronica ins Wohnzimmer. Sie hebt den Kopf und nickt ihm kurz zu, dann blickt sie wieder auf den Bildschirm.

»Und was hast du heute so gemacht?« Er geht zum Sessel und setzt sich ihr gegenüber, sodass sie den Fernseher nicht mehr sehen kann. Sie rückt ein Stück zur Seite, um wieder freie Sicht zu haben, und antwortet, ohne ihn anzusehen.

»Ich habe mich mit Camilla zum Essen getroffen, du weißt schon, eins der Mädchen, mit denen du in Visby Party gemacht hast. Nicht die, die ihr vergewaltigt habt, die andere. Und du?«

Oskar starrt sie an. Wieder ist sein Kopf völlig leer.

»Okay, das wusste ich schon«, sagt er dann. »Also, dass du mit Camilla gegessen hast. Sie hat es mir erzählt.«

Er wartet darauf, dass Veronica ihn fragt, warum er Kontakt zu Camilla aufgenommen habe, aber das tut sie nicht.

»Dann verstehe ich nicht, warum du fragst.« Sie nimmt die Fernbedienung und wechselt den Kanal, verfolgt ein paar Minuten eine Nachrichtensendung, es fühlt sich an wie eine Ewigkeit. Endlich schaut sie wieder zu ihm auf.

»Camilla hat übrigens erwähnt, dass du sie diese Woche

mehrfach angerufen hast. Du hättest ein Foto zugeschickt bekommen und wärst davon überzeugt, sie hätte etwas damit zu tun. Warum hast du mir nichts davon erzählt? Darf ich es mal sehen? Ist doch bestimmt lustig zu sehen, wie du mit zwanzig gefickt hast.«

Sie hat den Fernseher leiser gestellt und schaut ihm direkt in die Augen, ein unsichtbares Lächeln spielt um ihre Mundwinkel. Sie hat die Beine angezogen, in Jeans und T-Shirt sitzt sie auf dem Sofa und sieht unverschämt fit aus. Er kann nicht begreifen, wie sie nachts schlafen kann, wenn er selbst kaum ein Auge zubekommt.

»Nein, darfst du nicht«, faucht er böse.

»Warum nicht?« Ihre Stimme ist zuckersüß. »Es war doch so ein unglaublich schönes gemeinsames Erlebnis, das ihr da hattet, du, Josefin und deine beiden Kumpel. Das kann man auf dem Foto doch bestimmt erkennen, oder?«

»Auf dem Foto ist nicht mehr zu sehen, als ich dir gesagt habe.« Er knirscht mit den Zähnen.

»Entschuldige bitte, aber ich habe nicht vor, dir Fotos zu zeigen, auf denen ich in bestimmten Situationen und mit Frauen zu sehen bin, mit denen ich mich getroffen habe, lange bevor wir uns kennengelernt haben.«

»Ja, in Ordnung. Muss ja auch nicht sein.«

Veronica lacht, als würden sie über eine witzige Erinnerung plaudern.

»Vielleicht kannst du mir stattdessen noch ein bisschen mehr von Thailand erzählen. Tomas hat mich angerufen und gesagt, du hättest endlich zugegeben, dass du diese Frau misshandelt hast. Es hat dir also nicht genügt, sie sexuell auszunutzen, du musstest ihr auch noch wehtun?«

Oskar flimmert es vor den Augen. Beinahe hätte er wieder die Hand gegen sie erhoben, aber er lässt sie rasch wieder sinken. Es wird ihr nicht gelingen, ihn so weit zu treiben. Aber Veronica hat seine Bewegung schon registriert und lächelt.

»Dass dein verbales Ausdrucksvermögen so gering ist, dass du immer gleich gewalttätig werden musst ... Du solltest lernen, dich ein bisschen besser zu beherrschen. Männer, die schlagen, sind lächerlich. Außerdem musst du gut aufpassen, dass du dich beim Schwedischen Sportverband nicht verrätst. Die gehen dort nämlich eigentlich davon aus, einen Referenten engagiert zu haben, der über das Reptilienstadium hinaus ist.«

Oskar starrt sie hasserfüllt an. Dann verschwindet die Wut und macht der Resignation Platz.

»Was habe ich dir eigentlich getan?« Er lässt die Schultern hängen.

»Warum willst du mir nur noch Böses?«

Sie sieht ihn an, und diesmal glaubt er, so etwas wie Mitleid in ihrem Blick zu erkennen.

»Ich will dir nichts Böses, das habe ich nie gewollt, obwohl du dich nicht gerade angestrengt hast, mir einen Grund zu geben, dich zu lieben. Gestern habe ich versucht, mich an ein einziges Mal zu erinnern, dass du deine Bedürfnisse hinter meine oder die der Kinder zurückgestellt hättest. Und weißt du was, mir ist kein einziges Beispiel eingefallen. Nicht eines.«

Jetzt scheint er ihr wirklich zuzuhören, vielleicht ist er sogar betroffen, obwohl das für ihn so ungewöhnlich wäre, dass Veronica es sich kaum vorstellen kann. Sie streckt die Hand aus und berührt ihn leicht am Arm.

»Auch wenn das in Thailand nicht passiert wäre, glaube ich nicht, dass ich weiter mit dir hätte leben wollen, es sei denn, du würdest dich grundlegend verändern. Ich habe darüber nachgedacht, jeden Tag und jede Nacht seit wir wieder hier sind, wahrscheinlich sogar noch länger, auch wenn ich es damals noch nicht begriffen habe. Und ich bin zu dem Schluss gekommen, dass es das Beste ist, wenn wir uns trennen.«

Es dauert eine Weile, bis Oskar begreift, dass sie es ernst meint, dass dies nicht nur ein Scherz ist. Als ihm das klar wird, tritt Verzweiflung in seinen Blick.

»Bitte, kannst du mir nicht noch eine Chance geben?«, fleht er sie an. »Ich verspreche dir, ich tue alles, was in meiner Macht steht, um mich zu ändern. Wenn du nur bei mir bleibst. Bitte.«

Er meint es ehrlich, er will, dass sie bei ihm bleibt, dafür würde er beinahe alles tun. Aber Veronica fragt sich, wie lange seine guten Vorsätze halten würden.

»Es tut mir leid, aber ich glaube, dazu ist es zu spät. Natürlich werde ich die Scheidung nicht gleich heute Abend einreichen, ich kann warten, bis der Medienrummel sich gelegt hat, wenn das besser für dich ist. Und die Kinder kannst du natürlich jede zweite Woche sehen.«

Ihr Lächeln ist verschwunden, sie spricht leise. Oskar merkt, wie sich alles in ihm verkrampft. Es ist, als presse ihm etwas die Lunge zusammen, immer fester und fester. Er hebt die Hand, wie um sie zu berühren, hält dann aber inne. Die Mauer zwischen ihnen ist beinahe mit Händen zu greifen. Er legt den Kopf in die Hände, er will sich nicht geschlagen geben. Wenn er jetzt akzeptiert, was sie sagt, ist das, als müsste er sterben.

»Du brauchst mir nicht jetzt gleich zu antworten. Aber ich bitte dich: Gib mir noch eine Chance.«

Er bettelt, wie er noch nie in seinem Leben um etwas gebeten hat. Dann weint er, zum ersten Mal seit vielen, vielen Jahren.

LIDINGÖ

Samstag, 20. März 2010

Jonas fröstelt im Dunkeln, es ist schon nach neun und Jeanette ist immer noch nicht aufgetaucht. Bereits seit einer halben Stunde steht er im Garten, denn er will ihre Ankunft auf keinen Fall verpassen. Das Thermometer zeigt zehn Grad minus an, und trotz Daunenjacke und dicker Skihose friert er erbärmlich, er muss versuchen, sich mehr zu bewegen.

Die Kamera hat er direkt hinter dem Heizstrahler installiert. Auf der Terrasse ist es vollkommen dunkel, nur unmittelbar vor den Fenstern dringt etwas Licht nach draußen. Da zudem die Außenbeleuchtung ausgefallen ist, müssen die Männer sich in Türnähe aufhalten, wenn sie rauchen wollen. Er hat keine Ahnung, wie lange sie schon dort am Tisch sitzen. Als er ankam, waren sie schon beim Hauptgericht. Sechs Männer, Bertil Leonard mit eingerechnet, zwischen vierzig und sechzig Jahre alt. Was sie reden, kann Jonas nicht hören. Die Türen waren die ganze Zeit geschlossen, bis auf eine kurze Raucherpause, während der er sich weiter hinten im Garten versteckt gehalten hat.

Ansonsten lief alles nach Plan. Nur als er unbeobachtet durch die Gartenpforte gelangen musste, war er ein wenig nervös. Er hat sich so spät wie möglich auf den Weg gemacht, um sicher zu gehen, dass das Essen schon begonnen hatte und man seine Ankunft nicht bemerken würde.

Falls Bertil Leonard verheiratet sein sollte, scheint er das Haus an diesem Abend für sich zu haben.

Plötzlich hört er ein leises Knirschen und blickt auf.

Die Gartenpforte. Ist das Jeanette?

Eine schmale Gestalt schlüpft hinein. Mit tastenden Schritten betritt sie den Garten. Es scheint, als würde ihr jetzt erst klar, was sie da eigentlich vorhat, und als wollten ihr die Füße nicht so recht gehorchen. Sie hat eine Kapuze auf, sodass Jonas ihr Gesicht nicht erkennen kann, dennoch ist er sich sicher, dass es Jeanette ist. Sie trägt eine kurze Jacke, ihre Beine stecken in Tights und hohen Stiefeln. Die starke Beleuchtung direkt am Tor ermöglicht Jonas eine gute Sicht, und er ist sich sicher, dass sie ihn im Dunkeln unter dem Apfelbaum nicht sehen kann.

Trotz des Widerwillens, den er aus ihrer Körpersprache herauszulesen meint, geht sie zum Haupteingang hinauf. Unauffällig folgt Jonas ihr auf die Vorderseite des Hauses und sieht, wie sie klingelt. Niemand öffnet, vermutlich hören sie es drinnen nicht, oder sie wollen ihr damit zeigen, wie unbedeutend sie ist. Sie klingelt noch einmal, und jetzt wird die Tür geöffnet, noch ehe sie den Finger vom Knopf genommen hat. Der Mann – Jonas vermutet, dass es sich um Bertil Leonard handelt – betrachtet das Mädchen kurz, dann fasst er sie an der Schulter und zieht sie in den Flur. Die Tür schließt sich wieder, und Jonas geht schnell wieder auf die Veranda zurück, um möglichst viel mitzubekommen. Als er die Kamera auf dem Stativ einschaltet, sind Bertil und Jeanette noch nicht zu sehen. Die Gespräche scheinen verstummt zu sein, alle blicken erwartungsvoll Richtung Tür. Die Spannung ist beinahe greifbar. Jonas zoomt etwas näher heran. Die Hälfte des Salons, und damit den Teil, von dem er glaubt, dass er zum Schauplatz werden wird, hat er sehr gut im Blick.

Dann kommt Bertil Leonard wieder herein. Er lächelt und sagt etwas zu den Anwesenden, dann setzt er sich wieder an seinen Platz. Den Stuhl dreht er dabei so, dass er mit dem

Rücken zum Tisch und dem Gesicht zur Tür sitzt. Anschliessend passiert erst einmal gar nichts. Jonas überlegt, ob Jeanette wohl doch noch das Weite gesucht hat, und es scheint fast so, als würden die Männer am Tisch dies auch vermuten. Ihre erwartungsvollen Mienen sind gerunzelten Stirnen und irritiertem Gemurmel gewichen. Bertil Leonard starrt angespannt zur Tür. Er will gerade aufstehen, als eine plötzliche Bewegung ihn zurückhält.

In der Türöffnung taucht ein zartes, fast magersüchtiges Mädchen auf. Jeanettes Zweifel scheinen wie weggeblasen. Mit affektierten, aber selbstbewussten Schritten kommt sie herein und schwenkt verführerisch die Hüften. Sie hat einen sehr kurzen, enganliegenden Rock an, hohe Stiefel und eine Art schwarzes, enges Netz-Shirt. Darunter ist ein roter BH zu erkennen. Sie schlüpft ins Zimmer, geht langsam um den Tisch herum und beugt sie kurz zu jedem der sechs Männer herunter, als wolle sie ihn begrüßen.

Jonas fragt sich, wo sie diesen aufreizenden Gang gelernt hat. Er beobachtet, wie sie zu ihrem Platz an der Tür zurückgeht. Dort kann er sie gut filmen. Jetzt ist auch leise Musik zu hören, vielleicht hat Bertil Leonard geeignete Strip-Musik im Haus, oder Jeanette hat sie mitgebracht.

Jeanette bleibt stehen, betrachtet kurz die sechs Männer und beginnt dann ihren Tanz mit einem Stuhl als einziger Requisite. Sie macht das nicht schlecht und sicher nicht zum ersten Mal. Dennoch befremdet ihn dieser schmächtige Kinderkörper, der solch erwachsene Bewegungen vollführt.

Die Männer am Tisch dagegen scheint das nicht zu stören, ganz im Gegenteil. Sie lachen und reden, vielleicht kommentieren sie die Show, und nippen dabei an ihren Cognac-Gläsern. Als Jeanette T-Shirt und Rock ausgezogen hat und nur noch in Stiefeln und Unterwäsche tanzt, greift Bertil Leonard nach ihrer Hand und zieht sie zu sich heran. Er zieht sie auf seinen Schoß und zwingt sie, ihm das Gesicht zuzuwenden. Zum ersten Mal erkennt Jonas so etwas wie Unsicherheit in ihrem Blick.

Sie schaut zur Balkontür, als würde sie nach einem Fluchtweg suchen. Dann ist die Unsicherheit verflogen und sie lächelt Bertil Leonard unschuldig und zugleich verführerisch an.

Jonas kann das alles deutlich sehen, er hat den maximalen Zoom eingestellt, sodass nur noch Bertils Rücken und Jeanettes Oberkörper sowie ihr Gesicht im Bild sind. Bertil Leonard beugt sie zurück und öffnet ihren BH. Jeanette scheint protestieren zu wollen, es gehört wohl nicht zu den Regeln, dass der Kunde in ihren Striptease eingreift, aber das scheint Bertil gleichgültig zu sein. Er schleudert den BH weg und greift nach einer ihrer Brüste. Die anderen lachen erwartungsvoll und verfolgen gespannt, was ihr Gastgeber als Nächstes tun wird. Einer von ihnen hat bereits die Hand in der Hose. Der wichst doch tatsächlich, denkt Jonas empört. Dann schaut er wieder zu Jeanette und Bertil Leonard. Jetzt windet das Mädchen sich und versucht, sich aus seinem Griff zu befreien, aber Leonard denkt nicht daran, sie loszulassen. Stattdessen fährt er mit der anderen Hand in ihren Schlüpfer.

Jonas sieht, dass sie die Kontrolle über den Ablauf verloren hat. Schnell beendet er die Filmaufzeichnungen und steckt die Kamera in die Jackentasche. Das Material, das er hat, dürfte reichen, um Leonard zu überführen. Jetzt gilt es, rasch einzugreifen.

Bevor er zu der großen Eingangstür geht, ruft er die Polizei an. Zwar glaubt er nicht, dass Bertil Leonard auf ihn losgehen wird, dazu hat er zu viel zu verlieren. Aber er will auch kein Risiko eingehen. Ruhig erklärt er dem Beamten, wo er sich befindet und dass er eben Leonard dabei beobachtet hat, wie er ein vierzehnjähriges Mädchen für sich strippen lässt und dass er sich jetzt gerade an ihr vergreift. Er selbst werde jetzt an der Tür klingeln, um das Ganze zu beenden, aber er wäre froh, wenn die Polizei kommen und ihn unterstützen könnte. Der Beamte klingt ein bisschen konfus, aber Jonas lässt ihm keine Zeit, weitere Fragen zu stellen. Er legt auf und verlässt sich einfach darauf, dass der Polizist ihm glaubt und schnell eine Streife schickt. Wenn nicht, muss er eben alleine klarkommen.

Dann nimmt er die Kamera noch einmal aus der Tasche. Den Film darf er auf keinen Fall verlieren, deshalb nimmt er die SD-Karte heraus und stopft sie sich in die Unterhose. Es scheint ihm das sicherste Versteck. Er lässt das Stativ stehen, darum wird er sich später kümmern, wenn es geht. Dann geht er entschlossen zur Tür und klingelt.

SÖDERMALM

Samstag, 20. März 2010

Auf der Högbergsgatan unterhalb des Södra Latin-Gymnasiums hört Rikard klappernde Schritte, die sich von hinten nähern. Er bleibt stehen und macht Platz, um die Person vorbeizulassen, die es offenbar eiliger hat als er. Er sieht, dass es sich um eine gutgekleidete Frau handelt. Sie spricht leise in ihr Handy und geht rasch an ihm vorüber. Sekundenlang treffen sich ihre Blicke, dann ist sie auch schon wieder weg. Er spürt, wie sein Herz einen Moment aussetzt. Das war doch sie, die rätselhaft Frau. Dasselbe dunkle Haar und dieselben dunklen Augen, die ihn schon beim ersten Mal verzaubert haben! Aber in ihrem Blick hat er nicht das geringste Wiedererkennen gesehen, sie hat ihn angeschaut, als wäre er ein Fremder.

Er steckt die Hand in die Hosentasche. Das Pulver in dem kleinen Tütchen ist noch da. Nachdem er seine wöchentliche Ration gekauft hatte, wollte er spontan Jonas besuchen, es liegt ohnehin auf seinem Heimweg. Er will mit ihm über die Fotos reden und hofft, dass ihm dieses Gespräch mehr bringt als das mit Oskar. Er ist sich mittlerweile ziemlich sicher, dass der Schlüssel zu dem Ganzen in den Abzügen liegt, die Christian damals aufgehoben hatte.

Rikard folgt der Frau, die sich in raschem Tempo von ihm entfernt. Hat er sich vielleicht doch getäuscht? Nein, diese Augen würde er unter Tausenden erkennen.

Ohne darüber nachzudenken, läuft er ihr hinterher und hat inzwischen eher ihren Mantel im Visier als Jonas' Wohnung.

Er weiß nicht, was er sagen soll, wenn er sie einholt, weiß nur, dass er sie aufhalten muss. Vielleicht ist dies die einzige Chance, die er bekommt.

Er schüttelt sich, es ist bitterkalt, und er hat viel zu lange gezögert. Die Frau ist ein ganzes Stück weit gekommen, während er überlegt hat, sie hat inzwischen bestimmt fünfzig Meter Vorsprung. Er beeilt sich, ohne zu rennen. Mit Heroin in der Tasche zieht man besser keine Aufmerksamkeit auf sich. Sie ist schon an der Kreuzung zur Swedenborgsgatan, als er ihr endlich näher kommt. Er sieht sie links abbiegen und nach ein paar hundert Metern auf die Eingangstür eines Mietshauses zusteuern. Sie gibt den Code ein, öffnet die Tür und tritt ein. Rikard gelingt es gerade noch, seinen Fuß hineinzuschieben, bevor sie wieder ins Schloss fällt. Wie ein Idiot steht er da und weiß nicht, ob er ihr folgen soll oder nicht. Aber dieses Mal überlegt er nicht zu lange. Er lässt die Tür hinter sich zufallen und folgt ihr in das spärlich beleuchtete Treppenhaus. Das Geräusch ihrer Absätze entfernt sich die Treppe hinauf.

Verwirrt blickt er sich um. Das gibt es doch nicht! Er kennt dieses Haus. Hier wohnt doch Jonas. Einfältig lächelt er vor sich hin, denn plötzlich fühlt er sich ihr näher, obwohl sie noch kein Wort gewechselt haben und sie keinerlei Anzeichen des Wiedererkennens gezeigt hat. Ist sie Jonas' Nachbarin? Dann kennt er sie vielleicht! Noch immer hört er von ferne ihre Schritte, er muss sich beeilen, wenn er mitbekommen will, wohin sie geht. In drei großen Sätzen springt er die Treppe hinauf. Im ersten Stock stolpert er beinahe gegen eine Wohnungstür, die sich unerwartet vor ihm öffnet. Zwei betrunkene Jugendliche kommen heraus, jeder hat ein Bier in der Hand, sie haben sich die Arme gegenseitig um die Schultern gelegt. Lächelnd prosten sie ihm zu. Er hat keine Zeit, zurückzulächeln. Die zweite Treppe nimmt er im selben Tempo. Auf halber Höhe der dritten sieht er endlich ihren Rücken. Er bleibt stehen, plötzlich ist er sehr nervös. Wenn sie nun nichts von ihm wissen will? Aber was hat er schon zu verlieren? Zumindest ist er ihr jetzt nahe. Entschlossen schiebt er die Zweifel beiseite und nimmt die letzten Stufen in den dritten Stock, sieht gerade noch, wie eine Tür sich schließt. Ihre Schritte sind verklungen. Also muss sie hier hineingegangen sein. Vorsichtig tritt er näher und liest das Klingelschild. *Mia, Jonas und Kalle.* Jetzt erkennt er auch die lindgrünen Wände und die hell gebeizte Tür wieder, durch die er vor ein paar Wochen gegangen ist. Wie kann das sein? Er legt ein Ohr an das Holz und lauscht, es ist mucksmäuschenstill. Wüsste er es nicht besser, würde er denken, die Wohnung sei leer. Er verharrt einen Moment. Das ist doch viel zu schön, um wahr zu sein!

Er legt den Finger auf die Klingel und will gerade läuten, als ihm ein Gedanke durch den Kopf schießt. Was, wenn diese Frau, die er vor ein paar Wochen kennengelernt hat, Jonas' Lebensgefährtin Mia ist? Vielleicht ist sie damals mit ihm gegangen, ohne zu wissen, dass er und Jonas sich kennen. Und als sie dann dahintergekommen ist, hat sie kalte Füße bekommen und ist abgehauen. Wahrscheinlich hat sie sich deshalb nicht mehr bei ihm gemeldet. Zwar hat er sich das Foto von Mia bei Jonas zu Hause nicht so genau angesehen, aber dass sie ebenfalls braune Haare hatte und in etwa denselben Körperbau wie die Frau, der er gerade gefolgt ist, dessen ist er sich ziemlich sicher. Und wenn es wirklich Mia war, mit der er damals zusammen gewesen ist, dann kann er jetzt unmöglich klingeln und Jonas nach ihr fragen. Er muss einen anderen Weg finden, sich Gewissheit zu verschaffen.

LIDINGÖ

Samstag, 20. März 2010

Jonas spürt den Adrenalinschub, aber Angst hat er komischerweise nicht. Er weiß genau, was er jetzt tun muss.

Erst nach dem vierten Klingeln sind von drinnen Schritte zu hören. Die Musik ist verstummt, wahrscheinlich hat die Abendgesellschaft das Spiel im Salon rasch beendet. Die Tür wird aufgerissen, und ein verärgerter Bertil Leonard tritt ihm entgegen.

»Was wollen Sie?«

Jonas ist ganz ruhig und sagt mit fester Stimme:

»Ich heiße Jonas und ich suche meine Tochter Jeanette. Ich weiß, dass sie hier ist.«

Bertil Leonard weicht seinem Blick aus, für einen Moment wirkt er unsicher, aber dann fängt er sich wieder.

»Und warum glauben Sie das? Ich bin nicht gerade dafür bekannt, ein Herz für weggelaufene Jugendliche zu haben«, sagt er eisig.

Ein Mann in Leonards Position hat wahrscheinlich gelernt, dass Angriff oft die beste Verteidigung ist, und normalerweise hätte Jonas in dieser Situation sofort einen Rückzieher gemacht. Heute nicht.

»Ich weiß nicht, welches Alter Ihnen Jeanette genannt hat«, sagt er, »aber sie ist erst vierzehn, und es geht ihr nicht besonders gut. Deshalb bestraft sie sich selbst durch Aktionen wie diese. Ich habe den E-Mail-Verkehr zwischen Ihnen und meiner Tochter gelesen und weiß deshalb, dass Sie sie zu einem

Herrenabend eingeladen haben. Sie waren für neun Uhr verabredet, daher nehme ich an, dass sie immer noch bei Ihnen ist.«

Inzwischen hat Bertil Leonard sich endgültig wieder im Griff.

»Dann muss ich Ihnen leider sagen, dass Sie den Mailwechsel zwischen Ihrer Tochter und jemand anderem gelesen haben, der sich unverschämterweise für mich ausgibt«, behauptet er. »Ich habe keine Ahnung, wer Ihre Tochter ist oder wo sie sich heute Abend befindet, und ich habe ihr auch nie irgendwelche E-Mails geschickt. Deshalb bitte ich Sie jetzt, mein Grundstück zu verlassen, anderenfalls rufe ich nämlich die Polizei.«

Bertil Leonard will ihm die Tür vor der Nase zuschlagen, aber Jonas stellt seinen Fuß dazwischen. Seine Stimme ist sehr freundlich.

»Tatsache ist, dass ich eine Weile von Ihrer Terrasse aus spioniert habe und sowohl Sie als auch Ihre Gäste mit meiner Tochter in, sagen wir, allzu leicht bekleidetem Zustand gesehen habe. Und damit wir uns richtig verstehen: Die Polizei habe ich bereits selbst gerufen, sie ist unterwegs. Wenn Sie also Ihre Haut retten wollen, geben Sie mir jetzt sofort meine Tochter heraus. Dann sieht das alles hier bei Ankunft der Polizei nämlich wieder nach einem gewöhnlichen Herrenabend aus. Andernfalls können Sie sich auf eine lange Haftstrafe wegen sexuellen Missbrauchs Minderjähriger gefasst machen.«

Bertil Leonard bekommt es sichtlich mit der Angst zu tun, und Jonas grinst innerlich, er hat ihn in der Hand.

»Ich habe wirklich gedacht, sie ist schon achtzehn, das hat sie mir jedenfalls gesagt«, stammelt er. Seine Hand zittert, als er Jonas die Tür öffnet und ihn hereinlässt.

»Warten Sie hier, ich hole sie.«

Wieder in BH und T-Shirt kommt Jeanette in den Flur, Bertil Leonard hat ihr sogar eine Decke um die Schultern gelegt, vielleicht, damit sie etwas angezogener aussieht.

»Ich wusste nicht, dass sie erst vierzehn ist, ich habe wirklich gedacht, sie ist achtzehn.«

Mittlerweile hat er sich wieder ein bisschen gefangen, seine Stimme klingt fester.

»Nehmen Sie sie mit, und schimpfen sie ordentlich mit ihr, kleine Mädchen wie sie sollten so spät abends gar nicht mehr draußen herumlaufen.«

Er lächelt Jonas Zustimmung heischend an. Sein Blick scheint zu sagen, dass pubertierende Jugendliche speziell sind, aber Jonas lässt sich nicht darauf ein. Voller Verachtung mustert er Leonard.

»Sie mieses Schwein! Haben Sie auch nur einen Augenblick darüber nachgedacht, wie es einer Vierzehnjährigen gehen muss, die sich an erwachsene Männer verkauft? Nein, halten Sie die Klappe.« Er hebt abwehrend die Hand.

»Ich weiß, dass Sie sich nicht die Bohne für andere interessieren. Aber auch wenn Ihr Gewissen oder Ihre feinen Geschäftsfreunde Sie nicht für den Missbrauch Minderjähriger bestrafen, ich krieg Sie dran, verlassen Sie sich drauf! Und wenn Sie erst mal im Knast sitzen, können Sie gründlich darüber nachdenken, ob man Vierzehnjährige wirklich so behandelt.«

Wäre die Situation nicht so ernst, Jonas hätte sie genossen. Bertil Leonard starrt ihn nur fassungslos an. Wahrscheinlich überlegt er verzweifelt, wie er wieder Herr der Lage werden könnte. Doch Jonas gibt ihm gar nicht erst die Möglichkeit. Er legt Jeanette einen Arm um die Schulter und führt sie hinaus und die Treppe hinunter.

Während der ganzen Zeit hat Jeanette nur dagestanden und zugeguckt, kein Laut ist über ihre Lippen gekommen. Ihr Blick wandert zwischen Jonas und Bertil Leonard hin und her, die Situation scheint sie zu faszinieren. Vielleicht ist es das erste Mal, dass jemand sich für sie einsetzt. Jonas hofft, dass es nicht das letzte Mal sein wird.

Gehorsam folgt sie Jonas hinaus. Er hatte gefürchtet, sie würde protestieren, darauf bestehen, hier zu bleiben, um ihr Geld zu erhalten. Aber nichts dergleichen geschieht. Vielleicht hat Bertil Leonards Übergriff sie so erschreckt, dass sie keine Lust mehr hat, länger zu bleiben, fünfzehntausend Kronen hin oder her.

»Komm«, sagt Jonas zu ihr, nachdem Bertil Leonard die Tür hinter ihnen geschlossen hat. »Mein Auto steht da drüben, ich fahre dich nach Hause.«

Beinahe hätte er noch hinzugefügt, dass sie nur noch auf die Polizei warten müssten. Aber er fürchtet, dass Jeanette dann weglaufen könnte. Wahrscheinlich ist es nicht das erste Mal, dass sie mit der Polizei oder den Sozialdiensten zu tun hatte.

Jeanette nickt nur abwesend und folgt ihm apathisch.

»Wie alt bist du?«

Sie gehen durch das große Tor und dann links, Jonas hat hundert Meter vom Haus entfernt geparkt, um keine Aufmerksamkeit zu erregen.

»Vierzehn, im August werde ich fünfzehn.«

Ihre Stimme klingt mechanisch.

»Wundern deine Eltern sich nicht, wo du bist? Du wohnst doch sicher hier in der Nähe?«

»Ich bin allein zu Hause, Mama ist ausgegangen.«

»Und dein Vater?«

Jeanette wirft ihm einen vagen Blick zu.

»Ich habe keinen«, sagt sie völlig emotionslos.

Jonas schluckt, erwidert aber nichts. Sie sind beim Auto angekommen, und er öffnet ihr die Beifahrertür. Schweigend setzt sie sich hinein.

»Ich hätte fünfzehntausend Kronen kriegen sollen«, sagt sie schließlich leise. »Aber als er angefangen hat, mich zu begrapschen, habe ich Angst bekommen. Es waren sechs Männer da drinnen, und ich habe noch nie mit jemandem geschlafen. Er hat mich einfach festgehalten und weitergemacht, obwohl ich versucht habe, mich zu befreien.«

Jonas betrachtet ihren gesenkten Kopf. Eine Welle von Zärtlichkeit durchströmt ihn.

»Weißt du, Jeanette«, sagt er. »Du solltest auch mit niemandem schlafen, bevor du nicht wirklich dazu bereit bist. Scheiß auf das Geld.«

Er weiß nicht, ob sie ihm zuhört. Sie blickt starr zu Boden.

»Lösch deine Website«, sagt er. »Bitte.«

Letzteres flüstert er nur. Er weiß, dass er ein Fremder ist und kein Recht hat, irgendetwas von ihr zu verlangen. Oder ihr auch nur einen Rat zu geben. Doch Jeanette scheint das nichts auszumachen. Sie hebt den Kopf, sie zittert ein bisschen, es ist kalt, und die Decke um ihre Schulter wärmt nicht wirklich. Jonas schaltet den Motor ein. Dann hört er andere Motorengeräusche und hofft inständig, dass es die Polizei ist. Dass sie den Hintern hochgekriegt haben und gekommen sind, obwohl es ein anonymer Anruf war, und obwohl es sich bei dem Verdächtigen um einen Vertreter der Oberschicht handelt.

Es ist ein Polizeiauto. Zwei Beamte steigen aus, ein Mann und eine Frau. Sie schauen sich um, als würden sie sich fragen, wo hier ein Verbrechen stattgefunden haben könnte. Jonas legt den ersten Gang ein und fährt zu ihnen vor. Direkt neben ihnen steigt er aus und stellt sich vor. Er zeigt auf Jeanette, die im Auto sitzen geblieben ist.

Er sagt den Beamten, dass das Mädchen erst vierzehn sei. Dennoch habe Bertil Leonard sie zum Strippen und für andere sexuelle Dienstleistungen herbestellt. Als er geklingelt habe, um das Ganze zu beenden, habe Jeanette nur in Unterwäsche auf Leonards Schoß gesessen. Die Polizisten scheinen zunächst zu zögern, ob sie ihm trauen können. Als sie aber sehen, dass er ordentlich gekleidet ist, sich zudem gut ausdrücken kann und ein relativ teures Auto fährt, scheinen sie mehr und mehr überzeugt. Sie fragen ihn nach seiner eigenen Beziehung zu Jeanette und ob er irgendwelche Beweise hätte. Jonas erklärt, er sei einfach nur ein Zeuge, er hätte alles durch die Terrassenfenster beobachtet. Von dem Film sagt er erst einmal nichts. Erst will er eine Kopie machen, um sie seinem unbekannten Auftraggeber zu schicken. Anschließend wird er ihn bei der Polizei abliefern. Und damit kriegt er Leonard mit Sicherheit dran.

Es wird eine lange Nacht. Jonas und Jeanette werden von einem anderen Polizeiauto abgeholt und aufs Revier gebracht. Die beiden Polizisten, die zuerst eingetroffen waren, sind zu Leonards Haus gegangen. Vermutlich werden die sechs Männer alles abstreiten, aber sie wissen nichts von Jonas' Film.

Auf der Wache muss Jonas berichten, was vorgefallen ist. Er hält sich an die Wahrheit. Eine unbekannte Person habe ihm eine E-Mail geschickt und ihm Anweisungen erteilt. Der Polizei scheint das nicht zu gefallen. Vielleicht glauben sie, Jonas stecke mit irgendwem unter einer Decke und Jeanette sei nicht etwa ein irregeleiteter Teenager, sondern eigens engagiert worden, um Bertil Leonard eins auszuwischen. Darauf kann Jonas jedoch keine Rücksicht nehmen. Wenn die Polizei erst seinen Film gesehen hat, so seine Hoffnung, hat sie ohnehin nur eine Möglichkeit, nämlich den Täter einzusperren.

Das Verhör zieht sich in die Länge, und Jonas muss immer wieder dieselben Fragen beantworten. Wie es Jeanette in der Zwischenzeit ergeht, weiß er nicht. Wahrscheinlich wird sie in einem anderen Raum verhört. Aber ihren Blick, als Jonas sich den Polizisten zu erkennen gegeben hat, wird er nie vergessen. Sie hatte ihn angeschaut wie einen Verräter. Als die Polizisten ihr Fragen stellten, hatte sie sich geweigert, ihnen zu antworten. Jonas hofft, dass sie ihm irgendwann verzeihen kann.

Es ist weit nach Mitternacht, als er endlich den Schlüssel in seine Wohnungstür steckt. Er gähnt, es war ein langer und dramatischer Abend, und er fühlt sich so müde wie noch nie in seinem Leben. In der Wohnung ist es dunkel und still, nur aus Kalles Bettchen ist leises Schnarchen zu hören. Jonas ist froh, dass er Mia immer noch nichts gesagt hat. Er hat behauptet, er würde mit einem Kumpel ein Bier trinken gehen. Sie hat nicht einmal gefragt, mit wem oder wie spät es werden würde. Wenn sie mitten in einer Arbeit steckt, scheint sie manchmal nur noch auf sich selbst und das, was sie tut, fixiert zu sein. Manchmal hat Jonas das verflucht und sich dadurch verletzt gefühlt. Aber heute ist es ihm sehr entgegengekommen.

Als er sich neben sie ins Bett legt, dreht sie sich um. Er legt die Arme um sie, küsst sie und sagt ihr, dass er sie liebt und dass er dankbar ist für alles, was er hat. Wäre Mia wacher gewesen, hätte sie sich sicher über eine solche Liebeserklärung gewundert, so aber reagiert sie kaum, wahrscheinlich hält sie ihn für ein bisschen betrunken und sentimental. Sie drückt ihn an sich und schläft wieder ein. Jonas seufzt tief und denkt an Jeanette. Er hofft, dass sie zurechtkommen wird. Zum ersten Mal seit Langem fühlt er sich wieder leicht und frei.

STOCKHOLM

Mai 1998

Josefin gähnt und streckt sich in ihrem Bett, sie fühlt sich ausgeschlafen und endlich einmal wieder einigermaßen entspannt. Es ist Samstag, sie muss nicht zur Schule, und in einer Woche zieht sie zu ihrem Vater nach Malmö. Sie wird Stockholm verlassen und ein neues Leben anfangen, wo niemand sie kennt oder weiß, was im vergangenen Sommer passiert ist.

Ihr Vater kommt ursprünglich aus Malmö und ist nach der Scheidung dorthin zurückgekehrt. Josefin wollte schon immer lieber bei ihm wohnen, aber das Gericht hat damals ihrer Mutter das Sorgerecht zugesprochen, und je mehr Zeit verging, desto schwieriger erschien es ihr später, die Schule und alle Freunde zu verlassen. Aber jetzt wird sie es versuchen, zumal es kaum noch Freunde gibt, die sie vermissen wird.

Das hinter ihr liegende Jahr fühlt sich an wie zehn, sie mag zwar noch wie siebzehn aussehen, aber sie fühlt sich viel, viel älter. Dass man sich in so kurzer Zeit so sehr verändern kann, hätte sie nie gedacht. Die Vergewaltigung, von der sie geglaubt hat, sie sei das Schlimmste, was ihr je passieren könnte, war beinahe nichts im Vergleich mit der Ächtung, die sie anschließend erfahren hat. Zu Beginn bekam sie jedes Mal Bauchkrämpfe, wenn jemand hinter ihrem Rücken »Matratze«, »Hure« oder »Luder« flüsterte. Irgendwann hat sie es dann einfach ignoriert, aber da war es wahrscheinlich schon zu spät. Inzwischen ist sie selbst davon überzeugt, dass sie wertlos ist, ein billiges kleines Flittchen.

Ihr Vater hat jede Woche angerufen, zu Beginn sogar häufiger. Er wollte hören, wie es ihr ging, sie aufmuntern und ermutigen. Sie hörte ihm an, wie besorgt er war und wie hilflos er sich fühlte. Er versuchte stundenlang ihr zu erklären, wie Menschen funktionieren, welch große Angst alle immer haben, nicht mehr dazuzugehören, und dass ihm selbst das alles nie hätte passieren können, einfach nur, weil er ein Mann war. Niemand hätte ihn je als Matratze bezeichnet, und er hätte sich auch nicht billig oder schmutzig fühlen müssen. Und er versuchte ihr zu erklären, dass sie, wenn es ihr gelingen würde, die Gefühle von Schuld und Scham abzuschütteln, nicht nur sich selbst, sondern auch anderen Frauen helfen würde, denen dasselbe passiert sei wie ihr. Josefin hörte zu, und rein rational begriff sie auch, dass er recht hatte, dass die Scham einfach nur in ihrem Kopf saß. Aber es nützte ihr nicht viel, die Gefühle waren trotzdem da.

In den Monaten nach der Vergewaltigung versuchten die Lehrer krampfhaft, zur Normalität zurückzufinden. Sie taten einfach, als wäre nichts passiert. Josefin wurde zur Schulpsychologin geschickt, aber schon nach dem ersten Besuch war ihr klar, dass sie da nie wieder hingehen würde. Die Psychologin war um die fünfzig und offenbar niemals selbst jung, betrunken oder verliebt gewesen. Sie hatte ihr helfen wollen, indem sie ihr sagte, dass man in der Pubertät schnell einmal Fehler machte, man müsse sich selbst verzeihen können. Josefin hat lange darüber nachgedacht, was sie ihr wohl damit sagen wollte. Dass es ein Fehler war, auf eine Party zu gehen? Dass sie sich selbst verzeihen müsse, betrunken gewesen zu sein? Oder mit einem nicht ganz vertrauenswürdigen Typen herumgemacht zu haben? Sie fand keine Antwort, und kein einziges

Mal sagte die Psychologin, dass sie sich nicht schuldig fühlen müsse. Im Gegenteil, sie fasste lediglich in Worte, was Josefin seit dieser verhängnisvollen Julinacht empfand und womit sie sich selbst so sehr quälte. Und so weigerte sie sich, wieder zu ihr zu gehen, sie brauchte niemanden, der ihre Schuldgefühle verstärkte, sie wollte sich von ihnen befreien.

Kein Lehrer sprach jemals an, was passiert war. Auch ergriffen sie nicht die Gelegenheit zu diskutieren, welche Werte in der Schule kursierten und wie wichtig gegenseitiger Respekt ist. Es schien, als wollte man einfach alles schnell vergessen und ganz normal weitermachen.

Aber das war nicht möglich, zumindest nicht für Josefin. Vielleicht hatten ja alle nur darauf gewartet, ein Opfer zu finden. Die Mädchen redeten schlecht über sie: Mit drei Typen sei sie auf die Toilette gegangen, um Gruppensex zu haben. Wie eklig war das denn! Und die Jungen schienen zu glauben, sie wäre jetzt Freiwild. Immer wieder kam es vor, dass ihr einer in den Hintern kniff oder ihre Brüste anfasste.

Ein paarmal stieß sie auch auf Oskar. Wenn irgend möglich, wich sie ihm aus, bevor er sie sah, und ging woanders lang. Aber manchmal war es dazu einfach zu spät, es hätte albern ausgesehen, sich einfach umzudrehen, und so begegnete sie ihm ab und zu von Angesicht zu Angesicht. Dann versuchte sie, seinem Blick auszuweichen. Aber manchmal gelang es ihr nicht, und dann sah sie deutlich, dass er ihr gegenüber weder Reue noch Schuld empfand. Kein einziges Mal versuchte er, Kontakt mit ihr aufzunehmen oder zu fragen, wie es ihr ging. Genauso wenig Jonas oder Rikard. Dass es ihnen überhaupt nichts auszumachen schien, führte dazu, dass es ihr selbst noch schlechter ging.

Auch kein anderer fragte, wie sie sich fühlte, es schien beinahe, als hätten die Leute Angst vor ihr. Und so war sie im vergangenen Schuljahr sehr einsam gewesen. Nur Camilla blieb. Ohne sie hätte Josefin es nicht geschafft, überhaupt zur Schule zu gehen. Camilla stand ihr treu zur Seite, sie schämte sich kein bisschen und starrte jeden böse an, der es wagte, hinter Josefins Rücken etwas zu sagen. Camilla tat alles, um sie aufzurichten, ihr das Selbstvertrauen zurückzugeben. Genauso wie Josefins Vater sagte sie, es gebe nichts, wofür sie sich schämen müsse, das sei nur ihr eigenes Gefühl und sie dürfe sich die Beschimpfungen keineswegs zu Herzen nehmen. Aber es half nichts. Die Scham wollte einfach nicht weichen.

Und jetzt richtet sich ihre ganze Hoffnung auf den Umzug. Endlich wird sie als unbeschriebenes Blatt neu anfangen können. Sie hat sich sogar schon eine Geschichte überlegt, falls jemand fragt, warum sie Stockholm nur ein Jahr vor dem Abitur verlassen hat. Sie hat sie viele Male geübt, damit es ganz natürlich klingt, wenn sie sie wirklich erzählen muss. Niemand soll je erfahren, was ihr tatsächlich zugestoßen ist.

ALVIKS STRAND

Montag, 22. März 2010

Jonas muss den Satz dreimal lesen, bevor er seine Bedeutung begreift.

Jeanette ist übrigens Oskars Tochter.

Unmöglich! Soweit Jonas weiß, hat Oskar zwei Kinder, und die sind viel jünger. Falls das ein Witz sein soll, versteht er ihn nicht. Schwer lehnt er sich auf seinem Stuhl zurück. Dass er Kalle abholen muss, rückt in weite Ferne.

Er ist bereits früh am Morgen zur Arbeit gefahren, um seinem unbekannten Auftraggeber zu melden, dass er die Operation Jeanette erfolgreich beendet hat. Er wollte den Film erst auf dem Rechner speichern und dann als Beweis per Mail verschicken. Am Sonntag war dies nicht möglich gewesen, denn Mia war den ganzen Tag zu Hause.

Der Sonntag ist ein richtiger Familientag gewesen. Sie haben ausgedehnt gefrühstückt, dann sind sie in den Bleckan gegangen, einen großen Park mit zahlreichen Spielmöglichkeiten in der Nähe von Hammarbyhamn, wo sie picknickten. Und später, nachdem Kalle im Kinderwagen eingeschlafen war, haben er und Mia einen langen Spaziergang durch Söder gemacht. Erst am Kai entlang bis nach Sofia, dann zu den alten Holzhäusern auf der Åsögatan hinauf und weiter Richtung Fjällgatan, mit der fantastischen Aussicht über Saltsjön. Vor

Kalles Geburt sind sie diese Runde oft gegangen, aber das ist lange her. Zum Abendessen haben sie Schweinefilet und Wurzelgemüse aus dem Backofen gegessen, und anschließend ließen sie den Abend auf dem Sofa mit einem Film ausklingen. Jonas bestand auf etwas Leichtem, eher *feelgood* statt irgendeinem düsteren Drama.

Nachdem er ordentlich ausgeschlafen hat, ist er früh am Morgen ins Büro gefahren. Mia war an der Reihe, Kalle in die Kita zu bringen, und Jonas begründete seinen frühen Aufbruch damit, dass er noch viel zu erledigen hätte, bevor er ihn um halb vier abholen müsste. In Wahrheit ging es ihm vor allem darum, dass niemand ihn beim Überspielen des Films stören würde. Es wäre schließlich schwierig, um nicht zu sagen unmöglich, den Kollegen zu erklären, weshalb er einen Film mit sich herumtrug, in dem eine vierzehnjährige Stripperin zu sehen war.

Und wirklich, das Büro ist noch leer gewesen. Alles war still und dunkel. Er hat die Videokamera mit dem Computer verbunden und den Film überspielt, wobei er sich die ersten Minuten noch einmal ansah, um sicher zu sein, dass alles zu sehen war. Die Qualität war trotz des starken Zooms sehr gut, man konnte die Gesichtszüge aller Anwesenden gut erkennen. In dem Moment, in dem Jeanette auf der Bildfläche auftauchte, minimierte er den Ausschnitt und begann mit seiner Arbeit. Er hatte keine Lust, sich ihren Tanz und die benebeltgeilen Blicke der Abendgesellschaft noch einmal anzusehen.

Anschließend hat er eine Kopie auf dem USB-Stick gespeichert und den Film mit der Erklärung an seinen Auftraggeber geschickt, dass er alles erledigt habe, Jeanette und Bertil Leonard seien von der Polizei mitgenommen worden, und er selbst habe den Hergang aufgenommen. Dann hängte er die entsprechende Datei an, um sie anschließend genau wie die Mail selbst nach dem Senden zu löschen. Ein Hacker würde gewiss keine Probleme haben, sie wiederherzustellen, aber er glaubte nicht, dass irgendwer auf die Idee kommen würde, danach zu suchen, solange er nicht irgendwie verdächtigt würde. Schließlich rief er noch bei der Polizei an, um zu hören, wie es an dem Abend weitergegangen ist. Der Beamte konnte ihm jedoch nur sagen, dass Bertil Leonard verhört wurde, aber alles abgestritten habe. Nun stehe ein Wort gegen das andere.

Das hatte Jonas bereits geahnt. Ohne den Film würden sie Bertil Leonard seiner Aussage zum Trotz einfach freilassen. Also hatte er dem Beamten gesagt, er habe zusätzliches Beweismaterial, das er später vorbeibringen werde.

Gegen zehn traf er auf dem Polizeirevier in Kungsholmen ein, um den USB-Stick an der Rezeption abzugeben. Er bat darum, ihn auf dem Handy anzurufen, wenn es noch Fragen geben würde, da er es eilig hätte.

Jonas weiß, dass er mal wieder spät dran ist, er hätte schon vor einer halben Stunde losgemusst, trotzdem liest er die Nachricht noch einmal. Der Unbekannte bedankt sich für die gute Arbeit sowie das Beweismaterial. Ganz am Ende steht der Satz, der Jonas so überrascht hat:

Jeanette ist übrigens Oskars Tochter.

Sollte Oskar tatsächlich mehr als zwei Kinder haben? Davon hat er nichts gewusst, und den Medien scheint es ebenso wenig bekannt zu sein. Das würde auch bedeuten, dass Oskar bisher keinerlei Verantwortung für Jeanette übernommen hat. Aber warum hat dann ausgerechnet er den Auftrag erhalten, sie vor ihrem selbstzerstörerischen Vorhaben abzubringen? Hätte nicht eher Oskar darüber informiert werden müssen, und sei es nur, um an sein Gewissen zu appellieren? Vielleicht weiß der Unbekannte, dass Jonas' Gewissen empfindlicher ist als Oskars. Steckt möglicherweise Jeanettes Mutter dahinter? Könnte doch sein, dass sie sich in ihrer Wut darüber, dass Oskar sie und das Kind im Stich gelassen hat, mit etwas Verzögerung an ihm rächen will. Die Frage ist nur, wie sie an die Fotos aus Visby gekommen ist.

Jonas nimmt sein Handy und ruft Oskar an. Jetzt wird er sich wirklich verspäten, aber das lässt sich nicht ändern. Das hier muss er so schnell wie möglich hinter sich bringen.

»Oskar Engström.«

»Ja, Jonas hier.«

»Tut mir leid, aber ich habe gerade eine Besprechung im Schwedischen Sportverband und nur ganz kurz Zeit.« Er klingt gereizt. »Worum geht es denn?«

»Ich wollte nur fragen, ob du eine vierzehnjährige Tochter namens Jeanette hast.«

Jonas kann Oskars Verblüffung geradezu hören.

»Ja, habe ich«, sagt er zögernd. »Woher weißt du das?«

Jonas steht auf und geht im Zimmer auf und ab.

»Bisher sind wir immer davon ausgegangen, dass Josefin sich an uns rächen will. Oder aber auch Camilla.«

»Ja. Und?«, fragt Oskar ungeduldig.

Jonas schließt mit dem Fuß seine Bürotür.

»Ich überlege, ob wir damit nicht falschliegen, und Jeanettes Mutter hinter dem Ganzen steckt. Ohne zu wissen, wie dieses Kind zustande gekommen ist und was für eine Rolle du in ihrem Leben gespielt hast, bin ich mir ziemlich sicher, dass es so ist. Ich habe heute eine neue Nachricht von demselben

Absender bekommen, der auch das Foto geschickt hat. Diesmal mit der Frage, ob ich wüsste, dass du eine Tochter hast, die Jeanette heißt und vierzehn Jahre alt ist.«

»Mehr nicht? Diese Person hat einfach nur gefragt, ob ich eine Tochter habe, die Jeanette heißt?«

Jonas murmelt eine Bestätigung. Natürlich muss sich das in Oskars Ohren seltsam anhören. Zum Glück kann er nicht sehen, dass Jonas rot geworden ist. Oskar überlegt eine Weile, bevor er weiterspricht.

»Vielleicht hast du recht. Ulrika hätte wirklich ein Motiv. Außerdem weiß sie über Visby Bescheid.«

Er berichtet kurz, in welchem Verhältnis er zu Ulrika gestanden hat und wann sie schwanger wurde.

»Ich habe Jeanette nur ein einziges Mal gesehen, und das war am Tag der Urteilsverkündung. Da stand Ulrika mit ihr vor dem Gericht. Anschließend habe ich nie wieder etwas von den beiden gehört.«

»Hast du nie wissen wollen, was aus ihr geworden ist?«, fragt Jonas erstaunt.

Oskar seufzt.

»Ich weiß nicht. Spontan würde ich sagen, nein, ich wollte es nie wissen, es war mir egal. Aber in letzter Zeit ist so viel passiert, dass ich gar nicht mehr richtig weiß, was ich denke oder fühle. Ich habe oft von Jeanette geträumt, mir aber eingeredet, dass sie nichts mit mir zu tun hat, dass ich sie nie haben wollte und es sie nur gibt, weil Ulrika sich geweigert hat, abzutreiben.«

Jonas kann Oskars Argumenten nicht recht folgen.

»Aber es gibt sie doch nun mal, egal ob du das willst oder nicht.«

»Das weiß ich, ich bin ja nicht blöd«, sagt Oskar gereizt. »Mir ist klar, dass ich nicht einen Bruchteil der Verantwortung auf mich genommen habe, die ich eigentlich habe, und das, obwohl ich über die entsprechenden finanziellen Möglichkeiten verfüge. Ulrika ist deshalb bestimmt oft wütend auf mich gewesen und hat vielleicht sogar Rachegelüste entwickelt.« Er unterbricht sich.

»Aber falls sie es wirklich ist, warum wendet sie sich dann an dich?«

Darauf hat Jonas auch keine Antwort. Nachdenklich schaut er aus dem Fenster.

»Ja, das ist wirklich etwas seltsam«, gibt er zu. »Aber vielleicht glaubt Ulrika, ihre Rache wäre noch perfider, wenn sie erst mich kontaktiert, um dich aufzuschrecken, und dann, wenn du so richtig verunsichert bist, mit den Bildern an die Presse geht.«

Ganz plausibel klingt das nicht, das muss er selbst zugeben. Aber dass der Absender der Fotos ihm diesen Auftrag erteilt hat, deutet auf eine Verbindung zwischen ihm und Oskars Tochter Jeanette hin.

»Wenn wir herausbekommen, wer diese Mails geschickt hat, finden wir vielleicht auch einen Hinweis auf die Person, die hinter der ganzen Sache steckt.«

Oskar klingt wieder etwas entschlossener. Jonas geht zum Fenster, es dämmert schon.

»Ja, aber das ist nicht so einfach. Eine anonyme E-Mail-Adresse ohne Vor- und Zunamen...«

Oskar fällt ihm ins Wort.

»Aber du arbeitest doch für die IT, für dich muss das doch ganz einfach sein.«

»Na ja, ich arbeite ja nicht direkt als Programmierer«, antwortet Jonas trocken. »Ich bin eher für den Vertrieb zuständig. Aber natürlich, im IT-Support müsste es Leute geben, die das rausfinden könnten.«

»Das klingt doch super«, findet Oskar.

»Ich muss nur überlegen, wem ich diesen Auftrag anvertrauen kann.« Jonas geht im Intranet auf die Seite der IT-Abteilung und betrachtet die Fotos der Angestellten.

»Wen auch immer ich darauf ansetze, bekommt auch den Inhalt dieser Mails zu sehen. Es muss also wirklich jemand sein, dem ich vertrauen kann.«

* * *

Nachdem er das Gespräch mit Jonas beendet hat, spürt er wieder diese wachsende Unruhe, die er inzwischen so gut kennt. Eigentlich müsste er sofort zurück in die Besprechung, aber er kann nicht, seine Energie ist wie verpufft. Ulrika also. Er erinnert sich ganz deutlich an den Tag, an dem sie Jeanette mit zum Gericht genommen hat. Wie das Mädchen ihm zugewinkt und er es ignoriert hat.

Weil er Angst hatte. Angst, dass Ulrika ihm eine Szene machen würde. Angst, dass sie irgendwelche Ansprüche an ihn stellen könnte. Und Ansprüche mag er nicht, das war schon immer so. Also ignorierte er sie und tat anschließend alles, um sie zu vergessen.

So, wie er es Jonas beschrieben hat, klang es wahrscheinlich, als hätte er nie wieder einen Gedanken an sie verschwendet, als hätte er sein eigenes Kind einfach vergessen. Aber so ist es nicht. Er hat oft an sie gedacht, sein schlechtes Gewissen hat ihm keine Ruhe gelassen, wenn auch vielleicht eher unterbewusst. Aber er hat alles getan, um diese unguten Gefühle zu verdrängen. Er wollte nicht Vater sein, er hatte andere Pläne mit seinem Leben. Welche Pläne Ulrika eventuell gehabt haben könnte, darüber hat er nie nachgedacht, er war einfach nur wütend auf sie. Weil sie schwanger geworden war. Dabei hatte Ulrika noch gesagt, sie sollten lieber verhüten. Aber er hatte nie ein Kondom benutzen wollen, das machte das ganze Gefühl kaputt. Und da traute sich Ulrika wohl nicht mehr, noch etwas zu sagen. Es kam, wie es kommen musste, sie entdeckte die Schwangerschaft erst im dritten Monat und entschied sich, das Kind zu behalten, obwohl sie erst fünfzehn war. Damals fand Oskar, sie wäre selbst schuld, es war schließlich ihre Entscheidung, aber heute weiß er, dass sie gut ein wenig Hilfe hätte gebrauchen können.

Noch einmal denkt er über Jonas' Theorie nach. Könnte es wirklich Ulrika sein, die endlich eine Möglichkeit zur Vergeltung gesehen hat?

Vielleicht hat sie seine Karriere all die Jahre verfolgt und gesehen, wie es ihm immer besser ging, während sie selbst es so schwer gehabt hat. Ja, es scheint ihm durchaus möglich, dass sie ihn hasst.

Er nimmt sich zusammen und geht in die Besprechung zurück. Die drei Herren vom Sportverband Östergötland wirken ein wenig irritiert. Aus fünf Minuten Pause sind satte fünfzehn geworden. Nachdem er das ganze Register unterwürfiger Entschuldigungen abgespult und erklärt hat, eines seiner Kinder sei krank, sind sie wieder versöhnt. Wenige Minuten später sind sie schon wieder mitten in einem Gespräch über künftige Vorträge in Norrköping. Und niemand scheint zu bemerken, dass Oskar selbst keine Vorschläge mehr einbringt. Vielleicht finden sie es aber auch einfach ganz praktisch, dass er keine Einwände mehr hat.

Nachdem die Besprechung beendet ist, schütteln sie sich in rührendem Einverständnis die Hände. Die geplante Vortragsreihe im kommenden Jahr wird Oskar Einkünfte in Höhe von ein paar hunderttausend Kronen bescheren. Er selbst hat keine Ahnung, was genau sie gerade besprochen haben, aber das macht ihm weniger Sorgen als die Tatsache, dass Jeanette wie ein unangenehmer Überraschungsgast im bereits laufenden Drama aufgetaucht ist.

SÖDERMALM

Dienstag, 23. März 2010

»Rate mal, mit wem ich gerade telefoniert habe?«

Mia lächelt Jonas an, der die Jacke in der einen, den Bügel in der anderen Hand im Flur steht. Aus dem Wohnzimmer ist Kalle zu hören, er ist offenbar vollkommen in ein Telefongespräch mit einem fiktiven, sehr wütenden Herrn vertieft. Jonas fragt sich verwirrt, wo er das nur wieder her hat, und bei welcher Gelegenheit Kalle möglicherweise ihn selbst belauscht und etwas mitbekommen haben könnte.

Mia merkt, wie er mitten in der Bewegung innehält, nimmt ihm den Bügel aus der Hand und hängt seine Jacke auf. Sie sieht aus, als führe sie etwas im Schilde, und Jonas macht sich auf das Schlimmste gefasst. Vor gar nicht langer Zeit hat er gerade diesen Blick noch besonders geliebt, aber in letzter Zeit hat er meist nur Ärger bedeutet.

»Keine Ahnung. Mit wem?«, fragt er tonlos, und wundert sich, dass Mia seine veränderte Haltung gar nicht wahrnimmt. Früher hat er sich immer brennend für ihre Arbeit interessiert, jetzt begegnet er ihr mit gespielter Gleichgültigkeit. Aber anscheinend ist ihr Vertrauen in ihn so groß, dass es noch viel schlimmer kommen müsste, damit sie merkt, dass sich etwas verändert hat.

»Mit Oskars Frau.«

Mia ist Jonas ins Wohnzimmer gefolgt, wo er gerade Kalle hochheben wollte. Jetzt fallen seine Arme wieder herab.

»Mit wem?«

»Mit Oskars Frau, Veronica.«

Mia lächelt noch breiter und sieht sehr zufrieden mit sich aus. Das Ganze scheint viel interessanter zu werden, als alle Fälle, die sie bisher untersucht hat.

»Ja, das habe ich verstanden, ich meinte eigentlich, warum. Wie kommt es, dass du mit ihr gesprochen hast?«

»Setz dich, dann erzähle ich es dir. Du weißt doch noch, dass ich Kontakt zu Camilla aufgenommen habe, der Freundin von Josefin, dem Vergewaltigungsopfer in Visby?«

Jonas nickt, setzt sich auf das Sofa und fummelt zerstreut an den Kissen herum.

»Das Witzige ist, dass sie sich ein paar Tage nach unserem Gespräch mit Oskars Frau zum Essen getroffen hat, warum, weiß ich auch nicht. Jedenfalls erzählte Camilla ihr, dass sie nicht die Einzige sei, die sich wegen Visby bei ihr gemeldet habe. Sie sagte ihr, dass sie sich gerade erst mit mir getroffen habe und dass ich über den Vergewaltigungsfall forschen würde, in den Oskar verwickelt war. Da ist sie wohl neugierig geworden, hat meine Nummer herausgefunden und mich heute angerufen.«

»Und was wollte sie von dir?«

Jetzt spielt er mit Kalles Teddy, der neben ihm auf dem Sofa liegt.

»Sie fragte, was ich genau machen würde, und ob ich Oskar irgendetwas Böses wolle. Er scheint sich verfolgt zu fühlen. Ich habe sie beruhigt und ihr gesagt, dass ich nicht hinter ihrem Mann her sei, sondern mich vor allem für das Verhalten der Polizei in diesem Fall interessiere. Und ich habe ihr gesagt, dass ich gern ein Interview mit Oskar machen würde, da er mir schließlich am besten etwas dazu sagen könne, wie die Polizei sich ihm als Verdächtigem gegenüber verhalten hat.«

Jonas' Herz klopft so laut, dass er fürchtet, sie könnte es hören. Er steht auf, setzt sich neben Kalle auf den Boden und hilft ihm, aus Klötzen ein Schloss zu bauen. Er schaut auf den Boden und hofft, seine Augen mögen ihn nicht verraten.

»Und was hat Oskars Frau dazu gesagt? Glaubt sie, dass Oskar dazu bereit wäre?«

Mia zögert mit der Antwort. Sie klingt nachdenklich.

»Im Gegensatz zu dir glaubt sie das eher nicht. Sie meinte, dass er wegen seines Vertrages mit dem Schwedischen Sportverband ganz sicher das Medieninteresse nicht auf etwas lenken wollte, was er selbst als Jugendsünde bezeichnet. Außerdem glaubt sie nicht, dass Oskar in irgendeiner Weise eingesehen hätte, damals falsch gehandelt zu haben.«

»Wirklich?«

Jonas' Stimme klingt belegt, er baut eifrig an dem Schloss, seine Hände zittern.

»Nein, und als ich fragte, warum sie das denken würde, meinte sie, er hätte während ihres gemeinsamen Thailandurlaubs neulich gewaltsam Sex mit einer Prostituierten gehabt. Ich glaube, das ist ihr so rausgerutscht, denn als ich fragte, was sie damit meine, bat sie mich, es wieder zu vergessen. Sie schien es zu bereuen. Aber es ist ja nicht weiter schwer, daraus zu schließen, dass Oskar eine der vielen benachteiligten Frauen in Thailand ausgenutzt hat und dabei irgendwie ein bisschen zu hart vorgegangen ist.«

Letzteres sagt sie mit einem ironischem Augenzwinkern.

»Ehrlich gesagt habe ich mich gewundert, dass Veronica so offen darüber spricht. Es schien, als stünde sie nicht ganz auf seiner Seite. Und sie wollte wissen, wie ich zu Oskar stehen würde, ob ich ihn von früher kennen würde und so weiter. Es kam mir vor, als steckte da noch etwas anderes dahinter. Als würde sie gerade eigene Nachforschungen anstellen.«

Jonas zieht Kalle auf seinen Schoß und pustet ihm in den Nacken. Wo soll das bloß hinführen?

»Und Veronica hat mir noch etwas gesagt, bevor sie aufgelegt hat...«

Jonas murmelt etwas Unverständliches.

»Auch wenn ihr Mann im Wesentlichen für die Vergewaltigung verantwortlich gewesen sei, so hätten seine Kumpel Jonas und Rikard doch auch eine Rolle gespielt. Vielleicht wären die ja bereit, ein Interview zu geben, wenn Oskar sich weigern würde. Und jetzt frage ich mich natürlich, ob nicht ein möglicher Interviewpartner vielleicht sogar mit mir unter einem Dach wohnt. Oskar ist mit dir zur Schule gegangen und ein gewisser Jonas war auch an der Vergewaltigung beteiligt.«

Langsam hebt er den Kopf.

Sie lächelt neckisch.

»Dein Glück, dass du so einen Allerweltsnamen hast.«

Er sieht, dass sie es witzig meint, dass sie nicht eine Sekunde in Erwägung zieht, er könne etwas damit zu tun haben. Aber seine Angst wird immer größer, sie macht ihn vollkommen handlungsunfähig.

Mia gähnt ausgiebig und steht auf.

»Aber ich glaube nicht, dass ich es schaffen werde, nach ihnen zu suchen. In zehn Tagen muss ich meinen Artikel abgeben. Wenn ich Oskar bis dahin nicht zu einem Interview bewegen kann, lasse ich diesen Teil einfach weg. Eigentlich reicht mir auch Camillas Bericht. Sie kann sich unglaublich genau an jedes Detail des Prozesses erinnern. Es muss sie tief geprägt haben. Der einzige Grund, Oskar anzuhören, wäre, ein Bild vom Täter zu bekommen. Aber wie schon befürchtet, passt ihm keiner der Termine, die ich vorgeschlagen habe.«

Damit verlässt sie das Wohnzimmer. Normalerweise wäre er ihr in die Küche gefolgt, um weitere Fragen zu stellen und das Gespräch fortzusetzen, aber heute nicht. Zehn Tage noch, dann ist er vielleicht gerettet. Dann wird Mia sich ein neues Projekt vornehmen und hoffentlich vergessen, dass es einen Ort namens Visby gibt.

KRISTINEBERG

Mittwoch, 24. März 2010

Oskar zieht sich zu Hause kurz um, dann macht er sich auf den Weg nach Kristineberg zum Tennis. Nach ihrem missglückten Kneipenabend hatte er nicht damit gerechnet, dass David sich so schnell wieder bei ihm melden würde. Aber offenbar hat er nicht viele andere Freunde, denn gestern hat er angerufen und gefragt, ob sie sich nicht mal wieder zum Tennis treffen wollten. Oskar hat sofort zugesagt. Er hat sowieso ein schlechtes Gewissen, weil er in letzter Zeit kaum noch trainiert. Höchste Zeit, das Leben wieder in die eigene Hand zu nehmen, denkt er in der U-Bahn.

Er läuft das kurze Stück zur Tennishalle. Es ist ein verhangener Tag, ein paar Grad plus und Schnee, der schnell wieder schmilzt und überall braunen Matsch zurücklässt.

Jetzt gibt es also noch eine weitere Kandidatin auf der Liste möglicher Rächerinnen. Oskar seufzt. Hoffentlich kann er bald jemanden ausschließen, um irgendwie weiterzukommen. Sonst kann er sich nur zurücklehnen und auf die Katastrophe warten.

Er nimmt sich vor, so schnell wie möglich Kontakt zu Ulrika aufzunehmen, das hätte er ohnehin längst tun sollen. Aber er hat Angst vor diesem Gespräch. Viele Jahre sind inzwischen vergangen, und die Umstände, auf die er sich damals berufen hat, kann er heute so nicht mehr gelten lassen. Was soll er ihr sagen? Genügen ein »Entschuldigung« und die Bitte, Jeanette kennenlernen zu dürfen? Wahrscheinlich nicht. Er erinnert sich an den Nachmittag, als er und Veronica zur Entbindung gefahren sind. Veronica hatte seit zwölf Stunden Wehen, dennoch dauerte es weitere zwölf, bis Emma auf der Welt war. Als Veronica zu pressen begann, hielt er es nicht mehr aus, das Brüllen, das aus ihrer Kehle kam, machte ihm Angst. Und so ging er auf den Flur hinaus. Dort sah er ein junges, hochschwangeres Mädchen. Die werdende Mutter wirkte nicht älter als sechzehn oder siebzehn und kam zusammen mit einer Frau um die vierzig, dem Aussehen nach ihre Mutter. Das Mädchen ächzte zwischen zwei Wehen. Sie tat Oskar leid. Selbst noch fast ein Kind, würde sie bald Mutter sein.

Erst jetzt wird ihm klar, dass Ulrika noch jünger gewesen sein muss, als sie Jeanette zur Welt gebracht hat, und dass sie dabei aller Wahrscheinlichkeit nach allein gewesen ist.

Er erreicht die Tennishalle und trifft David an der Rezeption. Sie bezahlen und ziehen sich um. Es geht erstaunlich gut, und Spaß macht es auch. Wie immer schlägt er David, obwohl es beinahe ein Jahr her ist, seit er einen Tennisschläger in der Hand gehabt hat. Aber David nimmt es gelassen. Eigentlich verliert er immer gegen Oskar, aber sie sind sich immerhin so weit ebenbürtig, dass sie beide etwas von ihren Matches haben. In der Umkleide stellt Oskar fest, dass er eine neue SMS bekommen hat. Anders Lindgren. Was kann Josefins Exmann von ihm wollen? Er öffnet die Nachricht und liest:

Soweit ich weiß, ist Josefin noch im Jahr unserer Scheidung nach Uppsala gezogen und hat dort Soziologie studiert. Irgendwas mit Frauen. Vielleicht hilft Ihnen diese Information.//Anders

Oskar liest die Nachricht gleich noch einmal. Zwar hat Anders damals gesagt, er würde sich melden, wenn ihm noch etwas einfiele, aber Oskar hatte das nicht weiter ernst genommen. Wieso sollte Anders sich die Mühe machen? Es sei denn, er empfände Sympathie für Oskar, weil er von Josefin angezeigt wurde. Zwei unverstandene Männer, die in die Klauen derselben undankbaren Frau geraten sind.

Oskar schüttelt sich, Anders ist ein unangenehmer Mensch, und er will nicht mehr mit ihm zu tun haben als nötig. Dennoch muss er zugeben, dass diese Information die bisher wertvollste ist. Falls stimmt, was er sagt, lebt Josefin wahrscheinlich noch und hat in Uppsala ein neues Leben begonnen. Immerhin scheint sie ein Studium begonnen zu haben. Und dann spricht auch nichts dagegen, dass sie einen ausgeklügelten Racheplan in die Wege geleitet hat.

Oskar muss an die SMS denken, die er nach der Pressekonferenz bekommen hat. Es war die erste direkt an ihn gerichtete Drohung. Danach ist nichts mehr passiert. Die Medien haben nichts über seine Vergangenheit erfahren, und Veronica will sich zwar scheiden lassen, scheint aber nicht besonders darauf erpicht, ihn zu bestrafen, indem sie irgendwelche Informationen durchsickern lässt. Und Jonas' Lebensgefährtin schreibt zwar eine Arbeit über ihren Fall, scheint aber zum Glück weniger an ihm interessiert zu sein als am Verhalten der Justiz. Dennoch hat Oskar das unbestimmte Gefühl, dass die Person, die ihm die Nachricht geschickt hat, noch lange nicht fertig mit ihm ist. All diese unvorhersehbaren Aktionen scheinen lediglich Teil von etwas Größerem zu sein, mit dem Ziel, ihn zu vernichten. Und der Anfang ist bereits gemacht.

Niedergeschlagen macht er sich auf den Heimweg. Die heitere Stimmung nach seinem Sieg auf dem Tennisplatz ist schnell verflogen. Er steigt in die U-Bahn, lehnt sich auf seinem Sitz zurück und schließt die Augen. Das leise Murmeln der anderen Fahrgäste und das Schaukeln des Zuges machen ihn schläfrig. Für ein paar Minuten dämmert er weg, dann weckt ihn das Klingeln seines Handys. Er erkennt die Nummer sofort wieder.

»Hallo Rikard, was gibt's?«

»Oskar.« Rikards Stimme klingt angestrengt. »Ich glaube, ich habe mit Jonas' Freundin geschlafen. Scheiße.«

Oskar erstarrt. Mit Mia?

»Hast du was genommen?«

Rikard stöhnt.

»Nein, ich schwöre, ich habe nichts genommen. Aber ich glaube, ich habe vielleicht mit Mia geschlafen, und sie weiß vielleicht was von Visby. Ich habe wahnsinnige Angst, dass ich Scheiße gebaut habe, aber mich nicht mehr daran erinnere.«

Rikard ist viel zu aufgeregt, um sich verständlich machen zu können.

»Okay, hol Luft und fang noch mal von vorne an. Was ist passiert?«

Rikard atmet schwer, dann erzählt er von dem Abend vor ein paar Monaten, als die hübscheste Frau der Welt ihn angebaggert habe. Wobei – baggern und baggern. Er erinnere sich nur, dass sie plötzlich bei ihm zu Hause gewesen sei, als sei es das Natürlichste der Welt. Wahrscheinlich haben sie sich in seinem Restaurant getroffen, und dann sei sie mit ihm mitgegangen, seine Erinnerungen seien etwas verschwommen, was ihr Kennenlernen angeht. Auf Oskars Mahnen hin erzählt Rikard von ihrem langen dunklen Haar und den sehr dunklen Augen. Oskar denkt, dass diese Beschreibung ganz gut auf Mia zutrifft, dass Rikard aber wohl eher auf einem missglückten Trip ist und Fantasie und Wirklichkeit nicht auseinanderhalten kann.

»Okay, alles klar, braune Haare, das haben wir ja auf dem Foto bei Jonas im Flur gesehen. Ich zumindest, du warst, glaube ich, gerade auf Toilette.« Er überlegt.

»Und sie sah tatsächlich ziemlich gut aus, soweit ich das auf die Schnelle erkennen konnte. Aber wie kommst du darauf, dass die dunkelhaarige Frau, die du getroffen hast, ausgerechnet Mia gewesen ist? Bist du sicher, dass du nichts genommen hast?«

Die letzte Frage beachtet Rikard gar nicht, es ist offensichtlich, dass er selbst keinerlei Zweifel hegt und es ihm jetzt vor allem darauf ankommt, auch Oskar zu überzeugen. Er erzählt weiter von der großartigsten Nacht seines Lebens. Oskar unterbricht ihn, als er sich allzu sehr in den Details des Aktes verliert.

Rikard reißt sich zusammen und erzählt, dass sie bei ihm geblieben sei, eine gefühlte Ewigkeit lang, um dann spurlos zu verschwinden. Dass er ihr seine Nummer gegeben, sie ihn aber nie wieder angerufen habe.

»Und jetzt weiß ich endlich auch, warum.« Rikard seufzt. »Weil sie mit Jonas zusammenlebt und herausgefunden hat, dass wir einander kennen. Und nicht nur das, wahrscheinlich weiß sie auch, was uns verbindet, und wie sie darauf reagiert hat, will ich mir gar nicht vorstellen.«

»Noch mal: Wie kommst du darauf? Das scheint mir sehr weit hergeholt«, sagt Oskar gereizt. Er hat keine Lust, sich diesen Unsinn noch länger anzuhören.

»Sorry, ich war ein bisschen zu schnell.« Rikard lacht verlegen.

»Die Sache ist, dass ich sie am Samstag zufällig auf der Straße wiedergesehen habe, in Söder, ich war auf dem Weg zu Jonas.«

Dass er eigentlich dort war, um Heroin zu kaufen, verschweigt er lieber, Oskar scheint ihm ohnehin nicht recht zu glauben. Er erzählt, wie er der Frau gefolgt sei und gesehen habe, wie sie zu Jonas' Wohnungstür hineingegangen sei. Wie er erst gedacht habe, sie sei vielleicht eine Freundin der Familie, aber dann zu dem Schluss gekommen sei, dass es Mia selbst gewesen sein müsse, da sie der Frau auf dem Foto in Jonas' Flur so ähnlich gesehen habe.

»Und dann hatte ich eine Idee, die erklären könnte, warum sie sich nie wieder bei mir gemeldet hat. Wir hatten ein paar sehr intensive gemeinsame Tage und ich ... ich habe eine Menge getrunken und war wohl nicht ganz nüchtern ...«

Das kann Oskar sich sehr gut vorstellen, einen dauerbetrunkenen Rikard.

Und wer weiß, was er noch genommen hat, das ihn glauben lässt, er hätte die tollste Liebesgeschichte erlebt, während sie nur mit ihm gespielt hat.

»Trotzdem erinnere ich mich, dass sie mir jede Menge Fragen gestellt hat, sie wollte alles über mich wissen. Weil sie für mich dasselbe empfand wie ich für sie. Dachte ich. Und dann glaube ich, aber da bin ich mir nicht hundert Prozent sicher, dass ich ihr die Fotos aus Visby gezeigt habe.«

»Wie bitte?« Oskars Stimme überschlägt sich.

»Ich glaube, ich habe ihr vielleicht die Fotos gezeigt, also nicht alle, nur eins davon«, sagt Rikard kleinlaut.

»Ich weiß noch, dass wir uns über ehemalige Liebesgeschichten unterhalten haben, und irgendwie bin ich dabei auf Josefin gekommen. Da habe ich ihr dann wohl eins der Fotos gezeigt. Nicht das schlimmste, ganz bestimmt nicht, es muss eins vom Anfang gewesen sein, denn ich glaube, wir waren alle drauf, nur du nicht. Und wir saßen angezogen auf dem Sofa. Ich habe nicht mehr daran gedacht, bis ich sie durch Jonas' Wohnungstür habe gehen sehen. Wenn es wirklich Mia war, hat sie Jonas auf dem Foto wiedererkannt und begriffen, dass wir uns kennen. Aber vielleicht stimmt das ja alles auch nicht, ich war damals wirklich nicht ganz nüchtern.«

»Ja, das hab ich verstanden. Mich interessiert viel mehr, ob sie die Möglichkeit hatte, die Bilder mitzunehmen. Hast du sie zwischendurch am Computer allein gelassen?«

»Aber sie muss es doch gar nicht gewesen sein. Wir wissen immer noch nicht, wie vielen Leuten Christian die Bilder vor seinem Tod weitergegeben hat.«

Rikard klingt keineswegs überzeugt, ihm ist wahrscheinlich ebenso klar wie Oskar, dass Christian die letzten Tage seines Lebens nicht zwangsläufig darauf verwendet hat, ein paar alte Fotos zu verkaufen, die er erst kurz zuvor eingescannt hat.

»Wir hatten wirklich eine unglaubliche Nacht zusammen, und ich bin sicher, dass sie dasselbe empfunden hat wie ich.«

»Du Idiot!« Oskar kann es einfach nicht fassen.

»Und warum hat sie sich dann nie wieder bei dir gemeldet? Warum hat sie dir die Fotos geklaut, Fotos noch dazu, die dich in den Knast bringen können? Ist doch klar, dass die schönste Frau der Welt sich nicht in ein besoffenes Schwein wie dich verliebt! Sie hat dich benutzt. Irgendwie muss sie herausgefunden haben, was uns verbindet, und jetzt will sie den größtmöglichen Gewinn daraus ziehen. Vielleicht wusste sie schon, dass du die Fotos hast, bevor ihr zu dir gegangen seid. Wer weiß, vielleicht hast du in der Kneipe irgendwas davon erzählt, und dann ist sie allein deswegen mit dir mitgegangen. Na los, sag schon, hatte sie die Möglichkeit, die Bilder zu überspielen?«

Oskar presst die Kiefer aufeinander, am liebsten würde er Rikard richtig fertigmachen. Aber er beherrscht sich. Erst muss er so viele Informationen wie möglich aus diesem Idioten herauspressen.

»Nee, ich glaube nicht.«

Aber seine Stimme verrät ihn, er hat einfach überhaupt keine Ahnung. Oskar hat den Verdacht, dass er permanent betrunken war und überhaupt nicht mehr im Blick hatte, was diese Frau bei ihm gemacht hat.

»Ich kann mich nicht erinnern, sie anschließend noch einmal in der Nähe des Computers gesehen zu haben, aber beschwören kann ich es nicht.« Er scheint nachzudenken.

»Aber wenn du recht haben solltest, wenn sie die Bilder wirklich hat mitgehen lassen, dann würde das zumindest erklären, warum ausgerechnet Jonas die Mail bekommen hat. Du hast doch gesagt, dass sie unseren Fall für ihre Forschungsarbeit ausgesucht hat, das kann ja schließlich auch kein Zufall sein, oder?«

»Was ist denn dann deine Theorie?« Oskars Stimme ist samtweich, was auf Rikard den beabsichtigten Effekt hat.

»Ich weiß es auch nicht genau«, sagt er unsicher. »Aber nehmen wir mal an, Mia ist mit Jonas zusammengezogen, ohne etwas von Visby 1997 zu wissen.«

Er verhaspelt sich.

»Und dann hat sie mich zufällig in der Kneipe kennengelernt. Das wäre ja gar nicht mal so abwegig, es ist eine beliebte Kneipe, und fast jeder ist schon mal dort gewesen. Wir haben uns verliebt, und sie ist mit mir gegangen und wollte alles von mir wissen. Dann, als sie die Fotos gesehen hat, hat sie einen Schrecken bekommen, weil sie ihren Mann darauf erkannt hat.«

Seine Stimme klingt fester, je weiter er mit seinen Schlussfolgerungen kommt.

»Und weil sie mir nicht gesagt hatte, dass sie mit jemandem zusammenlebt, konnte sie in dem Moment schlecht etwas dazu sagen. Aber als ich dann schlief, hat sie sich die anderen

Bilder auch angeschaut, und da ist ihr der Zusammenhang klar geworden. Sie war wütend und ist abgehauen. Und wenn es so ist, wie du sagst, dass sie tatsächlich ein Foto hat mitgehen lassen, dann hat sie es auch an Jonas geschickt. Und dann hat das Ganze nichts mit dir zu tun. Klar warst du auf den meisten anderen Fotos mit drauf, aber Mia hat überhaupt keinen Grund, sich an dir zu rächen. Ihr geht es um Jonas.«

Oskar überlegt. Rikards Theorie hat viele Lücken. Dass Mia zufällig in der Kneipe aufgetaucht sein soll, in der Rikard arbeitet, und sich mit ihm eingelassen hat, um dann zufällig einen Fotobeweis für den Fehltritt ihres Mannes in Rikards Computer zu finden, kommt ihm allzu unwahrscheinlich vor. Dagegen wäre es sehr gut möglich, dass sie aus irgendeinem Grund geplant hat, mit Rikard anzubandeln. Sei es, um ihm Informationen zu Visby zu entlocken, oder weil sie irgendwie von den Bildern erfahren hat. Das lässt sich zu diesem Zeitpunkt noch nicht sagen. Aber dass Rikard angesprochen worden ist, ist kein Zufall, da ist er sich völlig sicher. Mal angenommen, Mia hat gerüchteweise gehört, dass Jonas an einer Vergewaltigung beteiligt war. Dann hat sie versucht, einen Mittäter, Rikard, ausfindig zu machen, um von ihm Näheres darüber zu erfahren, bevor sie ihren Mann zur Rede stellt. Dann hat sie es vielleicht wirklich auf Jonas abgesehen und nicht auf ihn.

Er schaut aus dem Fenster, der Zug fährt gerade über die Brücke zwischen Fridhemsplan und St. Eriksplan, einen der wenigen überirdischen Streckenabschnitte im Zentrum. Dann fällt ihm die SMS ein, die er im Anschluss an die Pressekonferenz erhalten hat. Er seufzt. Vielleicht ist diese ganze Racheaktion ausgetüftelter, als sie bisher vermutet haben. Könnte es vielleicht sein, dass Mia in Wirklichkeit Josefin ist? Heute gibt es viele Möglichkeiten, sein Aussehen so zu verändern, dass niemand einen wiedererkennt. Und wie gut kann man sich schon an flüchtige Bekanntschaften erinnern, die dreizehn Jahre zurückliegen? Oskar könnte eine ganze Reihe von Leuten aus dem Gymnasium aufzählen, die er heute nicht mehr wiedererkennen würde. Und wenn sie sich zudem die Haare gefärbt und irgendwelchen Eingriffen unterzogen hätten, könnte er sie vermutlich überhaupt nicht mehr zuordnen. Könnte es dann nicht auch sein, dass es Mia, oder besser Josefin, gewesen ist, die ihm am Ende der Pressekonferenz diese verfängliche Frage gestellt hat? Dass es also nur ein Teil der Racheaktion war?

»Diese Frau, die bei dir zu Hause gewesen ist ... Hatte die irgendwelche Ähnlichkeiten mit Josefin?«

Rikard braucht nicht lange zu überlegen.

»Ja, merkwürdig, dass du das fragst. Tatsächlich musste ich gleich an Josefin denken. Allerdings hatte sie dunkle lange Haare und braune Augen, und bei näherem Hinsehen waren die Ähnlichkeiten wohl doch nicht so groß. Aber ich weiß, dass ich damals oft an Josefin denken musste. Warum fragst du? Glaubst du ...«

»Ich glaube gar nichts«, erwidert Oskar kurz. »Ich will einfach nur wissen, wer hinter uns her ist, und was diese Person als Nächstes vorhat.«

Als sie aufgelegt haben, bleibt Oskar reglos sitzen, das Handy hält er immer noch in der Hand. Ein älterer Herr gegenüber starrt ihn an. Aber als Oskar böse zurückstarrt, wendet er den Kopf wieder ab. Wahrscheinlich hat er viel zu laut gesprochen, er hat zwischenzeitlich ganz vergessen, dass er in der U-Bahn sitzt. Er sieht sich um, der Wagen ist nur spärlich besetzt, und niemand sonst scheint ihrem Gespräch zugehört zu haben, zumindest lässt niemand sich etwas anmerken. Wenn Josefin also Mia ist. Wenn sie mit Jonas zusammengezogen ist und dann Rikard angebaggert hat, weil sie gehofft hat, von ihm mehr Informationen über Oskar zu bekommen. Wenn sie dabei auf die Fotos gestoßen ist und diese gegen ihren Mann verwendet, kann sie auch beabsichtigt haben, sie gegen Oskar einzusetzen ... Das alles klingt verrückt, aber plausibel.

Natürlich wird er auch Ulrika weiterhin in Betracht ziehen müssen, dazu hat sie ebenfalls ein viel zu starkes Motiv. Aber er muss zugeben, dass das Gespräch mit Rikard alles noch einmal in einem anderen Licht erscheinen lässt.

Sicherheitshalber googelt er nach Mia Lindskog. Er findet sie bei LinkedIn. Kein Foto, aber eine längere Auflistung ihrer Studien sowie ein Lebenslauf. Er braucht nicht lange, um zu erkennen, dass er auf der richtigen Fährte ist: »Studium der Soziologie, Universität Stockholm 2004–2006.« Also nicht in Uppsala, aber da kann Anders Lindgren sich ja auch vertan haben. Unter der Überschrift »Studium der Soziologie« findet er »Gender Studies Universität Stockholm«. Das nimmt ihm den letzten Zweifel. Laut Anders hat Josefin sich auf Frauenforschung spezialisiert, da liegt Gender-Studies nahe. Er kann ein zufriedenes Lächeln nicht unterdrücken.

ALVIKS STRAND

Donnerstag, 25. März 2010

Jonas seufzt, zieht das Handy heraus und nimmt ab, ohne nachzuschauen, wer es ist. Die Schlange vor dem Kaffeeautomaten ist lang, wie immer um zehn Uhr morgens, er kann einfach nicht begreifen, warum es für so viele Angestellte nur eine einzige Kaffeemaschine gibt. Und ebenso wenig versteht er, warum er jeden Tag ausgerechnet um diese Uhrzeit einen Kaffee braucht.

»Ja, Jonas hier.«

Er betet, es möge ein Kunde sein. Am liebsten würde er sich für die nächsten zehn Tage einfach in der Arbeit vergraben, und danach heil und unversehrt wieder auftauchen. Aber seine Hoffnungen zerschlagen sich sofort, es ist Oskar.

»Jonas, ich hab sie!«

Oskar klingt angespannt und irgendwie seltsam. Jonas tritt etwas zur Seite.

»Wen? Josefin?«

Er möchte nicht, dass jemand ihnen zuhört, also geht er wieder in sein Büro zurück. Oskar zögert kurz, dann rückt er mit seinen Überlegungen heraus.

»Ja genau, Josefin. Jonas, es tut mir leid, dir das sagen zu müssen, aber alles deutet darauf hin, dass Mia in Wirklichkeit Josefin ist.«

Jonas weiß nicht, was er erwartet hat, aber das ganz bestimmt nicht. Er lacht laut auf.

»Also, das ist das Verrückteste, was ich je gehört habe! Mia soll Josefin sein?«

Oskar klingt ein wenig eingeschnappt, als er kurz zusammenfasst, was er herausgefunden hat. Er erzählt von Anders' SMS, in dem er das Soziologiestudium mit Schwerpunkt Frauenforschung erwähnt, sowie von seinem Gespräch mit Rikard. Dann fügt er noch hinzu, dass ein dreizehn Jahre alter Fall wohl kaum einen Wissenschaftler mit Rang und Namen interessieren würde, es sei denn, dieser Wissenschaftler würde mit einem der damals Verdächtigen zusammenleben.

Jonas traut seinen Ohren nicht.

»Und Mia hat sich also nicht nur in Josefin verwandelt, sondern sie hat sich auch noch auf den Weg zu unserem gemeinsamen Freund Rikard gemacht, um mit ihm zu schlafen?«

Er unterbricht sich, denn er muss schon wieder lachen.

»Nicht dass ich behaupten könnte, Mia würde niemals auf die Idee kommen, fremdzugehen. Aber ausgerechnet mit Rikard. Das scheint mir doch sehr weit hergeholt. Er ist wirklich nicht ihr Typ. Sie ist ziemlich klug, weißt du, auch wenn ich verstehen kann, dass du dich vielleicht wunderst, wie sich so jemand für mich interessieren konnte.«

»Aber genau das meine ich doch!«, ruft Oskar. »Kapierst du das denn nicht? Man muss ziemlich gewieft sein, um sich eine so ausgeklügelte Racheaktion auszudenken. Erstmal musste sie sich aus diesem ganzen Elend rausarbeiten, in dem sie nach der Ehe mit Anders steckte. Dann ihre Identität wechseln, zu Mia Lindskog werden, ihr Soziologiestudium beginnen und noch dazu etwas mit dir anfangen, ohne dass du hinter ihr Doppelleben kommst. Wann habt ihr euch kennengelernt?«

»2005«, antwortet Jonas gereizt. »Es war ihr letztes Studienjahr und sie hat mich angerufen, weil sie Hilfe mit ihrem Computer brauchte, der abgestürzt war. Im Studium habe ich mir mit einer eigenen Firma etwas dazuverdient, und sie hatte meine Anzeige im *Blocket* gelesen.«

»Siehst du!« Oskar ist ganz aufgeregt. »Es war kein Zufall, dass ihr euch getroffen habt. Sie hat herausgefunden, was du machst, und dich dann kontaktiert. Ist doch sonnenklar, dass das alles geplant war! Und dann, als sie dich eingewickelt hatte, hat sie nachgeforscht, was Rikard und ich so machen. Hat festgestellt, dass meine Fußballkarriere steil aufwärts ging, und sich entschieden, noch ein bisschen zu warten und mir erst eine Falle zu stellen, wenn ich ganz oben bin. Gleichzeitig hat sie versucht, an Rikard ranzukommen und ihn in seiner Kneipe angebaggert. Sie ist mit ihm nach Hause, mit welchem Ziel ist nicht ganz klar, und hat durch einen Zufall, oder vielleicht, weil sie vorher schon davon gewusst hat, auf seinem Computer die Fotos entdeckt. Und die hat sie dann auf einen USB-Stick gepackt und mitgenommen.«

Er macht eine kurze Pause, um Luft zu holen.

»Und damit hatte sie alles, was sie für eine Rache an dir und mir brauchte. Rikard ist total mitgenommen, weil sie ihn wieder verlassen hat. Das schien ihr wohl Strafe genug zu sein. Dass sie unseren Fall als Forschungsobjekt gewählt hat, ist nur ein weiterer Versuch, uns ordentlich Angst einzujagen, bevor sie uns schließlich zerstört, indem sie uns alles nimmt.«

Oskar wirkt sehr überzeugt von seiner Darlegung.

»Du meinst, sie musste mit mir zusammenziehen, ein Kind mit mir bekommen und einige Jahre mit mir zusammenleben, bloß um sich dann an uns zu rächen?«

Jonas ist nicht nur skeptisch, er fragt sich langsam, ob Oskar nicht dabei ist, den Verstand zu verlieren.

»Ich weiß, es klingt ziemlich krass.« Oskar ist bewusst, dass genau dieser Aspekt recht fragwürdig ist. Josefin muss ihre Vergewaltiger hassen, da bedürfte es schon enormer Überwindung und eines außergewöhnlichen Schauspieltalents, um mit einem von ihnen zusammenzuleben.

»Aber du musst doch zugeben, dass es merkwürdig ist, wenn die Frau, die Rikard vor zwei Monaten kennengelernt hat und der er die Fotos gezeigt hat, letzte Woche in eure Wohnung gegangen ist.«

»Dann hat Rikard sich eben getäuscht. Er kann sich ja kaum erinnern, ob er ihr die Bilder gezeigt hat oder nicht, dann erinnert er sich wahrscheinlich genauso wenig daran, wie sie wirklich aussah. Als er in Söder zufällig Mia gesehen hat, hat er sie wiedererkannt, weil er das Foto bei uns im Flur gesehen hat, und plötzlich glaubte er, es wäre dieselbe Frau, die er vor ein paar Monaten kennengelernt hat. Er ist ihr gefolgt und hat sich gewundert, warum sie in unsere Wohnung gegangen ist. Ich bezweifle sogar stark, dass seine Geschichte über diese Frau stimmt, er wirkt ziemlich fertig, vielleicht hat er ja eine Psychose.«

Er geht zum Fenster und öffnet es weit, um frische Luft hereinzulassen.

»Ich habe jetzt übrigens einen Kollegen drangesetzt, die IP-Adresse des Rechners herauszufinden, von dem aus das Bild geschickt worden ist. Ich hoffe, er hat mir meine Geschichte, dass ich von einem Verrückten verfolgt werde, geglaubt. Der Typ ist ein ziemlicher Eigenbrötler, deshalb glaube ich nicht, dass er mit irgendwem darüber reden wird.«

»Gut.« Oskar klingt nur mäßig interessiert. Wahrscheinlich ist er so überzeugt davon, dass Mia hinter allem steckt, dass er keine weiteren Beweise braucht. Jonas geht zu seinem Schreibtisch zurück und setzt sich wieder.

»Hast du eigentlich schon Jeanettes Mutter kontaktiert? Könnte sich lohnen, sie zumindest mal anzurufen.«

»Ja, schon klar, Ulrika hat auch ein Motiv. Aber wie soll sie bitteschön an die Bilder gekommen sein? Hat sie vielleicht auch mit Rikard rumgemacht?« Oskar klingt frustriert, weil er Jonas nicht von seiner Theorie überzeugen konnte.

»Ich weiß nicht.« Jonas seufzt. Kann Oskar ihn nicht einfach in Ruhe lassen? In zehn Tagen ist der Spuk wahrscheinlich vorbei, bis dahin will er möglichst nicht mehr darüber nachdenken müssen.

»Aber sie könnte mit Christian Kontakt gehabt haben und auf diese Weise an die Fotos gekommen sein.«

Das scheint Oskar nicht zu überzeugen, aber er verspricht noch einmal, Ulrika so bald wie möglich anzurufen.

Nachdem sie das Gespräch beendet haben, nimmt Jonas seine Jacke und sagt den Kollegen, dass er kurz etwas erledigen müsse und gleich wieder zurück sei. Er will Mia anrufen, um ihr vorzuschlagen, dass seine Mutter Kalle abholen könnte, damit sie beide nach der Arbeit in Ruhe ein Bier trinken gehen können. Und dann will er ihr alles erzählen. Er hat einfach keine Lust mehr auf dieses Spiel.

KÄRRTORP

Donnerstag, 25. März 2010

Rikard starrt an die Decke. Es ist mitten am Tag, er müsste aufstehen und etwas essen, schafft es aber nicht. Er hat sich krankschreiben lassen. Seit er sie am Samstag wiedergesehen hat, ist er vollkommen fertig. Das Gespräch mit Oskar hat ihm gutgetan, auch wenn Oskar ihm nicht geglaubt hat, dass die Gefühle zwischen ihm und dieser Frau wechselseitig gewesen sind. Dafür scheint ihm seine Theorie, dass es Mia gewesen ist, die er damals getroffen hat, eingeleuchtet zu haben. Dass Mia eigentlich Josefin sein soll, hält Rikard jedoch für Unsinn. Mia ist Mia und Josefin ist Josefin. Dennoch muss es ein Schock für Mia gewesen sein, die Fotos aus Visby zu sehen.

Er streckt die Hand aus, nimmt den Laptop vom Nachttisch und schaut sich die Bilder noch einmal an. Auf den meisten ist Josefins Gesicht schwer zu erkennen, sie ist mehr oder weniger bewusstlos. Außer auf den beiden ersten vom frühen Abend, auf der die ganze Truppe auf dem Sofa zu sehen ist. Darauf ist Josefin noch fit. Glücklich strahlt sie in die Kamera, oder eigentlich ist es Oskar, den sie anstrahlt. Rikard erinnert sich, dass ihn das gestört hat. Selbst jetzt empfindet er noch beinahe so etwas wie Eifersucht, wenn er daran zurückdenkt. Keine der Personen auf dem Foto ist im Detail zu sehen, es sind keine Porträts, aber Josefin hat ein süßes, etwas kindliches Gesicht, langes blondes Haar und blaue Augen. Er kann keine Ähnlichkeit zwischen ihr und der Frau feststellen, die er vor ein paar Monaten getroffen hat, auch wenn man berücksichtigt, dass die Bilder schon viele Jahre alt sind und sie alle sich in der Zwischenzeit verändert haben.

Sie hätte doch mit ihm reden können, statt einfach abzuhauen. Er hätte ihr alles erklärt. Hätte sie überzeugt, dass er jetzt ein ganz anderer Mensch ist und ihr geholfen, ihre Beziehung zu beenden, sodass nichts sie mehr daran hindern kann, zusammen glücklich zu werden.

Plötzlich ist er voller Energie. Er schaltet den Rechner aus, steigt aus dem Bett, in dem er die letzten Tage verbracht hat, und geht ins Bad. Zwar hat er es eilig, aber eine Dusche muss sein, er hat sie bitter nötig. Anschließend fühlt er sich wie neugeboren. Mit einem Handtuch um die Hüfte geht er ins Schlafzimmer zurück und sucht ein T-Shirt heraus. Fünfzehn Minuten später steht er fertig angezogen im Flur, das Loch in seinem Magen hat er erst einmal mit zwei Leberwurstbroten gestopft. Er schließt die Tür und läuft die Treppe hinunter. Normalerweise kommt ihm der Weg zur U-Bahn endlos lang vor, aber heute legt er ihn in kürzester Zeit zurück. Im Zug überlegt er, was er Mia eigentlich sagen soll. So, wie sie sich Samstag gegeben hat, kann er kaum darauf hoffen, mit offenen Armen empfangen zu werden. Aber vielleicht hört sie wenigstens zu, was er ihr zu sagen hat.

Eine Frau auf dem Sitz schräg gegenüber schaut ihn an und lächelt, als sich ihre Blicke begegnen. Rikard wird rot. Dass Frauen mit ihm flirten, ist er nicht gewöhnt, aber vielleicht strahlt er heute etwas Besonderes aus. Zumindest innerlich fühlt er sich schön. Wer weiß, vielleicht sieht man ihm das an. Er lächelt zurück, heute kann er es sich leisten, großzügig zu sein. Es fühlt sich gut an, endlich etwas zu tun, statt nur zu Hause herumzuliegen und sich im Warten auf einen Anruf zu verzehren, der vielleicht nie kommen wird.

Am Medborgarplatsen steigt er aus und läuft das kurze

Stück bis zu Jonas' Wohnung. Zu spät fällt ihm ein, dass er sich den Türcode nicht gemerkt hat. Während er noch überlegt, Oskar anzurufen, öffnet sich die Tür und ein Vater mit zwei Kindern kommt heraus. Rikard nickt freundlich, versucht auszusehen, als wohne er auch hier, und hält die Tür auf, bevor sie ins Schloss fällt. Der Mann schaut ihn misstrauisch an, sagt aber nichts. Wahrscheinlich ist er wie die meisten anderen auch: Er traut sich nicht, Fremden den Zugang zu verweigern, obwohl die Wohnungsgenossenschaft da bestimmt strenge Regeln hat.

Drinnen bleibt er erst mal stehen, er hat gar nicht überlegt, was er eigentlich sagen will, und jetzt ist er sich plötzlich unsicher, ob das wirklich der richtige Weg ist. Vielleicht sollte er Mia lieber in Ruhe lassen, bis sie sich damit abgefunden hat, was Jonas in Visby getan hat. Aber nein, lieber packt er den Stier bei den Hörnern. Wer weiß, wenn er noch länger wartet, verliert er vollkommen den Halt, und dann hat er ihr nichts mehr zu bieten, falls sie sich doch noch bei ihm melden sollte.

Er läuft in großen Sprüngen die Treppe hinauf und klingelt, bevor er es sich anders überlegen kann. Nichts. Er klingelt noch einmal. Dann legt er das Ohr an die Tür. Drinnen ist es vollkommen still. Es ist Donnerstag und kurz nach Mittag. Natürlich arbeitet sie. Im Unterschied zu ihm selbst arbeiten die meisten Menschen um diese Zeit. Zur Sicherheit klingelt er noch einmal, wartet diesmal aber nicht ab, sondern dreht sich um und geht langsam wieder hinunter. Die Enttäuschung liegt schwer auf seinen Schultern.

SÖDERMALM

Freitag, 26. März 2010

»Wie bist du eigentlich auf diesen Fall in Visby gekommen?«

Jonas betrachtet Mia, die mit Per Anders Fogelströms zweitem Band der Stockholm-Suite neben ihm liegt. Er hat so fest vorgehabt, ihr alles zu erzählen, als sie vorhin ein Bier trinken waren. Aber wie immer hat er sich nicht getraut und Visby mit keinem Wort erwähnt. Und Mia schien endlich begriffen zu haben, dass er nicht über ihre Arbeit reden wollte, denn sie hielt sich strikt an andere Gesprächsthemen. Als sie abends zu Bett gegangen sind, hat er sich dafür verflucht, nicht mehr Rückgrat gezeigt zu haben. Es fällt ihm so schwer, mit all dem Lügen und Verschweigen umzugehen.

Mia antwortet nicht, und Jonas fragt sie noch einmal, diesmal eindringlicher. Doch es dauert, bis sie merkt, dass Jonas sie etwas gefragt hat und auf eine Antwort wartet.

»Entschuldige, was hast du gesagt? Ich bin irgendwie ganz abgetaucht, das wollte ich nicht.«

Sie streicht ihm über den Arm.

»Ich habe mich nur gefragt, warum du dich so auf diesen Visby-Fall eingeschossen hast. Du untersuchst massenhaft Vergewaltigungsfälle, aber dieser Fall scheint dich besonders zu fesseln. Du beschäftigst dich sogar mit den Tätern. Das sieht dir gar nicht ähnlich.«

Jonas hört selbst, dass es vorwurfsvoll klingt. Zwar glaubt er nicht an Oskars Theorie, aber irgendwo tief in seinem Innern regen sich Zweifel, ob Mia nicht vielleicht doch insgeheim alles weiß und ihn für ihre Forschungsarbeit instrumentalisiert. Dieses Misstrauen hat sich in ihn eingefressen, und jetzt wird er es nicht wieder los.

»Aber das habe ich dir doch schon gesagt! Wir haben diesen Fall während eines Gender-Seminars in einer Gruppenarbeit behandelt, aber dann habe ich ihn wieder vergessen, sonst hätte ich ihn von vornherein berücksichtigt. Es war einfach ein besonders brutaler Übergriff, noch dazu auf ein minderjähriges Mädchen, und die Polizei schien von Anfang an wenig Interesse daran zu haben, die Täter dingfest zu machen.«

Jonas hört ihr kaum zu.

»Trotzdem kapiere ich nicht, warum du zu Hause so viel davon erzählst. Du sprichst doch auch sonst nicht über deine Fälle.«

Das klingt schon fast aggressiv, aber er kann einfach nicht aufhören. Mia soll ihn beruhigen, sie soll irgendetwas sagen, das ihn davon überzeugt, dass Oskar unrecht hat. Zum Beispiel, dass es einfach zu ihrer Forschungsarbeit gehört und dass es reiner Zufall ist, dass ausgerechnet dieser Fall so viel Raum dabei einnimmt.

»Jetzt hör aber mal auf! Du bist schon die ganze Woche so seltsam. Ich habe gedacht, du bist vielleicht einfach müde, aber jetzt regt es dich schon auf, wenn ich über meine Arbeit spreche. Was glaubst du, wie viele Paare uns beneiden, weil wir uns tatsächlich noch etwas zu sagen haben. Und du beschwerst dich andauernd.«

Sie dreht sich um und zieht die Decke bis zum Kinn. Er möchte sie verzweifelt gern in den Arm nehmen und sich entschuldigen, ihr sagen, dass er sich selbst nicht wiedererkennt. Aber er tut es nicht. Er liegt nur schweigend da und betrachtet Mias Rücken. Schließlich hört er an ihren Atemzügen, dass sie eingeschlafen ist. Und in diesem Moment flüstert er leise »verzeih«.

ÖREBRO

Montag, 29. März 2010

Zwei Vergewaltigungen. Glaubst du wirklich, der Schwedische Sportverband hält den Vertrag mit dir aufrecht, wenn das herauskommt?

Oskar starrt auf die Nachricht. Kein Zweifel, es muss tatsächlich eine Verbindung zwischen Thailand und Visby geben. Er schaut aus dem Fenster der kleinen Pizzeria mitten in Örebro. Draußen rauscht der Regen nieder, der Himmel ist grau, und nirgendwo ein Anzeichen, dass er aufreißen könnte. Ein Wetter passend zu seiner Stimmung.

Er wendet sich wieder seiner Tischgesellschaft zu. Der Mann und die Frau vom Fußballverband Örebro sehen ihn besorgt an. Mitten im Gespräch über die geplante Vortragsreihe hat Oskar diese SMS erhalten. Er hat sich entschuldigt und sie gelesen und war plötzlich mit den Gedanken ganz woanders. Sie denken bestimmt, er hätte eine schlimme Nachricht erhalten. Was ja auch stimmt. Allerdings können sie sich in ihren kühnsten Träumen nicht ausmalen, worum es geht. Oskar beschließt, ihr Mitgefühl auszunutzen.

»Mein Sohn ist im Kindergarten gefallen und hat sich verletzt«, erklärt er. »Meine Frau ist mit ihm in die Ambulanz gefahren. Wahrscheinlich ist es nichts Schlimmes, aber ich glaube, es ist besser, ich fahre hin. Die wesentlichen Dinge haben wir ja besprochen, lassen Sie mich das in der kommenden Woche ausarbeiten, dann hören wir am Montag wieder voneinander.«

Sie nicken verständnisvoll, so ist das, wenn man Kinder hat.

Wenig später ist Oskar auf dem Weg zu seinem Auto, das er ein Stück weiter entfernt geparkt hat. Er hat keinen Regenschirm bei sich, dennoch nimmt er den Schauer kaum wahr. In Gedanken ist er ganz bei der SMS, die er bekommen hat, und was diese möglicherweise für ihn bedeutet. Die Zeit drängt, aber bevor er zu einem Schlag gegen Mia ansetzt, muss er einen Anruf erledigen, den er im Grunde schon vor Jahren hätte erledigen sollen.

Er setzt sich ins Auto und lässt den Motor an, froh, vor dem Feierabendverkehr loszukommen. Mit etwas Glück, und wenn er sich nicht allzu genau an die Geschwindigkeitsbegrenzungen hält, kann er in anderthalb Stunden in Stockholm sein.

Auf dem Weg stadtauswärts überlegt er fieberhaft, wie Ulrika mit Nachnamen hieß, aber es will ihm einfach nicht einfallen. Deshalb ruft er einen alten Klassenkameraden an, mit dem er sich noch heute ab und zu trifft und der ein beinahe unheimliches Gedächtnis für Namen und Zahlen hat. Es würde ihn nicht wundern, wenn er sich auch an Ulrika erinnert. Und tatsächlich. Er weiß noch, wer sie ist und dass sie Olsson mit Nachnamen heißt. Zumindest hieß sie zu Schulzeiten so. Oskar bedankt sich und legt auf. Olsson ist zwar kein ungewöhnlicher Name, aber wenn er Glück hat, wohnt sie immer noch in Upplands Väsby und ist die Einzige mit dieser Namenskombination. Er ruft die Auskunft an und erfährt, dass es im entsprechenden Ort zwei Ulrika Olssons gibt, drei sogar, wenn man die Ohlssons mit h mitzählt. Oskar versucht einfach sein Glück und bittet, mit der ersten Nummer verbunden zu werden. Es gibt keinen Grund, dieses Gespräch länger aufzuschieben, außerdem ist es höchste Zeit, seinen Dämonen ins Auge zu blicken.

Nach dem dritten Klingeln meldet sich eine Frauenstimme.

»Ja, Ulrika hier.«

Sie zu hören macht ihn noch nervöser. Es ist viele Jahre her, seit er sie gesehen hat, und es fühlt sich merkwürdig für ihn an, dass sie sein Kind geboren hat.

»Hallo Ulrika, hier ist Oskar Engström.«

Eine Weile bleibt es still. So lange, dass er schon glaubt, er habe doch die falsche Nummer gewählt.

»Lange her. Aber lieber spät als nie. Schön, dass du anrufst.«

Ihre Stimme klingt rau. Vielleicht ist es einfach nur der ironische Unterton, oder aber sie ist sehr bewegt, er kann es nicht einschätzen.

»Ich weiß«, sagt er. »Und ich möchte mich dafür entschuldigen.« Er hält an einer roten Ampel.

»Wie geht es Jeanette? Deshalb rufe ich nämlich eigentlich an.«

»Keine Ahnung. Das Jugendamt hat sie vor ein paar Tagen mitgenommen, seitdem habe ich nichts mehr von ihr gehört.«

»Das Jugendamt? Wieso das?«

»Keine Ahnung«, sagt Ulrika. »Sie haben nur gesagt, dass sie sich in Schwierigkeiten gebracht hat. Das ist nicht das erste Mal, aber jetzt haben sie sie mitgenommen. Anscheinend ist sie von der Polizei verhört worden, und bis zur Aufklärung des Ganzen will sich das Jugendamt um sie kümmern.«

Oskar denkt an Emma und Viggo und die guten Bedingungen, unter denen sie aufwachsen.

»Willst du ... Soll ich mal sehen, ob ich da irgendwas machen kann?«

»Was sollte das sein?«

Er biegt in eine Statoil Tankstelle ein und schaltet den Motor aus.

»Ich weiß nicht. Ich könnte versuchen, beim Amt anzurufen und herauszufinden, was passiert ist.«

Oskar lauscht Ulrikas Atem. Wahrscheinlich würde sie ihn am liebsten zur Hölle schicken, aber es gibt wohl nicht viele, die ihr Hilfe anbieten.

»Ja, das wär nett.«

»Ich weiß nicht, wie ich es sagen soll, Ulrika, aber ich schäme mich dafür, dass ich mich all die Jahre nicht um euch gekümmert habe.« Er räuspert sich.

»Ich weiß nicht, warum ich mich so verhalten habe und ich habe auch keine Entschuldigung dafür.«

Ulrika antwortet nicht.

»Hast du jemanden, mit dem du reden kannst?«, fragt er, als das Schweigen unangenehm wird.

»Wer sollte das sein?«

»Entschuldige, das war eine dumme Frage.«

Er kommt sich albern vor.

»Ich verspreche dir, beim Amt anzurufen«, sagt er noch einmal. »Irgendwer muss ja Auskunft geben können, was passiert ist.«

Er weiß, dass es so etwas wie eine Schweigepflicht gibt und dass er die Vaterschaft für Jeanette nie anerkannt hat, aber er ist ziemlich gut darin, Leute dazu zu bringen, zu tun, was er will, vielleicht gelingt ihm das ja auch diesmal. »Das ist das Mindeste, was ich tun kann.«

Letzteres sagt er so leise, dass er sich nicht sicher ist, ob Ulrika es hört. Sie antwortet auch jetzt nicht und scheint kein besonderes Interesse daran zu haben, das Gespräch in Gang zu halten. Oskar überlegt, ob Jonas vielleicht doch recht hat mit seinen Vermutungen.

»Ach, noch etwas, Ulrika. Hattest du in letzter Zeit Kontakt zu Jonas Fjelkström?«

»Jonas Fjelkström?«

»Ja, du weißt schon, der mit in Visby war, als wir wegen Vergewaltigung vor Gericht standen.«

»Nein, weder damals noch heute. Ich kenne ihn nicht. Warum?«

Oskar ist kurz davor, alles zu erzählen, beherrscht sich aber. Er kann nicht noch mehr Leute einweihen. Lieber verzichtet er darauf, sich Gewissheit zu verschaffen.

»Ach, Jonas hat kürzlich eine merkwürdige E-Mail bekommen und da dachte ich, es könnte etwas mit dir zu tun haben.«

»Was für eine E-Mail?«

»Eine anonyme Nachricht mit einem Foto, das in Visby aufgenommen wurde. Dachte, die kann nur von jemandem kommen, der uns kennt. Und der über Visby Bescheid weiß. Dann warst du es also nicht?«

»Nein, ganz bestimmt nicht.«

Sie stößt einen Laut aus, der sich fast wie ein Lachen anhört.

»Aber wenn ich raten sollte, würde ich annehmen, dass es von Christian kommt.«

Oskar zuckt zusammen.

»Christian? Wieso? Kennst du ihn?«

»Kennen wäre zu viel gesagt, aber er kommt auch aus Upplands Väsby, genau wie ich. Keine Ahnung, warum er damals in Täby zur Schule gegangen ist.«

»Und woher weißt du von den Fotos?«

»Mein Freund hatte viel mit Christian zu tun. Er meinte, Christian hätte an einem Abend mal die reinste Freakshow bei sich veranstaltet. Ist aber schon einige Jahre her. Sie hätten Fotos angeschaut. Mit dir in der Hauptrolle.«

Oskar erstarrt.

»Er hat die Fotos rumgezeigt?«

»Mmmh.« Ulrika klingt sehr zufrieden.

»Hast du sie auch gesehen?«

Sie zögert.

»Nein, ich nicht«, sagt sie dann. »Du hast Josefin genug gekränkt, als du sie in Visby vergewaltigt hast. Ich wäre nie auf den Gedanken gekommen, sie noch mehr zu demütigen, indem ich mir auch noch anschaue, was ihr getan habt.«

Der Regen ist noch heftiger geworden und prasselt auf die Windschutzscheibe.

»Aber Robban, mein Freund, weiß vielleicht, was mit den Fotos passiert ist. Wenn du willst, kann ich ihn fragen. Als Dankeschön, dass du angerufen hast, um dich nach deiner Tochter zu erkundigen.«

Oskar ignoriert ihren Sarkasmus.

»Wie heißt denn dein Freund weiter?«

»Jonasson. Robert Jonasson.«

Der Name sagt ihm gar nichts.

»Nicht nötig«, beeilt er sich zu sagen. »Wahrscheinlich war es nur ein dummer Scherz. Vollkommen überflüssig, da noch mehr Leute mit reinzuziehen.« Er startet den Motor wieder.

»Und versteh das nicht falsch. Deshalb habe ich nicht angerufen.«

Er hört Ulrika auflachen, sie scheint nicht viel auf seine Worte zu geben. Es ist ihm egal.

»Ich würde Jeanette wirklich gern kennenlernen.«

Er rollt aus der Tankstelleneinfahrt. Der ungeplante Halt hat seine Hoffnungen, dem Feierabendverkehr zu entkommen, zunichtegemacht.

»Ich schau mal, was ich tun kann, um herauszufinden, was mit ihr passiert ist«, sagt er noch. »Ich melde mich wieder bei dir.«

Er legt auf und fährt auf die Autobahn. Das Gespräch hat ihm keine neuen Erkenntnisse gebracht. Aber er kann sich nicht wirklich vorstellen, dass Ulrika auf Rache aus ist. Dafür hat er jetzt ordentlich Stoff zum Nachdenken. Wie hat er Jeanette all die Jahre nur so verleugnen und vernachlässigen können?

ALVIKS STRAND

Montag, 29. März 2010

»Ich glaube, ich habe die IP-Adresse des Computers, von dem die Mail abgeschickt worden ist. Aber das reicht dir wahrscheinlich nicht, du willst bestimmt auch wissen, zu welchem Rechner sie gehört?«

Jonas' Kollege Anders ist hereingekommen. Jonas versucht verzweifelt, ihn dazu zu bringen, etwas leiser zu sprechen.

»Ja, das wäre wirklich toll. Klasse, dass du schon was herausgefunden hast. Ich bin wirklich froh, wenn ich endlich weiß, wer mich da bedroht.«

Jonas sieht Anders prüfend an. Kann er ihm vertrauen? Es ist ganz schön heikel für ihn, seinen Kollegen in dieser Angelegenheit um Hilfe zu bitten. Vielleicht denkt Anders, Jonas hätte etwas mit dem Ganzen zu tun, obwohl er auf dem Foto nicht zu sehen ist. Möglich. Aber er hat keine andere Wahl. Anders ist ein typischer Nerd, introvertiert und allem Anschein nach sozial vollkommen isoliert, er kann sich nicht vorstellen, wem er überhaupt etwas darüber erzählen könnte. Aber wer weiß, vielleicht ist er im Cyberspace ganz anders. Vielleicht hat er ein ganzes Netzwerk von Computerfreunden, denen er seine tiefsten Geheimnisse erzählt. Vielleicht hat er sogar schon einen von ihnen um Hilfe gebeten, um die Aufgabe zu lösen, die Jonas ihm anvertraut hat.

»Es wird nicht ganz leicht, aber ich kann es versuchen. Normalerweise kann nur die Polizei IP-Adressen verfolgen, aber wenn ich Glück habe, lässt sich der Computer, von dem die

Mail geschickt wurde, einigermaßen lokalisieren. Aber es ist sehr wahrscheinlich, dass die entsprechende Person vollkommen anonym agiert, und dann kann ich leider auch nicht viel machen. Wie gesagt, ich werde es versuchen.«

Jonas lächelt dankbar und wiederholt noch einmal, dass er Anders natürlich für jede Minute bezahlen wird, die er auf die Suche verwendet. Aber Anders schüttelt nur den Kopf. Er wolle kein Geld, er habe Spaß an der Sache.

»Aber wie gesagt, keine zu hohen Erwartungen, ich bin weder Polizist noch professioneller Hacker und habe nicht vor, irgendetwas zu tun, was meine bisher untadelige Laufbahn in Gefahr bringen könnte.« Anders grinst.

Jonas ahnt, dass er sich jetzt durch nichts mehr wird aufhalten lassen. Er bedankt sich noch einmal und hofft, dass Anders begriffen hat, wie wichtig ihm diese Angelegenheit ist. Dann nimmt er seine Jacke und geht hinaus, um ein spätes Mittagessen zu sich zu nehmen. Es ist schon nach drei, also muss er sich wohl allein auf den Weg machen. Er schlendert Richtung Kungsholmen und hofft, unterwegs etwas zu finden. Er hat einen Bärenhunger. Doch dann klingelt sein Handy. Es ist Oskar.

»Es ist etwas passiert, Jonas, wir müssen reden.«

Oskar spricht schnell.

»Was gibt es denn?«

»Das möchte ich ungern am Telefon besprechen. Können wir uns irgendwo treffen? Ich komme gerade aus Örebro und bin noch in der Stadt unterwegs. Wo bist du?«

»Ich bin gerade vom Alviks Strand runter und gehe Richtung Tranebergsbron. Hol mich ab, dann fahren wir in irgendein ruhiges Restaurant auf Kungsholmen.«

»Alles klar, ich komme. Bis gleich.«

Jonas ist schon über die Brücke und ein gutes Stück nach

Kungsholmen hineingegangen, bevor Oskar neben ihm am Straßenrand hält. Er öffnet die Beifahrertür und steigt ein. Oskar nickt kurz, ohne etwas zu sagen, und fährt weiter Richtung Fridhemsplan. Sie finden ein menschenleeres kleines China-Restaurant, die Mittagszeit ist längst vorbei und die Abendgäste sind noch nicht gekommen. Sie setzen sich an einen Tisch am Fenster, und eine übernächtigt wirkende Kellnerin bringt ihnen die Speisekarte.

»Also schieß los, was ist passiert.«

Jonas klappt die Karte zusammen und schaut Oskar an. Dieser beugt sich vor und senkt die Stimme.

»Ich habe wieder eine SMS bekommen. Diesmal ist es eindeutig, dass die Person hinter mir her ist und dass nichts von alldem zufällig geschieht.«

Zum ersten Mal erzählt Oskar die ganze Wahrheit darüber, was in Thailand passiert ist. Wie er fremdgegangen ist, die Frau mit der Flasche verletzt hat und anschließend überfallen wurde. Und dass auch die Mail und das Foto von Visby damit zusammenhängen. Jonas weiß nicht, was er sagen soll. Was Oskar erzählt, zeigt, dass er keinen besonders großen Respekt vor seiner Frau und vor seinen Kindern hat, dass er Frauen im Allgemeinen nicht achtet. Aber das ist ja nichts Neues, auch wenn Jonas gedacht hätte, dass sich dieser Charakterzug mit den Jahren etwas auswachsen würde.

»Ja, das klingt wirklich so, als hätte es jemand auf dich abgesehen. Ob Josefin, Ulrika oder jemand anderes wird sich herausstellen. Auf alle Fälle wird sich dein Leben wohl recht bald grundlegend ändern.«

Jonas unterbricht sich. Die Kellnerin ist wieder zurück, und Jonas bestellt vier kleine Gerichte und ein Glas Leichtbier. Oskar begnügt sich mit einer Zitronenlimonade.

»Hast du Ulrika eigentlich schon erreicht?«

»Ja, ich habe sie vorhin angerufen.«

»Und was hat sie gesagt?«

»Zunächst einmal meinte sie, sie wisse kaum, wer du bist.«

»Das stimmt, wir kannten uns nicht. Aber sie war bei der Urteilsverkündung und in den dreizehn Jahren, die seither vergangen sind, kann sie sehr wohl meine E-Mail-Adresse herausgefunden haben. Falls sie sich rächen will, meine ich.«

»Ja, aber ich glaube nicht, dass sie es war. Sie klang aufrichtig erstaunt, und ich könnte schwören, dass sie ehrlich war. Allerdings hat sie erzählt, dass Christian aus Upplands Väsby kommt, genau wie sie selbst.«

»Stimmt, ich erinnere mich, dass er die Adresse eines Onkels in Täby angegeben hat, um bei uns aufs Gymnasium gehen zu können. Dann kannte sie Christian also und könnte die Fotos von ihm bekommen haben?«

»Nein, Christian war ein paar Jahre älter als sie. Aber sie meinte, ihr Freund hätte Christian gekannt. Außerdem hat er ihr erzählt, dass Christian damals ein paar Kumpels eingeladen und ihnen alle Fotos aus Visby gezeigt habe.«

»So etwas hatte ich mir fast schon gedacht.«

Sie bekommen ihre Getränke und Jonas nimmt einen Schluck.

»Und wie heißt ihr Freund?«

Er stellt das Glas wieder ab.

»Robert Jonasson«, antwortet Oskar. »Aber ich kann mich an den Namen nicht erinnern. Du?«

Er schenkt sich Limonade ein.

»Der Nachname sagt mir nichts«, meint Jonas. »Aber ich erinnere mich, dass Christian früher öfter mit einem Typen rumhing, der sich Robban nannte. Das war ganz am Ende, kurz bevor er nach Torekov gezogen ist. Der wird es wahrscheinlich gewesen sein.«

Die Kellnerin bringt das Essen, und Jonas isst ein paar Bissen, bevor er weiterredet.

»Aber wenn Ulrika mit jemandem zusammen ist, der Christian kannte und zudem die Möglichkeit hatte, an die Fotos zu kommen, dann kann sie sehr wohl etwas mit dem zu tun haben, was passiert ist.«

Oskar überlegt einen Moment.

»Ja, und wenn es nur diese E-Mail an dich geben würde, würde ich dir wahrscheinlich sogar recht geben. Aber nachdem ich heute diese SMS bekommen habe, kommt es mir eher unwahrscheinlich vor. Natürlich kann Ulrika sich rein theoretisch die Fotos besorgt haben, aber dass sie vor ein paar Wochen in Thailand gewesen ist, glaube ich einfach nicht. Sie scheint es finanziell wirklich nicht leicht zu haben. Außerdem wusste sie nicht, dass ich dort war.«

»Nein, das stimmt.« Jonas isst weiter.

»Das heißt, wir sind genauso weit wie vorher. Wir haben keine Ahnung, wer diese Person sein könnte, die sowohl von Visby als auch von deinem Urlaub in Thailand weiß. Die Frage ist, ob du überhaupt irgendetwas tun kannst. Du weißt nicht, wer hinter dir her ist, und selbst wenn du es wüsstest, hättest du wahrscheinlich keine Chance, ihn zu stoppen. Es scheint, als könntest du immer und überall nur zu spät kommen.«

Auf Oskars Stirn bildet sich eine tiefe Falte. Wahrscheinlich hat er längst begriffen, dass er sich das Schweigen möglicherweise auch mit Geld nicht erkaufen kann.

»Ich muss mir irgendwas einfallen lassen, es muss eine Lösung geben! Aber zu allererst muss ich herausfinden, wer mir diese Nachricht geschickt hat. Ich weiß, dass du nicht an meine Theorie mit Mia glaubst, aber ich habe trotzdem eine Frage. Diese Sache in Thailand, die passierte in der Nacht zum 26. Februar. War Mia da zu Hause?«

Jonas will gerade sagen, ja klar, natürlich war sie das. Aber dann denkt er doch noch mal nach. 26. Februar... Da war sie zu einem Seminar in Luleå. Sie ist eine ganze Woche weg gewesen und erst am 3. März wiedergekommen.

»Nein«, sagt er kurz. Es reicht, dass er selbst anfängt zu zweifeln, er hat keine Lust, sich auch noch Oskars Spekulationen anzuhören.

»Sie war die ganze Woche auf einem Seminar in Luleå. Aber ich habe in der Zeit mehrmals mit ihr telefoniert, und sie hat so detailliert von den einzelnen Vorträgen erzählt, dass ich mir sicher bin, dass sie wirklich dort war.«

Oskar schweigt eine ganze Weile. Als er den Mund wieder aufmacht, klingt er sehr überzeugt.

»Oder sie ist eine großartige Schauspielerin. Josefin hat dreizehn Jahre Zeit gehabt, ihre Rache zu planen, und da wäre es schon komisch, wenn sie nicht alles genau durchdacht hätte. Weißt du, was ich glaube? Mia war überhaupt nicht in Luleå. Sie war in Thailand, oder hat zumindest jemanden engagiert, der mir nach Thailand gefolgt ist und mich dort überfallen hat. Ich bin mir immer sicherer, dass Mia in Wirklichkeit Josefin ist und dass wir alle Opfer eines bösen Scherzes sind. Besonders du, Jonas. Du lebst mit dieser Frau zusammen.«

Jonas kann nicht einmal wütend werden. Am liebsten würde er Oskars Argumente einfach vom Tisch fegen, aber in ihm keimt längst ein Misstrauen, das er nicht unterdrücken kann, aber auch nicht vor Oskar zugeben will.

»Das kann nicht sein! Mia ist nicht Josefin und wird es auch nie werden. Rikard hat sich getäuscht, Mia ähnelt wahrscheinlich nur der Frau, die er vor ein paar Monaten getroffen hat. Und Mia war am 26. Februar ganz bestimmt nicht in Thailand, sie war in Luleå. Und es gibt tausende Soziologiestudenten, das kann reiner Zufall sein.«

Er wischt sich den Mund ab, knüllt die Serviette zusammen und wirft sie auf seinen Teller.

»Und Mia ist ein äußerst friedliebender Mensch. Sie kann verbal einen Weltkrieg führen, aber sie würde niemals jemanden körperlich verletzen. Dass sie sich so auf unseren Fall eingeschossen hat, ist reiner Zufall. Ein unglücklicher vielleicht, aber dennoch ein Zufall.«

Damit steht er auf, schiebt Oskar einen Hundertkronenschein hinüber, verabschiedet sich und verlässt das Lokal.

Oskar hätte ihm sicher angeboten, ihn nach Hause zu fahren, aber er geht lieber zu Fuß. Er möchte nicht länger mit Oskar zusammen sein, er möchte in Ruhe nachdenken können. Er geht zum Norr Mälarstrand hinunter und dann langsam am Wasser entlang Richtung Stadshuset. In wenigen Monaten wird es hier voller Menschen sein. Sie werden auf einem der Freisitze am Wasser in der Sonne sitzen und Rosé und Latte Macchiato trinken. Auch Mia und er könnten dort sitzen, aber ist das jetzt überhaupt noch möglich? Er wagt nicht weiter zu denken, das Leben mit Mia erscheint ihm plötzlich zerbrechlich. Er kann nur einen Tag nach dem anderen annehmen, darüber hinaus gibt es keine Garantien mehr.

Ist es wirklich ein Zufall, dass Mia ausgerechnet ihren Fall untersucht? Es ist so lange her, und auch wenn es eine sehr brutale Vergewaltigung gewesen ist, muss es doch auch später viele ähnlich furchtbare gegeben haben, die sie genauso hätten interessieren können. Außerdem hat sie sich nie zuvor für die Täter interessiert. Ihrer Auffassung nach sind auch die Täter im Grunde Opfer. Auch wenn sie die unangenehme Eigenschaft hätten, andere mit hineinzuziehen. Dennoch hat sie sie als Opfer betrachtet und war nicht daran interessiert, sie dranzukriegen. Das ist diesmal offenbar anders, und das ausgerechnet jetzt, da sie seinen Fall untersucht. Es ist ein zugleich merkwürdiges und äußerst unangenehmes Zusammentreffen.

Er geht den ganzen Weg nach Hause zu Fuß. An der Södra Station betritt er den Konsum und kauft eine Dose Gulaschsuppe. Mia hat versprochen, Kalle von der Kita abzuholen, und Jonas will das Essen fertig haben, wenn sie kommen.

Gegen fünf hört er Schritte im Treppenhaus, wenige Minuten später hockt Kalle vor seiner Spielzeugkiste im Wohnzimmer und Mia fängt an, den Tisch zu decken.

»Wie war es eigentlich in Luleå? Davon hast du mir gar nicht viel erzählt.«

Jonas hört, wie sie innehält, schaut aber nicht auf, sondern rührt weiter in seinem Topf. Erwartungsvoll hält er die Luft an.

»Es war richtig gut, aber das habe ich dir ja schon gesagt. Fast alle Vorträge waren sehr interessant und gut strukturiert. Warum?«

Sie klingt erstaunt, nicht so sehr, weil Jonas überhaupt nach Luleå fragt, sondern weil er es jetzt tut, nach so langer Zeit und mit offenbar neu erwachtem Interesse. Mia hebt Kalle hoch, der in die Küche gerannt kommt. Es ist relativ spät und er ist müde und hungrig. Jonas sieht ihn an und fragt sich, ob er ihm wohl einmal wird erklären müssen, was im Frühjahr 2010 eigentlich passiert ist, oder ob in ein paar Tagen alles vergessen sein wird.

»Ach, wahrscheinlich weil du vor ein paar Tagen gesagt hast, ich hätte kein Interesse mehr an dem, was du tust, und dass ich mich verändert hätte. Und wahrscheinlich hast du recht, ich habe dich bisher gar nicht richtig danach gefragt. Ihr hattet jeden Tag Seminare, oder die ganze Woche über?«

Mia hält erneut inne, dann setzt sie den quengelnden Kalle in seinen Hochstuhl.

»Na ja, Mittwoch, Donnerstag und Freitag waren Seminare, aber das Wochenende über hatten wir frei. Und dann gab es Montag und Dienstag noch ein paar Vorträge und Workshops. Mittwoch bin ich nach Hause gekommen, aber das weißt du ja. Außerdem finde ich schon, dass du dich für Luleå interessiert hast. Schließlich haben wir jeden Abend telefoniert, und ich habe dir lang und breit erzählt, was ich gemacht habe. Und gegen Mitternacht hast du immer angefangen zu gähnen.«

Jonas lacht. Das stimmt, Mia hat wirklich jede Menge zu erzählen gehabt. Dann muss es wohl stimmen und sie ist wirklich die ganze Woche dort gewesen. Und dann kann sie nicht gleichzeitig in Thailand gewesen sein. Er spürt, wie sich Erleichterung in ihm breitmacht. Er gießt die Gulaschsuppe in eine Porzellanschüssel und stellt sie auf den Tisch. Dann sieht er zu, wie Mia erst Kalle etwas gibt und sich dann selber etwas nimmt. Er nimmt die Schürze ab und setzt sich zu ihnen.

SCHWEDISCHER SPORTVERBAND

Montag, 29. März 2010

»Fredrik, kannst du bitte mal was für mich prüfen?«

Auf dem Weg zu den Kopierern steckt Peter Alm den Kopf zur Bürotür seines Kollegen hinein. Es ist schon später Nachmittag, und sie hätten längst Feierabend machen sollen, zumindest Fredrik, der kleine Kinder zu Hause hat.

»Ja klar, was gibt es denn?«

Sie sollten aufhören, sich so über die Flure zuzurufen, als wären sie zu Hause, das ist wirklich eine Unsitte und respektlos gegenüber den anderen, die ja auch noch hier arbeiten.

Ein letztes Mal sieht Fredrik den neuen Kommunikationsplan durch, vor allem den Teil, der sich auf die externe Kommunikation bezieht und mit dem er noch immer nicht ganz zufrieden ist. Er hätte gern mehr Aktionen mit medialer Beteiligung, der Schwedische Sportverband müsste seiner Meinung nach viel öfter erwähnt werden, als es derzeit der Fall ist.

Mit ein paar Kopien in der Hand kommt Peter zu ihm ins Büro. Die Tür macht er hinter sich zu.

»Also, ich hätte gern, dass du dir das mal näher anschaust. Gestern habe ich mir nämlich die Aufnahmen von der Pressekonferenz angesehen, unsere eigenen, nicht die, die im Fernsehen übertragen wurden. Ganz am Ende stellt eine Frau eine Frage an Oskar. Leider ist sie im Lärm nicht zu hören, denn die Zeit war schon um und die meisten waren schon aufgestanden, um zu gehen. Ich glaube, niemand hat wirklich gehört, was sie gesagt hat. Als ich mir den Film angesehen habe, fiel mir das wieder ein und ich meine, auch Teile der Frage verstanden zu haben. Nicht, worum es genau ging, aber es fiel das Wort ›Vergewaltigung‹, und das ist ja schon etwas, wo man hellhörig wird.«

»Ja, na klar.«

»Ich erinnere mich, dass ich Oskar anschließend gefragt habe, was sie gesagt hat«, fährt Peter fort, »aber er meinte nur, es hätte etwas mit seiner Zeit am Gymnasium zu tun. Ich hatte nicht das Gefühl, weiter nachhaken zu müssen. Aber jetzt ... Ich weiß nicht. Schau du es dir doch auch noch mal an, vielleicht kannst du besser verstehen, was sie sagt. Wir haben Oskars Vergangenheit doch überprüft? Er kann doch nicht etwa in eine Vergewaltigung verwickelt gewesen sein, ohne dass wir davon wissen?«

Fredrik versichert ihm, dass sie seine Vergangenheit sorgfältig unter die Lupe genommen haben. Er selbst habe nichts gefunden, was ihn irgendwie in ein schlechtes Licht rücken würde.

»Allerdings ist eine Verurteilung wegen Vergewaltigung nichts, was öffentlich bekanntgegeben würde, jedenfalls nicht mit Namensnennung der Täter. Aber wenn er eine lange Gefängnisstrafe abgesessen hätte, müsste es zumindest eine Lücke in seinem Lebenslauf geben. Ich überprüfe das. Und dann frage ich noch mal bei den Leuten nach, die die Presse reingelassen haben, ob sie sich an diese Frau erinnern können. Ich weiß, dass sie als eine der Letzten kam, und fand es mutig, dass sie bis ganz nach vorne durchging, obwohl sie doch so spät dran war.«

Peter lächelt. Fredrik ist ein äußerst pünktlicher Mensch, und er kann sich gut vorstellen, wie er die Frau verflucht hat, die erst mit den Nachzüglern hereingekommen ist.

»Sehr gut. Google das ruhig ein bisschen ausführlicher. Vielleicht wurde mal etwas über Fußballspieler und Vergewaltigungen geschrieben. Auch wenn Oskar nicht namentlich erwähnt wird, war er doch eine Weile ziemlich präsent in den Medien, und dann gibt es möglicherweise Beschreibungen, die ihn verraten.«

»Alles klar, ich fange gleich an«, sagt Fredrik.

»Auch jemand, der ein Verbrechen begangen hat, hat natürlich das Recht auf eine zweite Chance. Selbst wenn sich also herausstellen sollte, dass Oskar sich ernsthaft etwas zu Schulden hat kommen lassen, kann es immer noch sein, dass er es zutiefst bereut und gebüßt hat und jetzt entschlossen ist, weiterzugehen. Dann sollten wir ihm das heute nicht mehr ankreiden, finde ich. Aber bevor ein Journalist auf die Idee kommt, uns an den Pranger zu stellen, sollten wir lieber darüber informiert sein.«

ÖSTERMALM

Dienstag, 30. März 2010

Oskar seufzt. Es ist wirklich unmöglich, in Östermalm einen Parkplatz zu finden, wenn man nach drei Uhr nach Hause kommt. Er bräuchte einen Garagenstellplatz, aber die Wartezeit ist lang und er hat sich noch nicht einmal in die Liste eingetragen.

Zum dritten Mal fährt er die Kommendörsgatan entlang. Da klingelt sein Handy.

»Ja, Oskar hier.«

Etwas weiter vorn steigt ein Mann in sein Auto und signalisiert ihm, dass er gleich losfährt. Oskar setzt den Blinker.

»Hallo, hier ist Ulrika.«

»Moment bitte, ich muss eben noch einparken.«

»Kein Problem. Wenn es nicht zu lange dauert. Ich bin auf der Arbeit und nur kurz rausgegangen, um zu rauchen. Länger als ein paar Minuten kann ich nicht wegbleiben.«

»Alles klar.«

Der Mann ist losgefahren, und Oskar beeilt sich einzuparken, ehe ihm jemand zuvorkommt.

»Geschafft. Wie geht es dir? Du bist auf der Arbeit?«

Nach fünfzehn Jahren Schweigen dazusitzen und mit Ulrika über Alltäglichkeiten zu plaudern fühlt sich ziemlich absurd an.

»Ja, heute putze ich Büros in Östermalm.« Sie räuspert sich. »Ich arbeite Vollzeit bei einer Reinigungsfirma.«

»Ist ja lustig. Wo in Östermalm bist du?«

»In der Nähe des Stadions, im Hauptbüro des Schwedischen Sportverbands. Für die arbeiten wir ab und zu.«

Oskar hebt die Augenbraue.

»Für den Schwedischen Sportverband? Das ist ja ein Zufall! Mit denen habe ich gerade einen Vertrag abgeschlossen. Komisch, dass ich dich dort noch nie gesehen habe.«

Er zieht die Handbremse an und schaltet den Motor aus.

»Ich bin nur einmal die Woche hier, an den anderen Tagen arbeite ich für andere Kunden. Und du bist ja wahrscheinlich auch nicht jeden Tag dort.«

Oskar lacht.

»Nein, das ist richtig. Letzte Woche war ich zwar häufiger da, aber sonst muss ich nur ein paarmal im Monat zu Besprechungen hin.«

Er zieht den Schlüssel aus dem Zündschloss und lehnt sich zurück.

»Wolltest du irgendwas Bestimmtes?«

»Ach, ich wollte dich nur fragen, ob du schon mit dem Amt gesprochen hast. Jeanette ist noch immer nicht wieder zurück, und ich habe weder von ihr noch vom Jugendamt irgendetwas gehört. Ich habe gehofft, dass du vielleicht schon mehr weißt.«

Er hört ihr an, dass sie sich mehr Sorgen macht, als sie zugeben will.

»Tut mir leid, ich habe es noch nicht geschafft. Aber gut, dass du mich daran erinnerst, ich werde es gleich heute Nachmittag probieren.«

»Danke.«

Oskar räuspert sich.

»Du hast gesagt, dein Freund kannte Christian, und der hätte ihm die Fotos gezeigt.«

»Ja, das ist schon ziemlich lange her.«

Oskar öffnet die Autotür.

»Ich weiß, aber es wäre toll, wenn ich mal mit ihm sprechen könnte. Vielleicht weiß er ja tatsächlich, was anschließend mit den Bildern passiert ist.«

Oskar steigt aus. »Kannst du mir seine Nummer geben?«

»Klar. Du kriegst sie, sobald du herausgefunden hast, was mit Jeanette ist. Du weißt schon, Leistung und Gegenleistung«, sagt Ulrika. »Aber du musst dich ein paar Tage gedulden, er ist seit Mitte Februar in Thailand und kommt erst Freitag wieder zurück.«

»In Thailand?«

»Ja, er trainiert Thaiboxen und fährt jedes Jahr ein paar Wochen hin. Aber jetzt muss ich Schluss machen. Bis bald.«

Ein Klicken signalisiert, dass die Verbindung unterbrochen ist. Oskar steht auf der Straße und umklammert den Autoschlüssel. Ulrikas Freund ist also zur gleichen Zeit in Thailand gewesen. Plötzlich fällt ihm wieder ein, was Jonas gesagt hat, dass es möglicherweise einen Zusammenhang zwischen den jüngsten Ereignissen und Ulrika geben könnte. Er hat das abgetan und gemeint, Jonas sehe überall Gespenster. Er ruft ihn sofort an.

»Hallo, Oskar hier.«

Langsam geht er zu seiner Wohnung.

»Ist wieder was passiert?«, fragt Jonas gespannt.

»Naja … ich weiß nicht. Ein paar neue seltsame Zufälle.«

Er erzählt Jonas von seinem Gespräch mit Ulrika. Jonas reagiert unmittelbar.

»Wusste ich es doch! Dann steckt tatsächlich Ulrika hinter dem Ganzen!«

Er klingt überzeugt. Oskar bleibt stehen, um ein Auto vorbeizulassen, bevor er die Kommendörsgatan überquert.

»Ich glaube dir gern, dass dir das gut passen würde.«

Dann biegt er nach rechts in die Artillerigatan ein.

»Die Alternative wäre schließlich schrecklich für dich. Aber es gibt einiges, was dagegenspricht.«

»Ja, aber weit mehr, was dafür spricht«, wendet Jonas ein. »Ulrika hat ein starkes Motiv. Und wenn es stimmt, was sie sagt, wenn ihr Freund Christian kannte und sich noch dazu gerade in Thailand befindet, hatte sie theoretisch die Möglichkeit, sowohl an die Fotos zu kommen als auch den Überfall auf dich zu organisieren. Mir erscheint es auch logischer, dass ein ehemaliger Kumpel von Christian zu einem körperlichen Angriff übergeht als meine nun wirklich nicht gewalttätige Freundin.«

Oskar gibt den Türcode ein und geht hinein.

»Sicher, rein theoretisch könnte sie das mit Hilfe ihres Freundes organisiert haben.«

Er steigt in den Fahrstuhl und drückt auf die Vier.

»Aber was ich sagen wollte, bevor du mich unterbrochen hast: Mir erscheint es höchst unwahrscheinlich, dass ein Typ, mit dem ich keinerlei Rechnungen offenhabe, so weit gehen würde, mich zu misshandeln, bloß weil ich seine Freundin verlassen habe, als sie schwanger war. Das ist eine Straftat, ich hätte verbluten können. Warum sollte er ihretwegen eine lange Gefängnisstrafe riskieren?«

Jonas zögert.

»Ich weiß, dass es sich in deinen Ohren vielleicht seltsam anhört, aber es gibt tatsächlich Menschen, die bereit sind, sich für denjenigen, den sie lieben, zu opfern.« Er schweigt kurz.

»Wer weiß, vielleicht gehört dieser Robban dazu.«

* * *

»Hallo Tomas, was gibt's? Hast du was herausgefunden?«

Veronica hat sich das Handy zwischen Schulter und Ohr geklemmt und reicht dem Kassierer ihre VISA-Karte.

»Ach, ich weiß nicht, ob es überhaupt etwas zu bedeuten hat, aber ich wollte es dir sagen, dann kannst du selbst entscheiden.«

Veronica packt die Lebensmittel in die Tüten. Sie senkt die Stimme.

»Also, was gibt es?«

Sie nimmt die Tüte und verlässt den Konsum, geht langsam Richtung Hedvig Eleonora Kirche, wo es letztes Mal so angenehm menschenleer war, als sie mit Tomas telefoniert hat.

»Ich kann mich nicht erinnern, dass uns irgendjemand an diesem bestimmten Abend gefolgt ist, aber im Nachbarhotel gab es eine dunkelhaarige Frau, mit der ich mich ein paarmal unterhalten habe, vielleicht dreimal während des gesamten Urlaubs. Sie hat lieber unsere Pools genutzt als die ihres eigenen Hotels. Das Merkwürdige an ihr war, dass sie allein reiste und viele Fragen stellte. Sie schien neugierig, nicht nur auf mich, sondern auch auf euch.«

Veronica findet nicht, dass eine allein reisende Frau etwas Ungewöhnliches ist, dass sie sich für ihre Familie interessiert hat allerdings schon.

»Also nicht irgendwie auffällig«, relativiert Tomas schnell. »Die meisten Fragen ergaben sich ganz natürlich. Ich erzählte ihr, was ich mit euch zusammen unternommen habe, und dann stellte sie ein paar weitergehende Fragen, wie soziale Menschen das eben tun, die ein Gespräch in Gang halten wollen. Aber sie ist die Einzige, an die ich mich erinnern kann, die ein größeres Interesse an Oskar gezeigt hat. Außerdem...« Er schweigt kurz. »...außerdem hat sie etwas Merkwürdiges gesagt, was mir heute erst wieder eingefallen ist.«

»Was denn?«

»Ja, also sie sah Oskar von Weitem, als wir am Pool standen, und da meinte sie, er sähe einem der Verdächtigen in einem aufsehenerregenden Vergewaltigungsfall vor vielen Jahren ähnlich. Ich habe das sofort als Verwechslung abgetan, dachte, ich wüsste, wie ein typischer Vergewaltiger sich verhält, und dass Oskar nicht so recht in dieses Schema passen würde. Aber vielleicht war ja doch etwas daran.«

Veronica stimmt ihm zu. Während seiner aktiven Fußballzeit ist er oft in den Medien gewesen, aber dass die Frau ihn mit der Vergewaltigung in Verbindung gebracht hat, ist tatsächlich seltsam.

»Und an dem Abend, als Oskar verschwunden ist, hast du sie da auch gesehen?«

»Ich glaube nicht, zumindest kann ich mich nicht erinnern. Aber natürlich kann sie in einem der Pubs gewesen sein. Wenn ich betrunken bin, bin ich leider nicht mehr besonders aufnahmefähig.«

Heute bevölkert eine ganze Busladung Touristen den Kirchhof, und Veronica geht weiter die Storgatan entlang, tritt in einen frischen Hundehaufen und versucht ärgerlich, den Dreck am Asphalt abzustreichen.

»Okay, das ist natürlich alles sehr vage. Eine allein reisende, dunkelhaarige Frau, die Oskar aus irgendeinem Grund im Zusammenhang mit einem Prozess vor vielen Jahren kennt, wobei du dir nicht sicher bist, ob du sie auch an dem entsprechenden Abend gesehen hast. Du weißt nicht zufällig, wie sie hieß?«

»Nein, leider nicht, aus irgendeinem Grund haben wir einander nie vorgestellt, und ich glaube auch nicht, dass das Hotel Informationen über seine Gäste herausgeben wird. Aber ich dachte, du kennst vielleicht irgendeine dunkle Schönheit, die deinen Mann hassen könnte?«

Veronica lacht.

»Nein, da fällt mir niemand ein. Im Moment denke ich nur an eine sehr blonde Frau, die ziemlich sauer auf ihn ist. Aber nehmen wir mal an, diese Frau hat ihn überfallen. Die Frage ist doch, wie sie das rein physisch hingekriegt hat. Oskar ist stärker als die meisten Frauen.«

Tomas stimmt ihr zu. Andererseits habe Oskar von Tritten zwischen die Beine gesprochen, und die könnten jeden Mann zu Fall bringen. Wenn sie ihn hinterher noch mehrmals geschlagen hätte, bis er bewusstlos war, dürfte es ein Leichtes für sie gewesen sein, ihn anschließend mit der Flasche zu misshandeln. Das leuchtet auch Veronica ein, obwohl ihr die Theorie eines mystischen weiblichen Hotelgastes als Täterin übertrieben spektakulär erscheint.

»Also sagen wir, es war diese Frau. Woher hat sie gewusst, dass wir zu diesem Zeitpunkt nach Thailand reisen würden, und wie konnte sie den Überfall planen, wenn weder du noch Oskar wussten, wo ihr nach dem Restaurantbesuch hingehen würdet?«

»Keine Ahnung, wie sie von euren Urlaubsplänen Wind bekommen haben könnte. Aber was diesen Abend angeht, habe ich ihr erzählt, dass wir in der *Easy Bar* zu Abend essen würden. Ich habe sie sogar gefragt, ob sie nicht mitkommen wollte, aber sie lehnte ab, wollte lieber allein essen. Komisch eigentlich, dass sie dir gar nicht aufgefallen ist.«

Wahrscheinlich war sie vollauf mit ihren beiden Kindern beschäftigt, aber das sagt sie nicht laut. Stattdessen überlegt sie, ob wirklich etwas an Tomas' Vermutungen dran sein könnte. Selbst wenn die Frau über Oskars Abendplanung Bescheid gewusst haben sollte, wäre es doch ein ziemlicher Schuss ins Blaue gewesen. Schließlich konnte sie nicht ahnen, dass Oskar mit einer Thailänderin mitgehen würde.

»Und du bist sicher, dass du sonst an diesem Abend niemanden gesehen hast, der als Täter infrage käme?«

Sie biegt links in den Narvavägen ein und geht zum Historischen Museum hinauf.

»Na ja, es waren noch ein paar Schweden in der Bar, mit denen wir uns kurz unterhielten, aber keiner von ihnen kam mir verdächtig vor. Mit einem Typen aus Täby habe ich mich sogar recht lange unterhalten, er könnte etwa in Oskars Alter gewesen sein. Aber ich kann mich nicht erinnern, dass er irgendwelche komischen Fragen gestellt hat.«

»Aus Täby, sagst du? Genau wie Oskar?«

»Ja, wie Oskar. Aber Koh Lanta ist nach Visby und Borås *der* Stockholmer Ferienort, das ist also eigentlich nicht weiter bemerkenswert.«

Veronica seufzt.

»Nein, wahrscheinlich hast du recht.« Sie zieht die Jacke enger um sich.

»Du, ich muss jetzt die Kinder abholen. Melde dich, wenn dir noch etwas einfällt.«

Tomas lacht.

»Natürlich, das verspreche ich. Bis bald!«

* * *

Oskar ist kaum zur Tür herein, da hört er Stimmen im Treppenhaus. Veronica und die Kinder sind auf dem Weg nach oben. Er lässt sie herein. Die Kinder lärmen herum wie immer, Veronica dagegen wirkt vollkommen abwesend. Das stört ihn, er ist ihre Kälte nicht gewöhnt. Die Kinder laufen ins Wohnzimmer und stellen den Fernseher an. Veronica hält sie nicht auf, sie geht in die Küche und schenkt sich ein Glas Wasser ein. Oskar folgt ihr.

»Was möchtest du zum Abendbrot?«

Er versucht, warm und liebevoll zu klingen. Ein Friedensangebot. Veronica zuckt die Achseln.

»Keine Ahnung. Mach, worauf du Lust hast.«

»Spaghetti Bolognese?«

Wieder hebt sie nur die Schultern. Oskar deutet das als ein Ja und holt ein Paket Hackfleisch aus dem Gefrierfach.

»Ich habe heute mit einem Anwalt gesprochen«, sagt Veronica beiläufig und trinkt einen Schluck. »Wegen der Scheidung. Da ist es wahrscheinlich ganz gut, einen Anwalt zu haben.«

Oskar lässt sich auf einen Stuhl fallen. Dann sind sie also schon so weit, er ist dabei, seine Familie zu verlieren.

»Du willst dich also wirklich scheiden lassen?«

Veronica schaut ihn von oben bis unten an.

Oskar will sie überzeugen, es sich anders zu überlegen, sieht aber ein, dass er keine Chance hat. Er sieht kein Anzeichen des Zweifels in ihrem Blick.

»Ja, das will ich, Oskar. Ich bin mir ganz sicher.«

Sie sieht ihm fest in die Augen, dann geht sie zu den Kindern hinüber.

Beinahe mechanisch legt Oskar das gefrorene Hackfleisch in lauwarmes Wasser, nimmt eine Zwiebel aus dem Kühlschrank und schneidet sie klein. Er begreift selbst nicht, warum er ihr nicht hinterherläuft und sagt, das sei doch albern, sie könnten sich nicht scheiden lassen. Auch dieses Gefühl von Panik ist ihm neu. Es ist, als läge die Zukunft völlig inhaltslos vor ihm. Er überlegt, ob er jemals depressiv gewesen ist, aber er kann sich nicht erinnern. Vielleicht ein bisschen down, als die Kinder kamen, da fühlte er sich plötzlich gefangen, eingeschränkt und hatte schreckliche Angst, seine Freiheit zu verlieren. Aber dann sah er, dass Veronica sich um alles kümmerte und er mehr oder weniger weitermachen konnte wie bisher, und seine Ängste verflogen so schnell, wie sie gekommen waren. Der einzige Wermutstropfen war, dass Veronica immer unzufriedener wurde. Inzwischen ist ihm klar, dass er sich an dem Tag, an dem ihr erstes Kind geboren wurde, entschied, dass dies keinerlei Auswirkungen auf sein eigenes Leben haben würde. Und so trug Veronica die ganze Last, und sie wurde immer schwerer.

An ihrem Kühlschrank hängt ein Ausschnitt aus einer Klatschzeitung, ein Foto, das ein paar Jahre nach seiner Zeit in der Nationalmannschaft aufgenommen worden ist, als die Papparazzi ihm noch auf den Fersen waren. Auf dem Foto legt er lächelnd einen Arm um Veronicas Schultern. Sie hat einen Säugling auf dem Arm und Emma klammert sich an ihre Beine, sie ist gerade einmal zwei Jahre alt. Veronica versucht tapfer, in die Kamera zu lächeln. Oskar kann sich gut an diese Aufnahme erinnern. Kurz davor hatten sie gestritten. Veronica war müde und erschöpft von ihrem Vollzeitjob als Mutter eines Säuglings und einer trotzigen Zweijährigen und wollte nicht mit auf das Bild. Aber er bestand darauf. Die Familie sollte dabei sein, das machte sich in der Öffentlichkeit immer gut. Jetzt, da er das Foto erneut betrachtet, kann er die Wut hinter Veronicas aufgesetztem Lächeln erkennen. Die glückliche Familie war bereits auf diesem Bild eine Chimäre. Auch wenn Oskar damals der Auffassung war, dass es an Veronicas Einstellung lag. Wenn sie endlich aufhören würde, so bockig zu sein, könnten sie es richtig gut haben, hatte er gedacht. Sie dagegen fand, Oskar müsse sich ändern, sie habe eine Verantwortung aufgezwungen bekommen, um die sie nie gebeten habe. Irgendwo da muss in ihr der Gedanke an Scheidung aufgekeimt sein.

Er prüft mit dem Finger das Hackfleisch und beschließt,

dass es genügend aufgetaut ist, um es anzubraten. Eine halbe Stunde später ruft er Veronica und die Kinder zum Essen. Als er sie in die Küche kommen sieht, schnürt sich ihm die Kehle zusammen.

SCHWEDISCHER SPORTVERBAND

Mittwoch, 31. März 2010

»Ich glaube, ich habe die Frau identifiziert, die ganz am Ende diese Frage gestellt hat«, ruft Fredrik Peter Alm über den Flur zu. Peter gibt ihm ein Zeichen. Es soll nicht vorzeitig bekannt werden, dass sie eine Art Untersuchung über Oskar anstellen. Rasch geht er zu ihm hinüber und schließt die Tür, dann setzt er sich auf den Besucherstuhl. Die Sonne scheint zum Fenster herein und wärmt den Raum, obwohl es noch früh am Morgen ist. Man merkt, dass es endlich Frühling wird.

»Lass hören, wer ist sie? Und wie hast du sie gefunden?«

Fredrik lächelt zufrieden. Es ist typisch für ihn, dass er jede Aufgabe löst, egal wie schwierig sie ist.

»Ach, ich habe den Leuten unten an der Rezeption den Film gezeigt. Sie erinnerten sich, dass sie sich als freie Mitarbeiterin ausgegeben und ihren Presseausweis nicht dabei hatte. Daraufhin haben sie sie gebeten, ihren Namen zu hinterlassen, und den der Zeitungen, für die sie arbeitet. Anschließend haben sie sie reingelassen. Sie heißt Mia Lindskog und ist Genderwissenschaftlerin. Zur Zeit sitzt sie an einem wissenschaftlichen Artikel über die Haltung des schwedischen Justizwesens in Vergewaltigungsfällen.«

»Interessant. Dann sollten wir sie vielleicht anrufen und mit ihr reden. Mal sehen, was sie zu sagen hat.«

Wieder lächelt Fredrik.

»Was glaubst du denn? Ich habe längst mit ihr gesprochen. Gestern Nachmittag, um genau zu sein.«

Peter sieht ihn grinsend an. Dieser Fredrik ist doch wirklich erstaunlich. Natürlich hat er die Spur längst verfolgt.

»Na dann erzähl mal, lass dir nicht alles aus der Nase ziehen. Was hat sie gesagt?«

»Sie behauptet, Oskar sei auf einer Party 1997 in Visby maßgeblich an der Vergewaltigung eines völlig betrunkenen, beinahe bewusstlosen sechzehnjährigen Mädchens beteiligt gewesen. Darüber hinaus waren zwei Kumpel von ihm beteiligt. Laut Mia Lindskog eine besonders brutale Vergewaltigung, bei der dem Mädchen eine Klobürste in die Vagina eingeführt wurde, sodass sie noch lange später an den Verletzungen gelitten hat.«

»Oh Gott, wie furchtbar! Sind sie verurteilt worden?«

»Nein, das ist es ja eben. Alle drei wurden freigesprochen. Nicht, weil man dem Mädchen nicht glaubte, sondern weil man fand, es wäre nicht zweifelsfrei nachzuweisen, dass die Männer wussten, dass das Mädchen nicht einverstanden war.«

Peter guckt Fredrik an. Sie denken dasselbe. Auch wenn diese Sache viele Jahre her ist, und auch wenn Oskar im juristischen Sinne unschuldig ist, braucht es einen gehörigen Mangel an Empathie, um sich so zu verhalten, wie er es getan hat.

»Das ist ja weniger schön, vor allem natürlich für das Opfer, aber auch für uns. Am besten reden wir erst mal mit ihm darüber, damit wir hinterher zu unserer Entscheidung stehen können, egal wie die ausfällt.«

Fredrik schaut aus dem Fenster. Er denkt an seine fünfjährige Tochter. Die Zeit vergeht so schnell, in zehn, elf Jahren wird auch sie auf Partys gehen. Er schüttelt sich.

»Okay, ich rufe Oskar an. Er soll uns erzählen, was passiert ist und wie er heute darauf zurückschaut. Dass er es uns gegenüber nicht selbst erwähnt hat, kann ich nachvollziehen, er wurde freigesprochen und es ist dreizehn Jahre her. Dennoch ist es wichtig, mit ihm darüber zu sprechen, wenn es nun schon einmal ans Licht gekommen ist. Vor allem, wenn bald eine wissenschaftliche Arbeit darüber erscheint. Selbst wenn Mia Lindskog ihn nicht namentlich erwähnt, wissen wir doch, wie gut manche Journalisten darin sind, alles auszubuddeln, was sich irgendwie verkaufen lässt.« Er dreht sich wieder zu Peter um. »Und das hier gehört ganz bestimmt in diese Kategorie.«

ÖSTERMALM

Donnerstag, 1. April 2010

»Kannst du bitte mal aufmachen? Ich bin auf Toilette.«

Veronica seufzt, legt die Zeitung weg und geht zur Tür. Es ist Donnerstagvormittag, die Kinder sind im Kindergarten, und sie und Oskar noch zu Hause. Oskar muss gleich zu seinem Medienberater am Stureplan, und sie selbst hat nach dem Mittagessen einen Termin mit dem Anwalt. Oskar hat nichts mehr zu der Scheidung gesagt. Vielleicht glaubt er immer noch, sie hätte es nicht ernst gemeint, und hofft, wenn er so tut, als wäre nichts, würde sich alles im Sande verlaufen.

Veronica öffnet. Draußen stehen zwei Polizisten in Uniform. Sie starrt sie an, ohne ein Wort herauszubringen.

»Wir suchen Oskar Engström. Ist er zu Hause?«, fragt der Jüngere der beiden. Veronica ist immer noch wie versteinert, kann aber zumindest wieder sprechen.

»Ja ... Er ist gerade auf Toilette ... Ich sage ihm Bescheid.«

Sie dreht sich um und ruft nach Oskar, dann bittet sie die Polizisten herein. Sie ist unfähig, einen klaren Gedanken zu fassen. Was hat Oskar wieder angestellt? Sie hört die Spülung, dann öffnet sich die Badezimmertür. Als Oskar die Polizisten sieht, bleibt er stehen.

»Sind Sie Oskar Engström?«

Er nickt mit halb geöffnetem Mund.

»Wir haben mehrmals versucht, Sie telefonisch zu erreichen, leider ohne Erfolg.«

Oskar wirkt überrascht.

»Es geht darum«, fährt der Polizist fort, »dass die thailändische Polizei Sie verdächtigt, vor etwa einem Monat in Thailand eine Straftat begangen zu haben. Eine Frau ist an einer Blutvergiftung gestorben, nachdem sie im Intimbereich verletzt wurde.«

Endlich bekommt Oskar wieder Luft.

»Aber ich habe nichts getan, ich bin unschuldig.«

Der ältere Polizist lächelt nachsichtig.

»Natürlich, und ich möchte auch betonen, dass Sie in den Augen der schwedischen Polizei zum augenblicklichen Zeitpunkt nicht verdächtig sind. Aber wir würden gern mit Ihnen reden. Als Zeuge, sozusagen.«

Die Art, wie der Polizist das Wort »Zeuge« ausspricht, lässt Oskar vermuten, dass er seiner Meinung nach keinesfalls diese Rolle einnimmt. Aber wahrscheinlich ist es sinnlos, zu widersprechen.

»Was soll ich denn bezeugen?«, fragt er, obwohl er sicher ist, dass sie mehr wissen, als sie zugeben wollen.

»Na ja, wir dachten, Sie könnten uns vielleicht erzählen, was passiert ist, als Sie die Frau zuletzt lebend gesehen haben. Die Voruntersuchungen in Thailand haben nämlich ergeben, dass der Ehemann der Frau, der zunächst unter Verdacht stand, unschuldig ist. Sie aber sollen wenige Tage vor ihrem Tod eine Nacht mit der Verstorbenen verbracht haben.«

Der Polizist wirft Veronica einen entschuldigenden Blick zu.

»Und in dem Bungalow, in dem Sie zusammen gewesen sind, wurde eine kaputte Flasche mit Blutspuren gefunden. Sie stammen eindeutig von der Frau, aber auch von einer weiteren Person. Die thailändische Polizei ist sich ziemlich sicher, dass die Frau mit dieser Flasche vergewaltigt worden ist. Und da Sie einer der Letzten waren, der sie lebend gesehen hat, können Sie dazu beitragen, die Sache aufzuklären, indem Sie uns erzählen, was an diesem Abend passiert ist.«

»Ich gebe zu, dass ich eine Nacht mit dieser Frau verbracht habe«, sagt Oskar, »aber ich habe sie nicht getötet. Tatsache ist, dass ich selbst noch in derselben Nacht überfallen und verletzt worden bin. Das kann das Krankenhaus in Koh Lanta sicher bezeugen.«

Die Polizisten hören ihm geduldig zu.

»Wenn wir das richtig verstanden haben, haben Sie sich entschieden, Ihre Verletzungen nicht zur Anzeige zu bringen, sondern behauptet, Sie hätten sie sich bei einem Sexspiel mit Ihrem Freund zugezogen, stimmt das?«

Oskar nickt beschämt und schaut verlegen zu Veronica hinüber.

»Natürlich können Sie diese Angelegenheit auch im Nachhinein noch melden, aber zum derzeitigen Augenblick werden Sie nicht als Opfer eines Überfalls betrachtet. Sollten Sie sich für eine Anzeige entscheiden, wird dazu ein eigenes Verfahren eröffnet. Was die Frau angeht, würden wir Sie dagegen gern so bald wie möglich vernehmen. Und noch einmal, es geht hier nur um die Aufklärung eines Sachverhalts.«

Der Polizist tritt einen weiteren Schritt in die Wohnung hinein.

»Wollen wir das gleich hier machen oder folgen Sie uns lieber aufs Präsidium?«

Oskar dreht sich zu Veronica um. Sie sieht müde aus, ihre Schultern hängen herab. Er schluckt.

»Ich ... ich komme lieber mit Ihnen.«

Er geht zur Garderobe, seine Hände zittern, als er die Jacke vom Bügel nimmt. Als er gerade den Reißverschluss hochziehen will, klingelt sein Handy. Ungeschickt kramt er es aus seiner Hosentasche.

»Ja, Oskar hier. Ich bin leider gerade sehr beschäftigt, kann ich Sie später zurückrufen?«

»Hallo Oskar, hier ist Fredrik Myrberg. Wir müssten Sie dringend sprechen. Können Sie heute Nachmittag zu uns kommen? Es geht um einen Gerichtsfall, in den Sie vor dreizehn Jahren verwickelt waren. Wir haben dazu ein paar Hinweise bekommen, aber wir würden auch gern Ihre Version dazu hören.«

Oskar erstarrt. Er antwortet mechanisch.

»Heute geht es leider gar nicht. Können wir Montag sagen?«

Er wartet die Antwort nicht ab, sondern legt auf und dreht sich langsam zu den Polizisten um.

»Gehen wir?«

Veronica schaut ihnen hinterher. Dann nimmt sie ihr Telefon und ruft den einzigen Menschen an, dem sie sich in dieser Situation anvertrauen kann.

SÖDERMALM

Sonntag, 4. April 2010

»Jonas, komm doch mal kurz her.«

Mias Stimme klingt seltsam angespannt. Jonas wird kalt. Hat sie es herausgefunden? Ist das jetzt die Stunde der Wahrheit? Er geht zum Schlafzimmer hinüber, bleibt aber in der Türöffnung stehen. Sie sitzt auf dem Bett. Eine tiefe Falte zwischen ihren Augenbrauen zeigt an, dass etwas nicht in Ordnung ist. Überhaupt nicht in Ordnung.

»Ich habe vorhin einen unangenehmen Anruf bekommen. Von einem Typen, der behauptete, wir hätten uns vor ein paar Monaten kennengelernt und eine Beziehung begonnen.«

Jonas sieht sie fragend an.

»Dann hatte er sich wohl verwählt?«

»Das habe ich ihm natürlich auch gesagt«, antwortet Mia, als hätte sie seinen Einwurf nicht gehört. »Ich hätte seit Jahren nur eine einzige Beziehung, und zwar mit meinem Mann. Aber er blieb dabei und sagte, er könne verstehen, dass ich nichts mehr mit ihm zu tun haben wolle, dass ich wahrscheinlich wütend sei, nachdem er mir die Fotos gezeigt habe.«

Jonas schaudert. Er ahnt ungefähr, worauf dieses Gespräch hinauslaufen wird.

»Ich wusste immer noch nicht, wovon er redete, und bat ihn, es mir zu erklären«, fährt Mia fort. »Er klang ziemlich zugedröhnt, als hätte er was genommen, aber irgendwie auch sehr entschlossen. Er sagte, dass er wirklich verstehe, dass ich sauer sei. Und es tue ihm auch leid. Dass es viele Jahre her sei und eigentlich nicht so schlimm gewesen sei, wie es vielleicht aussehe. Schließlich bat ich ihn, mir zu erklären, wovon er genau rede, und da erwähnte er Josefin und Visby.«

Jonas knetet nervös seine Hände.

»Glaubst du, es ist derselbe ...«

»Natürlich glaube ich das. Ganz bestimmt gibt es mehr als eine Josefin, die in Visby vergewaltigt worden ist, aber garantiert nicht viele, deren Sache vor Gericht gelandet ist und definitiv keine andere, mit der ich irgendeine Verbindung hätte.«

Sie streckt den Rücken durch, sieht gefasst aus.

»Also habe ich ihn gefragt, ob er an der Vergewaltigung 1997 an Josefin beteiligt gewesen sei. Er antwortete, es sei zwar keine Vergewaltigung gewesen, aber ja, er sei dabei gewesen und würde es heute zutiefst bereuen. Vor allem wolle er, dass es nicht zwischen uns stehe. Wenn ich ihm zuhören würde, könne er mir alles erklären.«

Sie steht auf, öffnet das Fenster einen Spaltbreit und dreht sich wieder zu Jonas um.

»Ich hatte wirklich keine Lust mehr, mir seine merkwürdigen Behauptungen anzuhören, und sagte ihm, ich hätte definitiv keine Beziehung mit ihm angefangen. Aber vielleicht wüsste er ja, dass ich mich mit genau diesem Vergewaltigungsfall beschäftige und wolle mir drohen.«

Jonas sieht Zorn in ihren Augen.

»Das leugnete er natürlich.« Sie seufzt. »Also habe ich einfach angenommen, dass er ein geisteskranker Verrückter ist, der irgendwie herausgefunden hat, worum es bei meiner Arbeit geht und worüber ich gerade forsche. Ich sagte also, er hätte sich verwählt und ich würde das Gespräch jetzt beenden.«

»Und dann?«

Jonas' Stimme ist belegt, er kann nicht mehr scharf sehen. Sein Herz schlägt unregelmäßig.

»Das ist ja das Merkwürdige. Er bat um Entschuldigung und meinte, wenn ich es mir anders überlegen würde, könnte ich ihn gern anrufen. Wann auch immer. Er werde auf mich warten. Und dann sagte er, ich solle dir nichts davon erzählen.«

Jonas zuckt zusammen.

»Mir?«

»Ja, und er sagte nicht etwa ›deinem Mann‹, sondern nannte dich beim Vornamen. Wörtlich hat er gesagt...« Sie macht eine kurze Pause, um sicher zu sein, dass Jonas ihr zuhört. »›Sag Jonas nicht, dass ich angerufen habe.‹ Genau das hat er gesagt. Sag Jonas nicht, dass ich angerufen habe.«

Mia sieht ihn forschend an. »Woher weiß er, wie du heißt?«

Jonas spürt, wie ihm das Blut in den Kopf steigt.

»Keine Ahnung«, murmelt er. »Vielleicht ist er eine Art Stalker oder so.«

»... der herausgefunden hat, mit wem ich zusammenlebe und welche Rechtsfälle ich untersuche? Ich bin doch kein Popstar.« Mia lächelt ironisch.

»Nein, das haut nicht hin. Und diese Sache mit den Fotos – was hat das zu bedeuten? Warum hätte er die Täterrolle annehmen sollen? Es ist doch wirklich nicht gerade schlau, zu erzählen, man sei in jungen Jahren an einer Vergewaltigung beteiligt gewesen, wenn man eine Frau beeindrucken will. Nein, es muss einen anderen Grund geben, weshalb er ausgerechnet mich angerufen und über irgendwelche Fotos von Josefin geredet hat. Bist du ganz sicher, dass du nicht weißt, wer es war? Immerhin bist du mit Oskar zur Schule gegangen. Da kannst du ebenso gut auch einen der anderen beiden Täter kennen.«

Plötzlich steht die Zeit still. Jetzt oder nie. Er öffnet den Mund, um ihr alles zu erzählen, da klingelt sein Handy. Oskar. Jonas starrt auf das Display, je länger das Handy klingelt, desto mehr schwindet sein Mut. Schließlich drückt er das Gespräch weg und schüttelt den Kopf.

»Tut mir leid, Mia, ich habe keine Ahnung. Ich wusste nicht einmal etwas von diesem Fall, bevor du mir davon erzählt hast. Wie soll ich da wissen, wer die Täter waren? Nein, es muss irgendein Irrer gewesen sein, der dich verfolgt. Willst du...« Er zögert. »Willst du zur Polizei gehen?«

»Nein, nein, nicht nötig. Er hat ja nur einmal angerufen.«

Mia scheint sich beruhigt zu haben.

»Wir warten ab und schauen, ob er noch einmal anruft.«

Sie geht zur Tür.

»Möchtest du Kaffee? Ich habe gedacht, ich brüh mir einen auf, solange Kalle noch schläft.«

Sie lächelt und gibt ihm einen flüchtigen Kuss, dann geht sie hinaus. Ihre kummervolle Miene von vorhin ist wie weggeblasen, wahrscheinlich musste sie das Ganze nur loswerden.

»Ja, das wäre schön«, murmelt er leise. Sein Kopf ist schwer, er kann nicht denken. Scheiß Rikard. Wieso konnte er Mia nicht in Ruhe lassen? Jonas macht die Schlafzimmertür zu und ruft Oskar an, aber niemand nimmt ab. Als der Anrufbeantworter anspringt, hinterlässt er eine Nachricht:

»Hallo, hier ist Jonas. Ich konnte eben nicht drangehen. Rikard hat Mia angerufen und erzählt, dass er in Visby dabei war. Ruf mich an, wenn du das hier hörst.«

Dann legt er auf.

ÖSTERMALM

Montag, 5. April 2010

Oskar ist spät dran und beeilt sich. Um dreizehn Uhr hat er einen Termin mit Peter Alm, und er ist nervös wie schon lange nicht mehr. Er versucht sich einzureden, dass sie ihm nichts anhaben können. Schließlich ist er für die Vergewaltigung in Visby nie verurteilt worden, außerdem ist er damals noch sehr jung gewesen. Trotzdem weiß er nicht, ob es gut für ihn ausgehen wird.

Er fühlt sich unglaublich müde, obwohl er das ganze Wochenende im Bett gelegen hat. Als er Donnerstag auf der Polizeiwache eintraf, wurde er gleich in einen Verhörraum geführt. Einer der Polizisten, die ihn abgeholt hatten, stellte ein Wasserglas vor ihn hin. Dann bat er ihn, so genau wie möglich zu erzählen, was in der Nacht passiert war, als er die inzwischen Verstorbene getroffen hatte. Aus Angst, noch mehr Schaden anzurichten, wenn er log, hatte er genau gesagt, was passiert war. Dass er der Frau im Rahmen eines Sexspiels die Flasche eingeführt, aber nicht gewusst habe, dass sie kaputt sei. Er habe auch nicht gemerkt, dass es der Frau eventuell nicht gefallen habe. Zur Sicherheit erwähnte er noch einmal, dass ihm dieselbe Flasche kurz darauf von einer unbekannten dritten Person gewaltsam in den Hintern geschoben worden sei und es deshalb nicht unmöglich sei, dass diese dritte Person auch für die Schwere der Verletzungen der Frau verantwortlich sein könnte.

Es half nichts. Sobald Oskar seinen Anteil an dem Drama

zugegeben hatte, wurde er vom Zeugen zum Verdächtigen wegen Mordes oder wegen Fahrlässiger Tötung. Der Polizeibeamte sagte nur, dass es sich um eine Straftat handele. Die Frau sei schließlich an den Folgen einer Blutvergiftung gestorben, die daher rühre, dass Oskar sich mit einer Flasche an ihr vergriffen habe.

»Thailand verlangt Ihre Auslieferung, aber das Gesetz lässt keine Überstellung schwedischer Mitbürger zu«, erklärte er Oskar. »Allerdings können Sie auch an einem schwedischen Gerichtshof wegen eines im Ausland begangenen Verbrechens verklagt werden. Dafür müssen die Voruntersuchungen aber ergeben, dass Sie die Frau absichtlich verletzt oder getötet haben, oder dass Sie fahrlässig gehandelt haben.«

Der Polizist teilte ihm weiterhin mit, er habe das Recht, sich einen Anwalt zu nehmen, bevor weitere Verhöre eingeleitet würden. Es sei denn, er würde einen von ihnen gestellten Pflichtverteidiger akzeptieren. Da Oskar daran gelegen war, die Sache so schnell wie möglich hinter sich zu bringen, wählte er die letztere Alternative. Und so folgte auf die einleitende Zeugenanhörung am Donnerstag ein regelrechtes Verhör am Freitag.

Nachdem er unzählige Male alle Einzelheiten wiederholt hatte, durfte er am späten Freitagabend endlich nach Hause. Veronica war noch wach gewesen, sie hatte auf ihn gewartet und wollte wissen, wie es ihm ergangen war. Er sagte, die Polizei habe ihn gehen lassen. Bis auf Weiteres. Er sei mehrere Stunden verhört worden und habe erzählt, was passiert sei. Die Polizisten hätten gesagt, dass es nicht unbedingt zu einer Anzeige kommen müsse, wenn er die Wahrheit gesagt habe. Da sie nur sein Wort hätten sowie die Bestätigung des Krankenhauses, dass er am 26. Februar dort behandelt worden sei, müsse er jedoch nächste Woche noch einmal zum Verhör kommen und dürfe Stockholm bis dahin nicht verlassen. Veronica hörte zu, sagte nicht viel, war aber auch nicht so kühl und ironisch wie sonst in den letzten Tagen. Oskar meinte, so etwas wie Mitleid in ihrem Blick zu erkennen. Als täte er ihr leid. Vielleicht nicht so sehr, weil er erwischt worden war, sondern weil er sich selbst und anderen so unnötig viel Schaden zugefügt hatte. Und weil er jetzt auf die härtest mögliche Weise dafür büßen musste.

Er selbst ist immer erschüttert darüber, wie verletzbar er anscheinend doch ist, und wie schnell die Dinge sich grundlegend ändern können. Vor einem Monat noch ist er ein verheirateter Familienvater gewesen mit einer glänzenden Karriere vor Augen. Jetzt ist er bald ein geschiedener, alleinstehender Vater, vielleicht sogar arbeitslos, und wird zudem für ein Verbrechen in einem Land beschuldigt, in dem man deutlich härter bestraft wird als in Schweden. Gestern Abend hat er zudem noch ein weiteres unangenehmes Erlebnis gehabt. Ein Mann hatte ihn angerufen und sich als Viktor vorgestellt, Journalist bei der Zeitung *Expressen*. Er habe gehört, Oskar sei im Zusammenhang mit einem Gewaltverbrechen in Thailand von der Polizei vorgeladen worden, einer Gewalttat mit sexuellem Hintergrund. Er hatte wissen wollen, ob Oskar sich für schuldig halte und was als Nächstes passieren würde.

»Wo haben Sie das denn jetzt wieder her?«, fragte Oskar empört. »Ich bin nicht von der Polizei verhört worden.«

»Ich habe den Tipp aus einer vertrauenswürdigen Quelle. Aber ich würde mir gerne auch Ihre Version anhören.«

»Ihre Quelle muss sich vertan haben. Ich war nicht bei der Polizei.«

Mit diesen Worten legte Oskar auf. Wer hatte dem *Expressen* den Hinweis gegeben? Außer Veronica wusste niemand, dass er bei der Polizei war.

Oskar betritt das Gebäude des Schwedischen Sportverbandes und geht mit schweren Schritten die Treppe hinauf. Er klingelt und nennt seinen Namen. Offensichtlich wird er erwartet, denn der Mann an der Rezeption heißt ihn willkommen, und mit einem Summen öffnet sich die Tür. Im Eingangsbereich kommt ihm Peter Alm entgegen. Wie immer lächelt er, wenn auch vielleicht nicht ganz so herzlich wie sonst.

»Tja, das sind ja unerfreuliche Neuigkeiten.«

Sie sitzen in demselben Konferenzraum, in dem sie vor ein paar Wochen die Planung besprochen haben. Fredrik ist ebenfalls anwesend, er sitzt schweigend neben Peter.

»Es ist so lange her, und wir wurden damals freigesprochen, ich habe einfach nicht gedacht, dass es nötig wäre, Ihnen vorher etwas davon zu sagen«, murmelt Oskar und spürt, wie er rot wird. Er hat das surreale Gefühl, dass dies ein Gerichtsverfahren wäre und er sich noch einmal dafür verantworten müsste, was er in Visby getan hat. Peter nickt verständnisvoll, die Erklärung erscheint ihm einigermaßen plausibel.

»Ja, man ist natürlich unschuldig, wenn man in einem Gerichtsverfahren freigesprochen wird. Außerdem hat man auch das Recht, weiterzumachen, wenn man eine Straftat begangen hat. Aber wie Sie wissen, sind Sie als Vorbild für Jugendliche und als ein Mann hingestellt worden, der für Gleichberechtigung steht. Deshalb stehen wir jetzt vor einem moralischen Dilemma, egal, ob Sie vor Gericht verurteilt worden sind oder nicht.«

Oskar spürt, wie er in sich zusammensackt. Die Wände kommen bedrohlich näher. Er murmelt eine Entschuldigung, aber Peter scheint ihn nicht zu hören.

»Natürlich kann es sein, dass Sie sich seitdem gehörig geändert haben, dass Sie bereuen, was Sie getan haben. Vielleicht haben Sie die Frau, die Sie damals verletzt haben, sogar entschädigt. Und wenn das der Fall ist, halte ich es durchaus für möglich, die Zusammenarbeit mit Ihnen fortzusetzen.«

Peter schaut Zustimmung heischend zu Fredrik hinüber, aber der ist vollkommen damit beschäftigt, Oskar zu beobachten.

»Aber stellen Sie uns doch Ihre Sicht der Dinge dar«, fährt Peter fort. »Sagen Sie uns, was Sie getan haben, und vor allem, wie Sie in den Jahren danach damit umgegangen sind.«

Oskar starrt sie wie paralysiert an. Ihm fällt nichts ein, was er sagen könnte, absolut nichts. Und so tut er das einzig Mögliche: Er beginnt ganz von vorn, mit diesem sonnigen Nachmittag im *Kallis*, einer Kneipe in Visby, vor dreizehn Jahren, als er ein fröhliches, charmantes und hübsches Mädchen namens Josefin kennenlernte.

Als Oskar wieder in die Sonne hinaustritt, ist er völlig erschöpft. Er weiß nicht, wie er sich geschlagen hat, aber er fürchtet, dass es nicht so gut gelaufen ist und sein Vertrag an einem seidenen Faden hängt. Aber in diesem Augenblick kümmert ihn das nicht. Im Gegenteil, er ist beinahe froh. Zum ersten Mal in seinem Leben hat er wahrheitsgemäß über die Ereignisse in Visby berichtet. Er hat einen tapferen Versuch unternommen, nachzuspüren, was ihn damals angetrieben hat. Weshalb er Josefin etwas angetan hat, was sie ganz offenbar nicht wollte. Damals, auf der Party, war er sich vollkommen bewusst, dass sie ihn anflehte, aufzuhören, er hat mehrfach ihr Nein gehört. Und er hatte auch gut begriffen, dass sie so betrunken war, dass sie lieber gehen statt mit ihm und

Rikard Sex haben wollte. Als er vor Gericht behauptet hatte, er habe das nicht gewusst, war das gelogen. Es war ihm einfach egal. Seiner Meinung nach hatte Josefin es sich selbst zuzuschreiben, weil sie sich in eine Situation gebracht hatte, die sie nicht mehr kontrollieren konnte. Er glaubte, dass es sein volles Recht war, weiterzumachen, womit er begonnen hatte. Heute allerdings hatte er versucht, das Ganze aus ihrer Sicht zu betrachten. Die Erfahrung war schmerzhaft, ab und zu musste er eine Pause machen, dennoch ist er sich sicher, dass Peter Alm ihn als kaltschnäuzig empfunden hat. Obwohl Oskar in diesem Moment seinen Gefühlen näher gewesen ist als je zuvor. Nicht wirklich nah, aber nahe genug, dass es weh getan hat.

Ein Lastwagen, der den Valhallavägen herunterdonnert, hupt laut, sodass er einen Schritt zurücktritt. Der Fahrer droht ihm mit der Faust. Oskar ist so in Gedanken gewesen, dass er beinahe über eine rote Ampel gegangen wäre. Er drückt den Knopf und wartet diesmal, bis es grün wird. Rasch überquert er die Straße und biegt in die Sturegatan ein. An der Kreuzung Karlavägen geht er links Richtung ICA Esplanad. Er will gerade den Supermarkt betreten, als er die Schlagzeile entdeckt:

Ehemaliger Nationalspieler des Mordes an einer Thailänderin verdächtig.

Oskar spürt, wie ihm der Schweiß ausbricht. Das muss dieser Viktor gewesen sein. Er hätte wissen müssen, dass sie etwas schreiben würden, egal was er sagt. Jetzt wird es nicht mehr lange dauern, bis auch Peter und Fredrik das sehen. Und wenn sie eins und eins zusammenzählen, hat sich das mit seinem Vertrag endgültig erledigt.

ÖSTERMALM

Montag, 5. April 2010

Veronica bleibt stehen, geht zurück und liest noch einmal. Ja, sie hat richtig gelesen:

Ehemaliger Nationalspieler des Mordes an einer Thailänderin verdächtig.

Sie sieht sich um. Die Straße ist menschenleer. Mühsam unterdrückt sie den Impuls, die Zeitung einfach aus dem Ständer zu reißen, und geht stattdessen die zwei Stufen hinauf in den kleinen Laden.

Sie ist auf dem Rückweg von ihrem Anwalt und wollte eigentlich noch schnell etwas essen, bevor sie die Kinder abholt. Aber ein rascher Blick auf die Uhr sagt ihr, dass es schlecht aussieht. Etwas Schnelles für unterwegs muss genügen.

Sie öffnet die Tür und geht hinein. Das Treffen mit dem Scheidungsanwalt ist wider Erwarten gut gelaufen. Da sie niemanden kannte und auch niemanden aus dem Bekanntenkreis fragen wollte, hatte sie im Internet gesucht und war auf Joakim Nelson gestoßen. Wie sich jetzt herausgestellt hat, ist das ein Glückstreffer gewesen. Er hat sie freundlich und entgegenkommend behandelt und konnte sich schnell in ihre Situation hineinversetzen. Außerdem ist es ihm gelungen, ihr einfach und verständlich zu erklären, welche Möglichkeiten sie hat. Und er hatte auch noch Humor.

Im Laden ist es leer, der Mann an der Kasse ist in seine Zeitung vertieft. Sie legt ein Exemplar des *Expressen* auf die Theke und hält ihm einen Zwanziger hin. Ohne aufzublicken, nimmt er den Schein, gibt ihr das Wechselgeld heraus und widmet sich wieder seiner Lektüre. Sie stopft die Zeitung in ihre Tasche und geht zurück zum Karlavägen, wo sie sich zum Lesen auf einer Parkbank niederlässt. Obwohl die Schlagzeile den Anschein erweckt, es sei die Hauptnachricht des Tages, ist der Artikel relativ kurz. Dort steht lediglich, dass ein ehemaliger schwedischer Nationalspieler am Freitag vernommen worden sei, nachdem Vorermittlungen in Thailand ergeben hätten, dass es gegen ihn einen begründeten Verdacht wegen Mordes beziehungsweise fahrlässiger Tötung gebe. Die Frau sei an einer Blutvergiftung gestorben, die sie sich infolge schwerer Unterleibsverletzungen durch eine kaputte Flasche zugezogen habe. Der mutmaßlich verantwortliche Schwede sei der Letzte gewesen, der sie lebend gesehen habe, abgesehen von ihrem Mann und deren gemeinsamem Kind.

Damit endet der Artikel. Veronica schaut auf und begegnet dem freundlichen Blick eines vorbeigehenden Rentners. Sie steht auf, die Bank steht nicht in der Sonne und es ist zu kalt, um längere Zeit im Schatten zu sitzen. Noch einmal überfliegt sie den Artikel. Was werden die Leute denken, wenn sie das lesen? Werden sie es mit Oskar in Verbindung bringen? Es entspricht überhaupt nicht dem Bild, das die Medien normalerweise von ihm vermitteln, noch nie ist er dort als Monster mit leicht sadistischen Tendenzen dargestellt worden. Im Gegenteil, meist erscheint er als warmherzig, einfühlsam und großzügig, nicht zuletzt, seit er mit seiner Väter-Kolumne begonnen hat. Sie steckt die Zeitung in die Tasche zurück und geht weiter Richtung Kindergarten. Zum Glück kriegen die Kinder von alldem noch nichts mit. Das mit der Scheidung ging zwar sehr schnell, aber als sie neulich in der Küche saßen und die Worte einfach so aus ihr herausplatzten, hat sie unmittelbar gespürt, dass es richtig ist. Sie ist mehr als bereit, Oskar zu verlassen.

An einer kleinen Sushi-Bar ganz in der Nähe des Kindergartens bleibt sie stehen und bestellt Familien-Sushi zum Mitnehmen. Während sie auf das Essen wartet, überlegt sie, wer den *Expressen* informiert haben könnte. Oder haben die Reporter das selbst herausgefunden? War es ein Insider-Tipp von der Polizei?

Das Klingeln ihres Handys weckt sie aus ihren Gedanken, sie steckt den Kopfhörer ins Ohr und nimmt die Tüte mit dem Essen entgegen.

»Ja hallo, hier ist Veronica.«

»Hallo. Wie geht es dir?«

Es ist Tomas.

»Ach, ganz gut.«

Sie dreht sich um und geht zur Tür.

»Hast du den *Expressen* schon gelesen?«, fragt er.

»Ja, gerade eben.«

Sie öffnet die Tür und tritt auf die Straße.

»Was glaubst du, wer ihnen den Tipp gegeben hat? Oskar wird es ja wohl kaum gewesen sein.«

»Nein.«

Tomas räuspert sich.

»Und ein kleiner Racheakt von dir ist es auch nicht?«

Er versucht, lustig zu klingen, aber wahrscheinlich steckt doch ein gewisser Ernst dahinter.

»Ich habe zwar allen Grund, wütend auf meinen Mann zu sein«, sagt sie trocken, »aber ich habe keinerlei Verlangen, ihn im *Expressen* bloßzustellen. Es besteht ja doch ein Risiko, dass das auf mich zurückfallen könnte, immerhin habe ich mich freiwillig entschieden, mit ihm zusammenzuleben.«

Sie geht langsam zum Kindergarten hinüber.

»Ich glaube eher an einen Insider-Tipp der Polizei«, fährt sie fort und bleibt in gebührendem Abstand zum Tor stehen.

»Ja, oder es steckt dieselbe Person dahinter wie hinter dem Überfall und der SMS an dich«, sagt Tomas.

Veronica scharrt mit dem Fuß im Streusand, der noch immer dick auf den Straßen liegt. Sie wartet so sehnsüchtig auf das jährliche Reinemachen, das die letzten Spuren des Winters entfernt.

»Ich habe noch einmal über die Frau nachgedacht, von der du mir erzählt hast«, sagt sie dann. »Die du im Hotel in Thailand getroffen hast. Hast du noch irgendetwas über sie herausgefunden?«

»Nicht viel, ich war so geschmeichelt über ihr großes Interesse an mir, dass ich ganz vergessen habe, Gegenfragen zu stellen.«

»Und sie hat dir nichts erzählt, außer dass sie Oskar wiedererkannt hat? Zum Beispiel, was sie beruflich macht?«

Tomas überlegt.

»Na ja, ich habe sie schon gefragt, was sie macht, aber sie meinte nur, sie würde sich für gefährdete Frauen einsetzen.«

Darüber muss Veronica erst einmal nachdenken. Jemand, der sich beruflich um gefährdete Frauen kümmert. Wenn man dann noch berücksichtigt, dass sie von der Vergewaltigung in Visby wusste ...

»Also, vielleicht bewege ich mich jetzt auf ganz dünnem Eis, aber mir fällt da tatsächlich eine Person ein, auf die deine Beschreibung passt.«

»Wirklich?«, fragt Tomas erstaunt.

»Ja!« Veronica ist ganz aufgeregt.

»Und ich glaube, ich kann ganz leicht herausfinden, ob ich recht habe.«

Sie legt die Hand auf die Klinke.

»Das Einzige, was ich nicht begreife, ist, warum sie ein Interesse daran hat, Oskar zu vernichten.«

UPPLANDS VÄSBY

Mittwoch, 7. April 2010

Oskar biegt auf den Parkplatz vor der Stadtverwaltung in Upplands Väsby ein und steigt aus. Er bezahlt mit Karte, eine halbe Stunde muss reichen. Dann geht er zum Haupteingang hinauf. Dabei überlegt er, wie er sein Anliegen am besten darstellt. Das Einzige, was er wissen will, ist, warum Jeanette abgeholt worden ist. Die Frau am Empfang lächelt freundlich.

»Guten Tag.«

Oskar reicht ihr die Hand.

»Guten Tag. Mein Name ist Oskar Engström und ich hätte gern Informationen zu meiner Tochter, die derzeit vom Jugendamt betreut wird.«

Die Frau wirkt erstaunt.

»Ihre Tochter? Normalerweise informieren wir die Eltern umgehend.« Sie betrachtet ihn misstrauisch.

»Vorausgesetzt natürlich, die Eltern stellen nicht selbst eine Gefahr für ihre Kinder dar.«

»Also, es ist so, dass ich nie mit meiner Tochter und deren Mutter zusammengelebt habe. Wir haben uns getrennt, als Jeanette zur Welt kam, und haben erst seit ein paar Tagen wieder Kontakt miteinander.«

Das freundliche Lächeln ist verschwunden.

»Na, dann haben wir doch die Erklärung. Die Mutter des Mädchens hat alle Informationen über Ihre Tochter, und wenn Sie kein gemeinsames Sorgerecht haben, können wir Ihnen leider nichts dazu sagen. Wir haben eine Schweigepflicht, verstehen Sie?«

Oskar seufzt.

»Ja schon, aber Jeanettes Mutter sagt, sie hätte keinerlei Informationen von Ihnen bekommen. Sie hätten ihr das Kind einfach weggenommen, ohne ihr zu sagen warum und was weiter geschieht.«

Die Frau wirft ihm einen mitleidigen Blick zu.

»Ich glaube, da müssen Sie noch mal mit der Mutter des Mädchens reden. Vielleicht will sie Ihnen einfach nichts sagen. Ich kann Ihnen nur versichern, dass wir kein Kind seinen Eltern wegnehmen, ohne dass diese darüber informiert werden, warum.«

Oskar kommt sich dumm vor, aber er will sich nicht so schnell geschlagen geben.

»Können Sie in diesem Fall nicht eine Ausnahme machen? Ich bin Jeanettes Vater. Ich muss wissen, warum Sie sie in Obhut genommen haben.«

Die Frau verzieht den Mund.

»Sie können ihren Betreuer anrufen, wenn Sie wollen, aber ich kann Ihnen jetzt schon sagen, dass es sinnlos ist. Wenn Sie tatsächlich so neugierig auf Ihr Kind sind, sollten Sie lieber noch einmal mit der Mutter sprechen, statt uns hier auf dem Amt aufzusuchen.«

Oskar trommelt mit den Fingern auf der Theke.

»Okay, dann mache ich das.«

Er wendet sich zum Gehen, bleibt aber auf halbem Weg zur Tür stehen und kommt noch einmal zurück.

»Und Sie sind sicher, dass die Mutter Bescheid weiß?«

»Absolut.« Die Frau lächelt wieder.

»Wenn das Mädchen vor seiner Mutter geschützt werden muss, ist man eher zurückhaltend mit Auskünften, was geschehen ist. Wenn nicht, bin ich mir ganz sicher, dass die Mutter genau weiß, warum ihre Tochter mitgenommen wurde.«

Oskar muss einsehen, dass es sinnlos ist zu insistieren. Er bedankt sich und verlässt das Gebäude. Auf dem Weg zum Parkplatz überlegt er, warum Ulrika ihn angelogen hat. Warum hat sie gesagt, sie wüsste nicht, was mit Jeanette los ist? Kann es sein, dass sie doch hinter dem Ganzen steckt? Sie und ihr Freund, der mit Christian befreundet ist und Zugriff auf die Bilder gehabt haben könnte? Jonas hat zwei E-Mails von derselben Adresse bekommen, und in einer davon wurde Jeanette erwähnt. Da sie vor den Ereignissen in Visby geboren wurde, ist die Wahrscheinlichkeit, dass Josefin etwas von ihr weiß, sehr gering. Wie Ulrika von seinen Urlaubsplänen in Thailand erfahren haben könnte, ist ihm allerdings ein Rätsel. Aber immerhin putzt sie beim Schwedischen Sportverband, vielleicht hat sie dort etwas aufgeschnappt.

Er nimmt zwei Kaugummis aus der Packung und steckt beide auf einmal in den Mund. Wenn er doch nur Ulrikas Freund anrufen könnte! Er schickt ihr eine SMS:

Hallo Ulrika, ich war beim Amt, aber die konnten mir nichts sagen, wegen der Schweigepflicht. Sie meinten, sie hätten dich über alles informiert. Hoffe, das stimmt. Kannst du mir vielleicht Robbans Nummer schicken? Oskar

Es dauert nicht lange, bis sie antwortet:

Leider nein. Ich habe gesagt, du kriegst sie, wenn du etwas über Jeanette herausgefunden hast. Keine Info, keine Nummer.

Oskar flucht und tritt gegen einen Stein, dass er über den halbleeren Parkplatz fliegt, dann schließt er das Auto auf und setzt sich hinein. In hohem Tempo fährt er nach Stockholm zurück. Kurz hinter Roslagstull klingelt sein Handy. Er antwortet, ohne vom Gas zu gehen.

»Oskar.«

»Hier ist Jonas. Hast du meine Nachricht von Sonntag bekommen?«

»Ja. Habe nicht geschafft, dich zurückzurufen. War ziemlich viel, die letzten Tage.«

Er stellt das Radio etwas leiser.

»Hast du noch mal mit Rikard gesprochen?«, fragt Jonas.

»Nein, nicht, seit er angerufen und erzählt hat, er hätte mit deiner Freundin geschlafen.«

Jonas schnaubt irritiert durch die Nase.

»Er hat nicht mit Mia geschlafen, sondern vielleicht mit jemandem, der ihr ähnlich sieht. Aber deshalb gleich bei ihr anzurufen und ihr zu erzählen, er sei einer der Täter von Visby, ist ein bisschen fett. Langsam glaube ich, er steckt selbst hinter der ganzen Sache.«

Oskar seufzt.

»Tut mir leid, und ich verstehe, dass du dich darüber aufregst, aber ich bin nicht Rikard. Vielleicht solltest du ihm das selbst sagen und nicht mir?«

»Schon klar, ich habe Rikard ja auch angerufen. Ziemlich oft sogar. Aber er antwortet nicht.«

»Wahrscheinlich hat er Schiss. Es tut mir wirklich leid, aber ich werde die Idee einfach nicht los, dass es Mia ist.«

Er biegt in die Artillerigatan ein und findet ausnahmsweise sofort einen Parkplatz.

»Es ist nicht Mia.« Jonas klingt müde.

»Da bist du völlig auf dem Holzweg.«

»Das sagtest du bereits.« Oskar quetscht sich in eine enge Lücke zwischen zwei SUVs.

»Aber in diesem Fall stehst du mit im Fokus, und da ist es vielleicht nicht so einfach, objektiv zu bleiben.«

Er hört Jonas fluchen.

»Tatsache ist, dass wir gerade einfach nicht weiterkommen.«

»Ja, sieht so aus. Und irgendwie scheinen du und Rikard euch so auf meine Freundin eingeschossen zu haben, dass es unmöglich ist, euch auf andere Gedanken zu bringen.«

Oskar schaltet den Motor aus und tut so, als hätte er das überhört.

»Lass uns wieder telefonieren, wenn es was Neues gibt.«

»Okay, bis dann.«

»Bis dann.«

Oskar steckt das Handy wieder ein, zieht den Schlüssel ab und steigt aus. Diesmal nimmt er die Treppe bis zu ihrer Wohnung im obersten Stockwerk, das macht sich in den Beinen bemerkbar. Dann kommt ihm plötzlich ein Gedanke. Vielleicht kann er ein Foto von Mia finden, das etwas detaillierter ist als das bei Jonas, um festzustellen, ob die Frau von der Pressekonferenz tatsächlich mit ihr identisch ist. Ein besserer Beweis lässt sich doch kaum finden.

Sobald er die Jacke ausgezogen hat, schaltet er seinen Laptop ein und googelt Mia Lindskog in Kombination mit ein paar weiteren Suchbegriffen: Wissenschaftlerin, Vergewaltigung, Gender, Rechtswesen. Schließlich wird er fündig. Es gibt eine ganze Reihe von Fotos, die meisten aus verschiedenen Artikeln und Universitätspublikationen. Er scrollt herunter und sucht frenetisch nach einem Bild, das gut genug ist, um zu erkennen, ob sie es wirklich ist. Endlich findet er eins, ein Porträtfoto aus dem Archiv der Polizeihochschule, in der Mia einen Vortrag gehalten hat. Er braucht nicht lange, um festzustellen, dass es tatsächlich dieselbe Frau ist, die ihm im Schwedischen Sportverband diese Frage gestellt hat. Dieses dunkle Haar und das schmale Gesicht... und es ist dieselbe Frau wie auf dem Foto, das er bei Jonas gesehen hat.

Rastlos geht er auf und ab, öffnet ein Fenster und lehnt sich hinaus. Er braucht frische Luft. Also war es wirklich Mia, die ihn auf der Pressekonferenz angesprochen hat. Was zugleich nahelegt, dass sie ihm auch die SMS direkt im Anschluss geschickt hat. Und ihm gedroht hat, als er in Örebro war. Braucht er überhaupt noch weitere Beweise? Er nimmt sein Handy und gibt eine Nummer ein.

»118, 118«, antwortet die Stimme am anderen Ende.

»Können Sie mich bitte mit Mia Lindskog in Stockholm, Södermalm verbinden?«

»Selbstverständlich. Einen Augenblick bitte.«

Oskar schwitzt. Dann hört er ihre Stimme.

»Mia Lindskog.«

SÖDERMALM

Mittwoch, 7. April 2010

Jonas hört, wie Mias Handy klingelt. Es liegt auf der Kommode im Flur, und er schaut rasch auf das Display, bevor er es ihr reicht. Er kennt die Nummer nicht. Sie anscheinend auch nicht, denn sie antwortet sehr förmlich, öffnet die Tür und geht ins Treppenhaus hinaus.

»Mia Lindskog.«

Jonas folgt ihr und schließt die Tür hinter ihnen.

»Wie war Ihr Name?«

Jonas kann nicht hören, was die Person am anderen Ende sagt, aber er hört, dass Mia die Antwort überrascht.

»Okay, verstehe.«

Auf der Straße tritt sie ein Stück beiseite, sie will ihre Ruhe haben, wenn sie telefoniert. Etwa zwanzig Meter von Jonas entfernt bleibt sie stehen. Er beobachtet sie beim Telefonieren. Erst scheint sie sich zu wundern, dann wirkt sie aufgeregt, dann wütend. Schließlich schreit sie ins Telefon und beendet abrupt das Gespräch. Sie geht auf Jonas zu, und ihr Anblick lässt ihm das Blut in den Adern gefrieren. Erst als sie ganz dicht vor ihm steht, macht sie den Mund auf.

»Das war Oskar Engström.«

Ihre Stimme ist eiskalt.

»Oskar Engström?«, stammelt Jonas.

»Ja, Oskar Engström. Ich dachte erst, er hätte seine Meinung bezüglich des Interviews geändert und wäre nun doch dazu bereit. Aber darum ging es ihm gar nicht.«

Sie lässt ihr Handy in die Jackentasche gleiten.

»Er meinte, er hätte sich eben ein Foto von mir angeschaut und mich von der Pressekonferenz wiedererkannt.«

»Der Pressekonferenz?«

»Ja, ich war dort und habe ihm eine Frage gestellt. Leider ist sie untergegangen und ich habe keine Antwort von ihm bekommen.«

Noch immer ist ihre Stimme kalt, so hat er sie noch nie zuvor gehört.

»Und dann behauptete er, ich hätte ihm nach der Pressekonferenz eine SMS geschickt, ihn bedroht. Und dass ich das ein paar Tage später noch einmal getan hätte. Er wollte wissen, warum.«

»Was hast du ihm geantwortet?«

»Ich habe natürlich gesagt, dass ich das nicht war. Ich sei zwar auf der Pressekonferenz gewesen, hätte ihm aber definitiv keine SMS geschickt. Und da ist er völlig ausgerastet. Er brüllte irgendwas von einem Foto, das ich dir geschickt hätte, aufgenommen in Visby, und dass ich seine Frau bedrohen würde, dass ich mit Rikard geschlafen und ihm irgendwelche Fotos gestohlen hätte, und dass ich darauf aus wäre, mich an euch allen dreien zu rächen.«

Jonas spürt, wie ihm die Beine den Dienst verweigern.

»Und als er das sagte, fielen mir plötzlich Veronicas Worte wieder ein.« Mia sieht ihn an.

»Über die beiden anderen Täter namens Rikard und Jonas. Weißt du, wie der Typ hieß, der mich Sonntag angerufen hat?«

Jonas schüttelt reflexmäßig den Kopf, obwohl er weiß, dass das Spiel für ihn gelaufen ist.

»Er hieß Rikard.«

Mias Blick ist stahlhart.

»Und du heißt Jonas. Und all das, was heute passiert ist, kann kaum ein Zufall sein, oder?«

Jonas schüttelt erneut den Kopf. Er sieht, wie das Harte in ihrem Blick zerbricht.

»Hast du mich die ganze Zeit angelogen? Bist du wirklich einer der drei, die Josefin vergewaltigt haben?«

Jonas sieht Tränen in ihren Augen. Der Anblick schneidet ihm ins Herz.

»Ja, Mia. Ich bin einer von ihnen. Und ich werde dir alles erzählen.«

Sie sieht ihn an, ohne ihn wahrzunehmen. Er versucht ihre Schulter zu berühren, aber sie schüttelt ihn ab. Dann dreht sie sich um und geht davon. Er will ihr hinterherlaufen. Will ihr sagen, alles werde wieder gut. Dass sie sich nicht in ihm getäuscht habe, dass er wirklich derjenige sei, den sie immer geliebt habe. Dass er Josefin gegenüber riesige Schuldgefühle habe und sich nie ganz werde davon befreien können, aber dass er heute ein anderer ist. Und dass sein Schweigen allein auf seiner Angst beruht hat, sie würde ihn verlassen. Aber er bringt keinen Ton heraus, kann sich nicht einmal bewegen. Wie erstarrt steht er da. Dann klingelt sein Handy. Zerstreut nimmt er das Gespräch an.

»Hallo Jonas, hier ist Anders. Ich glaube, ich habe die Rechner identifiziert, von denen aus die E-Mails geschickt wurden.«

Jonas starrt das Telefon an. Es dauert eine Weile, bis er begreift, mit wem er spricht und worum es geht. Er möchte es eigentlich gar nicht mehr wissen, es ist nicht mehr wichtig.

»Anders, mir geht es nicht so gut. Kann ich dich morgen anrufen? Und vielen Dank schon mal.«

Dann legt er auf und setzt sich auf den Gehweg, außerstande, auch nur einen Schritt weiterzugehen.

ÖSTERMALM

Donnerstag, 8. April 2010

Oskar setzt sich ans Steuer und startet den Motor. In sein Navi hat er Rikards Adresse in Kärrtorp eingegeben.

Sein Gespräch mit Mia ist nicht so verlaufen, wie er gehofft hat. Er hat gedacht, sie überrumpeln zu können, sodass sie sofort alles zugibt. Angesichts der Beweise, die er hat, schien ihm alles andere unmöglich. Aber Mia hat nicht gestanden. Sie klang eher überrascht, meinte, sie verstehe nicht, wovon er rede. Und er war zu wütend, um sich zu beherrschen. Die Anschuldigungen platzten nur so aus ihm heraus. Am Ende schrie Mia ihn an, er solle die Klappe halten, damit sie auch mal was sagen könne. Als auch das nichts half, legte sie einfach auf. Sie schien aufrichtig wütend zu sein und klang nicht im Geringsten nervös oder schuldbewusst, aber wahrscheinlich hat sie sich auf ein Gespräch wie dieses vorbereitet. Und, sagt er zu sich selbst, sie ist eine gute Schauspielerin.

Dennoch kann er einen leisen Zweifel nicht ganz unterdrücken. Dass Mia auf der Pressekonferenz gewesen ist, ist eindeutig, das Foto beweist es, und sie hat es sofort zugegeben. Jetzt muss er ihr noch den Rest nachweisen. Dabei könnte Rikard der Schlüssel sein. Wenn es stimmt, was er sagt, und es Mia war, die in Jonas' Wohnung hineingegangen ist und mit der er zudem vor ein paar Monaten eine kurze Affäre hatte, dann wird er sie auf dem Foto wiedererkennen. Wenn nicht, war es eine andere Frau, der er die Bilder auf seinem Computer gezeigt hat.

Oskar fährt Richtung Stadt und in den Tunnel unter Södermalm hinein. Es ist nicht viel Verkehr, und so braucht er nur zwanzig Minuten. Er findet sofort einen freien Platz auf dem Besucherparkplatz, steigt aus und sucht Hausnummer 18 der schmutziggrauen Betonklötze. Er findet sie schnell, auch einen Türcode braucht er nicht. In der Vorstadt hat man offenbar keine Angst vor ungebetenen Gästen. Er öffnet die schwere Tür und geht hinein. Auf der Bewohnerliste im Eingangsbereich findet er Rikards Namen unter etwa zwanzig anderen.

Oskar geht die Treppe in die dritte Etage hinauf und klingelt. Es dauert eine Weile, bis sich etwas tut, aber dann sind von drinnen schlurfende Schritte zu hören. Rikard ist also zu Hause. Er öffnet und starrt Oskar überrascht an. Er sieht müde und erschöpft aus, schlechter als bei ihrem letzten Treffen, wie Oskar findet.

»Hallo Oskar«, sagt er matt.

»Hallo Rikard. Wie geht es dir?«

»Nicht besonders.« Er hält kurz inne.

»Aber komm rein.«

Er macht eine entschuldigende Geste Richtung Wohnung.

»Tut mir leid, dass es hier so aussieht, ich habe eine Weile nicht aufgeräumt.«

Eine ziemlich lange Weile, denkt Oskar, als er das Chaos sieht. Im Flur liegen Schuhe und Jacken in einem Haufen auf dem Boden, die Spüle in der Küche steht voller schmutzigem Geschirr, vermutlich schon seit Wochen. Sie gehen ins Wohnzimmer. Oskar hat keine Lust, sich auf das Sofa zu setzen, lieber bleibt er stehen. Rikard dagegen lässt sich in einen Ledersessel fallen.

»Wolltest du irgendwas Bestimmtes?«

Oskar kramt in seiner Tasche und zieht ein Blatt Papier heraus.

»Du hast mir doch erzählt, Mia hätte dich vor ein paar Monaten hier besucht.«

Rikard nickt.

»Jonas meint aber, du hättest dich getäuscht, es sei gar nicht Mia, die du getroffen hast.«

Er schaut Rikard an, der seinem Blick jedoch ausweicht. Oskar ist sich nicht sicher, ob er ihm überhaupt zuhört.

»Ich habe ein Foto von Mia ausgedruckt, das ich im Netz gefunden habe. Ich dachte, du könntest es dir vielleicht mal ansehen und mir dann sagen, ob sie es ist.«

»Klar.«

Rikard klingt nicht begeistert, und Oskar fragt sich, ob er vielleicht etwas genommen hat. Aber sein Blick ist klar, die Pupillen normal. Er legt das Foto von Mia vor Rikard auf den Tisch und wartet gespannt. Rikard beugt sich nach vorn und betrachtet es. Es kommt Oskar vor, wie eine Ewigkeit.

»Das ist sie nicht«, sagt er schließlich.

»Nicht?« Oskar ist sichtlich enttäuscht.

»Bist du dir sicher?«

»Ganz sicher.«

Rikard klingt überzeugt.

»Sie sieht ihr zwar ähnlich, aber sie ist es nicht. Diese Frau habe ich noch nie gesehen.«

»Kannst du es dir noch mal ansehen?«, bittet Oskar.

Rikard wird ungeduldig.

»Natürlich kann ich das tun, sooft du willst, aber das ändert nichts. Diese Frau habe ich noch nie gesehen.«

»Okay, danke trotzdem. Dann hast du nicht Mia getroffen, sondern eine völlig andere Frau.«

Oskar bittet ihn, auf sich aufzupassen, und sagt ihm, er könne ihn anrufen, wenn er jemanden zum Reden brauche. Dann nimmt er das Bild und geht.

Im Auto bleibt er lange sitzen. Er ist sich jetzt sicher, dass Mia ihm auf der Pressekonferenz diese Frage gestellt hat und dass sie es war, die ihm im Anschluss daran und auch in Örebro eine SMS geschickt hat. Aber die Frau, die Rikard getroffen hat, war jemand vollkommen anderes. Können wirklich mehrere Personen in diese Sache verwickelt sein, oder hat Jonas doch recht gehabt, als er behauptete, Rikard müsse sich das zusammenfantasiert haben?

SÖDERMALM

Donnerstag, 8. April 2010

Als Jonas auflegt, fühlt er sich nicht klüger als zuvor. Anders ist in seinen Nachforschungen so weit gekommen, dass er mit Sicherheit sagen kann, dass die erste Mail mit dem Foto aus Visby von einem öffentlichen Rechner aus geschickt worden ist, vermutlich von einem Internetcafé in Koh Lanta aus. Das kommt Jonas nicht weiter seltsam vor, es stimmt mit ihrer Theorie überein, dass der Überfall auf Oskar irgendwie mit dem Foto zusammenhängt, das er selbst an diesem Tag zugeschickt bekommen hat. Die zweite Nachricht, so vermutet Anders, wurde von einem privaten Computer in Upplands Väsby versendet. Da aber der Anbieter dynamische IP-Adressen vergebe, könne er die genaue Adresse nicht ermitteln, ohne sich in eine rechtliche Grauzone zu begeben. Die dritte Nachricht ist Anders zufolge von einer Klinik in Stockholm aus geschickt worden, und das ergibt für Jonas einfach keinen Sinn. Ein Absender, der in Upplands Väsby wohnt und möglicherweise in irgendeiner Art Klinik oder Pflegeeinrichtung in Stockholm beschäftigt ist? Was ist das für ein Mensch, der sich hinter der Adresse »Reisender Typ« verbirgt? Oder ist Anders auf dem Holzweg? Jonas hat keine Ahnung, auf welche Art von »Helfern« Anders bei diesem Auftrag zurückgegriffen hat, aber klar ist, dass sie sich getäuscht haben können. Immer wieder hat Anders darauf hingewiesen, dass es geradezu unmöglich ist, anhand der IP-Adresse die Identität eines einzelnen Rechners festzustellen.

Jonas seufzt. Wahrscheinlich hätte Oskar diese Information gern so bald wie möglich, aber er hat keine Lust mehr, ihm zu helfen. Schließlich hat er sein Leben zerstört. Hätte er Mia gestern nicht angerufen und ihr alles erzählt, hätte sie nichts erfahren und er hätte weiterhin glücklich mit seiner Familie zusammenleben können. Aber das vielleicht Schlimmste ist, dass diese Aktion so völlig sinnlos war.

Jonas geht in die Küche, wo Mia schweigend die Wand anstarrt. Sie reagiert auch nicht, als er hereinkommt. Er setzt sich ihr gegenüber an den Tisch. Der Zeiger der Küchenuhr bewegt sich langsam.

Jonas nimmt all seinen Mut zusammen und berichtet von Anfang an. Von seinem letzten Schuljahr, das von der Sehnsucht geprägt war, jemand zu sein, und von einem Jungen, dessen Selbstvertrauen sich irgendwo zwischen Tiefpunkt und Abgrund bewegte. Wie er sich von Oskar angezogen fühlte, weil dieser immer im Mittelpunkt stand und er den Eindruck hatte, das Leben wäre deutlich spannender in seiner Gegenwart. Und er erzählt von dem Abend in Visby. Wie es gedauert hatte, bis er begriff, was in der Toilette und später im Schlafzimmer passierte. Wie er hereinkam und instinktiv spürte, dass er eingreifen musste, wie er aber genau das Gegenteil tat und Oskar gehorchte, indem er diese Fotos machte. Wie sie, nachdem sie fertig waren, Josefin allein im Schlafzimmer zurückließen. Dann erzählt er von der Selbstverachtung, die ihn seitdem begleitet hat, von dem Gerichtsverfahren und wie er seine Aussage im Nachhinein geändert hat. Und er erzählt, wie er die letzten Wochen erlebt hat, wie seine Angst, Mia zu verlieren, ihn noch einmal zu einer Marionette für Oskar gemacht hat.

Als Jonas fertig ist, sieht Mia ihn immer noch nicht an, aber er ist sicher, dass sie jedes Wort gehört hat.

»Bitte Mia, sag doch etwas.«

Er kann ihr Schweigen nicht länger ertragen. Endlich dreht Mia ihm den Kopf zu. Und da wünscht er, er hätte ihre Aufmerksamkeit nicht auf sich gezogen. Ihr Blick ist tief schwarz.

»Da gibt es nicht viel zu sagen.«

Ihre Stimme erschreckt ihn.

»Ich kann deine Angst verstehen. Aber du hattest so viele Gelegenheiten, alles in Ordnung zu bringen. Du hättest an deiner ersten Aussage festhalten können. Du hättest im Nachhinein etwas für Josefin tun können. Oder als du mich kennengelernt hast ... Du weißt doch, wofür ich stehe, ich habe mein ganzes Leben dieser Sache gewidmet. Du hättest es mir an dem Abend erzählen können, als du Rikard und Oskar zu uns nach Hause eingeladen hast. Aber das hast du nicht, und ich werde nie verstehen, warum. Konntest du dir nicht denken, dass das, was du am meisten gefürchtet hast, früher oder später ohnehin eintreffen würde?«

»Ich weiß. Ich weiß, dass ich das Dümmste getan habe, was ich tun konnte. Ich habe so oft darüber nachgedacht und die ganzen letzten Wochen permanent Angst gehabt. Aber ich habe gedacht, du würdest mich verlassen, wenn ich dir alles erzähle.«

Er sackt in sich zusammen.

»Ich verstehe, wenn du dich von mir trennen willst, und ich werde dich nicht daran hindern. Aber ich möchte, dass du weißt, dass ich dich liebe. Immer. Und dass ich mir das selber nie verzeihen werde.«

Mia schaut ihn an. In ihrem Blick ist Trauer, aber auch Wut.

»Wie unglaublich bescheuert das ist«, sagt sie schließlich. »Wie unfassbar sinnlos und dumm! Wir hatten es so gut miteinander. Wir wollten doch zusammen leben und sterben! Wie konntest du das alles aufs Spiel setzen?«

Jonas hat keine Worte mehr, und er wagt nicht, sich zu rühren. Oder sie zu berühren, obwohl er nichts lieber tun würde. Ihm scheint, als könne die geringste Bewegung dazu führen, dass Mia sich in Luft auflöst. Er will nicht, dass es so endet. Er will ihr verbieten, ihn zu verlassen. Er wird niemals eine neue Mia finden.

»Also hatte dieser Rikard doch eine Verbindung zu dir und zu Visby, er war nicht nur ein verrückter Junkie?«

»Rikard war in Visby dabei. Er, Oskar und ich haben Josefin vergewaltigt.«

Mia steht auf und geht zum Fenster. Lange steht sie da und schaut in den trüben Frühling hinaus, der den Winter abgelöst hat. Sie murmelt etwas, wie zu sich selbst, Jonas kann kaum verstehen, was sie sagt.

»Ich begreife nicht, warum er denkt, er und ich hätten was miteinander gehabt.«

Plötzlich hat Jonas eine Idee.

»An diesem Samstag, an dem ich nicht da war, hatten wir da irgendwie Besuch?«

Mia braucht nicht lange zu überlegen.

»Nein, ich war den ganzen Abend mit Kalle allein. Irgendein Rikard war definitiv nicht hier. Der einzige andere Mensch, den ich an dem Abend gesehen habe, war Linnea. Sie kam kurz vorbei, um mir ein Buch zurückzubringen.«

Jonas versucht zu begreifen, was das bedeutet. Er spürt, dass es da etwas gibt, das er nicht versteht, und sein Hirn verweigert ihm die Zusammenarbeit. Er kommt einfach nicht darauf.

SCHWEDISCHER SPORTVERBAND

Donnerstag, 8. April 2010

»Ich habe euch kommen lassen, weil ich eure Hilfe brauche, um eine schwere, aber notwendige Entscheidung zu treffen.«

Peter Alm betrachtet die anderen Vorstandsmitglieder. Alle sind gekommen, obwohl er sehr kurzfristig eingeladen hat. Fredrik führt Protokoll.

»Wir erwägen, den Vertrag mit Oskar Engström aufzulösen, und wollen eure Meinung dazu hören.«

»Wir haben ihn doch gerade erst engagiert. Was ist denn passiert?«, fragt ein Vorstandsmitglied, das der Entscheidung für Oskar von Anfang an skeptisch gegenübergestanden hat. Er schien ihm zu traditionell, um in das geplante Erneuerungsprogramm zu passen.

»Wir haben Informationen, dass Oskar Engström in den Neunzigerjahren in eine brutale Gruppenvergewaltigung verwickelt war. Zwar wurde er freigesprochen, aber nur, weil man ihm nicht nachweisen konnte, dass er gegen den Willen des Mädchens gehandelt hat.«

»Aber die Tat ist so lange her, und er wurde freigesprochen. Ist es da nicht sehr hart, dass das heute noch auf ihn zurückfallen und seine Karriere beeinflussen soll? Vielleicht bereut er inzwischen aufrichtig, was damals passiert ist.«

»Das hatten wir auch gehofft. Aber wir haben mit Oskar gesprochen, und er hatte sehr wenig dazu zu sagen. Es schien, als hätte er nie darüber nachgedacht. Und so jemand scheint uns dann doch äußerst ungeeignet für diesen Auftrag. Wenn die

Medien erst herausfinden, was Oskar damals getan hat, müssen wir schließlich zu unserer Entscheidung stehen können.«

Fredrik will gerade etwas dazu sagen, als sein Handy klingelt. Er nimmt das Gespräch an und hört mit wachsender Verwunderung zu.

»Ach, wirklich? Das müssen wir natürlich prüfen. Mit wem spreche ich noch mal? Ah ja. Und Sie waren 1997 zusammen mit Oskar Engström in Visby?«

Als Fredrik auflegt, blicken ihn acht Augenpaare neugierig an, aber es scheint ihm ausnahmsweise einmal die Sprache verschlagen zu haben. Schließlich beginnt er zu sprechen.

»Das war jemand namens Jonas. Er sagt, er hätte Informationen über Oskar, die angesichts des Auftrags, den wir ihm erteilt hätten, möglicherweise relevant für uns wären.«

Alle sehen ihn fragend an.

»Er hat mir gesagt, dass er einer der beiden Mittäter aus Visby sei. Und dann hatte er noch etwas Interessantes zu sagen. Und zwar, dass Oskar am Freitag zu einem Polizeiverhör vorgeladen war. Offenbar ist er in Thailand zu einer Prostituierten gegangen und hat sie während des Aktes so schwer verletzt, dass sie später an einer Blutvergiftung gestorben ist. Er meinte, wenn wir ihm nicht glauben würden, bräuchten wir uns nur die Online-Ausgabe des *Expressen* anzusehen.«

Fredrik blickt in die Runde. Eines der männlichen Vorstandsmitglieder ergreift das Wort.

»Ich habe tatsächlich vor ein paar Tagen die Schlagzeile gesehen. Da stand, dass ein ehemaliger Nationalspieler wegen eines Sexualverbrechens in Thailand im Februar/März dieses Jahr verhört worden sei. Aber die Verbindung zu Oskar habe ich da noch nicht hergestellt.«

Die anderen nicken, auch ihnen ist die Schlagzeile nicht entgangen.

»Das habe ich dann wohl irgendwie verpasst«, murmelt Peter. Er scheint sich etwas von dem Schock erholt zu haben. »Sonst hätte ich mir gleich gedacht, dass es mit ihm zu tun hat. Er war schließlich Ende Februar in Thailand. Nun, dann sieht es wohl wirklich so aus, als müssten wir den Vertrag aufheben. Auch wenn der Verdacht auf ein Gewaltverbrechen sich nicht bestätigen sollte. Es genügt, dass er in Thailand bei einer Prostituierten war.«

»Ist das nicht ein bisschen arg moralisierend?«, fragt dasselbe Vorstandsmitglied, das die Schlagzeile erwähnt hat.

»Könnten die Frauen überall in der Welt frei darüber bestimmen, ob sie sich prostituieren oder nicht, wäre es das natürlich. Aber leider ist das nicht so. Wenn Oskar nicht einmal einen Gedanken daran verschwendet hat, was hinter der Prostitution in Thailand steckt, finde ich, dass das genug über seine Wertvorstellungen aussagt. Und ich möchte nicht, dass ein Referent mit solchen Wertvorstellungen unseren Verband vertritt.«

Langsam lässt er den Blick über die Runde wandern, um zu sehen, ob die anderen ihm zustimmen oder nicht. Er scheint jedoch keine Überzeugungsarbeit leisten zu müssen.

»Tja, wenn das so ist, dann ist das wohl beschlossene Sache«, sagt eine Frau rechts neben Peter. »Dann müssen wir in den sauren Apfel beißen und öffentlich bekanntgeben, dass wir die Zusammenarbeit mit Oskar beenden. Natürlich können wir nicht die ganze Geschichte an die Öffentlichkeit bringen, von der einen Straftat ist er freigesprochen worden, zu der anderen laufen bisher lediglich Vorermittlungen. Aber wir können auf Schwierigkeiten in der Zusammenarbeit verweisen. Die Leute sind nicht dumm, die können sich dann schon denken, worum es eigentlich geht. Sie haben die Schlagzeile schließlich auch gelesen, aber das ist dann nicht unser Problem.«

Die anderen nicken zustimmend.

»Fredrik, kannst du bitte Oskar Bescheid geben? Und dann eine Pressekonferenz für morgen einberufen? Versuche, dich dabei kurzzufassen.«

Peter übergibt Fredrik ein paar Notizen, der daraufhin den Raum verlässt. Dann bedankt er sich bei der Runde, und die Versammlung ist beendet.

Anschließend geht Peter noch einmal zu Fredrik ins Büro hinüber. Die Ereignisse der letzten Tage haben ihn deprimiert. Er hat wirklich an Oskar geglaubt.

Fredrik wählt eine Nummer auf seinem Handy. Peter hört das Freizeichen und dann eine Stimme am anderen Ende.

»Hallo Oskar, hier ist Fredrik Larsson vom Schwedischen Sportverband. Ich habe leider schlechte Nachrichten für Sie.«

ÖSTERMALM

Freitag, 16. April 2010

Oskar knallt die Wohnungstür zu, schließt ab und eilt die vier Stockwerke hinunter. Auf der Straße zögert er kurz, dann geht er nach links Richtung Karlaplan. Er wirft einen Blick auf das Display seines Handys. Keine entgangenen Anrufe. In den letzten Tagen hat er Viktor zigmal angerufen und ihm mindestens zehn Nachrichten hinterlassen, aber er hat sich nicht gemeldet. Begreift er überhaupt, was er mit seinem Artikel angerichtet hat? Zehn Zeilen Text haben ihn den Job gekostet. Falls er es noch nicht weiß, wird er es heute erfahren.

Denn natürlich ist genau das eingetroffen, was Oskar befürchtet hat: Der Schwedische Sportverband hat ihn angerufen und seinen Vertrag aufgelöst. Schon in dem Moment, als er Fredriks Stimme hörte, wusste er, worum es ging. Trotz all seiner Bemühungen, stets einen kleinen Vorsprung vor seinem Widersacher zu haben, hat er die ganze Zeit gewusst, dass es so ausgehen würde. Natürlich wird er eine Abfindung bekommen, wahrscheinlich keine große Summe. Aber wenn man bedenkt, wie sich die Medien auf seinen letzten Fehltritt gestürzt haben, wäre er wahrscheinlich ohnehin nicht mehr für viele Vorträge gebucht worden. Und so hat er die Nachricht entgegengenommen und gesagt, er verstehe das und es sei okay, wenn sie Schwierigkeiten in der Zusammenarbeit als Grund nennen würden. Er weiß, dass er wahrscheinlich rechtlich gegen die Vertragsaufhebung vorgehen könnte. Wegen Visby ist er nicht verurteilt worden, und was Thailand angeht, wird lediglich gegen ihn ermittelt. Aber er weiß auch, dass das keine Lösung wäre. Die Medien würden ihn dennoch verfolgen, und kein Kunde würde ihn mehr engagieren.

Am Tag nach dem Bescheid ist eine weitere Pressekonferenz abgehalten worden, diesmal ohne Oskar. Die Veranstaltung hat nicht lange gedauert und die Botschaft war, dass die Zusammenarbeit mit Oskar Engström aufgrund unterschiedlicher Ansichten über Inhalte und Ziele des Projekts aufgegeben worden sei. Wer seinen Posten übernehmen würde, werde kurzfristig bekanntgegeben. Gleichzeitig ergingen sich die Medien in Spekulationen über den verdächtigten ehemaligen Nationalspieler, sodass in der vergangenen Woche eine verrückte Theorie nach der anderen in den Abendzeitungen zu lesen war. Doch nirgendwo wurde sein Name genannt, die Angst vor einer Verleumdungsklage war anscheinend zu groß. In den Internetforen dagegen tauchte sein Name überall auf, denn dort gab es kein Pardon und niemanden, gegen den man klagen konnte.

Veronica ist mit den Kindern zu ihren Eltern nach Sigtuna gefahren, während Oskar die Zeit genutzt hat, mit einem Anwalt zu sprechen. Erst war er entschlossen, den Ehevertrag voll zu seinem Vorteil auszunutzen, aber dann hat er sich anders entschieden. Schließlich stimmt es ja, dass sein beruflicher und finanzieller Erfolg nicht unwesentlich davon abgehangen hat, dass Veronica mit den Kindern zu Hause geblieben ist. Außerdem hofft er immer noch, dass sie zu ihm zurückkommt, und dann ist es nicht weiter schlimm, wenn sie jetzt schon die Hälfte bekommt. Es wird ihn kaum arm machen, zumindest nicht in materieller Hinsicht.

Er geht links in den Karlavägen, bleibt stehen und streckt sein Bein, das sich merkwürdig steif anfühlt. Der Schlafmangel der letzten Wochen macht sich allmählich bemerkbar, heute früh ist er mit schmerzendem Nacken und verspannten Schultern aufgewacht. Wie hat das alles nur so verdammt schiefgehen können? Diese Frage lässt ihm einfach keine Ruhe. Natürlich weiß er, dass Veronicas Entscheidung ihn zu verlassen nichts mit Viktors Artikel zu tun hat. Und dass der Journalist auch nicht allein daran schuld ist, dass ihm der Vertrag gekündigt worden ist. Aber es ist offensichtlich, dass dies der letzte Tropfen war, der das Fass zum Überlaufen brachte, und für diesen Tropfen ist der Journalist nun einmal verantwortlich.

Oskar schüttelt sein Bein aus, dann setzt er seinen Weg fort. Als er am Karlaplan ankommt, beschließt er, sich ein paar Minuten an den Brunnen zu setzen und sich zu sammeln, bevor er weiter nach Marieberg fährt, wo der *Expressen* seinen Hauptsitz hat. Frühling liegt in der Luft, und das Vogelgezwitscher kündet davon, dass der Winter endgültig vorbei ist und die hellere Jahreszeit beginnt. Zum ersten Mal seit Tagen spürt er so etwas wie innere Ruhe. Wahrscheinlich ist das nur vorübergehend, aber gerade deshalb will er sie genießen. Er setzt sich auf eine der Bänke und schließt die Augen. Als sein Handy klingelt, antwortet er ausnahmsweise, ohne vorher auf das Display zu schauen.

»Oskar Engström.«

»Hallo Oskar. Hier ist Jonas.«

Oskar erstarrt, mit Jonas hat er nicht mehr gesprochen, seit er Mia angerufen und sie beschuldigt hat, ihn in Thailand überfallen zu haben. Er vermutet, Jonas hat inzwischen davon erfahren.

»Hallo Jonas, wie geht es ...«

Jonas unterbricht ihn.

»Nur damit du es weißt: Ich habe den Schwedischen Sportverband darüber aufgeklärt, dass du der verdächtige Schwede bist, über den gerade alle Abendzeitungen berichten.«

Seine Stimme ist völlig neutral.

»Ich hatte das Gefühl, es würde keine Verpflichtung mehr bestehen, sich loyal zu verhalten.«

Oskar schaudert, obwohl die Sonne immer noch so warm scheint wie zuvor.

»Es tut mir leid, wirklich.«

»Mia hat mich verlassen.«

Jonas scheint seine Entschuldigung überhört zu haben, oder er schenkt ihr keine weitere Beachtung.

»Das habe ich dir zu verdanken. Und es war vollkommen sinnlos. Mia ist nicht Josefin, und ist es auch nie gewesen.«

»Wie kannst du dir da so sicher sein?«

Oskar scharrt mit den Füßen im Kies.

»Weil ich gerade eben Fotos gesehen habe, die beweisen, dass sie in Luleå war, während du in Thailand überfallen wurdest. Am selben Abend fand nämlich ein Galaessen für sämtliche Seminarteilnehmer statt, und da Mia direkt neben der Hauptrednerin saß, ist sie auf zahlreichen Fotos auf der Homepage des Veranstalters zu sehen.«

Jonas klingt bitter.

»Aber das spielt jetzt auch keine Rolle mehr, weder für dich noch für mich. Wir sind beide Verlierer. Ich hoffe, du bist zufrieden, mich mit in den Abgrund gerissen zu haben.«

Oskar steht auf.

»Jonas, ich ...«

»Du brauchst dich nicht zu entschuldigen. Ich rufe nur an, um dir zu sagen, dass Anders die drei IP-Adressen herausgefunden hat, von denen die E-Mails verschickt worden sind. Die erste gehört zu einem Internetcafé in Koh Lanta, die zweite zu einer Wohnung in Upplands Väsby und die dritte zu einer Klinik in Stockholm. Du musst nur noch herausfinden, wer sich dahinter verbirgt. Viel Glück.«

Mit diesen Worten legt er auf. Oskar starrt sein Handy an. Eine Wohnung in Upplands Väsby. Das kann natürlich jeder sein, aber wahrscheinlich ist es jemand, mit dem er vor nur wenigen Tagen gesprochen und mit dem er ein Kind gezeugt hat. Er versucht sich einzureden, dass er das nicht geahnt haben kann, als er ein paar Nächte mit Ulrika verbracht und sich geweigert hat, ein Kondom zu benutzen. Dass sie ihn dafür irgendwann so vernichtend bestrafen würde.

ÖSTERMALM

Freitag, 16. April 2010

Veronica setzt sich ins Auto und fährt Richtung Universität. Das Gespräch mit Tomas ist ihr während der ganzen Woche, die sie mit den Kindern in Sigtuna verbracht hat, nicht mehr aus dem Kopf gegangen. Kann es wirklich sein, was sie vermutet, oder geht da inzwischen die Fantasie mit ihr durch? Es gibt bestimmt viele, die mit gefährdeten Frauen arbeiten. Und dass die Frau, die Tomas im Hotel getroffen hat, Oskar wiedererkannt hat, muss nicht automatisch bedeuten, dass sie die Wissenschaftlerin ist, mit der Veronica telefoniert hat. Das Ganze war damals eine unglaubliche Nachricht, und wahrscheinlich gab es niemanden an der Schule, der nicht davon gewusst hat, als das Urteil fiel.

Am Roslagstull biegt sie ab, um zu tanken. Dabei nutzt sie gleich noch die Gelegenheit, Oskar eine SMS zu schicken. Sie schämt sich ein bisschen, dass sie sich erst jetzt wieder bei ihm meldet, aber wahrscheinlich ist er mit ganz anderen Dingen beschäftigt gewesen, sodass er keine Zeit hatte, die Kinder zu vermissen. Die Vertragsauflösung muss ein Schock für ihn gewesen sein.

Ein Klicken signalisiert ihr, dass der Tank voll ist. Sie zieht den Tankschlauch heraus, schließt den Deckel und bezahlt, dann setzt sie ihren Weg fort.

Die charakteristischen blauen Hochhäuser, die zahlreiche Institute der Universität beherbergen, sind beinahe identisch mit dem berüchtigten Blauen Hügel in Solna. Sie müssen ungefähr zur selben Zeit errichtet worden sein, vermutlich auch vom selben Architekten. Blassblau erheben sie sich gen Himmel. Die Wohnblöcke tragen Buchstaben, A-F, und sie lenkt ihre Schritte zu Block C. Drinnen bleibt sie ein wenig ratlos stehen und überlegt, wo sie als Nächstes hinmuss. Sie steht in einer riesigen Halle mit unzähligen Anschlagtafeln, in der Mitte befindet sich eine breite Treppe, aber eine Rezeption scheint es nicht zu geben.

Nachdem sie eine Weile herumgeirrt ist, findet sie ein Schild mit einem Fahrstuhlsymbol. Sie nimmt den Aufzug in die sechste Etage und fragt sich dann zu Mia Lindskog durch. Dabei hofft sie, Mia möge ein eigenes Büro haben. Sie hat Glück. In dem Raum, den man ihr nennt, gibt es nur einen Schreibtisch. Doch der ist leer.

»Sie holt sich bestimmt nur gerade Kaffee. Sie können hier draußen auf sie warten.«

Der Mann, der ihr den Weg gezeigt hat, deutet auf einen Stuhl. Veronica setzt sich. Genau wie er vermutet hat, dauert es nicht lange, bis Schritte auf dem Flur zu hören sind. Neugierig betrachtet sie die Frau, die mit der Zeitung in der einen Hand und einer Tasse Kaffee in der anderen um die Ecke biegt. Ob sie sie wiedererkennen wird? Immerhin müssen sie sich zur selben Zeit in demselben Hotelkomplex in Thailand aufgehalten haben, wenn die Schlüsse, die sie aus Tomas' Aussagen gezogen hat, stimmen. Enttäuscht muss sie jedoch feststellen, dass nichts an Mia ihr irgendwie bekannt vorkommt.

»Warten Sie auf mich?«, fragt die Frau erstaunt.

»Ja.«

Veronica steht auf.

»Veronica Engström, die Frau von Oskar Engström. Wir haben vor einer Weile telefoniert.«

Ein Lächeln gleitet über Mias Gesicht.

»Ja, hallo, wie schön, Sie mal kennenzulernen. Kommen Sie rein.«

Sie winkt mit der Zeitung in Richtung ihres Büros und lässt ihr den Vortritt.

»Ich mach die Tür zu, dann sind wir vor neugierigen Kollegen geschützt.«

Sie schließt die Tür mit dem Fuß, setzt sich an den Schreibtisch und bietet Veronica den Stuhl gegenüber an.

»Woher wissen Sie, wo ich arbeite?«

»Ihr Mann hat es mir gesagt.«

Veronica errötet.

»Ich bin erst zu Ihnen nach Hause gefahren, und da hat er mir die Tür aufgemacht.« Sie zögert. »Es scheint ihm nicht besonders gut zu gehen.«

Mia fährt sich müde durchs Haar.

»Nein, das tut es wirklich nicht. Wir werden uns trennen.«

Veronica verliert den Faden, sie weiß nicht, was sie sagen soll.

»Schade«, sagt sie schließlich leise.

»Ja, schade.«

Mia zieht den Stuhl ein wenig näher an den Tisch heran.

»Es war ja nicht nur Ihr Mann an dieser Vergewaltigung beteiligt. Mein Mann war auch dabei.«

Veronica muss an das Namensschild an Mias Wohnungstür denken. *Mia, Jonas und Kalle* stand darauf, sie hatte aber nicht weiter darüber nachgedacht.

»Also ist er Jonas?«, fragt sie nachdenklich.

»Ja, er ist Jonas.« Sie beugt sich zu Veronica hinüber.

»Es war übrigens Oskar, der mich angerufen und mir alles erzählt hat.«

Veronica stutzt.

»Wirklich? Aber warum?«

»Das müssen Sie ihn, glaube ich, selber fragen.«

Schweigend mustern sie einander, jede in ihre eigenen Gedanken versunken.

»Warum sind Sie hergekommen? Wohl nicht, um Ihr Beileid auszudrücken?«

Veronica knöpft ihre Jacke auf, der Schweiß rinnt ihr den Rücken hinunter.

»Ach, ich weiß auch nicht.« Ihr Mund ist trocken.

»Eigentlich wollte ich Sie etwas fragen, aber jetzt kommt mir das so weit hergeholt vor, dass ich kaum weiß, wie ich mich ausdrücken soll.«

Mias Augen haben ein wenig von dem Glanz zurückgewonnen, den sie zu Beginn des Gesprächs hatten.

»Nur heraus damit, ich habe in letzter Zeit einiges zu hören bekommen, sodass mich eigentlich nichts mehr schockieren kann.«

Veronica lächelt.

»Okay, dann frage ich Sie jetzt, ob Sie Ende Februar/Anfang März in Thailand gewesen sind.«

Jetzt wirkt Mia doch überrascht.

»Nein, ganz und gar nicht. Anderthalb Jahre Elternzeit haben ihre Spuren im Familienbudget hinterlassen, das haben wir immer noch nicht wieder heraus. An Urlaub in Thailand ist da im Traum nicht zu denken. Warum fragen Sie?«

Veronica fummelt nervös an ihrer Handtasche herum.

»Ach, das ist eine lange Geschichte, die ich Ihnen jetzt auf die Schnelle nicht erzählen kann. Aber wir waren selbst um diese Zeit in Thailand, ich, Oskar und unsere beiden Kinder. Eines Abends ist Oskar mit einem anderen Hotelgast namens Tomas ausgegangen und erst am Mittag des darauffolgenden Tages wieder zurückgekehrt. Es stellte sich heraus, dass er mit einer Thailänderin mitgegangen war und mitten in der Nacht zusammengeschlagen und misshandelt wurde. Als wir wieder in Schweden waren, bekam ich ein Foto aufs Handy geschickt, auf dem Oskar und die Frau im Bett zu sehen sind.«

»Ups.«

Veronica sieht Mias gerunzelte Stirn, aber keinerlei Anzeichen von Nervosität oder Unbehagen.

»Ich habe viel mit Tomas geredet, um irgendwie Klarheit zu finden, wer mir dieses Foto geschickt haben könnte. Aber er konnte sich nicht gut an den Abend erinnern. Das Einzige, was ihm einfiel, war, dass er sich im Hotel mehrfach mit einer dunkelhaarigen Schwedin unterhalten hatte, die seiner Ansicht nach ungewöhnlich neugierig war. Sie sagte Tomas außerdem, sie würde mit gefährdeten Frauen arbeiten, und war sich ziemlich sicher, dass Oskar in jungen Jahren wegen Vergewaltigung vor Gericht gestanden hat.«

Jetzt spielt ein Lächeln um Mias Mundwinkel, wahrscheinlich ahnt sie, wohin das Ganze führt.

»Als Josefins Freundin Camilla dann erzählte, dass Sie über Vergewaltigungen forschen und ein besonderes Augenmerk auf Oskars Fall hätten, war mein erster Gedanke, dass Sie vielleicht etwas damit zu tun haben könnten.«

Veronica lächelt verlegen.

»Aber jetzt, wo ich es sage, kommt es mir selbst sehr weit hergeholt vor.«

Mia lacht herzlich.

»Nun ja, also so interessiert an den Personen in meinen Forschungen bin ich nun auch wieder nicht, dass ich ihnen bis in den Urlaub folgen und sie zudem noch verprügeln würde.« Sie schaltet ihren Computer ein.

»Aber wenn Sie ganz sichergehen wollen, dürfen Sie sich gerne mal das hier ansehen.«

Sie winkt Veronica zu sich herüber.

»Als Sie kamen, war ich gerade mit der Abrechnung für eine

Reise nach Luleå beschäftigt, wo ich in der Zeit gewesen bin. Es war ein Wochenseminar über die Fragen, mit denen ich mich in meiner Forschung beschäftige, und ich bin von Mittwoch bis Mittwoch dort gewesen.«

Veronica betrachtet den Bildschirm. Es sind Flugtickets nach Luleå und zurück. Die Daten von Hin- und Rückreise liegen genau vor beziehungsweise nach der Nacht, in der Oskar misshandelt worden ist. Sie seufzt.

»Dann entschuldigen Sie bitte. Es tut mir leid, überhaupt gefragt zu haben. Es lässt mir nur einfach keine Ruhe, ich habe da dieses Foto und weiß einfach nicht, woher es kommt.«

Sie setzt sich wieder auf die andere Seite des Schreibtischs.

»Kein Problem«, sagt Mia. »Was Sie erlebt haben, klingt so verrückt, dass ich gut verstehen kann, dass Sie jetzt jeden Stein umdrehen, so klein er auch sein mag.«

Veronica nimmt ihr Handy, öffnet die Nachricht mit dem Foto und zeigt sie Mia. Diese betrachtet das Bild eingehend.

»Sie sehen beide ziemlich mitgenommen aus.«

Veronica nickt und zieht ihre Jacke wieder an, viel mehr kann sie hier wohl nicht erreichen. Doch plötzlich fällt ihr noch etwas ein.

»Übrigens«, sagt sie.

Mia schaut auf.

»Ja?«

»Haben Sie vielleicht ein Foto von Josefin?«

Mia hebt fragend die Augenbraue.

»Wie meinen Sie das?«

Veronica zögert.

»Vielleicht bin ich jetzt total auf dem Holzweg, aber mir fiel plötzlich ein, dass diese Frau im Hotel ja durchaus Josefin gewesen sein könnte. Wenn ich ein Foto von ihr hätte, würde ich sie vielleicht wiedererkennen.«

Mia nickt nachdenklich.

»Ja, warum nicht. Einen Versuch ist es jedenfalls wert.« Sie holt ihrerseits ihr Handy heraus.

»Ich selbst habe kein Foto von ihr, aber es dürfte nicht schwer sein, über unsere gemeinsame Bekannte Camilla eines zu bekommen.«

Sie wählt und spricht kurz mit Camilla. Nachdem sie aufgelegt hat, wendet sie sich wieder Veronica zu.

»Sie hat ein Foto auf der Arbeit. Von dem Sommer, bevor Josefin nach Malmö gezogen ist. Nicht sehr detailliert, aber sie will versuchen, es einzuscannen und mir zu mailen. In ein paar Minuten müsste es hier sein.«

Veronica stellt sich wieder hinter Mia und wartet ungeduldig. Mit einem Pling trifft die Nachricht ein, sie hält den Atem an, während das Bild hochgeladen wird. Das Foto zeigt Josefin auf einer Schaukel. Sie blickt direkt in die Kamera. Ihr Haar ist lang, blond und zu einem Pferdeschwanz zusammengebunden. Ihre Augen sind blau und sehr ernst, Veronica wird bewusst, dass dieses Bild nach der Vergewaltigung aufgenommen worden ist. Lange betrachtet sie das Foto. Es ist ein bisschen unscharf und die Gesichtszüge sind nicht deutlich zu erkennen. Sie seufzt.

»Nein, ich erkenne sie nicht wieder. Natürlich ist es ein altes Foto, aber sie kommt mir überhaupt nicht bekannt vor.«

Mia antwortet nicht. Veronica sieht, dass sie sich vorgebeugt hat und das Bild mit gerunzelter Stirn betrachtet. Dann vergrößert sie es und zoomt das Gesicht näher heran. Es wird immer unschärfer.

»Schauen Sie mal da«, ruft sie schließlich.

Auf dem Bildschirm ist Josefins Wange in Nahaufnahme zu sehen.

»Haben Sie das schon einmal gesehen?«

Veronica folgt Mias Zeigefinger, der auf ein Muttermal auf der Wange nahe dem Ohr deutet. Es ist etwa so groß wie ein Einkronenstück und hellbraun.
»Ja, verdammt.« Veronica bleibt der Mund offen stehen. »Das habe ich tatsächlich.«

ÖSTERMALM

Freitag, 16. April 2010

Langsam kehrt Oskar in die Wirklichkeit zurück. Noch immer hält er sein Handy umklammert, aber sein Herz schlägt wieder regelmäßig. Er entdeckt, dass er eine ungelesene SMS von Veronica hat. Ihr Eintreffen muss er vollkommen verpasst haben.

Wir sind wieder in Stockholm. Ich habe die Kinder in den Kindergarten gebracht und fahre jetzt weiter zur Uni, hole sie gegen vier wieder ab. Wir sehen uns zu Hause. Veronica

Wie immer versetzt es ihm einen Stich, an die bevorstehende Scheidung erinnert zu werden, im Grunde hat er noch nicht wirklich begriffen, dass Veronica ihn verlassen wird. Und dass nichts darauf hindeutet, dass sie ihre Meinung noch einmal ändert.

Er betrachtet den Springbrunnen, der um diese Jahreszeit kein Wasser führt, ein deprimierender Anblick. Auf dem Beckenrand sitzen ein paar Jugendliche und rauchen, kurz darauf werfen sie die Stummel in das Becken, stehen auf und gehen. Oskar schaudert und zieht die Jacke enger um sich. Vielleicht ist es der Gewichtsverlust der letzten Wochen, der ihn ständig frieren lässt. Oder er wird krank. Er blickt zum U-Bahn-Schild hinüber. Nach seinem Telefonat mit Jonas ist sein Bedürfnis, zum *Expressen* zu fahren und sich Viktor vorzuknöpfen, völlig verschwunden. Jonas hat seine Karriere zerstört und das nur, weil er Jonas' Beziehung zerstört hat.

Oskar seufzt und steht auf. Am besten geht er gleich nach Hause und wartet auf Veronica und die Kinder. Wenn er sich richtig Mühe gibt, kann er seine Ehe vielleicht doch noch retten. Trotz der Gespräche mit dem Anwalt und obwohl sie demnächst die Scheidung beantragen werden, hat er nicht vor, seine Niederlage einzugestehen, bevor sie ausgezogen ist. Wenn überhaupt. Er geht quer über den Karlaplan und über das Rondell in den Karlavägen. Als Veronica ihm diesmal eine Nachricht schickt, hört er das Piepen sofort:

Könntest du vielleicht doch die Kinder abholen? Ich habe letzte Woche meinen Schal bei Linnea vergessen und würde ihn auf dem Heimweg gern abholen.

Er dreht sich um und betrachtet das Gebäude direkt hinter sich. »Das letzte Haus auf dem Karlavägen, es ist ganz in der Nähe, zu Fuß nur ein paar Minuten von uns.« So hatte Veronica ihn zu überreden versucht, sie zu dieser Familientherapeutin zu begleiten, als sie sich vor ein paar Jahren gestritten hatten. Linnea heißt sie also. Damals hat er sich geweigert, und Veronica war allein hingegangen. Er hat nie herausgefunden, worüber sie gesprochen haben. Veronica hat nie etwas erzählt, und er hat nicht weiter gefragt. Doch dann ist Linneas Name wieder aufgetaucht, direkt nach dem Thailand-Urlaub. Ein paarmal in den letzten Wochen hat Veronica erwähnt, dass sie bei ihr gewesen sei, bei einer Frau, die er nicht kennt, die aber dadurch irgendwie Teil seines Privatlebens geworden ist. Er tippt eine Antwort:

Ich stehe gerade direkt vor ihrer Praxis und kann schnell hochgehen und deinen Schal holen. Wenn du die Kinder übernimmst, habe ich das Essen fertig, wenn ihr nach Hause kommt.

Er zögert, dann fügt er noch ein »Kuss« hinzu, bevor er die SMS abschickt. Er steckt das Handy in die Tasche, dreht sich um und geht zurück. Plötzlich ist er neugierig auf diese Therapeutin, die seine Frau vielleicht besser kennt als er selbst. Außerdem kann er nicht umhin, sich ein klein wenig Hoffnung zu machen. Wer, wenn nicht Linnea, könnte ihm sagen, ob er irgendetwas tun kann, um Veronica zurückzugewinnen. Vielleicht kann sie ihm zumindest einen Tipp geben, was eigentlich ausschlaggebend für ihre Entscheidung gewesen ist. War es wirklich sein Seitensprung in Thailand? Oder geht es im Grunde um etwas ganz anderes?

Er verdrängt jeden Gedanken daran, dass Linnea gar nicht mit ihm über Veronica sprechen darf oder dass ihr Terminplan wahrscheinlich recht voll ist. Stattdessen geht er entschlossen auf die Tür zu, hinter der Veronica entschieden haben muss, sich von ihm zu trennen. Er schaut auf die Klingelschilder. Im dritten Stock gibt es eine psychotherapeutische Praxis. Als er gerade läuten will, kommt eine Frau mit Hund aus der Tür. Oskar grüßt und hält die Tür auf, bevor sie ins Schloss fallen kann. Die Frau lächelt ihn freundlich an, seine Wirkung auf das andere Geschlecht scheint ungebrochen. Er nimmt die Treppe und zögert kurz, dann klingelt er an der Tür. Ein graumelierter Herr in den Fünfzigern öffnet ihm und bittet ihn freundlich herein.

»Zu wem möchten Sie denn?«

Oskar streckt ihm die Hand entgegen.

»Ich suche Linnea.«

Er kommt nicht auf ihren Nachnamen, kann sich nicht erinnern, ob Veronica ihn je erwähnt hat.

»Eine der Therapeutinnen«, fügt er sicherheitshalber hinzu.

»Sie hat gerade Klienten. Ich glaube, viertel vor drei sind sie fertig, aber am Freitag schließen wir um drei. Haben Sie einen Termin?«

»Nein.«

Der Mann sieht ihn überrascht an.

»Okay, dann wird das ein bisschen schwierig...«

»Aber meine Frau Veronica ist Klientin bei ihr. Sie hat wahrscheinlich ihren Schal vergessen, als sie das letzte Mal hier war. Ich war gerade in der Gegend und wollte ihn gern abholen.«

»Verstehe. Dann setzen Sie sich doch bitte und warten, bis sie fertig ist. Zimmer Nummer sechs, Sie sehen es ja, wenn die Klienten herauskommen.«

Er deutet auf eine Sitzgruppe etwas weiter drinnen, direkt hinter der Rezeption. Oskar setzt sich und blättert zerstreut in einer Zeitschrift, kann sich aber nicht auf den Text konzentrieren. Einer nach dem anderen gehen die Therapeuten nach Hause. Erst kurz nach drei öffnet sich endlich die Tür zu Zimmer Nummer sechs, und ein junges Paar kommt heraus. Sie gehen an Oskar vorbei, ohne Notiz von ihm zu nehmen. Ein Besuch beim Familientherapeuten ist offenbar nichts, worauf man sonderlich stolz ist. Oskar steht auf und geht zu der Tür. Er klopft und wartet, aber niemand öffnet. Er klopft noch einmal, diesmal etwas fester.

»Ich komme«, ruft eine Stimme, und kurz darauf öffnet sich die Tür. Oskar starrt die Frau an. Sie ist groß und dunkelhaarig und hat sehr dunkle Augen. Ihre Gesichtszüge kommen ihm irgendwie bekannt vor, aber er weiß nicht, woher. Sein Anblick scheint sie zu überraschen.

»Oskar! Ich hätte nicht gedacht, dass wir uns so wiedersehen würden.«

Oskar starrt sie immer noch an, ihre Worte ergeben für ihn keinen Sinn. Sein Hirn arbeitet träge, er hat in den letzten Wochen zu wenig geschlafen und zu viel gegrübelt. Doch irgendetwas in ihrem Blick erinnert ihn an längst vergangene Zeiten. Ganz allmählich geht ihm ein Licht auf. Er betrachtet jedes Detail ihres Gesichts. Es ist schmaler als vor dreizehn Jahren, aber dennoch gibt es ein paar Ähnlichkeiten. Das blonde Haar ist jetzt dunkelbraun, und die Augen, die vormals blau waren, sind dunkelbraun. Kontaktlinsen. Wäre er ihr irgendwo auf der Straße begegnet, er hätte sie bestimmt nicht erkannt. Allein ihre Worte machen ihm klar, dass die Jagd zu Ende ist. Er hat Josefin gefunden.

»Aber jetzt steh hier doch nicht so herum, komm rein. Eigentlich schließen wir jetzt, aber ich kann für dich ein bisschen länger bleiben.«

Sie hält ihm die Tür auf. Alles, was er zu sagen geplant hat, ist wie weggeblasen und er bringt nur drei Wörter heraus.

»Du bist Josefin.«

Es ist eine Behauptung, keine Frage, aber sie nickt trotzdem.

»Wie ... Warum? Ich verstehe nicht ...«

»Ich werde all deine Fragen beantworten, aber es kann eine Weile dauern, also komm doch bitte herein.«

Sie dreht sich um und geht ebenfalls in das Zimmer zurück.

»Ich wollte dich in den nächsten Tagen aufsuchen, aber du bist mir zuvorgekommen.«

Unsicher folgt er ihr, schließt die Tür und knöpft sich die Jacke auf. Es ist ein gemütlicher Raum mit echten Kerzen und leiser Hintergrundmusik. Josefin steht am Schreibtisch und scheint etwas auf dem Computer zu suchen. Sie hat ihm den

Rücken zugekehrt. Das lange Haar fällt in Wellen auf ihren Rücken herab. Oskar ist unsicher, was er tun oder wo er sich hinsetzen soll. Ein paar Meter von ihr entfernt bleibt er stehen.

»Möchtest du etwas trinken?«

Oskar nickt. Und obwohl sie es nicht sehen kann, schenkt sie ihm Wasser aus einer Karaffe auf ihrem Tisch ein und reicht ihm das halbvolle Glas, dann deutet sie mit der Hand auf ein paar Sessel. Sie selbst nimmt sich nichts zu trinken, sondern sucht weiter etwas auf ihrem Rechner. Schließlich setzt sie sich ihm gegenüber, den Laptop im Schoß. Sie fährt sich mit der Hand durchs Haar und scheint zu überlegen, wo sie anfangen soll. Oskar kommt ihr zuvor.

»Warum?«, fragt er noch einmal, obwohl er weiß, dass hier wohl eher sie das Ruder in der Hand hat, dass sie diese Szene lange geplant hat. Ruhig sieht sie ihn an, er muss sich anstrengen, um ihrem Blick nicht auszuweichen.

»Wie gesagt, ich werde dir alle Fragen beantworten, aber ich möchte damit beginnen, dir etwas zu zeigen, was ich mir für diesen Moment aufgehoben habe, auch wenn ich nicht wusste, dass er heute sein würde. Wenn deine Fragen damit noch nicht beantwortet sein sollten, kann ich später darauf eingehen.«

Sie dreht den Rechner so, dass er den Bildschirm sehen kann.

»Wenn ich gewusst hätte, dass du heute kommst, hätte ich es besser vorbereitet. So muss ich ein bisschen improvisieren.«

Sie lächelt entschuldigend, beugt sich vor und öffnet eine Datei. Er selbst ist wie gelähmt. Er kann sich weder rühren noch irgendetwas sagen, starrt nur auf den Bildschirm und wartet. Und dann taucht das Foto auf. Es ist das letzte, auf dem Josefin noch angezogen ist. Alle außer Oskar sind darauf zu sehen, sie haben ihre Gläser erhoben und lachen in die

Kamera. Am glücklichsten wirkt Josefin. Sie lächelt ihn an, den Fotografen. Oskar meint, sich zu erinnern, dass sie sich zu dem Zeitpunkt schon berührt hatten. Seine Hand hatte heimlich nach ihrer gegriffen, während sie auf dem Sofa saßen, immer enger beieinander, je länger die Party dauerte.

Josefin schaltet auf Diashow, und das Foto verschwindet, wird durch ein anderes ersetzt. Jetzt sind ihre Augen nicht mehr zu sehen, sie werden von Rikard verdeckt, der mit heruntergezogener Hose über ihrem Gesicht kniet. Oskar drückt unterdessen mit der Hand ihre Beine auseinander, in der anderen hält er die Klobürste. Jonas hat sie fotografiert. Oskar betrachtet sein Gesicht von damals und versucht darin abzulesen, was er empfunden hat. Auf dem Bild grinst er in die Kamera und hält die Klobürste hoch. Es sieht nicht aus, als würde er in irgendeiner Weise Scham verspüren. Auch dieses Foto verschwindet und wird durch ein anderes ersetzt. Und noch eines. Oskar schließt die Augen, er kann sich das nicht länger ansehen. Doch Josefin erhebt ihre Stimme.

»Guck hin«, sagt sie scharf. »Du hast mich zu alldem gezwungen, jetzt will ich, dass du es dir ansiehst.«

Und so öffnet er die Augen. Die Bilder wechseln sich ab, immer schneller, wie es scheint, dann ist es plötzlich vorbei und er sieht nur noch ein vollgeschriebenes Blatt Papier. Es ist das Urteil. Sein Freispruch.

»Und da ihr ja freigesprochen wurdet, musste die Schuld bei mir liegen, oder?«, fragt Josefin ruhig. Oskar antwortet nicht. Es ist ihm all die Jahre gelungen, das alles von sich fernzuhalten, sich nicht damit auseinanderzusetzen, was sie wohl gefühlt haben mochte, als sie an jenem Morgen aus der Wohnung humpelte, vorbei an der Küche, wo er saß und sie angrinste. All diese Gedanken waren tabu gewesen. Wahrscheinlich wusste er damals schon, dass er geliefert gewesen wäre, wenn er sich auch nur einmal in Josefin hineinversetzt hätte. Und dann hätte man ihn eingesperrt. Also hatte er darauf verzichtet, wurde freigelassen und hörte irgendwann auf, an sie als einen Menschen aus Fleisch und Blut zu denken. Und mit der Zeit sah er sie nur noch als verabscheuungswürdige Schlampe.

»Woher hast du die Fotos?«, fragt er müde.

»Ich wusste schon seit Jahren von ihnen. Christian rief mich ein halbes Jahr nach eurem Freispruch an und meinte, er habe Fotos, von denen ich bestimmt nicht wolle, dass er sie verbreite. Und weißt du, auf was für eine tolle Idee er kam?«

Oskar wagt nicht, darüber nachzudenken.

»Wenn ich mit ihm schlafen würde, würde er sie nicht unter die Leute bringen. Nett, oder? Und ich hatte solche Angst, dass ich mich natürlich darauf einließ. Und so habe ich mit Christian geschlafen, nicht nur einmal, sondern viele Male. Es war kein schönes Erlebnis, aber ich kam an die Bilder heran. Ich nahm sie heimlich mit, kopierte sie und legte sie wieder zurück, als wir uns das nächste Mal trafen. Ich habe so oft dein Gesicht betrachtet, irgendein Anzeichen von Schuld oder Reue gesucht, aber nichts. Du siehst aus, als gefielst du dir in der Rolle als Vergewaltiger.«

Josefin steht auf und geht zu einem kleinen Kühlschrank neben der Anrichte am Fenster, öffnet ihn und holt eine Dose mit einem Energy-Drink heraus. Sie schenkt sich ein und kommt zurück. Trinkt einen großen Schluck und betrachtet ihn von oben bis unten.

»Und da fand ich, es wäre an der Zeit, euch alle drei daran zu erinnern, dass ihr nur deshalb nachts gut schlafen konntet, weil ihr mich geopfert habt.«

Ein Schatten gleitet plötzlich über ihr Gesicht.

»Aber ich hatte niemals vor, Mia etwas davon zu sagen. Jonas und Mia hatten es gut miteinander, und es tut mir unendlich leid, dazu beigetragen zu haben, dass sie sich trennen.«

Sie stellt ihr Glas ab.

»Woher kennst du Mia?«, fragt Oskar.

»Wir haben zusammen Gender-Studies studiert und sind dabei gute Freundinnen geworden, aber ich habe immer darauf geachtet, dass wir uns privat bei mir treffen, um Jonas nicht zu begegnen. Als ich Mia den Vorschlag machte, über Visby zu forschen, war ich mir ziemlich sicher, dass sie deine Identität herausfinden würde, aber nicht die von Jonas. Er war ja nicht einmal angeklagt, und über ihn findet man auch nichts im Netz, wenn man das Stichwort ›Vergewaltigung‹ eingibt.«

Oskar lauscht ihr mit wachsender Verwunderung. Er muss daran denken, wie er Mia angerufen hat, um sie zu beschuldigen, die Fotos geschickt, ihn in Thailand überfallen und mit Rikard geschlafen zu haben. Jetzt schämt er sich dafür.

»Dann bist du es also gewesen, die vor ein paar Monaten mit Rikard geschlafen hat?«

»Mit Rikard?«, fragt Josefin.

Oskar berichtet kurz, was Rikard ihm erzählt hat. Josefin wirft ihm einen schwer zu deutenden Blick zu, bevor sie antwortet.

»Nein, Sex mit Rikard ist wirklich nicht das, was ich noch einmal erleben wollte. Aber ich glaube, ich weiß, wovon du sprichst.«

Oskar sieht sie fragend an.

»Ich habe ihn vor ein paar Monaten zu Hause besucht«, erklärt sie. »Ich wollte ihn noch einmal mit den Ereignissen in Visby konfrontieren. Es ging ihm richtig schlecht an dem Tag, er steckte mitten in einem psychotischen Schub, mit Wahnvorstellungen und heftigen Panikattacken. Ich bin mehrere Stunden bei ihm geblieben und habe versucht, ihn zu beruhigen, in diesem Zustand hätte ich ihn unmöglich allein lassen können. Er kam mehrmals auf Visby zu sprechen, es schien, als habe sich ihm das fest ins Unterbewusstsein eingegraben. Immer wenn es ihm schlecht ging, schien es wieder an die Oberfläche zu kommen. Er hat mir sogar ein paar Fotos gezeigt, die er aus unerfindlichen Gründen aufbewahrt hat. Aber ich glaube, er hat nie begriffen, wer ich wirklich war. Bevor ich gegangen bin, habe ich den Sozialdienst angerufen und gebeten, ihn abzuholen. Ich fand, dass er sofort Hilfe bräuchte. Rikard weinte, als ich gehen wollte. Er schien in mir seinen rettenden Engel zu sehen.«

Josefin lächelt ein wenig.

»Vielleicht hat er doch ein paar Schuldgefühle mir gegenüber, was zu hoffen wäre. Und in seinem Zustand hat er dann eine Liebesgeschichte daraus gemacht. Mit mir in der Hauptrolle.«

»Aber warum hast du ihn nicht einfach sich selbst überlassen?«, fragt Oskar.

Josefin zögert.

»Weil ich nicht an Rache glaube«, antwortet sie schlicht. »Und weil ich glaube, dass Liebe und Mitmenschlichkeit in Rikards Fall wesentlich mehr bewirken als Strafe. Es ging ihm so schlecht, dass es unmoralisch gewesen wäre, ihm noch mehr zuzusetzen.«

Oskar schüttelt den Kopf, er kann ihrer Argumentation nicht folgen. Wenn er Josefin gewesen wäre, hätte er zugeschaut, wie Rikard sich zu Tode fixt.

»Mein eigentliches Ziel bist immer du gewesen, Oskar. Deinetwegen habe ich alles verloren, was mir etwas bedeutet hat. Und offenbar musstest du die Bitterkeit des Verlustes selber spüren, um das zu begreifen. Denn auch wenn es nach außen hin so aussieht, als wäre deine Familie dir gleichgültig, hat

Veronica wahrscheinlich recht, wenn sie behauptet, dass dir eine hübsche Frau und zwei süße Kinder wichtig sind. Alleinstehender Vater zu sein scheint nicht in dein Selbstbild zu passen.«

Oskar spürt, wie seine Wangen heiß werden.

»Wie hast du Veronica überhaupt kennengelernt?«

»Das war nicht ganz zufällig.« Josefin schlägt die Beine übereinander.

»Sie kam vor ein paar Jahren zu mir, auch wenn ich ein bisschen nachgeholfen habe. Aber ich glaube, es war wirklich wichtig für sie. Ein halbes Jahr lang habe ich euren Briefkasten mit maßgeschneiderter Werbung für meine neu eröffnete Praxis gefüllt. Ich dachte mir, dass Veronica früher oder später bei mir auftauchen würde, es sei denn, du hättest dich seit deiner Jugend grundlegend geändert. Ich wusste, dass ich ihr einen Dienst erweisen würde, wenn ich ihr half, sich von dir zu trennen. Und Veronica hat tatsächlich angebissen, auch wenn es eine ganze Weile gedauert hat. Ich hatte mir schon eine Alternative überlegt, wie ich mit ihr in Kontakt treten könnte, da rief sie eines späten Nachmittags an. Sie war ziemlich aufgewühlt, nachdem ihr gestritten hattet.«

Oskar kann sich gut an den Vorfall erinnern, Veronica hatte sich bei ihm beklagt, dass die Verantwortung für die Familie alleine bei ihr läge. Sie hatte nicht aufgehört, obwohl er sie darum gebeten hatte. Schließlich hatte er rot gesehen und sie geohrfeigt. Es schien ihm die einzige Möglichkeit, sie zum Schweigen zu bringen. Danach war sie still gewesen. Jetzt starrt Oskar die Frau vor sich an. Josefin ist gerissener, als er gedacht hat. Bedeutet das, dass sie ihm jahrelang nachspioniert hat, um herauszufinden, wie sie seine Ehe und seine Karriere am besten ruinieren kann? In ihm steigt Wut auf, wie er sie lange nicht mehr empfunden hat.

»Du weißt, dass ich dich dafür drankriegen kann, oder? Du hast mich verfolgt und mir gedroht und meine Ehe kaputt gemacht. Ich bin nach Visby freigesprochen worden, aber rechne du lieber nicht damit, dass du davonkommst.«

Josefin betrachtet ihn amüsiert.

»Aber Oskar, weswegen willst du mich denn anzeigen? Weil ich als Therapeutin Werbung in euren Briefkasten geworfen habe? Ich glaube nicht, dass das strafbar ist, und außerdem würde ich das nicht noch einmal zugeben. Mein Wort stünde gegen deines. Meine E-Mail an Jonas kann man sicherlich als eine Art Drohung betrachten, aber das ist nur ein einziges Mal passiert, und es gibt keinen Beweis, dass ich das gewesen bin. Ich habe sie von einem öffentlichen Rechner in Thailand aus geschickt, und man würde sie ohnehin als eher harmlose Drohung betrachten.«

»Aber mich hast du auch bedroht, zweimal. Die beiden SMS lassen sich bestimmt auf dein Handy zurückverfolgen.«

Jetzt lacht Josefin.

»Ehrlich gesagt, wegen zwei SMS mit unangenehmen Fragen wird die Polizei kaum ausrücken. Es sind ja nicht direkt Morddrohungen gewesen.«

Oskar seufzt resigniert, wahrscheinlich hat Josefin recht. Es sei denn, er kann ihr den Überfall in Thailand nachweisen. Das ist immerhin schwere Körperverletzung gewesen, damit kommt man nicht einfach so durch.

»Wie hast du es eigentlich geschafft, mich in Thailand zu überwältigen?«

Josefin sieht ihn erstaunt an.

»Ach, so etwas denkst du also von mir? Dass ich dich überfallen habe, um dich am weiteren Vergewaltigen zu hindern? Ich will ja nicht sagen, dass du es nicht verdient hättest. Fast würde ich mir wünschen, ich wäre es gewesen, aber ich war es nicht. Ich bin durch und durch Pazifistin, das ist meine Achillesferse. Aber da Veronica mir erzählt hat, was in Thailand passiert ist, habe ich diese Information genutzt und dir eine Nachricht geschickt, die einen Zusammenhang zwischen den beiden Ereignissen andeutete.«

Josefin sieht, wie es in Oskars Kopf arbeitet, und kann sich denken, was das für Fragen bei ihm aufwirft.

»Ich will versuchen, ganz vorne anzufangen«, sagt sie deshalb. »Als ich ins Krankenhaus eingeliefert wurde, nachdem Anders mich verprügelt hatte, war mein Puls so schwach, dass alle dachten, ich würde sterben. Ich habe mich dennoch geweigert, ihn anzuzeigen, denn ich hatte Angst, er würde mich verfolgen, und außerdem hatte ich aus verständlichen Gründen kein besonderes Zutrauen in die Polizei. Nachdem ich entlassen worden war, ließ ich mich scheiden, verschaffte mir eine geschützte Identität und zog wieder nach Stockholm. Ich wusste nicht, was ich machen wollte, nur dass ich mit Menschen zu tun haben wollte. Mein Abgangszeugnis war grottenschlecht, aber bis zu der Vergewaltigung war ich immer gut in der Schule gewesen. Also absolvierte ich eine Prüfung für die Hochschulzulassung, sodass ich ein Soziologiestudium beginnen konnte. Dann spezialisierte ich mich auf Gender-Studies, weil Jonas' Freundin dasselbe studierte, und nebenher machte ich eine Therapeutenausbildung. Die war mir später nützlich, um mit Veronica in Kontakt zu treten. Ich hatte ziemlich früh schon den Gedanken, mich irgendwie an euch zu rächen, das war es wahrscheinlich, was mich überhaupt am Leben hielt. Auch wenn ich heute als Therapeutin sagen würde, dass Rachegelüste ein sehr destruktives Gefühl sind.«

Das Klingeln von Josefins Handy unterbricht sie. Sie schaut auf das Display und drückt das Gespräch weg. Oskar sieht, dass es Veronica ist, und fragt sich verwirrt, ob sie seine SMS nicht bekommen hat. Schnell schaut er auf sein eigenes Handy, um festzustellen, dass er drei verpasste Anrufe hat. Verdammt, er hat auf lautlos gestellt.

»Veronica war mein Einfallstor in dein Privatleben«, fährt Josefin fort und legt das Handy auf den Tisch zurück. »Aber zunächst hatte ich keine Idee, wie ich deine Karriere zerstören könnte. Ich hätte die Fotos direkt an die Medien geben können, aber du warst freigesprochen worden und es war lange her. Außerdem waren deine Arbeitgeber vorwiegend Männer in der Wirtschaft, die dich sicherlich eher unterstützt hätten, als dich wegen deiner sexuellen Vorlieben zu verurteilen. Doch dann tauchte dein Name immer häufiger im Zusammenhang mit einer Vortragstätigkeit auf. Und als ich in einem Interview mit Peter Alm über deine bevorstehenden Tätigkeit für den Schwedischen Sportverband las, beschloss ich, dass es Zeit war zuzuschlagen. Wenn du mit einem fetten Vertrag und maximaler medialer Aufmerksamkeit dastehen würdest, wollte ich den Verband und die Medien auf die Vergewaltigung in Visby aufmerksam machen. Freispruch oder nicht, es würde für dich nicht leicht werden, eine genaue Untersuchung des Falls durch die Medien zu überstehen, zumal in einer Vorbildfunktion innerhalb des Jugendsports.«

»Aber woher wusstest du, dass ich nach Thailand fliegen würde?«

Josefin lächelt.

»Ach, das war nicht weiter schwer, du gehst in deiner Väter-Kolumne ja recht großzügig mit Details aus deinem Privatleben um.«

Das muss er zugeben.

»Du hast sogar ein Foto des tollen Fünf-Sterne-Hotels veröffentlicht, in dem du mit deiner Familie wohnen wolltest. Außerdem hast du die Tage bis zum Urlaub in einer Art

Countdown heruntergezählt, erinnerst du dich? Und so brauchte ich nur ein Ticket zu kaufen und mich im Nachbarhotel einzuquartieren. Veronica schien mich nicht mehr aufsuchen zu wollen, ich wurde das Warten leid. Und als ich von euren Urlaubsplänen las, dachte ich, das wäre eine Möglichkeit, den Kontakt mit ihr zu erneuern. Ich wollte einfach am Pool auftauchen und sagen, ich hätte die ganze Familie gesehen und dich wiedererkannt. Und dann wollte ich ihr erzählen, was du in Visby getan hast. Ich dachte, das würde genügen, damit sie mit dir Schluss macht. Vielleicht klingt es ein bisschen drastisch, dass ich deswegen bereit war, bis nach Thailand zu reisen, aber ich hatte gerade die Zeit und das Geld, und die Sache schien mir irgendwie auch spannend.«

Ein helles Piepen zeigt an, dass Veronica eine Nachricht hinterlassen hat, aber Josefin macht keine Anstalten, sie abzuhören.

»Ich checkte also im Nachbarhotel ein und ging mehrmals täglich zu den Pools auf eurem Gelände. Ich wartete, bis sich eine Gelegenheit ergab, Veronica anzusprechen. Doch dazu kam es nie. Vielleicht merkte ich aber auch, dass es nicht der richtige Weg war. Ich sah euch jeden Tag und dachte, dass ja auch Veronica und die Kinder, die eigentlich vollkommen unschuldig waren, von meiner Vergeltung betroffen werden würden, wenn ich plötzlich einfach auftauchte.«

»Ich habe dich dort nie gesehen«, murmelt Oskar.

»Nein, ich habe sehr darauf geachtet, dir aus dem Weg zu gehen, das hätte das Ganze von vornherein hinfällig gemacht. Ich habe mich umso mehr mit Tomas unterhalten und ihm erzählt, dass ich dich von früher kennen würde. Dass du in der Schule vor allem als der Typ bekannt gewesen seist, der ein Mädchen vergewaltigt habe. Ich glaube, Tomas war ein bisschen schockiert, auch wenn ich das Gefühl hatte, dass er dich ohnehin nicht sonderlich mochte. Veronica dagegen schien ihm zu gefallen.«

Also wenigstens darin habe ich mich nicht getäuscht, denkt Oskar, Tomas ist wirklich hinter Veronica her gewesen. Aber was spielt das jetzt noch für eine Rolle.

»Tomas erzählte mir von euren Plänen an jenem Abend. Er fand, ich könnte doch mitkommen. Aber ich sagte ihm, ich zöge es vor, im Urlaub ein bisschen allein zu sein. Ich hätte mir dafür extra ein paar Wochen von meiner Familie freigenommen. Aber dann bin ich euch gefolgt. Ich habe gesehen, wie du mit der Thailänderin die Bar verlassen hast. Schließlich bin ich in der Gewissheit ins Hotel zurückgegangen, dass ich Veronica auf jeden Fall etwas Gutes tun würde, wenn ich ihr die Augen öffnete.«

Oskar überlegt angestrengt. Josefin klingt glaubwürdig, und dennoch hat er das Gefühl, dass sie ihn anlügt. Er ist schließlich durch einen Tritt zwischen die Beine zu Fall gebracht worden, und dazu bedarf es keiner großen Kraft.

»Aber wer sollte es sonst gewesen sein?«

»Keine Ahnung, vielleicht irgendein Tourist, der zufällig vorbeikam und fand, du könntest ruhig mal von deiner eigenen Medizin kosten. Hast du nie darüber nachgedacht, warum sich mehr thailändische als schwedische Frauen prostituieren müssen?«

Josefin blinzelt ihm zu, es muss eine Falle sein, aber Oskar weiß nicht, wie er parieren soll.

»Es beruht wohl auf Gegenseitigkeit«, murmelt er, sodass Josefin sich vorbeugen muss, um ihn zu verstehen.

»Sie bekommt Geld und ich bekomme Sex. Sie hat mich angebaggert, nur dass du es weißt. Ich konnte mich kaum wehren. Sie wollte unbedingt mit mir zusammen dort weg.«

»Gegenseitigkeit, meinst du also?«

Oskar nickt vorsichtig.

»Wenn ich dich richtig verstehe, bedeutet das, dass ihr beide etwas bekommt, was ihr haben wollt, als Gegenleistung für etwas anderes, also nicht gratis?«

Oskar nickt erneut, diesmal etwas kräftiger.

»Entschuldige bitte, aber wer von euch riskiert etwas dabei? Du als gutbezahlter, männlicher Schwede, der ein paar Hunderter für Sex bezahlt, oder sie, die vor der Wahl steht, sich dir entweder zu verkaufen oder ihre Familie verhungern zu lassen?«

Müde sieht Oskar sie an. Warum tappt er bloß in jede Falle?

»Wenn du ihr wirklich hättest helfen wollen, hättest du ihr das Geld einfach so geben und sie dann nach Hause schicken können, damit sie sich einen freien Abend machen kann.«

Darauf fällt Oskar nichts ein. Josefin hat recht.

»Als sich die Gelegenheit dazu ergab, habe ich Mia auf euren Fall aufmerksam gemacht, weil ich mir nicht sicher war, ob es mir gelingen würde, genügend negative Aufmerksamkeit bei der Presse zu erreichen, sodass du deinen Vertrag verlierst. Wenn ich Mia auch noch darauf ansetzte, so meine Hoffnung, würden die Chancen steigen, dass du in den Fokus gerietest. Und so war es ja auch. Mias Frage auf der Pressekonferenz muss dich sehr unter Stress gesetzt haben. Sie hat mich unmittelbar danach angerufen und erzählt, welch heikle Frage sie dir gestellt hat. Und schließlich konnte ich der Versuchung nicht widerstehen, dir noch eine anonyme SMS hinterherzuschicken. Aber ich hatte keine Ahnung, dass wegen einer Vergewaltigung in Thailand gegen dich ermittelt werden würde. Und das war es dann, was den Schwedischen Sportverband letztlich dazu bewogen hat, dir zu kündigen.«

Oskar muss zugeben, dass das plausibel klingt. Weder das Foto, das Josefin Jonas zugeschickt hat, noch ihre SMS ist der

Grund für die Scheidung oder dafür, dass er seinen Vertrag verloren hat.

Veronicas Entschluss, ihn zu verlassen, hat vermutlich bereits in Thailand Form angenommen. Und was den Schwedischen Sportverband betrifft, so war es wahrscheinlich vor allem das Bekanntwerden der Vorermittlungen gegen ihn in Thailand, was ihn zu Fall gebracht hat. Doch diese Information hat der Verband von Jonas bekommen, nicht von Josefin. Josefin hat, genau wie sie gesagt hat, die Sache lediglich ins Rollen gebracht.

Oskar steht auf. Hier ist für ihn nichts mehr zu holen. Aber Josefin bittet ihn, sich noch einmal zu setzen.

»Wenn du das Gefühl hast, alle deine Fragen sind beantwortet, dann habe ich selbst noch etwas, das ich dir sagen möchte, bevor du gehst.«

Sie durchsucht erneut ihren Computer. Oskar sinkt tiefer in den Sessel und starrt voller Angst auf den Bildschirm. Josefin klickt einen Film an.

Nichts passiert. Sie klickt noch einmal, und diesmal öffnet sich die Datei. Es ist ein Film, der allem Anschein nach mit einer Videokamera gedreht wurde. Oskar hat keine Ahnung, was er damit zu tun haben soll, das Einzige, was er sieht, ist ein großes Wohnzimmer in irgendeinem Haus in einer offensichtlich wohlhabenden Gegend. Um einen Esstisch verteilt sitzen fünf ihm vollkommen fremde Männer in Anzügen, ein sechster kommt kurz darauf dazu. Sie scheinen auf etwas zu warten, vielleicht auf den Nachtisch. Oder auf den Gastgeber. Kurz darauf erscheint ein schmales, leicht bekleidetes Mädchen, das seiner Einschätzung nach nicht älter sein kann als dreizehn. Oskar weiß sofort, was sie dort tut, die Kleidung, ihre Bewegungen und die Blicke der Männer sind eindeutig. Oskar begreift nur nicht, warum Josefin ihm das zeigt. Aber er muss an Emma denken, es bestehen gewisse Ähnlichkeiten zwischen ihr und dem Mädchen, auch wenn Emma selbst noch ein kleines Kind ist.

»Wer ist das?«, fragt er.

Aber Josefin schüttelt nur den Kopf. Jetzt ist nicht die Zeit, irgendwelche Fragen zu stellen. Oskar schaut wieder auf den Bildschirm und schüttelt sich unwillkürlich, als er sieht, wie das Mädchen gezwungen wird, sich einem der Männer auf den Schoß zu setzen. Wahrscheinlich ist es die Ähnlichkeit zwischen ihr und Emma, die ihn so verstört. Der Film endet in dem Moment, als der Mann den BH des Mädchens öffnet und ihr an die Brust fasst. Oskar fragt noch einmal:

»Wer ist das?«

»Erkennst du sie nicht? Das ist Jeanette.«

Jeanette. Oskar schließt kurz die Augen. In seinem Kopf spielt sich die ganze Szene noch einmal ab, der viel zu professionelle Striptease, der ältere Herr, der sie begrapscht. Ihm dreht sich der Magen um.

»Dein eigenes Kind, das Ergebnis einer Nacht mit Ulrika. Du wolltest kein Kondom benutzen, stimmt's?«

Er fragt sich, woher sie das weiß. Wie sie an all diese Informationen gekommen ist, auch die allerprivatesten.

»Ich habe Ulrika und Jeanette am Tag der Urteilsverkündung getroffen. Ulrika sprach mich an, erzählte von dir und wie deine Tochter entstanden ist. Irgendwann gegen Ende meines Studiums habe ich sie besucht. Da habe ich nur Ulrika angetroffen, konnte mir aber ein ziemlich gutes Bild darüber verschaffen, wie Jeanettes Leben aussah. Es war nicht gerade erhebend. Ulrika hatte viele Jahre lang Alkoholprobleme, und man hatte ihr Jeanette nur deshalb nicht weggenommen, weil niemand in Jeanettes Schule es meldete, obwohl sie sehr unregelmäßig zum Unterricht erschien. Anschließend habe ich die beiden regelmäßig besucht und dabei festgestellt, dass Jeanette eine umtriebige junge Dame ist, die weiß, dass es Männer gibt – viele davon deutlich älter als ihr eigener Vater –, die bereit sind, eine in ihren Augen ansehnliche Summe dafür zu bezahlen, sie nackt zu sehen. Und da sie ihrem eigenen Körper keinen größeren Wert beimisst, hat sie nicht lange gezögert, ihn zu verkaufen.«

Josefin wirft ihm einen unergründlichen Blick zu.

»Falls dir das irgendetwas ausmacht. Bisher sah es ja eher so aus, als wäre sie dir vollkommen gleichgültig.«

»Nein, sie ist mir nicht egal, ich wusste ja kaum, dass es sie gibt, wie hätte ich denn da wissen sollen, dass sie sich selbst schadet?«

»Und wie oft hast du dich nach ihr erkundigt?«

Oskar schweigt. Wäre er vorbereitet gewesen, wären ihm vielleicht ein paar passende Argumente eingefallen, so aber steht er stumm da.

Das Schlimmste ist, dass ihm diese Kritik wehtut. Noch vor einem Monat hätte sie ihm überhaupt nichts ausgemacht. Jetzt aber trifft ihn jedes Wort wie ein Peitschenhieb.

»In all den Jahren habe ich alles getan, um dir zu entkommen. Indem ich Drogen genommen, mich prostituiert und mir selbst Schaden zugefügt habe. Und später, indem ich angefangen habe, etwas Sinnvolles zu studieren und dann in diesem Beruf zu arbeiten. Aber es wollte einfach nicht gelingen. Du warst wie in mich eingemeißelt. Dieses Lächeln, das du in Visby am Morgen danach zur Schau trugst, das hat sich in meine Hornhaut eingebrannt. Ich habe in den Zeitungen gelesen, dass du ein erfolgreicher Fußballspieler geworden bist und ein gutes Leben führst. Vielleicht war es das, was mir am meisten wehtat. Dass diese Nacht in Visby für mich zu einer

Katastrophe wurde, du sie aber einfach abschütteln konntest. Für dich war es einfach nur ein Spaß.«

»Das stimmt nicht. Ich habe danach auch an dich gedacht«, murmelt Oskar. Ein Funken Wahrheit enthält seine Aussage, auch wenn Josefins Beschreibung den Sachverhalt eher trifft: Er hat sein Leben einfach weitergeführt.

»Aber nicht besonders oft, oder?«, fragt Josefin sanft.

»Du wusstest genau, was ich in meinem letzten Schuljahr in Stockholm durchgemacht habe, und hast dich kein einziges Mal erkundigt, wie es mir ging.«

Oskar atmet tief durch, er will Josefin nicht ansehen, aber ihr Blick lässt ihn einfach nicht los. Er nagelt ihn fest. Er möchte sie um Verzeihung bitten, aber das ist zu wenig. Wie bittet man jemanden um Vergebung, dessen Leben man zerstört hat?

»Du hast mich vorhin nach dem Warum gefragt. Ich nehme an, du meintest, warum ich das Foto an Jonas geschickt habe und dir nach Thailand gefolgt bin. Die einfachste Antwort wäre natürlich, aus Rache. In gewissem Sinne stimmt das auch. Du hast mir damals mein Leben, meine Freiheit, einfach alles genommen, was mir wichtig war. Und ich habe seitdem immer gehofft, dass dir eines Tages dasselbe zustoßen würde. Aber in Wahrheit ging es mir um etwas anderes. Ich wollte, dass du wirklich begreifst, was du in Visby angerichtet hast und welchen Preis ich dafür mein Leben lang bezahlen musste. Und ich wollte, dass du es bereust. Das vor allem: dass du es bereust, überhaupt einmal etwas empfindest, irgendetwas, bloß nicht diese schreckliche Gleichgültigkeit.«

Josefin steht auf. Nichts in ihrer Haltung deutet darauf hin, dass sie nervös wäre oder sich unangenehm berührt fühlen würde.

»Und das scheint mir gelungen zu sein, gerade eben sah es

zumindest so aus, als würdest du mich am liebsten töten.« Sie lächelt schief.

»Was auch immer du denkst, meine Absicht war nie, dir zu schaden. Im Gegenteil, vielleicht wirst du eines Tages sogar einsehen, dass ich dir einen großen Dienst erwiesen habe.«

»Wie meinst du das?«, fragt Oskar verwirrt.

Sie schaltet den Rechner aus und signalisiert damit, dass das Gespräch beendet ist.

»Das«, sagt sie, »musst du schon selbst herausfinden.«

Oskar schaut Josefin an, er weiß, dass er jetzt etwas sagen müsste, aber es kommt ihm alles unzureichend vor. Er steht auf und bückt sich nach seiner Jacke, die heruntergefallen ist. Dann zieht er sie langsam an, dreht sich um und geht hinaus.

EPILOG

Mai 2011

Veronica schickt noch eine E-Mail an einen Neukunden ab und schaltet den Computer dann aus. Das Wetter ist viel zu schön, um drinnen zu sitzen und zu arbeiten, und sie beschließt, einen langen Spaziergang am Årstaviken entlang zu machen, bevor sie sich mit Mia und Linnea im Restaurant *Momma* in der Renstiernas Gata trifft. Seit den turbulenten Ereignissen im März des vergangenen Jahres haben sie sich hin und wieder gesehen und dabei gemerkt, dass sie sich richtig gut verstehen. Mia und Linnea kannten sich schon vorher, und Veronica hatte nicht gedacht, dass sie auch einmal dazugehören würde. Aber anscheinend hat sie sich ein bisschen was aus ihrer Jugendzeit mit den Granit-Girls bewahrt. Veronica lächelt und schließt die Wohnungstür ab, dabei wirft sie einen kurzen Blick auf das Namensschild: *Hier wohnen Emma, Viggo und Veronica.*

Sie läuft die Treppe hinunter und tritt in den Sonnenschein hinaus. Das Leben nach der Scheidung gestaltet sich besser, als sie gedacht hat. Oskar hat sich einer gerechten finanziellen Aufteilung nicht widersetzt. Vielleicht haben ihn die Niederlagen des letzten Jahres so geschwächt, dass er keine Lust auf einen weiteren Kampf hatte. Oder er hat tatsächlich eingesehen, dass Veronica einen Großteil zu seinem früheren Erfolg beigetragen hat, indem sie ihm den Rücken freigehalten hat. Sie weiß es nicht, aber sie ist froh, dass die Scheidung in ihrem Sinne vollzogen werden konnte. Jetzt hat sie ein bisschen Luft, bis ihr eigenes Einkommen hoch genug ist, dass sie davon den Lebensunterhalt für sich und die Kinder bestreiten kann.

In der ersten Zeit haben die Kinder ganz bei ihr gewohnt. Oskar war abgetaucht, er hatte erst einmal genug mit sich selbst zu tun. Aber seit ein paar Monaten wohnen sie jede zweite Woche bei ihm. Zur Freude der Kinder hat Oskar die Wohnung in Östermalm behalten, Veronica dagegen ist in die Bergsundsgatan am Hornstull, Gamla Knivsöder gezogen. Es ist eine Dreizimmerwohnung, sodass die Kinder sich ein Zimmer teilen müssen, damit sie selbst ein eigenes Schlafzimmer hat. Wenn sie größer sind, werden sie sich wohl etwas anderes suchen müssen, aber bis dahin ist noch viel Zeit.

Oskar hat keine neuen Auftraggeber gefunden, seltsamerweise aber seine Väter-Kolumne behalten. So hat er so etwas wie einen Job, aber auch massenhaft Zeit für die Kinder. Und zum ersten Mal erkennt Veronica in seinen Texten etwas, das man mit viel Wohlwollen als authentisch bezeichnen könnte. Sie ist sich nicht sicher, ob Oskar sich tatsächlich verändert hat, aber sie erkennt eine neue Demut in seinem Verhalten und sogar etwas mehr Zugewandtheit. Dennoch ist sie froh, nicht den Rest ihres Lebens mit ihm verbringen zu müssen.

Sie geht nach rechts zum Wasser hinunter, an dem schwimmenden Badehaus vorbei und weiter Richtung Tantolunden. Ein Straßencafé hat bereits geöffnet und etwas weiter entfernt, auf dem Minigolfplatz, steht ein Mann und entfernt die letzten Spuren des Winters von den Bahnen. Bald wird der Park wieder voller Menschen sein, die nach Sommer und Sonne lechzen. Vielleicht kann sie Tomas im Sommer mal zum Picknick hierher einladen. Ihre neue Wohnung hat er immer noch nicht gesehen, obwohl er nicht verschwiegen hat, dass er gern einmal vorbeikommen würde. Sie hat bisher einfach noch keine Kraft gefunden, Leute einzuladen. Aber heute, wo die Sonne ihr Gesicht wärmt und die Luft vor Erwartung zittert, hat sie richtig Lust, ihn einmal wiederzusehen.

* * *

Oskar nimmt Emma und Viggo an die Hand und verlässt mit ihnen den Kindergarten.

»Wollt ihr ein Eis?«, fragt er, obwohl er die Antwort schon kennt.

»Jaaa. Können wir in den Djurgården gehen und das Eis am Wasser essen?«

Emma sieht glücklich aus, sie liebt es, am Djurgårdskanal zu sitzen und den vorbeifahrenden Schiffen zuzusehen. Um diese Jahreszeit wird es dort wahrscheinlich noch nicht voll sein, aber es ist ein ungewöhnlich warmer Maitag und der eine oder andere ist sicherlich schon dort. Oskar nickt, und sie laufen ihm voraus zum Djurgården.

In den letzten Monaten hat sich in seinem Leben viel verändert. Änderungen, die er sich zuvor nicht im Traum hat vorstellen können. Nachdem er an jenem Freitag im April letzten Jahres Josefins Praxis verlassen hatte, empfand er zunächst nichts als Hass. Was hatte sie davon, ihn auch noch mit in die Scheiße zu ziehen? Aber je mehr Zeit verging, desto stärker stellten sich auch andere Gefühle ein, nicht zuletzt ist seine Beziehung zu den Kindern inniger geworden. Manchmal muss er an den Satz denken, den Josefin zum Schluss gesagt hat. *Im Gegenteil, vielleicht wirst du eines Tages sogar einsehen, dass ich dir einen großen Dienst erwiesen habe.* Damals hat er ihn nicht verstanden, aber jetzt kann er zumindest ahnen, was sie damit gemeint hat.

Mia hat ihre Forschungsarbeit veröffentlicht, was in den Medien zu einer langen und intensiven Debatte darüber führte, wie das Rechtswesen sich in Fällen von Vergewaltigung verhält. Die Identität der Täter aber hatte sie nicht aufgedeckt. Lediglich, dass es sich um drei allem Anschein nach völlig normale, schwedische junge Männer handelte, die später in ihrem Leben zumeist recht erfolgreich waren. Oskar weiß, dass sie das nicht getan hat, um ihn zu schützen, sondern nur, damit man ihr nicht einen persönlichen Rachefeldzug unterstellte. Das hier waren ihr Beruf und ihre Berufung, das vermischte sie nicht mit privaten Interessen. Aber so entging er einer journalistischen Hetzjagd wegen der Ereignisse in Visby, ob sie das nun beabsichtigt hatte oder nicht.

Was Thailand anging, hat er nicht so viel Glück gehabt. Sein Handy klingelte permanent, und seine Wohnungstür in der Artilerigatan wurde belagert. Doch Oskar weigerte sich, irgendeinen Kommentar abzugeben, und irgendwann legte sich die Aufregung wieder. Die Ermittlungen wurden eingestellt, weil man ihm nichts nachweisen konnte. Zwar wurde festgestellt, dass die Behandlung mit der kaputten Flasche die Blutvergiftung verursacht hatte, aber der schwedische Staatsanwalt hatte Oskars Erklärung geschluckt, er hätte im Dunkeln nicht erkannt, dass sie kaputt war. Oskar wunderte sich, dass sie seine Aussage einfach so akzeptierten und nicht einmal nachfragten, warum er nicht auf die Schmerzenslaute der Frau reagiert hätte. Aber wahrscheinlich war sie einfach zu arm gewesen, als dass die Polizei noch mehr Zeit darauf verschwenden wollte. Wieder einmal entging er seiner Strafe, weil es sich bei der Frau um eine Person handelte, die im Rechtssystem nicht weiter zählte.

Die Kündigung durch den Schwedischen Sportverband sorgte dafür, dass er erst einmal gründlich in der Luft hing.

Weder in der Wirtschaft noch bei den Sportverbänden gab es jemanden, der ihn als Referenten engagieren wollte, und er hatte keine Ahnung, wie er auf lange Sicht seinen Lebensunterhalt bestreiten sollte. Zunächst einmal lebte er von seiner Väter-Kolumne, die er zu einem eigenständigen Blog entwickelt hatte und die immerhin so viele Leser hatte, dass es Anzeigenkunden gab, die etwas bezahlten. Ein wenig hatte er das wohl sogar dem medialen Zirkus um seine Person letztes Jahr zu verdanken. Im Zusammenhang mit der kurzfristigen Vertragsauflösung und den Gerüchten wegen Thailand waren die Besucherzahlen auf seiner Seite enorm gestiegen. Einige Leser waren wieder abgesprungen, sobald der Rummel sich gelegt hatte, aber andere schienen ihm dauerhaft treu zu bleiben.

Was in jener Nacht jedoch eigentlich geschehen war, würde er wahrscheinlich nie erfahren. Natürlich sprach einiges dafür, dass es Josefin war. Sie war zur gleichen Zeit in Thailand und war ihm und Tomas an dem Abend gefolgt. Aber sie hatte es so überzeugend abgestritten, dass Oskar ihr glauben musste. War es also doch Tomas gewesen? Oder Mia, die laut eigener Aussage zu diesem Zeitpunkt in Luleå gewesen war, was Jonas jedoch nicht bestätigen konnte? Die Fotos von ihr im Netz, die ihre Unschuld beweisen sollten, waren aus so großer Entfernung aufgenommen, dass nicht einmal Jonas sicher sagen konnte, ob sie wirklich darauf zu sehen war. Nein, Oskar musste sich damit abfinden, die Wahrheit darüber nie zu erfahren. Aber vielleicht spielte das auch gar keine Rolle mehr.

Inzwischen sind sie angelangt. Am Kiosk direkt hinter der Brücke kauft Oskar vier Eis, dann gehen sie langsam zu der

Wiese, die die Kanadagänse bereits in Beschlag genommen haben. Ganz nah am Wasser setzen sie sich hin, die Kinder beobachten fasziniert die ersten Boote, die vorbeituckern.

Oskar dreht den Kopf. Eine schmale Gestalt ist nur wenige Meter von ihnen entfernt stehen geblieben. Sie trägt einen viel zu großen Pullover, die Kapuze verdeckt ihr Gesicht, und sie hat die Hände tief in den Taschen vergraben. Oskar winkt sie zu sich heran. Vorsichtig kommt sie näher. Erst als sie unmittelbar neben ihnen steht, bemerken Emma und Viggo sie. Mit offenen Mündern starren sie sie an. Das Mädchen schaut zurück.

»Hallo Jeanette«, sagt Oskar leichthin und streckt ihr das vierte Eis entgegen. »Möchtest du ein Eis?«

Jeanette antwortet nicht. Sie setzt sich neben Emma ins Gras, die sie ängstlich betrachtet und ihr eigenes Eis gut festhält. Jeanette lächelt.

»Ich nehme es dir nicht weg, ich wollte dir nur helfen, das Papier abzumachen. Also, wenn du willst, natürlich.«

Emma ist beruhigt und hält ihr das Eis hin.

»Ja, gerne.«

Danksagung

Dieses Buch wäre ohne die vielen wichtigen Personen in meiner Umgebung nicht entstanden, und ich möchte an dieser Stelle sagen, wie froh und dankbar ich für all die Zeit bin, die ihr darauf verwendet habt, mich zu ermutigen und mir mit konstruktiver Kritik weiterzuhelfen. Ihr seid wirklich unbezahlbar!

Zu allererst möchte ich meiner Verlegerin Susanna Romanus danken, die schon an meinen Roman geglaubt hat, als dieser nur aus amateurhaftem Rohstoff bestand. Mit einer Mischung aus Ermunterung und klugen Worten ist es ihr gelungen, mich davon zu überzeugen, dass ich noch einen Gang zulegen könnte, als ich schon glaubte, ich hätte bereits alles gegeben.

Und natürlich Fredrik Andersson, meinem netten, witzigen und kompetenten Lektor, der meinen Text immer wieder hin und her gewendet und mich auf Dinge aufmerksam gemacht hat, die ich selbst gar nicht mehr gesehen habe. Ich freue mich auf unsere weitere Zusammenarbeit!

Majsa, meine beste Freundin. Du warst die Erste, die alles gelesen hat. Da war es noch das reinste Rohmaterial, und du hast geduldig die nächste Lieferung jedes einzelnen Kapitels abgewartet. Ich bin so froh, dass du an die Geschichte geglaubt hast. Das hat mir geholfen, auch dann noch weiterzumachen, als ich nach einem Drittel des Buches an der Idee zu zweifeln begann.

Marie, meine beste Kindheitsfreundin. Nach zwanzig Jahren Abwesenheit bist du in mein Leben zurückgekehrt, genau in der Woche, in der ich am letzten Kapitel saß. Du hast das Buch nach der ersten Redaktion gelesen und eine Menge guter Hinweise eingebracht, die du aufgrund deiner langjährigen Erfahrung als Lektorin beisteuern konntest.

Marie Peterson – du hast mir viele gute Tipps gegeben, wie man überflüssige Textmassen identifiziert. Das hat dem Text einen wesentlichen Schub gegeben.

Ferner danke ich meiner Familie. Meiner Mutter, meinem Vater, Johan und Sofia. Die Unterstützung, die ihr mir während des gesamten Prozesses habt zukommen lassen und euer nie versiegendes Engagement haben mir viel Kraft geschenkt. Und ich danke meiner großartigen Schwägerin, die es auf wundersame Weise geschafft hat, meine Tage und Stunden zu verdoppeln.

Nicklas, mein geliebter Mann. Ohne dich hätte ich das Ganze niemals hinbekommen. Ich danke dir für deine vielen wichtigen Hinweise und deine unglaubliche Geduld, wenn ich völlig fertig war und richtig schlechte Laune hatte, sowie für deine unbeirrbare Liebe.

Danke auch all meinen Lesern, Erika, Kajsa, Maud, Ingrid, Bosse und Monika, die ihr mitgelesen, mich ermutigt und immer wieder aufgemuntert habt. Und natürlich meinen sachkompetenten Experten, die innerhalb kürzester Zeit und in ihrer eigenen Freizeit meine Fragen beantwortet haben, damit sich keine sachlichen Fehler einschleichen: der Anwältin Hanna, dem Mediziner Tobbe und dem Polizeibeamten Christopher. Und nicht zu vergessen Magnus, meinem Arbeitskollegen und Computer-Experten.

Und zuletzt, aber am meisten danke ich meinen Kindern Leo, Tuva, Ebba und Isar. Ihr seid das Licht meines Lebens. Schön, dass es euch gibt.

»Der letzte Tanz gehört mir.«

Richard Montanari
TANZ DER TOTEN
Thriller
Aus dem amerikanischen
Englisch von
Karin Meddekis
544 Seiten
ISBN 978-3-404-17373-0

Er ist galant, zuvorkommend, charmant – ein echter Gentleman. Mit einer formvollendeten Einladung zu einem »thé dansant« lockt er Jugendliche zu sich. Doch er will alles andere als tanzen. Er will nur eins: töten.
Kevin Byrne und Jessica Balzano jagen ihn, den Mörder, der bald schon drei Menschenleben auf dem Gewissen hat: ein Mädchen und zwei Zwillingsbrüder. Den Ermittlern bleiben nur mehr sieben Tage, bevor Mr. Marseille erneut zum Tanz bittet ...

Bastei Lübbe

Der Spiegel-Bestseller erstmals als Taschenbuch

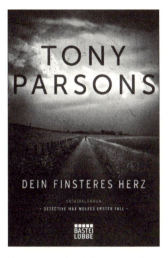

Tony Parsons
DEIN FINSTERES HERZ
Detective Max Wolfes
erster Fall
Kriminalroman
Aus dem Englischen
464 Seiten
ISBN 978-3-404-17400-3

Vor zwanzig Jahren trafen sieben Jungen in der elitären Privatschule Potter's Field aufeinander und wurden Freunde. Nun sterben sie, einer nach dem anderen, auf unvorstellbar grausame Art. Das ruft Detective Constable Max Wolfe auf den Plan: Koffeinjunkie, Hundeliebhaber, alleinerziehender Vater. Und der Albtraum jedes Mörders.

Max folgt der blutigen Fährte des Killers von Londons Hinterhöfen und hell erleuchteten Straßen bis in die dunkelsten Winkel des Internets. Stück für Stück kommt er dem Täter näher – ohne zu bemerken, dass er längst nicht mehr der Jäger, sondern der Gejagte ist …

Bastei Lübbe

Die Community für alle, die Bücher lieben

Das Gefühl, wenn man ein Buch in einer einzigen Nacht verschlingt – teile es mit der Community

In der Lesejury kannst du
- ★ Bücher lesen und rezensieren, die noch nicht erschienen sind
- ★ Gemeinsam mit anderen buchbegeisterten Menschen in Leserunden diskutieren
- ★ Autoren persönlich kennenlernen
- ★ An exklusiven Gewinnspielen und Aktionen teilnehmen
- ★ Bonuspunkte sammeln und diese gegen tolle Prämien eintauschen

Jetzt kostenlos registrieren: www.lesejury.de
Folge uns auf Facebook:
www.facebook.com/lesejury